有爱的青春陪伴者

夏天的雨不讲理

柒沿里 著

江苏凤凰文艺出版社
JIANGSU PHOENIX LITERATURE AND ART PUBLISHING

图书在版编目（CIP）数据

夏天的雨不讲理 / 柒沿里著. -- 南京 : 江苏凤凰文艺出版社, 2024. 8. -- ISBN 978-7-5594-8761-2

I. I247.5

中国国家版本馆CIP数据核字第20245CA372号

夏天的雨不讲理

柒沿里 著

责任编辑	王昕宁
特约编辑	周丽萍
出版发行	江苏凤凰文艺出版社
	南京市中央路165号，邮编：210009
网　址	http://www.jswenyi.com
印　刷	天津睿和印艺科技有限公司
开　本	880mm×1230mm 1/32
印　张	11
字　数	382千字
版　次	2024年8月第1版
印　次	2024年8月第1次印刷
书　号	ISBN 978-7-5594-8761-2
定　价	45.80元

江苏凤凰文艺版图书凡印刷、装订错误，可向出版社调换，联系电话025-83280257

目录 /contents

【夏天的雨】 /001

第一章	/ 四次如初见	/002
第二章	/ 原来他是学长啊	/014
第三章	/ 喂,小学妹	/023
第四章	/ 这次,他回头了	/042

【冬天的风】 /048

第五章	/ 方落西!加油!	/049
第六章	/ 深海里的淡水鱼	/076
第七章	/ 七号文件夹	/101
第八章	/ 我的暗恋结束了	/107

【秋天的雾】 /131

第九章	/ 日落西晨	/132
第十章	/ 今日有幸伴月光	/162
第十一章	/ 还没明白吗?我在追你啊	/176
第十二章	/ 温柔乡	/190
第十三章	/ 猝不及防见家长	/197

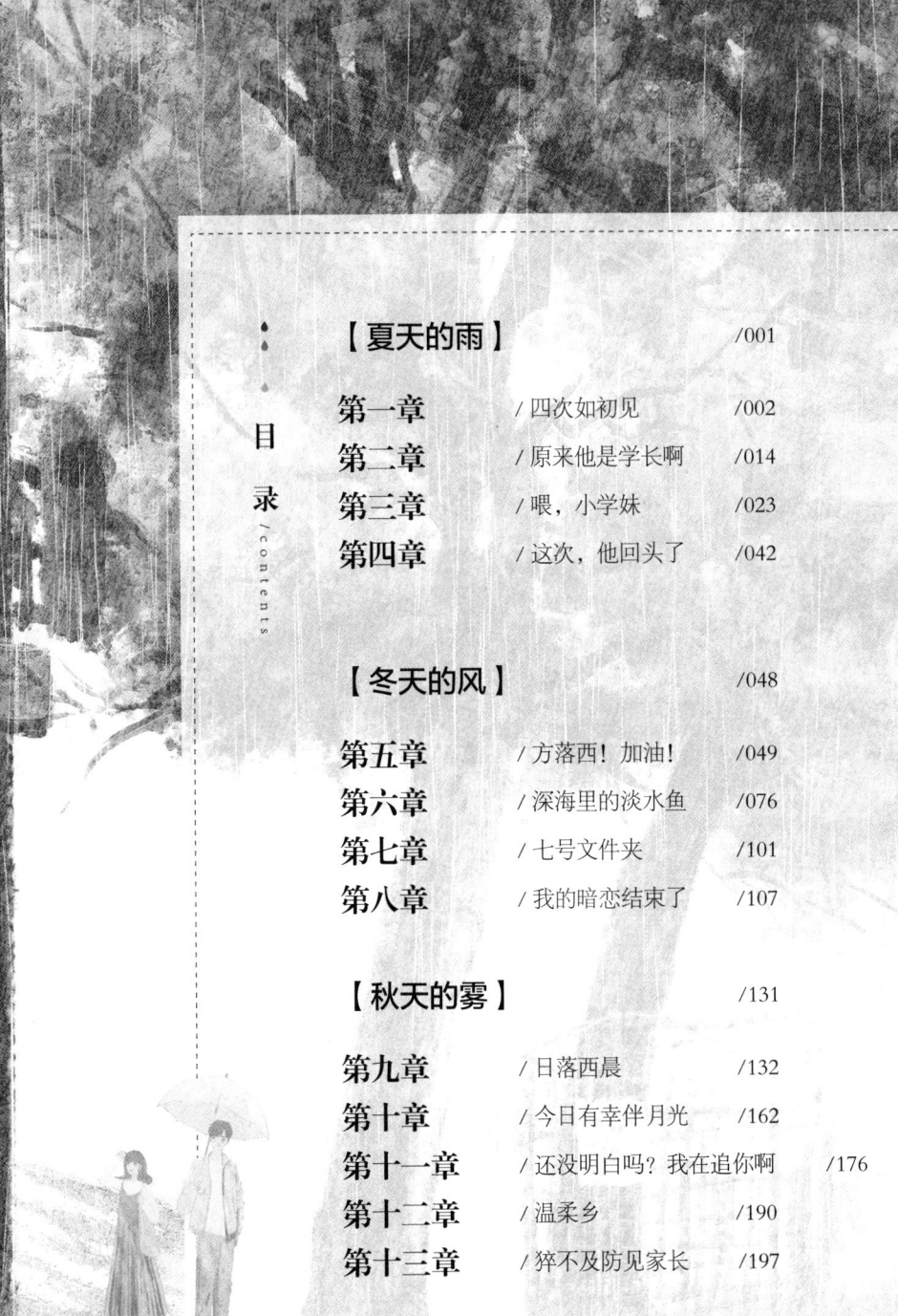

目录 /contents

【春天的云】 /206

第十四章	/ 天气这么好，我们要不要谈个恋爱	
第十五章	/ 愿年年如此景，有佳人常相伴	
第十六章	/ 生日有特权的	/235
第十七章	/ 暗恋嘛，谁不惨呢	/242
第十八章	/ 从前有人爱你很长时间	/252
第十九章	/ 我的丘比特在尖叫	/266
第二十章	/ 不能看的秘密	/274
第二十一章	/ 不可说的少女心事	/288
第二十二章	/ 方落西再多喜欢我一点	/298

番外一	/ 要不要跟我回趟家	/311
番外二	/ 小盘算	/319
番外三	/ 落日与你	/326
新增番外	/ 好巧，我也是	/339

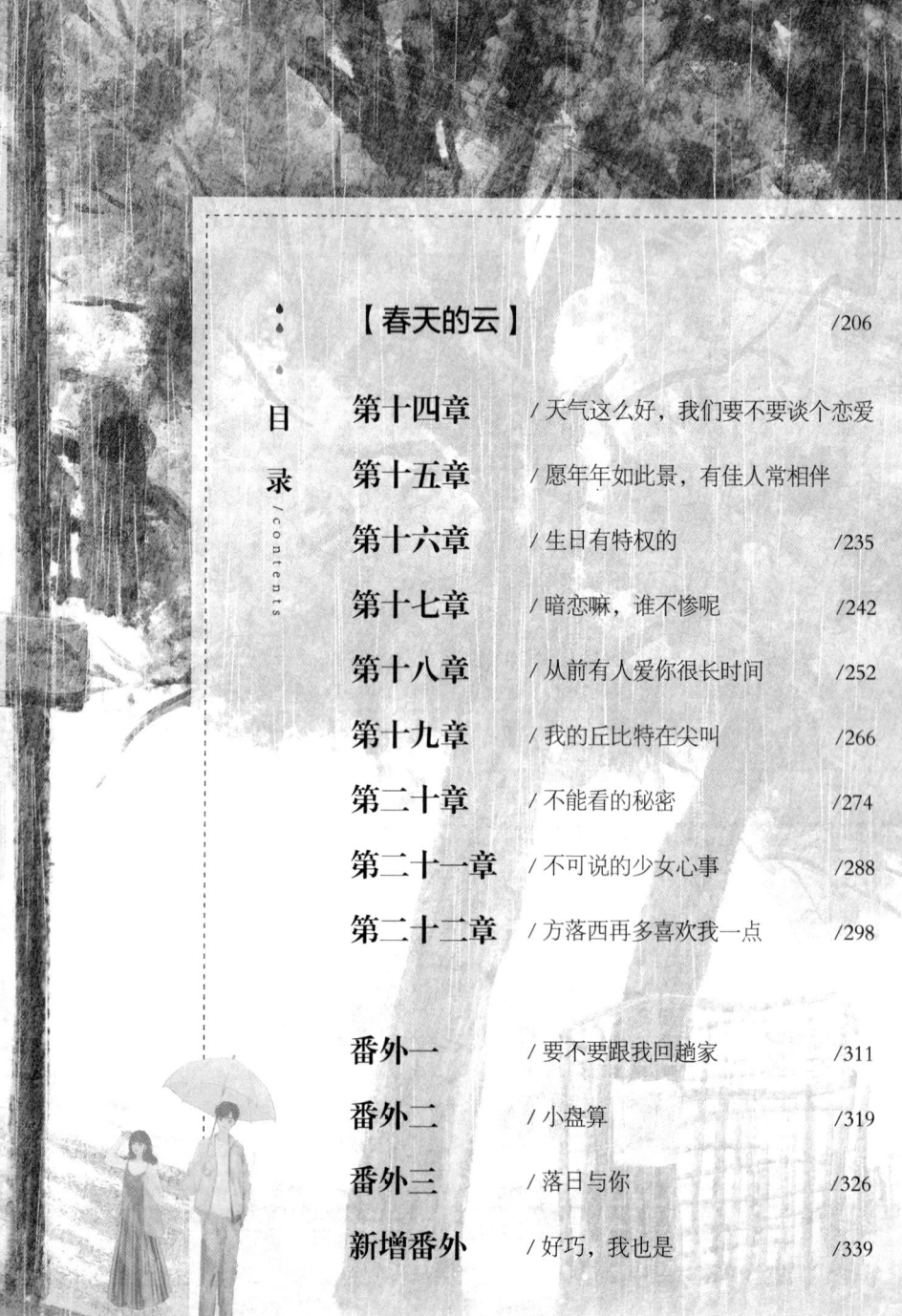

夏天的雨…

XIA
TIAN
DE YU

第一章　　/ 四次如初见

"瓜子、饮料、矿泉水、卫生纸——"

地道的安县方言"嘶啦嘶啦"地从火车站旁的单间小超市里传出，小超市位置得天独厚，进站的路人都要被这喇叭声仔细洗礼一遍。

楼顶的照明强光灯圈出一小片光亮，时晨站在中间从上衣口袋里拿出手机看了眼时间。

距发车时间还有近一个小时。

时晨：崇浦大学地理科学学院大一在读生，每年暑假进行学院的特色实习活动，为期半月。

这次和同学去滨城，可是带着任务去的。

集合地点定在了滨城火车站。直到两天前，时晨才捡漏买到一张邻县直达滨城的火车票，跟人一合计，正好晚上睡一路，第二天早上七点去集合。

时晨经过检票口的时候，递过身份证和车票，抽空往后看了一眼。

车站门口的黑蓝色玻璃是半透明的，屋子里亮堂的灯光透过玻璃将外边的光景映得清晰，光影斑驳，半明半暗。

这间候车室真不算大，人挤着人，行李箱、麻袋甚至还有卷起来的被褥散放在地上，连个下脚的地方都不好找。

两分钟后，候车厅的喇叭里传出一阵开机电流声，字正腔圆的普通话穿透过来："乘坐K×××列车的旅客请前往一号检票口，准备检票进站，请按照工作人员指示穿过地下通道前往二站台，注意安全……"

出了候车室，门口有人指挥着，她们就顺着人流前进。

同伴林乐乐看着一旁亮着灯的通道，绝望地说："不是吧，没电梯。"

地下通道顶上安着一串白炽灯，整个通道里亮堂堂的，深灰色的水泥地，人们争先恐后地往里走。

时晨放下行李箱的推杆，攥住提手，深吸了一口气。

行李箱的万向轮随着下台阶的步伐不断磕碰到台沿上，时晨甚至能感觉到自己大臂的肌肉在微微战栗。她咬了咬牙，脚上加快了点速度，提早迈下了台阶。

火车已经稳稳当当地停靠在车轨上，着急的乘客一股脑挤在车门口。

时晨有种莫名的预感，这次实习不会太顺。

她坐在卧铺上轻喘着缓解疲惫，盘算着时间。明天六点半就能到滨城火车站，七点集合，时间刚刚好。

林乐乐拍拍自己的脸，拿下脸上半干的面膜，看时晨没有行动，恨铁不成钢地说教："你不趁现在赶紧搞搞，等到了那边煤炭坑，不给你褪下一层皮？"

时晨挣扎着从床上坐起来，盘着腿面向对面："煤炭坑是什么鬼？"

林乐乐："就咱们接下来要住的地方啊，换个好听的名叫专业培训地质公园，其实就是一煤炭坑。"

时晨嘴角抽搐了一下，不知道该说什么。

话语间，林乐乐从旅行包里又拿出一个瓶子，接着话题说："住宿条件就别想了，每天都自备干粮吧。天天跑的地方也多，反正接下来的半个月，肯定不会太好过。"

好不好过的，都得熬过去，关系到学分和毕业呢。

想明白这些，时晨脱力般地躺回去，发出悠长又心酸的一声叹息。

林乐乐："听没听说过咱院新迁过来的遥感班？"

寻找八卦的雷达自动响起，时晨凑过去，小鸡啄米般点点头。

林乐乐捏了捏脖子："方落西，知道吗？大课见过几次，啧，长得贼帅，要不怎么说，遥感拉高了咱院的颜值。"

时晨看着林乐乐脸白得像墙皮，好奇地冒出来一句："你怎么又涂了一层？"

林乐乐没好气地翻个白眼："不一样的，好不啦。

"哎，你听我的，赶紧好好搞搞，别等实习完了脱层皮。"

时晨不怎么在意地说了句："我带了帽子和防晒霜的。"

林乐乐："你是不是没对象？"

"没啊，怎么啦？"

林乐乐"扑哧"一笑，嘲笑道："你肯定还是个'母单'。"

时晨窘得无语……

火车将孤独又萧索的黑夜撕开一道裂口，昂扬地向目的地前进。一小束光亮斜射进车窗，依次照在繁忙又疲惫的旅人身上。

林乐乐就着那一小束光仔细打量了一下时晨——头发被压得乱七八糟，头绳退到马尾末端,一小截翘在肩膀上。散落的几缕发丝遮在脸侧,显得有些温婉。眼睫下垂,双眼皮不宽不窄,鼻梁不算高挺,但胜在小巧。这会儿薄唇轻抿,只露出一丝红润。脸颊处新长了两颗痘,但也无伤大雅。

"哎,你好好打扮打扮,也绝对是个大美女。"林乐乐发自内心地评价了一句,还有点替她惋惜,"秒杀她们一大片,帅哥就是你的了。"

时晨眉毛上扬,嘴角微微一弯:"谢谢,我不挑,当个小美女就行。"

第二天天还没亮,车厢内便像赶早市一样,脚步声和谈话声不停。时晨认床,昨晚翻来覆去打了好几个滚,才勉强放空脑子合上眼。

火车到滨城前还停靠了四五次,一晚上浅眠再加上惦记着事儿,时晨老早就醒了。

滨城是靠旅游业发展起来的城市,东部沿海一大片沙滩是城市招牌,火车站也建得相当高端大气。

时晨去洗手间抹了把脸,拿出手机在宿舍群里弹个消息。

崇浦大学一个宿舍四个人,上床下桌。宿舍里三个自然地理专业和一个地图学专业的崔部月。

时晨看着手机眉眼弯弯,口罩下嘴角上扬。她自顾自地低头走路,也没忘记分神避开两边的行人。

"哎,美女,坐车不?"一口带着滨城方言的普通话拦住她。

时晨抬起头来,先往回收了下箱子,礼貌地开口:"不用了,谢谢。"

她打算避开人往角落走,刚走了没两步,她感觉到箱子受到一股阻力,生拉着往后拽。

刚才那个人还在大声嚷嚷,拽着她的箱子不松手:"哎呀,我这里便宜,等你出门打出租车给按表计价,贵着呢。"

时晨皱着眉毛,但语气还是尽量平和:"我不坐车。"

从小到大她都被教导,出门在外尽量别跟人闹矛盾,人生地不熟的,能忍则忍,强龙难压地头蛇。

"嘁,你们这些小姑娘就是这样,觉得车站打车贵,不晓得出了站更贵,还是得回来。正好加上你,再来几个,凑一车得啦。"

时晨不知道这是从哪里得出非坐他车不可的结论,做生意也不能强买强卖,她有些恼火,情绪在胸腔燃烧。

大厅内人挤着人,有好奇看热闹的,有匆匆赶路的,人声吵闹,她独自一人站在旋涡中央。

就在她脏话要出口的时候,身侧出现一个白色行李箱,拉杆处挂着个灰色护颈枕,钩着一个黑色鸭舌帽,和她头顶的是同款,一双经典红黑AJ露出半边。

骨节明晰的手轻轻挡了一下,保持着恰到好处的距离,声音带着没休息好的嘶哑和懒散:"有人接。"

几个小时的飞机,再加上一个小时的机场大巴,方落西辗转到了滨城火车站。一路上奔波劳累耗尽了他所有的耐心,刚随意回了个消息,就看到旁边起了争执。

同情心泛滥,他就上前帮忙拦了一下。

"时晨!"

听见自己的名字,时晨条件反射回了下头,看见舍友崔部月已经下了扶手电梯向这边走来。看见熟悉的朋友,她心中一喜,又记着旁边还一团乱麻,赶忙转身继续解决问题。

却发现四周空荡荡的,只剩她自己,那个好心出手的少年连带着揽客大叔一起没了人影。

崔部月跑过去,直直地扑在时晨身上。一整个重量压过来,时晨有些踉跄地后退了几步,伸手拍拍崔部月的肩膀:"先起来,你这一百多斤的'想念',我有点受不住。"

崔部月不服气地往后退了两步,语气有点骄傲:"别瞎报体重,我九十斤好吗!九十!走啦,群里说集合呢。"

时晨点头,拉着箱子往外走。

站在露天的空间里,晨风细细簌簌地卷起脸侧的碎发,混着海盐粒子侵袭着毫无遮挡的毛孔。鼻腔凉飕飕地吸入一些没来得及逃跑的空气,浑身才有一种来到滨城的实感。

门口渐渐拥堵,仅剩的几处空地都是提前集合的学生,往外走的旅客越来越多,像是被一团棉花封紧了但没扎紧的塑料袋口,里面稀稀疏疏地漏风,极不畅快。

手机提示音响起,随后伴着两声振动。

崔部月:"看手机,通知去坐车。"

这次实习几乎囊括了他们学院所有的专业,人数很多,没有统一的消息群。门口前的停车场开过来几辆大巴车,各处站着的学生开始陆陆续续上车。

时晨眯眼打量最前边的状况，无奈她是个近视眼，只能模糊地看见几个人影蹲在行李舱前。

她小心地挪动脚步，挨着崔郜月向前挤。

大巴车停在路边，崔郜月放完箱子，拍拍她的肩膀就跑上车占座了，就这么一眨眼的工夫，她前面挤过来一个插队的，把两个箱子推到行李舱前。

她口罩下遮掩的嘴角无奈下撇，眉眼间透着一股无语，还有一丝无解。

真不嫌丢人。

时晨也不是没脾气，正想开口，一道冷淡又低哑的声音响起。

"箱子。"

那人递出一只手，小臂是健康的小麦色，穿着一件普通的白T恤，头上扣着一顶黑色鸭舌帽，跟她的是同款，碎发被紧压在前额，挡住一小部分眉眼，脸上挂个黑色口罩，堪堪遮到鼻子。

时晨又低头看了眼他的鞋子和裤子，是刚才车站那个男生。

之前，男生一直背对着她，她没能看清他的正脸，也没来得及道谢。

呃……他的脸被口罩遮挡得严严实实，当然现在也没能看到。

时晨有点激动，校友啊！

"箱子。"男生似乎有点不耐烦，胳膊又向前伸了一下示意，帽檐遮住他大半视线，冲着时晨这个方向。

随后，他侧头看了眼旁边插队的人，冲后边抬了抬下巴，语气漫不经心："哥们儿换辆车吧，没位置了。"

"谢谢。"时晨见状，急忙把箱子滑过去。

男生拽过她的箱子，按下拉杆，一手握住行李箱侧边的拉环，另一只手五指张开托住行李箱往里送。胳膊上浅薄的肌肉因为用力而略微鼓起，笨重的箱子却在他手里轻易地掉了个方向。

时晨注意到他左手腕骨内侧有粒棕色小痣，刚好立在突起的位置。少年细细的一圈腕子显得有些清瘦，露出的肌肤却显得十分健康。

箱子安安稳稳地被放进行李舱中，时晨也没有多余的理由站在旁边，装作不经意又道了一声谢，对方轻轻颔首。

她上车前又投去视线，看着少年又转身去拿了下一位同学的箱子。

"你什么时候来的？"问话的是另一个搬行李的同学，头发是时下流行的锡纸烫，可能早上起来没收拾，有点乱糟糟的，像是被投了炸弹的鸡窝。

方落西言简意赅，手上动作没停："刚刚。"

趁着空当，方落西抬了抬帽子看了眼行李舱，里边箱子整整齐齐叠在一起，外边留出的空当撑死能再放上两个。

他用手背蹭了一下口罩，隔开阻挡呼吸的无纺布，露出整张脸，不紧不慢地吐出一口气。

其他学生看着行李舱差不多满了，便离开去别的地方了。

"锡纸烫"正在放最后一个箱子，之前摆好的箱子有点歪，他手上还端着一个，有点不方便，想往里边挤关上行李舱门。

"你先等会儿。"方落西看到这边的情况，俯下身往里探，手指摸索着轻轻往里推，只是里边一个挨着一个紧实得不行，没有丝毫可以移动的空间。

随后，他半个身子探进去转行李箱，衣袖随着动作往上轻轻飘起，露出一小截皮肤肌理。

"哎，你这去哪儿遛了一圈。""锡纸烫"盯着他的胳膊"哧哧"地笑出了声，"我就说觉得你哪里不太对，啧，更爷们儿了！去哪儿浪了一个暑假？"

方落西整理好里边的箱子，也没给他搭把手，单单站在旁边整理袖子，不慌不忙地吐出几个字：

"海边晒太阳。"

"啧。""锡纸烫"跟他并排往车上走，冲他比了个大拇指，"小日子过得不错啊，日光浴，真高级。"

方落西懒洋洋地摆摆手，多说一句话都嫌累。

时晨一上车就看到崔邨月在招手。当她整个人抱着书包陷进座椅时，肢体的疲惫在这一刻得到了巨大的抚慰，堪比沙漠里找到了一汪泉水，还是甜的。

她递了只口罩给崔邨月，然后整理了一下书包拉链，正好看见车门处逐渐显现的人影。

那个男孩子捂得严严实实，臂弯上挂着在车站时穿着的薄外套。

可惜没看清他的模样，从身高和体型来看，是个清瘦的男孩，唯一可以确定的是，他是她的校友。

"锡纸烫"和方落西上车后，直接坐在了第一排空着的两个座位上，紧接着司机上车，踮着脚往后看了看，粗着嗓音大声吆喝了两句："都坐满了吧？坐满发车喽。"

说完他也没管有没有回应，直接坐到了驾驶座，打火发车。

车厢里并不是安安静静的，轻声细语夹杂着游戏开机的声音传入耳朵。

沾着清晨美妙阳光的空气不断从窗缝传入，十分凉爽，混杂的交谈声仿佛是催眠曲。

前排的"锡纸烫"还故意捏着嗓子对旁边闭目养神的男生说："亲，你的室友到了请注意查收！"

那男生一个字都没说，似是嫌弃，盖着帽子转了个方向。"锡纸烫"还想说什么，一道闷闷的嗓音响起："安静点。"

音色有些冷淡，隔着口罩和帽子略显沉闷，又带着少年气的干净。

道路两侧只零星分布几家小商铺，两层小楼高，大巴车拐了两道弯，又直行了一小截水泥地，在一扇大门前缓缓减速。

"垃圾拿走，收拾干净啊！"

司机看着下车的学生，许是在懊恼应该晚一点开门，无奈地对着后边使劲号了一嗓子。

时晨下车后，被后面的人群推着往前走。

"看，看，看，那是方落西吧？"一个女孩兴奋地同朋友八卦，连声音都带着雀跃。

时晨听见这名字觉得熟悉，但又想不起来在哪里听过。

"哪里？我都没看见。"另一个女生没有被同伴的喜悦感染，相反被衬托得有点遗憾，声音忽近忽远，又不死心地回头多看了两眼。

"就是他，我肯定没看错，刚才他口罩摘了。"女生声音带着笃定。

…………

再往后时晨听得不真切，也没继续偷听。恰好崔郜月拿到箱子，她们离开吵闹的人群，慢悠悠地往前走。

基地里遍布塔松，绿油油的，遮住不少视线。入眼可见两个食堂，一个超市。到了岔路口，崔郜月转头看向时晨，出声提醒："时晨，先紧着换宿舍。"

"OK！"

宿舍位于基地东北角，四排农村自建房，一排八九间，房顶贴满了灰褐色瓦片，墙面还能看到里面整齐的红色砖块。

时晨在北方长大，自小见过的房子就是极具北方特色的平顶房，还是头回见尖顶灰砖瓦房。

宿舍大门前有一条小路，中间木杆连着绳线，地面整齐规律地排着青石板，泥土缝隙里冒着刚出芽的嫩草。

早上空气潮湿，草地还有些泥泞，时晨只能提着行李箱缓步行走，整个人走得颤颤巍巍，好像下一秒就要摔倒。

宿舍门前挂着老式的锁头，窗户外是方格防盗窗。

整排宿舍前只有时晨一个人，又不知道从哪里领钥匙，她索性直接蹲在了门口，把行李箱挡在身前，低着头琢磨换宿舍的可能性。

不多时，远处传来一阵嬉笑吵闹声，弥漫着年轻人特有的朝气，交谈也随着脚步声变得清晰。

初升的日光从侧边照过来，几处光影散落在地上，时晨像只懒洋洋的猫，蜷缩着晒太阳。

"嗨！"

她察觉到前面有人，但是无奈蹲的时间太长，脚酸腿麻一时半会儿起不来。

她抬起头，刺眼的光照在她脸上，眯眼看着面前的两个男生，一个男生还张着五指举在胸前，像超市里收银台上的招财猫。

看到时晨抬起头，两个男生脸上有一瞬间呆滞。

两个男生动作统一地看了眼宿舍的门牌号，然后"招财猫"被身后的人拽着领子扯走了。

刘遂不服："哎，拽我干吗？那我不得确认清楚，万一是个有摇滚灵魂的兄弟，认错了岂不是很丢人。"

方落西斜他一眼，气定神闲地说："所以，你觉得找到女生宿舍就不丢人了。"

旁边的赵海宁和刘遂默默一窒，怎么说，好像也很丢人。

方落西瞄了一眼那边的女生，身影有些熟悉，白色鸭舌帽扣在头上，低束的马尾扫在肩上格外明显。他莫名一笑，又轻飘飘地加了句："还有，你自己眼瞎，关别人什么事。"

男生们走后没多久，又过来好几个女生推着行李箱停在门口，其中一个手上拿着一串钥匙。

一个娇小的女生站在时晨旁边开口，语调软糯："这房子岁数比我爷爷都大。"

时晨笑了笑，没接话。

短暂的交流过程中，时晨知道了她叫杨雪儿，南方人。

进宿舍后就沟通了换宿舍的事，结束后，时晨拉着箱子又离开。

崔部月早早地在路口等着她，远远看到一个人影，就跑过去帮她拿东西。

"呜呜，时晨宝贝你太能干了。"崔郜月戏精上线，"不然今天我要一个人独守空闺了。"

时晨看了她一眼，嫌弃地把她从身上扒拉开："隔壁戏精学院没能收服你，真是他们的损失。"

铺好床单后，像是再也抵挡不住疲惫，时晨身体紧密地贴在床上，鼻息间还能闻到床单上散发的洗衣液味道，心一下子落到了实处。

不知过了多久，崔郜月听见时晨翻身的动静，站起来扒着上铺的栏杆惨兮兮地问："吃饭吗？"

被这么一问，时晨才恍惚记起自己还没吃饭，看着崔郜月一脸苦兮兮的样子，有些好笑："走啊。"

她们的宿舍在中间，离超市和食堂都不远，算是整个基地最好的位置，去哪里都方便。

崔郜月挽着时晨的胳膊，憧憬午饭："之前我问过学姐，她们说这里的烤鸡腿一绝，哇，好想吃。"

时晨看着她这馋猫样儿，无声地笑了笑。

食堂的位置很好认，楼顶还贴着两个大字，只是玻璃门上挂着锁，里边空荡荡的，没有一个人。

"吃饭不积极，思想有问题。"崔郜月拉着时晨，看着一旁的超市，"看样子，只能吃泡面了。"

时晨站在货架前挑选，余光看到有人影过来，时晨往旁边退了退，那人冲她走来，她见状又往后站了一下。

货架之间的通道不算宽，地上杂乱地摞着很多纸箱子。时晨往后退步的时候，没注意身后的箱子放在一个带轮的平板车上。

车轮受到她向后的力量，轻轻一滑，时晨没有防备，整个人上身后仰，胳膊碰到货架上叠着的泡面桶。

她竭力稳住脚步，脑子里只有两个字——完了。

彩色的圆筒像是要噼里啪啦炸开的烟花，即将跌落的一瞬间，被一只修长的大手按了回去，老实待在原位。

站稳后，身后货架恢复原样，她松了一口气，低着头跟对方道谢。

对面鼻音哼了一声，也不知道是不是给的回应。

时晨抬头看向对方，也清楚地认出他是早上在火车站的那个男生，大巴车前搬行李的那个男生。

她面对着他,语气认真又严肃,又格外真诚地提高音量:"谢谢。"

方落西正要拿泡面的手一顿,拿手顶了顶帽檐,侧头看她一眼,懒洋洋地觉得好笑,腔调慵懒又带着故意:"听见啦。"

"晨儿啊,"崔郜月抱一大堆东西走过来,嗓音做作,"我的宝贝晨在哪里?"

冷不丁听见崔郜月的声音,时晨蓦地转头看去,然后又下意识地回头,只看到在货架角拐走的身影。

崔郜月一溜烟跑过来,左手右手满满当当。时晨想着刚才消失的身影。

男生站在货架前没有丝毫犹豫,一手翻着手机,一手从货架上拿了六桶麻辣泡面。

时晨突然有点蠢蠢欲动,手指不由自主地伸向货架上的麻辣口味。

在一个宿舍这么久,每个人的口味彼此都有些了解,时晨吃得清淡,平常泡面只吃海鲜口味。

崔郜月看着她露出一抹欣慰的笑,积极给出建议:"你换这个,初级入门。"

时晨心一跳,手腕一歪,极好地掩饰了自己的慌张:"我试试。"

等回到宿舍,崔郜月坐在床上,时晨站在桌子边开始干饭。

时晨小心翼翼地吹开浮在表面的红油,拿着叉子卷起面条。她尝了一口,感觉还好,可以接受口舌之处的灼热感。

之后,她又卷了几口,才迟钝地感觉到辣椒的袭击,刺激唾液不断分泌,喉咙里不停地发出"嘶嘶"的响声。她拿出刚买的矿泉水,企图用凉水妥帖地安抚一下口腔。

显然,毫无用处。

"还好吗?"崔郜月在旁边看得好笑,许是不太理解这也能被辣到。她从小吃辣,生病感冒都不带落下,仿佛已经成了一种习惯。

时晨点点头,示意自己觉得还行。

吃辣好像会上瘾,哪怕满嘴发烫,受到热度刺激之后,还是想尝试。

基地超市旁边有一棵老槐树,知了躲在茂密的叶子下,还在孜孜不倦地发挥余热,有人骂骂咧咧嫌吵,有人却觉得这是恰到好处的白噪声。

不知过了多久,时晨再有意识时,崔郜月拍着床板,语气急促:"时晨,集合了。"

宿舍内乱糟糟的,杂乱的脚步声,还有年代已久的床板发出无用的抗议声,不知道是谁绊倒了行李箱,一声巨响在屋内传开,颇有几分惊心动魄。

时晨坐起来也没磨蹭,揉了揉头发直接下床了。

食指够着鸭舌帽后边的系带,指节转动,帽子一圈圈地绕着指尖转。等快掉的时候,她就停下来晃晃手指,把带子卡到底端,接着转。

等室友收拾结束后,时晨快走了两步,先去水房掬两捧清水洗脸。

刚从水龙头里流出的水冰冰凉凉,还没来得及被夏日的高温所烘烤,沾在脸上,极度舒适。水珠打在脸上好似形成一个屏障,短暂地隔开了热意。

时晨没擦脸,任凭水珠在脸上胡乱跑动,些许湿意染上发梢,贴在额角和耳侧,刚浸过水的脸颊莹白透粉,清透中带着丝滑。她轻扇帽檐带起丝丝凉风,水珠受力滴落,沁入泥土,不留丝毫痕迹。

食堂前的空地不算小,现在也挤得满满当当。几个班长站在台阶处点名,过后有个老师拿着扩音器上台,只是时晨站得靠后,声音听得断断续续,不太真切。

她不由自主地想起一个人。

那个帮他们放行李的男生,乘同一辆车到基地,应该是校友。

众人离开基地,小路也变得狭窄,路上坑坑洼洼,还有很多小石子,

整个级部的学生不算少,两人或三人一排,队伍算不上规整。时晨在中间位置,所见之处都是人影。

穿过一条小路,前方逐渐变得宽敞起来,景色也不再单一,有山有水。

前面的学生停下,后面的学生不明所以也只能停下。老师寻了一块大石头站上去,打开挂在腰侧的扩音器,经过一阵调试,嘈杂声消失,开始进行讲解。

学生自发地分成好几拨,一拨以老师为中心前后围了好几圈,还有些拿着手机录音,认真听着讲解;再有些想挤进包围圈,却无能为力;还有一部分隔得太远,索性也没上前,自娱自乐。

"这能听见什么啊?"崔邯月尽量找了一块平整的石头,直接坐了上去。

老师的小蜜蜂扩音器放到一个开阔的环境里,即便开到最大音量,也跟看唇语没什么两样。

时晨挨着她坐过去,抢占了一小块位置:"坡地重力地貌。"

"啥?"崔邯月转过头来一脸蒙。

时晨看了崔邯月一眼也不知道该说点什么,总不能现在把定义背一遍,她也就模糊听见了这么几个字,所以也就敷衍含糊地说:"大概,也就这一

块吧。"

"哎,全完蛋,忘完了。"崔郜月猛地一拍脑门,颇带几分白费劲的惋惜,仿佛对不起自己在考试周彻夜苦读,心痛自己因为熬夜而一去不复返的头发。

时晨摸了摸鼻尖尖没作声,一丝心虚涌上来。

她也一样。

短暂的讲解结束,一群人乌泱泱地散开,无厘头的,各干各的。他们品出一丝意味,这就像中学体育课,上课前集合,点个名,先绕着操场跑两圈,随后,老师交代两句,解散。

自由活动啊!

反正,不管几岁,不管在哪里上课,听见自由活动,可不就开始撒欢了。

所有的学生一散开,河边、路上到处是人,三五成群。

临着水边站在岸上,看不清水有多深,水流缓缓而过,泛着青色的光芒。脚下凹凸不平,鹅卵石或大或小,或平滑或有棱角,紧密排列着,看不见一点土壤。

有些男生在河边打着水漂,涟漪泛起一圈一圈。

时晨也照着投了两次,只有"扑通"一声,她有些懊恼,嫌弃地离开岸边,打算坐回石头上。

回身的一瞬,斜阳挂在西南角,从远处叠起的山峦边露出一丝光芒照过来,铺散在晃动的人影上。

一小角阳光爬上一个少年的肩膀,时晨看清他明暗交汇的身影。

他站在一处石头上,闲散地看着前方,偶尔脖颈弯折低头划拉两下手机,随意又自然。

那一刻,时晨摸着手腕,感受到了跳动的脉搏。

第二章　　／原来他是学长啊

岸上鹅卵石到处都是，有会玩的男生在河边打水漂，石头击在水面一跳一跳像是受到控制，一下一个圈。

时晨看得稀奇，揶揄着崔郜月一起上前。时晨从地上摸了个不大不小的石头，学着别人的姿势，轻轻抛出去。

没有水花。

在打水漂这件事上，有人确实天赋异禀。

时晨看着几个男生扔得一个比一个远，有点纳闷："是不是他们的石头比较好？"

正在弯腰挑石头的崔郜月也注意到了，她扔的石头最多在水面上跳三下，一些男生扔的石头跳一溜串，于是说："那咋办？下去给它捞上来？"

听见这话，时晨面无表情地转过身："那算了，还是命重要。"

她转身的时机刚刚好，一分不多一分不少，斜阳刚好照在那个男生肩上。

尽管逆着光，时晨认出了那个男生，很眼熟。

第一次，她看清了他的脸。

他额前的碎发有点长，低头的时候，快要落进眼睛里。他眼尾上挑，眸光随意，看不出情绪，薄唇轻抿，侧脸立体感十足，线条流畅又不突兀，五官精致。

还是穿着在火车站的衣服，那双鞋很好认，黑色短袖上一行英文很显眼，是 Seven。

时晨看着入了神，脑子却快速运转着，这样的脸，拍身份证照片都好看。

他并没有老实看着一处，而是随意地看着喧闹的人群，又或者分出一丝视线关注老师的动向，孤身一人有种说不出的寂寥。

许是时晨的视线太过灼热，被他发觉转头看过来的时候，时晨就近一屁股坐下，只留下个背影。

"西哥，走啊，去试试。"

方落西看过去的时候并没有发现什么异常，却也说不清刚才的怪异。他站在高处晃了半天手机，屏幕上还是显示一点信号都没有，刚好室友喊了一声，索性直接跳下石头，没再多纠结。

本来想给堂哥回个电话，这边信号断断续续，方落西只能无奈放弃。室友看着河边热闹的打水漂场面，也上去凑热闹。

赵海宁在一边叽叽喳喳："打水漂，我就没输过，看仔细了啊。"

石头被他用力一扔在水面上跳了好几下，他十分嘚瑟地说："看见没，这就是实力。"

崔郜月玩累了过去找时晨，拍拍她的肩膀，一副好奇的样子："看，那儿比赛呢。"

原本时晨担心偷看被发现，只好顺势坐下，也没想太多，现在才发现屁股底下的石头脏兮兮的，凹凸不平，硌得难受。

她听着崔郜月说，随意看过去，哪知这一眼，她就锁定了目标。

一排男生站在河边，一个接一个地投掷着石头。不服输的少年气在这一刻蔓延开，方落西也有点手痒，弯腰挑挑拣拣，最后拿起一块扁平的石头，随手抛着。

时晨早就把注意力放到他身上，在他弯腰往水里扔石头的时候心一紧，随后盯着水面，暗自数着圈数。

…………

四！

五！

六！

…………

九！

第九个水圈显现，石头没再跳起来。岸边一静，随后爆出一阵欢呼声。

时晨还没从震惊中缓过来，旁边崔郜月先伸手鼓了两下掌："这也太牛了吧。"

赵孟迪发来消息催促，时晨临走前转头往岸边看了一眼，那边热热闹闹，他背对着她站在河边。她也没多留恋，直接转身离开。

另一边，赵海宁还没从自己"最牛打水漂"招牌丢失的痛苦中走出，一脸沉思，半天没缓过神。方落西还有点怀疑自己是不是出手太狠了，早知道赵海宁心理承受能力这么低，就下手"轻点"。

等任务结束，队伍继续沿着来时的路走回去，只不过来时有欣喜，回去的时候只剩下疲惫。

到基地门口后，队伍自动解散，时晨同宿舍的人一起直接奔去食堂，晚饭过后，直接回宿舍累瘫在床上，一个字都不愿意多说。

夜幕降临，路上还能听见几声交谈，时晨在床上瘫够了，想着到时间去洗澡，扒着床沿探出个脑袋问下铺的崔邵月："去洗澡吗？"

基地不像学校，宿舍里没有浴室。

澡堂是单独一栋楼，在食堂后边，类似北方那种公共大澡堂，进去刷卡，五元一次。

外边黑漆漆的，路灯也不够亮，要走很长一段路，像是吸人的魔洞。

崔邵月身上也黏糊糊的，直接叫上姜蕊收拾洗漱用品和换洗衣物，一同去洗澡。

时晨顾及等会儿回来要走一段路，没直接拿睡衣，拿了夏天常穿的白色短袖和牛仔裤。

崔邵月收拾得快，直接出门跑到隔壁宿舍门口喊了声："赵孟迪，洗澡了。"

两秒后，赵孟迪的声音传来："你小点声能死啊，让你号得全世界都知道姑奶奶要洗澡了。"

时晨跟姜蕊相视一乐，也拉开门走出去。

她们找了条近路从澡堂后面穿过去，锅炉房工作的声音直响，"轰隆隆"盖过了人们说话的声音。

澡堂门口放着一张木桌，后面坐着一个阿姨，拿着手机刷着小视频，见有人进来，敲了两下桌子，又低头看手机，还倒放了一截。

左右两个入口，一男一女，男左女右。

大约是她们来的时间太晚，澡堂里人不算多，但视野里弥漫着雾气，时晨没戴眼镜，每步都走得小心。

开关打开，水流从花洒喷薄而出，水压很大，水柱打在身上，甚至能感觉到细密的疼。

水落在身上那一刻，时晨猛地一激灵，快步移开，开关都忘了关，咬着牙发抖。

流水落在地上，肆意地飞起，噼里啪啦地炸出银花，时晨抽出一丝清明，伸手摁下了开关。

时晨还没从冷水的突然袭击中缓过来，寒气顺着肌肤往里渗，哪怕现在正值炎夏酷暑，她也冻得浑身哆嗦。

身上湿了一半不说，再加上下午出了一身汗，昨天还在火车上待了一夜，现在只得硬着头皮去冲凉水澡。

时晨站在花洒下，极快速地洗了头发，摸了沐浴露，听着室友骂骂咧咧的声音洗完了生平第一次战斗澡。

从澡堂离开后，空气中的热度覆盖上皮肤的寒冷，皮肤慢慢回温。时晨也重新感知自己又活了过来。

路上人不算多，时晨贴着路灯，在光下慢慢走，也不着急。洗漱用品拜托室友拿回宿舍了，她只在肩膀上搭了条毛巾，接着头发上滴落的水珠。

超市门口立着一个大型的黑色风扇，跟烧烤店大排档门口那种一样，正对着收银台。

时晨在货架前仔细挑着，打量着面包包装和货架上的价签。拿上一袋面包之后，她没立马结账，而是习惯性地在各个货架前穿梭。

她往里翻了一下，只剩下最后一盒牛肉干，抽了几个放在手中，想了想，又放回去，拿走了货架上的一整盒。

旁边闪进来一个男生，一手拿着手机一手翻着货架上的东西，嘴上还不停歇地讲着电话。

"要买什么等会儿都发过来，爸爸哪有那么多时间听你们废话。

"滚蛋。

"老李头儿真是个狠人啊，连饭都不给吃的，还不知道明天能上哪个犄角旮旯里。"

时晨听见这话，没掩住好奇转过身看了一眼。"老李头"是他们学院的老师，资历很深，也算业界大牛。

所以，这男生也是校友啊。

时晨不认识他，反正学院那么多人，恰好碰到一个，也是常事，她没在意。时晨转头看着货架上的饼干，想找一些重量轻又能抗饿的东西。

"别啰唆了，拿了，都拿了。

"都叫爸爸了，当然得给儿子买了。

"啧，牛肉干没有了，一个不剩了，换个别的吧。

"翻了，五、六、七、八，八个空盒，都是牛人啊。"男生有一丝不耐烦，拎着空盒甩了甩，"别的不行？"

男生打电话的声音很大，没避讳其他人。时晨听见后带着点心虚看了眼自己手上的盒子，满满当当一整盒。那男生不耐烦地转过来打算买点其他东西充数，恰好，两人对看了一眼。

男生可能只当她是个过路人随便看一眼，可时晨不是，她正心虚呢，已经手比脑子快地伸过去。

那男生脸上的暴躁还没来得及撤回，看着面前的一盒牛肉干可能也不太好意思，最后，他挠了挠头，脖子后面红了一大片，有些犹豫，吞吞吐吐也说不出一句话："啊，不，这，行——"

时晨听着他这断断续续的话语，催促一般又往前递了下盒子。

"谢谢啊。"男生这次没拒绝，伸着胳膊像个小姑娘，小心又谨慎地拿了，一、二、三、四条牛肉干。

时晨看他的样子像是恨不得九十度鞠躬以表达谢意，十分大度地摆了下手，表示：小事，不要在意。

那男生拿着来之不易的口粮，飞速地逃离是非之地，大步跨过几个货架，转而跑去找他的同盟。

"西哥，救命！"

方落西大发慈悲地分出一点余光，看了他一眼，又转头看着货架上的东西，就像刚才只是看了眼空气，没有引起丝毫波澜。

井立涵直起上身，将手中的东西换到左手，右手拿着刚刚得来的、来之不易的牛肉干："看，这是什么！"

方落西看傻子一般看了他一眼，没理。

井立涵也没管方落西的态度，依旧虔心地诉说："这是爱啊！"

方落西一巴掌拍在他脑门上，嫌弃地扒拉两下："带着你的爱让让，挡住我了。"

方落西继续打量着货架，耳边是井立涵絮絮叨叨讲述刚才的经历的声音，他甚至还觉得有一丝聒噪。

"你听没听啊？"

"嗯。"

"要这个，要这个。"井立涵指着货架上的一袋面包，"跟刚刚那位善良的小仙女买一样的。"

方落西不太想理他……

井立涵："我请，我付钱不行嘛。"

那当然行，谁付钱谁说了算。

时晨最后又拿了两瓶水，就去了收银台。她从澡堂过来，没拿着手机，只能刷卡。第一天来这儿，卡里余额还算多，否则可能经不起她这样花销。

她前面还有两个人等着结账，只是收银台的电脑好像有点问题，老板娘在键盘上敲敲打打。时晨摸了下自己的头发，夏天温度高，她头发又不算长，现在已经半干了。

门口的风扇吹得她胳膊上的鸡皮疙瘩又起来了，有些冷，她用空着的手狠搓了两把。

"哎哎，西哥，西哥，小仙女。"井立涵抬着胳膊时示意方落西看。

方落西看过去，只单单一个背影，不算高，但很瘦；头发松散地披在肩膀上，还带着水汽；手里拿着东西，很安静；双腿似竹竿，白得晃眼。

方落西撇开头看了眼井立涵，眼神明明白白带着打趣。

"你想什么呢，啊？"井立涵察觉到他的意思，好像要跳起来，"收起你危险的想法，人家刚施舍了你饭吃，别瞎拉郎配。"

方落西嗤笑一声，没再搭理他，低头看着手机上刚进来的消息。

前一天运动量超标，时晨一夜睡得很好，洗漱之后，在脸上涂了厚厚的一层防晒，拿好防晒衣和帽子，就出了门。

队伍不知道拐进了哪个小山沟沟，目之所见，除了山还是山。

他们脚下的路也不是正经的路，荒山上的杂草被踏平，一行人走出一条小路，后面的人沿着这条路紧跟着前面的脚步。

走山路耗体力，况且还是一群没怎么吃过苦的学生。恐怕这一天的运动量，能赶得上平常一个月了。

几个人抬头看了看，晴空万里，蓝天上缀着几朵变幻的白云，怎么都不会是 App 上的小白云。

她情绪转得快，听到拿着仪器的男生介绍："我们实习 App 创建者，这次又跟着过来校准坐标了。"

时晨记得这个 App，安装包配套·个介绍文档。

水准仪旁边站着一个男生，弯着腰不停地摁着手机。等那个男生转过身和旁边人讨论，时晨才看清楚他的样子。

是他。

男生只穿了一件短袖，没像别人穿着防晒衣或者胳膊上套了冰袖，照旧是黑色的运动裤，身姿挺拔，是少年独有的清瘦。

时晨想，原来他是学长啊。

"叫什么？"

赵孟迪狐疑地转头看过来，眼神带着打量："你认识？"

时晨一惊，莫名把心里话说了出来，她说："不认识。"

确实不认识。

赵孟迪没多想："不知道叫啥，就只知道是学长。"

方落西记完最后一个数据，发给自己的学长：测完了。

不多时，一个男生走过来，笑了两声："今年新加了几个实习点，数据都得更新，之前的就算顺带。"

方落西收拾着手边的仪器，装进盒子里，头也不抬地说："我闲的？就乐意白当那劳动力？"

"不是，那不是他们几个今天没来嘛，也就测一下近处，过几天走远了就不带东西了。"男生一顿，又不怀好意地笑了下，"再说了，白来的小羊羔谁不宰啊。"

"再恶心人，你就自己收。"

太阳已经正挂在头顶，老师一声解散过后，所有人自觉地找地方休息，拿出自己的存粮，一声不吭开始干饭。

"早知道带瓶老干妈来了，吃面包都是香的。"崔部月掰了一块面包塞进嘴里。

赵孟迪一拍巴掌："方便面就辣条，绝配！"

姜蕊小声说出了大家的心声："就，感觉有点黑暗。"

"那是你们没吃过。"赵孟迪不服气地反驳，"相信我，你们会折服的。"

赵孟迪扒拉出一小袋零食，一口吞进嘴里，舌尖后知后觉地感觉到辣椒的存在，不住地"嘶哈嘶哈"地咽口水，被辣到后猛灌了几口水。

时晨看着她喝水的样子，没忍住阻止："少喝点。"

"不行，我辣。"

"万一你等下想去厕所呢？"

她话音落下，一片静寂。

赵孟迪把瓶盖拧上，生生扛着嘴里的辣意，然后不安地打量四周的环境。除了人就是山，显然是还没开发的荒山野岭，不大可能在这里费心修建一个公共厕所。

至于哪里能够容她们解决个人生理需求，现在的确不得而知。所以她们只能从根源上解决问题，那就是别喝水。

姜蕊看着手中的空瓶子，极度后悔，哭诉道："早知道就不喝了，可这也太热了。"

或许是第一天走山路,路程不算太远,不知道从哪个山头绕下来,拐个弯,就看到了基地门口的小路。

时晨在人群中穿梭飞奔回宿舍拿衣物去洗澡的时候,有种穿越到高三中午放学去食堂抢饭的压迫感,一样的紧张,一样的争分夺秒。

直到刷卡进门,站在淋浴头下,热水喷涌而出,一颗心才稳稳地落下。

流水洗去满身疲惫,极力地安抚劳累了一天的肌肉,如果条件允许,她甚至想找个浴缸舒舒服服地泡一会儿。

一切收拾妥当后,崔邰月嚷嚷着:"走啦走啦,饿死了,我今天一定要吃到大鸡腿。"

食堂里,时晨看准了一条人数最少的队伍,站过去,低头刷着手机。后面又站过来几个男生,大声玩闹着。

"咱不说别的,我就心疼那双新鞋,好好一双限量版,干点什么不好。"嘴上说着心疼,却是带着看热闹的语气。

时晨猜着应该是有人穿着新鞋去实习,上山下山的,估计也不成样子了。还好她有先见之明,从家里翻出了两双旧鞋带过来。

紧接着一道男声响起,就在她身后,很近。不同于刚才那声音的跳脱,这声音带着点少年感的沙哑和懒洋洋的不在意,嗓音格外欠揍。

"时晨!时晨!"

时晨转头看过去,崔邰月站在队伍后边,一手拿着筷子,一手打招呼示意。顺着看过去,赵孟迪和姜蕊坐在座位上,她点点头,嘴角带着笑。

再转头过来,时晨正好看到后面的男生,嘴角还有一丝没来得及收起的笑意,却在对视的一瞬间僵住了。

这不是第一次见面,但是之前远不如这一次来得清晰,他发丝还带着水汽,轮廓眉眼可以仔细地刻画在脑海里,即使嘴角勾着笑,浑身也有一层屏障隔离开,叫人不好接近。

听着自己近在耳边的心跳声,时晨装作不经意地打量一眼,自然地转回头,看着前面的透明玻璃窗口,机械地跟着队伍前进。

时晨回想着这位熟悉的陌生人,他们只见过几面而已,次数只有她自己记得清楚。

而她,自从那天下午过后,那道心跳声总是伴着他一起出现,甚至,想到自己没有丝毫存在感,心里就忍不住泛酸,涩意难忍。

不知不觉间，她前面只有一个人了，她忍住想整理头发的冲动，同时尽量忽略背部的紧绷感。

有一瞬间，她分不清自己是想队伍再久一点，还是想尽早摆脱后面这不可忽视的感觉。

没等想明白，下一个就是她了。

前面的男生买走了五个鸡腿，让开窗口，时晨看到原本放着烤鸡腿的盘子里只剩下孤零零的一个鸡腿。

她脑子浑浑噩噩的，看着阿姨利落的动作，装袋、打结，递给前面的男生，还能分出空问一句。

"同学，你来点什么？"

"啊，我，一个狮子头，谢谢。"

时晨听到自己的声音落下，接过阿姨递过来的袋子，正准备转身离开时，一道礼貌又随意的声音响起："一个烤鸡腿，谢谢。"

她手指钩着袋子，稍低下头遮挡，嘴角微扬。

等时晨拎着袋子走到座位上的时候，另外三个人已经开吃了。崔郜月眼尖地注意到她的袋子，纳闷道："没买鸡腿吗？"

时晨在唯一的一个空位上坐下，把袋子放在桌子上，解释说："前面的同学一个人买了五个鸡腿，没了。"

她没说自己本来能买到最后一个，但是留给了后面的人。

姜蕊替她惋惜："可惜了。"

时晨自己却很开心，还安慰着她们："狮子头也好吃，再说实习还要很久呢，不差这一个。"

时晨咬了一口香糯的丸子，配着米饭，酱汁浓郁，可口香甜。

另一边，有人抱怨着浪费时间，凭什么最后一个鸡腿落到你手里，只得到一句，大概是人品好吧。

第三章　　/ 喂，小学妹

实习的生活就这样，每天在山路中奔波来，奔波去。最初的新奇和期待已经在每天的劳累中散去，以至于最后都要掰着手指头过日子，企图早日脱离煤炭坑。

早起跟队出发，自备午饭，中途不能偷懒，一走就是一天。荒山野岭的，导航都不能精准定位，要是一个人落单了，指不定在山沟沟里绕多久，能不能走出来都是个事。

最开始，时晨还会期待一下实习目的地，可现在，内心宛如一潭死水，毫无波澜。

绿山头、废山头、山头连着山头，新鲜一点的，山沟里见点水花，但这些哪能弥补身上的疲累。

"都知道今天干什么吗？"赵孟迪神秘兮兮地问了句。

时晨她们什么也不说，直接凑过去听着。赵孟迪在学生会任职，一年下来，也认识了不少人，马上大二要升部长，小道消息很广。

"今天咱们来的地方，是有水晶的。"赵孟迪咳咳嗓子，"今天好好干，争取咱宿舍一起早日脱贫，成功致富啊。"

崔邵月看了看跟前几天没什么区别甚至更残败的山头，纳闷道："这能有水晶？"

"那个软件上是这么说的，甚至这地方还有个稍微高雅一点的名字。"赵孟迪停顿一下，一本正经地念道，"水晶之山。"

剩下三人一窘……

姜蕊："好像并没有很高雅。"

赵孟迪摆摆手："别在意这些细节啦，学长他们搞理科的，总比之前那些'无名山头1''无名山头2'好多了吧。"

崔邵月一正色："那这水晶，咱今天能当特产带块回去吗？"

"看命吧。"

话音一落下，时晨能感觉到她们几个人的脚步明显加快，就像前面有一大堆钱等着你白捡，还在兴奋地冲你招手："来啊，快来啊。"

到目的地之后，按照惯例先听老师讲解课本上的理论知识，然后依次对应眼前的地质构造，随后留出时间让学生自由观察。不过今天的讲解格外短暂，中间提到水晶的时候，人群一阵躁动，考察热情空前地高。

之后三五成群围着一块石头打转，趴在石头上抠的，蹲地上翻的，各种姿势，只有想不到的，没有看不到的。

时晨跟着宿舍的人蹲在地上，翻着地面上不算大的石块，一脸纳闷，恨不得搬个显微镜来仔细看看。

水晶呢？漂亮的紫水晶呢？

没有。

有的只是黄乎乎、丑不拉几的石头。

"过来看，是这样的吗？"崔郜月没形象地蹲在地上举着一块石头。

三个人一股脑凑过去，盯着那块石头。

看到后一阵沉默，不算大的石块边角处，有一丁点大的黄色不明物质。

到底有多大呢，指甲盖对它来说就是一片大海，它只能称得上指甲屑。崔郜月甚至还打开手机照明灯，灯光照在上面，衬得更加心酸了。

几个人对视一眼，默默无言，随后又默契地笑了。

崔郜月关了手机，揣进兜里："别笑，肯定就是这个，这就是水晶晶簇。"

时晨看着不知道是晶簇还是颗粒物的不明物体又一次笑出了声，因为这一笑，还被轻拍了一巴掌。

姜蕊也蹲在旁边笑："我第一反应想到的是基地博物馆里那个，那旁边的简介就是本地水晶啊。"

她说的紫水晶在基地内的一个小型博物馆里，约莫一手臂长，水晶晶簇凌厉，弧度优美，自下而上生长，成色很好，紫色淡雅高贵，顶端泛着白光，配上特殊的灯光，浑身写着"我很值钱"。

那天，时晨独自逛展厅的时候，在玻璃柜上看到个熟悉的身影。

男生很好认，身高显眼，清瘦又不羸弱，更何况是格外引人注目的长相。

他自己却不清楚，立在展厅内看着介绍。旁边来来回回的人总要多投过去两眼，他似乎一点没受影响，看得格外认真。

那时候她也没明白，为什么每当看到他之后，眼睛总是不由自主地扫过去，甚至心跳也比往常卖力。

只当是她想看，所以眼睛满足了她这个私欲。

时晨和他隔着一条过道，她偷偷看着玻璃上的影子，还要装作看简介一般，时不时低下头，换一下视线。

她没转头，不敢像别人一样大方地看过去，甚至和同伴小声笑嘻嘻地谈论；也不能装作参观，走到他旁边和他并排，以离得更近一点。

好像这样做了，就会被人看穿她的心思。

等他走后，时晨走过去看着里面灰色的石板，上面有几株花，花朵和茎都很分明，她看到旁边写着名称，海百合。

她有些好奇，应该是海底的百合吧，时晨拿出手机，对着玻璃拍了张照片。

后来，过了很久很久，久到甚至记不清那天的事，那天的人。

她才知道海百合，棘皮动物，始见于早寒武纪世。

快步跟着走过去，甚至忘记了展厅连接处有一小级不高的台阶。腿没来得及迈开，身体已经受到影响，不受控地往下倒。

短短几秒，她甚至想到了等下摔在门口的惨样，满屋子亮晶晶的宝石还一点点映入她的眼睛里，这碰到可赔不起，有一丝绝望涌过她眼底。

好在她成功稳住平衡，只是身子不受控地后退了两步。

只是她太过紧张，脚步又要踩到台阶磕到门槛时，一只手礼貌地挡在门口，拉住她保持平衡，冷静的声音响在耳畔："小心。"

她睁开眼，看到近在咫尺的脸庞，被看到丑相觉得丢人的情绪和再见到他的紧张情绪，同时在她身上蔓延，她小声讷讷："谢谢。"

…………

"都想什么呢？"崔邵月一拍巴掌，举着她刚抠了半天的石头，"要是有那种成色，还轮得到你们在这里捣鼓半天？"

崔邵月这一巴掌震醒了时晨，把她从回忆中抽出来，她看向那块石头，忍不住露出笑意。

"不是啊，学姐她们不是这么说的。"赵孟迪落差很大，垂头丧气地抱怨，"怎么能坑我呢，亏我这么信她们。"

"走啦，走啦。"姜蕊笑着站起身，把话题拉到正轨上。

时晨抠了下自己的草帽，摩挲了下勒着脖子的挂绳。她看着脚底，弯着腰仔细看着地上的石块，时不时地拿起又扔下。

"可以啊，这块结晶好看。"不远处一个男生发出惊叹声。

又响起一声："还成，纪念品够本了。"

有一丝熟悉，又说不上来，盘在心中的刺挠感勾引着时晨看过去。

七号。

即使见过很多次面，时晨还不知道他的姓名。之前他的衣服前印着英文，就只用这个代称。

这样也好，除了她，没人知道七号是谁，这是她自己的秘密。

太阳的毒辣在近正午的时间全面爆发，时晨就近借着山体遮挡阳光，其实刚好看清那边的一举一动。

井立涵还在看着方落西手里的石头，边比画边感叹："牛啊，怎么挖到的？刚半天没看见你，还当你干吗去了？"

方落西把玩着手里一块偏黄色的石块，哼笑一声，没回话。

井立涵转头跟他聊着别的话题。

手里的石块一大一小，小的，指尖就可以捏住，在他指尖辗转成影，而大块被他搁在身前突出来的山体上。

他蹲下身子，拉开手包，拿出一瓶矿泉水，仔细冲着小块石头，冲掉上面沾染的泥土，最后又用剩余的水冲了一下手。

井立涵看着他又矫情地拿出纸巾擦干净手指，把小石头包起来，嫌弃地移开眼。

然后，他没了接下来的动作。井立涵纳闷："这个不洗了？"

方落西抬头看了一眼，阳光斜斜地洒过来，晕出一片阴影。

"都一样是捡的，怎么还区别对待呢。"井立涵"啧啧"两声。

方落西面无表情："送你了。"

井立涵狗腿道："也行，不过您拿回去，到宿舍拿给我就行。"

"滚蛋。"

井立涵两手空空，又多看了那石头两眼："算了，你看我都懒得找。"

时晨远远看着他们的动作，尽管听不见，却又舍不得离开。

她心想这人大概有些洁癖，连石头都要洗干净后，才用纸巾包起来。她低头伸出自己灰扑扑的手，又收了回去。

等两个人离远了，时晨呆愣了一会儿，向四周看了看，没人过来，才上前去看那块石头。

孤零零的石块通体黄色，略带些暗粉，比她手掌还要大上不少，背面四角排列着整齐的黄色晶簇，比她之前捡到的要大得多，她深吸一口气，有些惊讶，又做贼一样向后看了一眼。其他学生都在对面，两个男生也早已看不见了。

她看着手上这块品相极好的石头，居然单独被丢在了这里。

时晨脚步未动，内心却思绪翻涌。她又把石头放回原处，一切都是原来的样子，就跟她没来过一样。

她盯着落下的一小片阴影，默不作声地想着，人已经走了，石头扔在这里，她看到了，就算是她捡到的。

"时晨！"崔郜月跑过来，喘着气，"你怎么来这儿了？都要换地了。"

时晨抬头一看，四周的确没什么人了，只剩下零散的几个学生，还有个跟学生讲解的老师。

"我没注意。"

"一回头连你人影都没看到，又没信号，吓死了。"崔郜月叉着腰。

"怪我怪我，走啦！"时晨讨好地笑了笑。

崔郜月："走吧，你这是刚找到的？"

她拿过时晨面前的石头，举起来看了一眼。

"你这挺重啊，但也太大一块了吧，要带回去吗？"崔郜月不确定地问了一句。

"带吧。"时晨也不确定，随后给自己加砝码，"你不觉得这个很好吗？"

崔郜月："也没有吧。大块的都差不多这样，你手里那个小的也很好啊。而且，接下来你要一直背着吗？"

时晨沉默地看了一眼手中的两块石头，一大一小，全都灰扑扑的，杂质很多，星星点点。

"带着吧，碰到了就是缘分。"

更何况，以后就遇不到了。

听见她说这话，崔郜月忍不住笑了："都什么啊？只要你想，这山头的石头都是你的。"

时晨也笑了，从包里拿出个袋子，把石头装好放进去，又抽了两张湿巾，一张递给崔郜月，匆忙擦了下手掌，快步跟上大部队。

实习的日子过得飞快，每天爬上爬下。之前的许愿终于在一天灵验，天空下起了雨。雨滴成细线，天空阴沉得像带了滤镜，连带着简陋的瓦舍都古朴了几分，扑面而来的意境。

通知群一早发了消息，今天行程待定，不要外出，注意安全。天气状况多变，哪怕只是小雨，对他们的实习考察也是极大的阻碍。

宿舍门紧闭，一屋子人都窝在床上，老老实实地贯彻着老师的叮嘱，听话得过分,连床都不下,悄无声息地刷着手机。

都说下雨天和睡觉很配,昏暗的天气和室内安静的气氛,让疲惫许久的人一下子忘记了时间。时晨在床上躺了很久,久到她分不清时间,后知后觉有点饿了。

时晨:有人要吃饭吗?

发完消息,她没磨蹭,换了件衣服下床。接连几天,她已经知道了基地超市内所有面包的味道,真是受够了。

崔郜月看到她的动作,挣扎着从床上坐起来,脸色惨白,嘴唇没有一点血色:"你等等我,我陪你去。"

时晨看到崔郜月这样子,坐到她床沿上,侧头看她的脸色,焦急地问:"你怎么了?"

"没事,'大姨妈'。"崔郜月摆摆手。

听见她说是"大姨妈",时晨松了一口气:"你别去了,我给你带回来。"

崔郜月有点不好意思,拒绝道:"我还想去水房接杯热水。"

时晨多看了她两眼,叹了口气,自然地说:"我也要去接水,多接一杯的事,你再躺会儿吧。"

崔郜月听时晨这样说也不执意陪她一起,躺在床上道了声谢。

时晨拿过两个保温杯放进包里,看了眼外面的天气,又多拿了一件单薄的防晒衣。

秋老虎还在作怪,吹起的风还算不上秋风,滨城靠海,又刚下过一场雨,吹在身上激起一阵战栗。

细风随意地吹,枝干上的水珠经不住地心引力,扑棱地往下掉,风刮在时晨脸上,凉丝丝的。路上也没几个人,人们全都躲在房子里,偷窥着作怪的天气。

每排宿舍的尽头有一个水房,洗漱和饮用水都在一起。她从包里拿出水杯,拧开先给自己接了一杯。

水流从直饮机落进杯底,时晨尝了一口,常温。按照现在的天气,喝常温刚刚好,只是生理期的女生就得靠热水暖一暖。

时晨没多耽搁,想着去其他水房看一眼。

不巧的是,附近两排女生宿舍的水房,都没了热水。再往后就是男生宿舍,她得绕过这几排,去基地最北角的女生宿舍了。虽然水房和厕所是分开的,她也不好意思去男生水房接热水。

她凭着印象绕了好几圈，找到了一间水房。

看到熟悉的直饮水机，时晨那一秒像是干涸的池塘里的鱼儿见了水。

然而下一秒，角落里站着的一道陌生又熟悉的身影，转过头瞥了她一眼，冷淡开口："接热水？"

迈上水房台阶那一刻，她只是想着给可怜兮兮因为痛经而不得不躺在床上的亲亲室友一点温暖。

仅此而已。

时晨进门之前只看到了饮水机，并没有多注意旁边还有一双脚。当那句询问进入耳朵时，她看向一旁身姿挺拔的男生，心里想着，完蛋了。

她往前迈也不是，往后退也不是，脑子里乱糟糟的——跑到男生宿舍接水，会不会被当成变态？

她脸颊飞红，想着立马逃走："我——"

方落西慢条斯理地拧上瓶盖，打量了一眼她怀里的保温杯，转过身，语调不轻不重："整个基地只有这里有热水。"

时晨站着没动，看着他的背影，想了想还在等着热水回去续命的崔郜月，就接杯热水而已，而且没有其他人，她可以当作什么也没发生。

男生接满一杯水，似乎是要拧开旁边的保温桶，又想到什么，转头看向时晨，侧头示意了一下。

时晨看到他的动作，匆忙上前，拧开盖子，准备接水，还不忘礼貌地道了声谢谢。

"客气。"

时晨抿了抿嘴角，拿出自己的水卡，瞥见插卡处还有一张水卡，她两指捏着拿出来，伸直胳膊递过去。

仔细听的话，声音还有一丝颤抖，尽管她已经尽力维持平静："学长，你的水卡。"

方落西没注意她的称呼，纳闷地看过去，水卡是之前井立涵放上去的，他就只摁了下开关，压根不记得有这一茬。

他伸手拿过来，随意放在一边，也随意地说了一句："谢了。"

时晨做不到和他一样洒脱地说一句客气，小幅度摇了摇头："没事。"

她拇指轻轻蹭了一下食指骨节，感受着刚才残留的一丝凉意。刚才她清楚地感觉到他接过水卡时，修剪的圆润的指甲轻轻刮了一下她的食指。

时间好像被人按下暂停键，两个人并排站着，一时静默。

水流直直地落在水杯里，碰撞发出声音，白色的雾气在杯口弥漫散开。时晨盯着眼睛一眨不眨，想尽力分出一点余光看一看身边的人。

饮水机水管很细，水流也小。平常总是嫌弃的东西，现在巴不得更慢一点，最好一滴一滴地掉落。

水杯很浅，再小的水流，不多时也能够装满。

时晨拧好一个杯盖，退到一边，动作慢悠悠的，也不着急离开。

她背对着他，给自己找了很好的拖延借口，拿着杯子轻啜饮水。

这个水房和她们宿舍旁边的不太一样，房间面积小，装修也更精致一点。

喝了小半杯热水，时晨感到暖流进入肺腑，连四肢都在雨后寒风里侵入一丝暖意。

余光看到他接满一壶水，时晨磨蹭着又接了小半杯热水。水面渐渐上升，连水滴落下的声音都不一样了。

时晨想着，没有借口了。

"哇，这什么鬼天气。"

一个男生跑进来，上衣因为浸水而颜色变深，头发也凌乱地铺在额前。窗户原本清晰的背景一下子变得模糊起来，雨滴急速落下，拍打在窗户上，展现出前所未有的凌厉。

那男生看见房间里还有别人，看清楚面孔后，眼神一亮，矜持地扯了一下衣服，走向方落西："完事了？"

方落西古怪地瞅了他一眼，无声发问，你又在整什么幺蛾子？

时晨没注意到他们的眼神交流，她看着窗外，焦急流露在脸上，飞快地拧好瓶盖，打算推开门冒雨跑回去。

手指刚碰上门把，脚步还未踏出房间，后面有人叫住她。

"同学，稍等一下。"

时晨听到声音，僵硬地转过头。她没办法像刚才一样继续在这里消磨时光，但也不想让人看见她在暴雨里逃命的狼狈。

她缓慢地转过头，目光呆滞地看过去，尽管她急得快要哭了，还是抿着嘴角不泄露一丝情绪。

方落西伸手递过去，示意她接着。

时晨低头看向他手里的雨伞，不是小巧的折叠款，而是长柄，红色。有点像广告推销的赠品，但质量很好。

她没接，眼神看过去表示疑问。

方落西又抬了下手。

"不用了。"时晨反应过来,赶忙拒绝。

她准备离开前,把防晒衣的帽子扣在头上,小小的,紧贴着脸,她想自己现在一定丑爆了,即便刚好能遮住一半发红的脸颊。

方落西还没来得急张口,井立涵先过来搭着她肩膀套近乎:"同学,你是哪个学校的?"

时晨把视线移开,看向刚过来的男生,有一点眼熟,又想不起来是谁:"崇浦大学。"

那男生嘴角一咧,有种见到老乡的亲切感:"我们也是,校友哎。"

我知道。

还知道你们是学长,遥感系。

窗外雨势逐渐变大,井立涵又说:"这伞是基地提供的爱心雨伞,超市对面那个房子,离你们女生宿舍比较近,你顺便帮我们还一下就好。"

时晨也知道顺手帮忙还雨伞不过是借口罢了,她看了眼那把雨伞,打算开口拒绝。一个人淋雨总比两个人淋雨好,而且人情这种东西,最难还了。

"拿着吧。"

方落西劝了句,接收到她的视线,懒洋洋地撩了撩眼皮:"你不用,这伞就没了利用价值。"

时晨和井立涵同时看过去。

方落西不紧不慢地解释:"你不拿着,我们也不会用,我不会愿意跟他打一把伞。当然,他愿意,我也不会同意。"

井立涵在一边听着要气炸了,就差把打人犯法这四个字印在脑门上了。

时晨听着他这奇妙的逻辑,忍不住想要脱口而出"你可以自己撑伞回去啊,这样你就不用淋雨了"。

结果,下一句就听见他说:"如果我们只有一个人撑伞,那可能会打起来,所以,麻烦你了。"

只不过,时晨总感觉像是得了便宜还卖乖。不管是什么原因,这把伞今天是跟定她了。

她小心地拿过伞,礼貌道谢:"谢谢学长。"

方落西和井立涵没多停留,收好水杯,大步迈进了雨里。临走前,方落西还似是关切地说了一句:"早点回去。"

时晨站在房子里,透过窗户和细密的雨丝看着远去的背影,低头看着手中平常绝对不会用的红色雨伞,撑开,迈进雨里。

几分钟前。

井立涵走向方落西,鬼鬼祟祟地在他耳边嘟囔:"牛肉干,牛肉干。"

方落西莫名其妙地看了他两眼,只见井立涵从牙缝里挤出几个字:"牛、肉、干、仙、女。"

哦,然后呢?

井立涵:"你把伞给她送过去?"

"干吗?"

井立涵以为他不愿意,装出一副教育人的样子:"你好意思吗?这么大的雨,万一等会儿下雹子呢,咱俩能因为一己私欲,让一人美心善的小姑娘淋雨回去?"

方落西气笑了,又不是他的伞,反问道:"你自己不去?"

"万一她记着我,我不是得丢人场面二次重现吗?人好歹也帮过咱们,你能说牛肉干你没吃?"

他吃了,无可反驳。

然后,方落西才不情愿地领了这个使命,走过去跟那女生交涉了两句。

雨滴沉重地打在身上,井立涵模糊不清的声音传来:"你今天怎么磨蹭那么久,早点回来,咱俩还至于雨中狂奔吗?"

方落西不甚在意的声音隔着雨幕传来:"怕什么,又不是要你裸奔。"

天空似乎是要把最近的闷气一股脑地全都发泄出来,即便雨声震耳,还是能听到井立涵的声音:"幸亏今天没遇见大妈,等会儿拿着扫帚给咱俩轰出去,明天绝对论坛头条了。"

这排房是基地工作人员的宿舍,平常不让学生来,今天要不是有特殊情况,他们两人也不会来这里碰运气。

井立涵忽然看向方落西,大言不惭,眉梢都飞扬着自恋的味道:"都说让你先走了,你别不是等我吧。"

方落西看他一眼,没说话。

方落西不理人,井立涵一个人说也没意思,又想到什么,纳闷道:"哎,她怎么叫你学长啊?"

只听井立涵自问自答:"你什么时候这么好心,你别是怕人举报你,威胁别人说,你是学长?"

方落西彻底无语了,淡淡地吐了句评价:"智障。"

井立涵咋咋呼呼的声音响起:"恼羞成怒了吧,死鸭子嘴硬。"

方落西:"滚蛋,你才鸭子。"

雨滴在伞面绽成一朵朵水花,掉落在女生脚下。有人不顾雨声威胁,径自走出一条自己的路。

时晨回到宿舍的时候,崔郜月正着急忙慌地准备穿鞋出门,看见时晨回来,心里松了一口气。

"你带伞了啊,我刚准备去找你。"

时晨没解释自己的伞,从包里拿出午饭,还有一个瘪了的矿泉水瓶,瓶子里灌了大半热水,可以当作个简易的热水袋。

崔郜月两指接过"热水袋",被烫得龇牙咧嘴,小心地摸了摸耳朵,两眼泪汪汪的:"呜呜,我爱死你了。"

时晨笑了笑,递给她一份饭:"等久了吧,赶紧吃,等会儿凉了。"

"啊,还有鸡腿呢。"

时晨看了眼袋子里的鸡腿,又侧头看了眼墙角的雨伞,雨水滴落在地面,洇出一小片水渍。

天公酣畅淋漓地下了一场雨,很快又恢复到之前的艳阳高照,不见云层。没了雨水的阻挡,自然他们也要开始实习了。

"热死了,热死了。"赵孟迪不耐烦地撤下帽子,拿着帽檐在脸侧扇了几下。

"你想一下,再有一个小时就知道六级成绩了。"姜蕊不紧不慢地跟了句,"是不是浑身都凉了。"

时晨眼看着崔郜月听见这句话,脚下没避开一块石头,整个人一踉跄,眉心一跳,手快地拽了她一把,拽住人后还心有余悸:"干吗呢?"

崔郜月:"我紧张。"

时晨叹了口气,紧张也得看路啊,这掉下去可不是闹着玩的。

"晨啊,你拽着我点,我怕还摔。"

考完试的那天下午,崔郜月乐呵呵地卷了自己的六级真题卷和预测卷,塞进纸箱子里,送给楼下宿管阿姨卖废品了。那天可不是这么没出息,昂扬得跟大白鹅似的。

崔郜月:"你不紧张吗?"

时晨没犹豫,点点头:"我紧张啊。"

说实在的,她六级纯裸考,大概率是没戏了。

所有人一路紧张地爬到山顶,甚至都暂时性地忽略了老师的讲解,心慌慌地拿着手机。有人甚至还定了个闹钟,"丁零"一声,在一群心惊胆战的小可怜里激起惊涛骇浪。

崔郜月猛地一把抓住时晨的手腕:"吓死了,这么积极的吗?"

她们今天也不知道在哪个不知名山头,一进山就断网,信号时不时地中断。往常断网学生们并没有多在意,只是今天这个时刻,没网这件事格外勾人心思。

时晨低着头露出脖颈,无聊地打发时间,反正没信号,留出一耳朵闲听室友聊天。

几个女生身材娇小,刚好能够在阴影里避开阳光。有人从他们前面经过绕到石头正面,背对着她们站在后面。

一男生:"真一点也不着急啊,你装装样子也行啊。"

又一男生:"咱西哥需要吗?咱西哥雅思7.5,你懂吗?都没见过雅思的考试卷吧。"

听见一声"雅思7.5",时晨旁边几个室友唰地转过头去,打算看看是何方神圣。

崔郜月转过头用胳膊肘撞了时晨一下:"人长得也好帅,按说这样的帅哥,我小本本应该记下来了啊。"

时晨笑了笑,正打算转头配合她看一眼,就听见她略带遗憾的声音传来:"算了,他走了。"

方落西听着旁人闲扯,也懒得反驳,哼笑一声,拧了瓶水灌进喉咙里,起身离开。

崔郜月借着时晨的胳膊挡住半张脸,看着像是偷懒靠在她胳膊上,实际上是借此遮掩偷偷打量,以传回最新战报。

"哎哟,手控党福利啊。

"他喉结好性感。

"啊,我人没了。"

时晨听她一句一句地感叹,有些好奇,也转身看过去。但只看到一片空旷无际的山野在日光下熠熠生辉,就像那个男生一样,优秀又耀眼。

她没在意,只不过是一个别人口中的过客而已。

等回到基地洗完澡后,时晨坐在床上看着网页上的进度条,叹了口气,扒拉出一瓶花露水,穿好衣服出门找信号。

屋外的信号比屋内要好一点,时晨多走了两步,蹲在房子后面找个墙角刷信号。

在网页又一次不辞劳苦地转圈后，终于成功跻身到查询信息页面。时晨眼睛一亮，手快地填上自己的信息。

页面显示出几行成绩，字体小小的。屏幕亮出的白光直射在时晨脸上，她眨了眨眼，又看了一眼总成绩。

423。

没过啊。

就差两分。

嘶！

果然奇迹不会轻易降临。

虽然成绩在预料之中，但当亲眼看到之后，心头冒出来的落寞也作不得假。露天的信号比屋内强了不知道多少倍，眼皮底下弹出个消息框。

江雪：时晨宝贝，干吗呢？

时晨看了眼，是高中闺密江雪发来的消息，紧接着又发过来好几条。

江雪：我好无聊啊，每天在家里。

时晨：刚查完成绩，蓝瘦香菇。

江雪：在忙？

时晨：没，溜达着找信号。

消息一过去，江雪拨过来一个电话。

江雪："怎么？"

时晨难受的情绪一下蔓延上来："有那么一丝无语，423分。"

江雪听见笑了声，安慰道："你想一下，也还行，要是424分，那不是更绝望？"

时晨："好像并没有被安慰到。"

那边江雪笑得更大声。

时晨："你呢？"

江雪正色道："我也没过，不过四级比之前多了五十分。"

时晨有一丝纳闷，没理解："还考四级了。"

她记得上一次考试，江雪四级考试是通过了的。

江雪慢悠悠地解释道："我觉得这次六级有点悬，所以就想着把四级成绩刷高一点，别浪费机会嘛。"

时晨听得一头雾水，感觉有点不可思议："所以你一天都在考试？"

"别提了。"江雪幽幽的声音传来，"那天下午我差点没睡过去，哈喇子都要流试卷上了。"

时晨"哧哧"地笑了几声,控制不住地连带着肩膀都抖动起来:"够了,有画面了。"

她拿着手机也不知道走了多久,分心看了眼四周没人,拿着花露水毫不节约地喷了几下,蹲在了地上。

花露水的味道没散开,浓郁的香气涌入鼻腔,时晨没忍住痒意接连打了两下喷嚏。

江雪:"怎么了,想我了?"

时晨没跟她开玩笑,揉着鼻子解释道:"山里边蚊子太多了,我刚喷了花露水。你感动吧,为了跟你打电话,我牺牲自己喂蚊子。"

"呜呜呜,好感动,你就是我的大宝贝,我甚至想连夜飞奔过去给你放鞭炮——"

时晨听不下去,急忙打断:"可以了,戏过了。"

两个人隔着电话一同大笑起来,时晨也觉得自己考试失利的阴霾在和朋友的聊天下,轻轻拂去了。她给江雪描述着自己近几天的实习生活,惨兮兮地倒苦水。

江雪一脸惊奇,除了关心,声音还有些控制不住的笑意:"不是,真'野厕'啊?"

时晨一脸淡然:"当然,山沟沟里有什么厕所,你当逛景区呢?"

江雪幸灾乐祸的声音从听筒传入耳朵:"那怎么办?硬憋啊?"

"刚才不都说了,我不去,我一辈子不上厕所。"

"哈哈哈哈哈哈……"

黑夜遮盖了时晨羞怯的面色,也放大了她的胆量,反正这里也没别人,无所谓了。

挂断电话,她扶着膝盖颤颤巍巍地起身,小腿和脚掌仿佛不属于自己一样,痒意遍布,脚趾上翘又抓地,也没有丝毫缓解。

时晨深呼一口气,猛地在地上狠狠蹦了两下。

借着路灯昏暗的光,她看清不远处就是几天前见过的小河,灯光照在河面上泛起一层波光,水声潺潺,尽管路灯存在感明显,黑夜里还是有点阴森森的意味。

准备离开的时候,时晨看到河边石板地上坐着一个男生,佝偻着背,一手拿着啤酒搭在屈膝的腿上,身侧还放着几罐各色各样的易拉罐,有几个空的罐子被人泄愤一样摁成了圆饼状。

她没再多看,只想着赶紧回宿舍躺床上睡觉。

走出几步之后,她又觉得不太对,停下脚步,想到之前在记者站撰稿的时候,做过的好几张心理健康调查问卷,心下一揪。

那男生身边散落了好多空啤酒瓶,要是出点什么事情,她就是唯一的目击证人。撇开这些不谈,万一他酒量不好,一不留神栽沟里⋯⋯

时晨又回到原来的位置,看到那男生还在,不免心下松一口气。

就在她暗自纠结的时候,那个身影动了下。时晨身体比脑子反应迅速,装作在地上找东西的模样,还"拔"出花露水在周围喷了几下。

宿舍没有阳台,也就没有隐密的区域,不止时晨躲在这里连线,方落西也出门接了个电话。

和韩女士的通话时长也就两分钟,韩女士,也就是他妈妈,打电话问他怎么不在家,短暂的通话就好像只是确定一下儿子还活着就够了。

挂了电话他心烦得厉害,想着自己刚才语气也不怎么好,就去超市拿了几瓶酒,找了个没人的地方一个人待着。

他没兴趣听别人打电话,只是懒得收拾地面上的空酒瓶,拿出耳机又在这边坐了会儿。

他看见那女生又赶回来,在地上翻找着什么东西,也没在意。

花露水的味道又一次传来,方落西偏头咳嗽一声,敲开烟盒,拨动打火机。

"同学,你卖酒吗?"

方落西听见这莫名的一句话,皱着眉头看过去。

刚才的那个女生站在离他一米远的地方,头发披散着,软软地搭在肩上。外套宽大将她整个人包裹起来,黑色运动长裤,脚上踩着一双黑色人字拖,小巧白皙的脚趾因抓地而蜷缩起来。

察觉到自己不太得当的视线,方落西不着痕迹地移开眼。

而时晨正迷糊地盯着坐在地上姿态随意的男生,方落西又皱眉转头看向过来的女生,路灯在她身后,逆着光,看不清脸,想着扯个由头把人赶走。

时晨以为他不耐烦了,鬼使神差地说出一句:"你别怕,我给钱的。"

方落西挑眉一笑,分不清是无语还是真觉得好笑,真转头看向地面上的酒瓶。

时晨本该走的,就这一刻她突然不想走了,学着他的样子也坐在地上。

方落西转头看她一眼,语气轻佻:"会喝?"

时晨皱眉看着手上的荔枝味果酒，粉红色包装，小小一罐，和地上那一些压扁的啤酒瓶明显不是一个画风。

"不喜欢这个？"

时晨转头看向他，摆手道："没有，这个……也行。"

方落西嗤笑一声，又灌了一口啤酒："不行也得行，送你还挑。"

听见他的话，时晨的脸一下子就像熟透的虾米，她没什么底气地反驳："没挑。"

两个人就这么隔着些距离安静地坐着，谁也没开口。时晨摩挲着手里的果酒，感受着金属制品圆润的滑度，时不时地歪头看一眼。

"嘶！"

时晨听见动静，光明正大地转头看去，就见男生食指指尖冒出一道血迹。她刚刚偷看到，男生食指拉动拉环时，不小心被棱角划伤。兴许只是一道小伤口，但是红与白对比明显，在这黑夜里更显得触目惊心。

她慌张地摸了摸自己的口袋，还好刚才出门的时候，换了件衣服，口袋里装着每天应急要用的纸巾和创可贴。

时晨凑过去，略微伸直胳膊递过去："学长。"

方落西压根就没在意手上这道小口子，就是有点无语，单手开个啤酒瓶都能把自己搞流血。听见这声学长，他纳闷地看着面前这个女生："认识我？"

时晨见他没接，又把东西往前递了递，抬眼看他，抿抿嘴说："前两天下雨……在水房。"

不说过目不忘，方落西也不至于记忆力这么差。搜刮了一下自己的记忆，又看了眼面前的女生，头发散披在肩上，也没戴着眼镜，现在天又这么黑，不怪他没认出来。

他看到，女生的眼睛很亮，像是眸子里含水，但又不空洞，相反直率又认真。

女生的手还在伸着，他轻咳一声，拿过纸巾："是你啊。"

"谢谢……学妹。"

他没纠正称呼，顺势应下了这个便宜。

原来，他根本就没认出来。

时晨快速收敛了情绪，看着手上没被接过的创可贴，问道："这个，不要吗？"

方落西看向她手里的粉红色创可贴，面色一顿："小伤，用不着这个。"

时晨想着可能男生好面子，觉得小伤口不需用这些，更何况是个粉红色的创可贴。只是她亲眼看着那指环滑过皮肤，血流不止。再说，明天还要实习，还是包起来比较好。

"我还有别的。"

方落西看着这姑娘又从口袋里掏出一个小纸包，粉红色的。打开里面是五颜六色的卡通款创可贴，粉的、紫的、黄的、蓝的，都是些小姑娘喜欢的款式。

时晨把创可贴递过去，认真地道："你拿着吧，明天实习也要用，就当谢谢你的酒了。"

随后，她摇晃了一下酒瓶。

方落西看着她手里晃动的酒瓶，也是粉红色的，无奈一笑。原本就是他拿错了，结账时又懒得放回去，现在倒是平白让他沾了光。

他一手接过创可贴，嘴角挂上一丝笑："那你这可亏了。"

时晨手指轻轻扣着铝罐上的拉环，没打开，听着清脆的"嗒嗒"声，垂头看着地面。

许是刚才时晨雪中送炭的情谊可贵，方落西难得好奇问了句："大晚上的睡不着？"

刚才他就发现这女孩也不娇气，直接坐到了地上，就是脸色不太好。

听到他的问话，时晨心一动，也没抬头，声音从下往上，穿过厚重发丝，闷闷道："今天，不是出成绩吗？"

"这个啊。"方落西灌了剩下的酒，转头又想拿瓶新的。

他的手上还包着厚厚的纸巾，食指微微翘起，很不方便。时晨就近拿过一罐啤酒，单手利落地拉开拉环，递过去："这个行吗？"

方落西看着伸过来的酒罐，想着她利落的开罐姿势，眉毛一挑，有些惊讶。他没多犹豫，接过后灌了一口。

"没考好？"

"嗯。"时晨想到自己的成绩，突然觉得羞愧难当，无比痛恨那两分，埋着头，没说话。

"还能比我差？我都没成绩。"

方落西那天有急事，没去考试。

时晨听见这话抬头纳闷地看向他，随后转开视线，想着之前宿舍里讨论过分数太低，成绩直接显示为0。

本来按照时晨的想法，会愿意挖一下自己的伤痛来安慰他，你看我423分，惨吧。

可现在,她想知道是怎么一个情况,又怕无心之下戳到人家伤疤,于是按下好奇心。

抬手钩开果酒的拉环,时晨举着凑到唇边,甜腻的香气混入鼻息,酒液冲刷唇齿,流过喉咙,有些许回甘。

时晨捋一下自己知道的信息,清晰地在脑子里一条条列出来。

遥感系,负责优化 App 后续。

理科很好,英语是弱项。

总之,她在脑海里勾勒出一个,因为英语成绩不好而独自在深夜颓废的理科男生形象。

"其实这也不算是什么大事,可以考很多次的。"时晨斟酌着言语,努力不那么正经,"偶尔跌倒一两次,也不是不能爬起来,爬起来又是一只打不死的小强,只要没丢了方向,怎么样都可以的。"

时晨皱着眉从自己贫瘠的语言库里搜刮着词句,让气氛在此刻显得不那么僵硬,不动声色地把鸡汤语录说成真理,这得算一门学问。

方落西轻声一笑,一手后翻撑地,侧过身看她,另一手举起酒瓶示意:"敬,小强。"

黑夜掩盖了她红润的脸颊,身后的路灯在她的发丝上晕出一片光影,时晨心如擂鼓,紧紧攥着自己手中的果酒,缓缓伸直胳膊。

"砰!"

时晨举着易拉罐轻磕在手指环绕的罐身,一高一低,就连地上也有极为和谐的倒影。

她缩回手,轻抿一口酒液,另一手攥住自己的手腕,好像还能感觉到刚刚的颤抖。

时间也不早了,等两人喝完最后的酒,方落西将空的易拉罐装进袋子里,离开前脚步微顿,转身叫住人。

"喂,小学妹。"

时晨转过身,望进他清澈明亮的眸底,他一手提着垃圾袋,发丝凌乱地搭在额前,衣服上也增添了许多褶皱和灰尘,整个人却不显狼狈,之前的落寞也无影无踪。

"以后晚上不要在外面喝酒。"

"尤其和男人一起。"

他唇畔的笑容一如之前明亮又耀眼，像那天的阳光一样。

时晨想，她好像醉了，仅用了一瓶果酒。

回到宿舍后，时晨拿着牙刷又去重新洗漱了一番。崔邵月躺在床上转过身看她，疑惑道："你不是刷过牙了？"

时晨："刷过了吗？忘记了。"

临上床前，她摸到自己口袋里的硬物，拿出来看了一眼。

是今晚果酒易拉罐的拉环，空罐子已经被收进袋子里，当时她拉开拉环后，顺手将拉环装进了口袋里，她看着掌心里的金属制品，小心地将其塞到了书包的夹层里。

当躺在床上，身体轻飘飘地落进棉被里，她慢慢回忆着今天晚上的事情。从火车站第一面起，自己世界的大门，可能就被人侵入了。

她不知道这算不算是喜欢，即便是在上山路上看到他的背影，四肢的疲惫都会烟消云散。

曾经她也幻想，希望自己恋爱的时候，能够循序渐进，慢慢了解对方，像日久生情那样，最好是双向奔赴，充分考虑双方性格、喜好、三观等一系列因素，然后注意表白一系列流程，如果能够浪漫一点就再好不过了。

只是现在她发现，这一切全然和预想的不一样。

这是喜欢吧。

她一见钟情了。

就像那天的雨，说来就来，一样不讲道理。

她凭借自己和他为数不多的相遇，谨慎地总结他的优点。

她闭上眼，眼前的画面全是今晚临走前，他转过身来，唇畔带着笑意，懒洋洋地唤了一声：

"喂，小学妹。"

第四章　/ 这次，他回头了

"都买好回程的车票了吧？"姜蕊抬头提醒。

"买了。"时晨咽下一口面包。

"我还在加速。"崔邵月蹲在一边无奈地举了个手。

滨城到崇浦直达的高铁列车车次不多，买票的人估摸也不少。

崔邵月拿出手机看了一眼，皱着眉头："这几天都在山上，也没信号，都忘了这件事了。"

看见她脸上懊恼的神情，时晨安慰道："再等等看，应该都是分批放票的，我之前来滨城的票就是临走才抢到。"

几个人啃完手里的面包，随手收拾了垃圾装进塑料袋。

难得今天回宿舍之后，她们没有着急忙慌地拿着东西赶去澡堂，相反悠哉地坐着歇息了一会儿，短暂的放松后，才收拾了东西去洗澡。

等洗完澡出去的时候，正好进来一个女生，暖棕色头发烫着大波浪，扎着高马尾。

上身只有一件短款紧身吊带，落落大方，长相也明媚张扬。

出门后，崔邵月歪头跟时晨小声八卦："看见没，美女哎，身材好辣。大家都是女生，怎么差这么多呢。"

赵孟迪一脸了然："连芝玥，遥感班，我们学院一大美女。"

时晨默默想了一下，果然遥感班的人颜值都很高。

方落西坐在床上，靠着栏杆摆弄着手机。他刚洗过的头发还在滴水，在衣领浸出一小片水渍，紧贴着脖子不太舒服。

他双手抓着T恤下摆，伸直胳膊越过头领，将衣服脱了下来，露出腹部块状分明的肌肉。沟壑印在少年感分明的肌体上，平增一分性感和成熟。

"干吗呢这是，勾引良家美男啊。"赵海宁坐着一边，双手遮盖在眼前，却留出一道指缝，露出一双色迷迷的眼睛。

方落西直接将手中的T恤甩过去，好巧不巧甩在了他头上。

井立涵在一边看着，笑骂道："活该。"

赵海宁不满道："你说你手上贴着个什么玩意，难看死了。"

"想死？"方落西趁着他们闹的这一会儿，已经换好了衣服，举着手横在他眼前，"你再看清楚点。"

赵海宁看着横在眼前的手指，五指纤细，骨节分明，肤色略微向小麦色过渡，应该是那些手控党钟意的福利款式，唯一突兀的就是食指的第一个小节裹了一张紫色小兔子的创可贴。

他故作惊恐地双臂环胸，咽了咽口水，很有底气地道："你别诱惑我，我钢铁直。"

方落西瞧着他这没什么正经的样子，嗤笑一声，拿起旁边的衣服又一次甩了过去："你也配？"

井立涵看着他们，在旁边要笑疯了。

恰好，刚才因为换衣服随手装进口袋的手机响起了铃声，方落西一手随意地拿出手机，还顺便解释了一下自己的行为："我是让你看看，得分人。"随后，也没看来电显示，直接接通，手机贴在了耳边，"喂。"

赵海宁还要说什么，看到他拿出手机也只好作罢。

"这样就没意思了。"

方落西语气称得上冷漠，井立涵和赵海宁在一旁反坐着凳子大气不敢出。

不知对面说了什么，方落西沉默了一下，问："在哪里？等我一下。"

方落西面无表情地接完电话，紧接着快步走出宿舍。

赵海宁看着他离开的背影，转头问旁边另一个闲人："他干吗去了？"

井立涵摇摇头："不知道。"

远处天边浸过一片釉彩，晕染到大片的幕布上，岁月悠久的槐树映着油油的绿。时晨没忍住抬手拍下这一画面，她看着屏幕中被她定格的时刻，想转头分享一下。

从宿舍门前的青石板小巷走出来一人，脸上不慌不忙，却插着缝在人群中挤过去。

时晨还是不知道他的名字。

明明见面询问姓名是一件再简单不过的事情。

他匆匆离开，眉心轻轻蹙着，没有丝毫余光外分出来。身侧轻带过一阵风，时晨脸侧微湿的头发摇晃了一下，挂在脸颊，泛着痒。

方落西回去时，宿舍一个人都没有。他懒得折腾，也没换衣服直接躺在了床上。他身高腿长，一半身子落在地上，胳膊盖住眼睛，两腿交叠，十足的慵懒模样。

没躺多久，室友从外边回来，听见开门的动静，方落西挪开胳膊，向门口看过去一眼，见是熟人，又盖上眼睛假寐。

裤兜的手机振动了两声，方落西拿出来看了眼，起身叫住井立涵："你是不是认识论坛的管理员？"

"删个帖。"

晨起天色划出一道金光，窗外还裹着淡淡的海风气息。时晨搓着手臂从水房赶回宿舍，肌肤泛凉，整个人冻得直哆嗦。

女生利落的马尾束起，没了额前的碎发遮挡，皮肤也不似之前白皙透亮。她伸手拽了一下领口，深吸一口气，锁骨处已经有一道明显的分界线。

"完了，好黑啊。"

崔郜月听见她绝望的语气，侧着头颇为流氓地伸手摸了摸她诱人的锁骨，笑眯眯道："谁不是呢。"

集合的地点照旧是在食堂门口，按部就班地集合、统计人数、交代注意事项。值得高兴一点的是，最近的实习地点比较远，来回有车接送，能少走不少路。

一下车，崔郜月凑过去，有情况地冲赵孟迪挤挤眼。

赵孟迪还没说话，姜蕊凑近小声插了一句："昨天论坛爆出一件事。"她边说边打量着四周。

崔郜月和时晨听着就要拿出手机，准备翻开论坛看一眼，被姜蕊打断："别找了，早就删了。"

姜蕊看着他们，吞吞吐吐地说："澡堂安全没有保障，有人偷拍。"

时晨和崔郜月又转头看向赵孟迪，看到她的脸色，估计这事八九不离十。

崔郜月一下子就炸了，声音拔高："怎么这么恶心，谁干的啊。"

时晨没说话，但脸色也不太好，心情就跟吃饭时看见碗里有一只苍蝇一样，堵得难受。

姜蕊说："浏览量不高，也没涉及个人隐私，要不是我正好刷到，也不会看见。"

赵孟迪冷哼一声："学校总算办了件人事。"

崔邵月一脸愤愤："这种人渣就得让他退学，还偷拍，回炉重造吧。"甚至还有些不解气，"就得让他尝尝铁窗泪。"

听完这事的来龙去脉，时晨沉默了一会儿，感觉还是有些不可思议，没想到这种事会发生在自己身边，更没想到处理态度会是这样敷衍。

几个人一天的好心情都被这件事搅和了，一路上蔫不拉几，没什么力气说话。

山坡上的学生站得比较紧密，时晨被挤到高处，余光看见山上郁郁葱葱的核桃树，繁茂的树尖上挂着圆溜溜的青色果实，像铃铛一样，远处的田地也是翠绿色的，被田埂隔开，一块紧挨着一块，看上去格外赏心悦目。

她不经意往旁边一瞥，呼吸一窒，不动声色地挪了挪脚步，只留下个背影。

又遇见他了。

大概，这也算是一种缘分吧。

他们几个男生好像也在讨论回程的事，时晨有点好奇，想听得更清楚一点，低头攥着衣角，屏着呼吸想不动声色地换个位置。

"时晨？"

"啊？"时晨抬起头一惊，眼中还有一丝不易察觉的慌乱。

崔邵月在不远处冲她招手，示意她过去："想什么呢？叫你半天了，快过来。"

正好挨着他们旁边的一块石头。时晨大方地走过去，仰头看崔邵月，腿一使劲，坐在了她旁边。崔邵月："风景好吧？"

明明和刚才没什么差别，一样的绿，一样的远，只差了一块石头而已，她却觉得格外舒心。

"好看。"她听见自己的回答。

时晨能听到几个男生的聊天内容，低头看着手机，不停划拉着解锁。

她胡乱地连点成线，看着屏幕出现红线发出提示错误的振动。

"你们都怎么回去？"一个男生问。

"火车呗。"一个男生答，"不然飞回去？"

那男生又问："都坐火车？"

"嗯，下午六点多。"男生好像又拿出手机看了一眼，确认了一下，"六点五十五分，T×××。"

…………

三十秒过去，手机又可以输入密码了，时晨点开主屏幕上的12306，页面上出现一行小字——请重新连接网络。

那男生看向方落西问："你也坐火车回去？"

方落西点点头，说了句："人多热闹。"

时晨不断打开飞行模式，又关掉，再打开，页面在她的努力下彻底卡成白屏。她抬高手攥着手机晃了晃，低头查看着屏幕。

视野中蓦然出现一小截手臂，轻轻摇动，晃着细碎的光。方落西看过去，注意到一个熟悉的人。

那女生背对着他，坐在石头上，双腿悬空着，低头摆弄着手机，脸色还有一丝不耐烦。

崔郜月凑近时晨，双臂环住她的胳膊："怎么了，这里有信号吗？"

"没有。"时晨无奈地叹一口气，转而问道，"你买到票了吗？"

"我让我家里人帮忙抢票了。"崔郜月松开她，从口袋里拿出手机发消息。

刚好手机页面有反应，时晨点进去，搜索滨城到崇浦的火车票。

页面排列着很多条火车班次信息，她直接拉动滚动条，找到下午六点多，看到T×××。

车票余量很多，硬卧、软卧、硬座都有余票。

崔郜月转过来，一脸忧愁地道："我的还在加速，不知道我妈妈他们有没有抢上……完蛋了，不会回不去了吧。"

时晨看着她快要哭了，伸手揽住她的肩膀，轻轻拍了拍，语气平稳，有种安抚人心的魔力："别着急，我刚看了购票软件，还有班火车有余票，到时候我们坐普通火车回去也可以。"

崔郜月带着哭腔抱住时晨，作势抬着袖子擦眼泪："呜呜，你也太好了吧，时晨。"

时晨这句应得心虚，已经输入付款密码先买下了一张车票。

页面上两条整齐的购票信息，时晨看着内心竟然泛着涟漪，"扑通扑通"地响着。

最后一天只用上午实习，下午他们将被统一送到滨城北火车站，然后自行支配剩余时间。

离开时的箱子还是和来时一样死沉死沉的，大巴前没人帮忙放行李，只能靠自己解决。

时晨和崔郜月一人搬起尾端一人抬着拉杆，姿势稍显狼狈，好在够到行李舱的台阶后，合力推到里面就行。

结束后，时晨叉腰甩了甩手腕，想到刚来的那天，她的行李被人抬起毫不费力。

"上车了。"崔邰月先走一步，见时晨没跟上，又回头唤了一句。

时晨收起思绪，抬腿跟了过去。

今天的实习地在滨城的一个小众景点里，周围商贩聚集。

几个人随意逛了逛景点，沿着小吃街逛了一圈，买了一堆全国可见的滨城特色小吃，打算回城路上当零嘴。

等到了滨城北站，这次实习才算圆满地画上了句号。

前天晚上，崔邰月乍一激灵："啊啊啊，我抢到票了，孩子能回去了，我弟总算干了一件人事。"

时晨看着崔邰月也跟着笑起来，随后一顿，思维还有些迟缓，直到崔邰月抱住她，前后摇晃："我们不用挤火车！"

"太好了。"

是啊，她们不用挤火车了，这难道不是件好事吗？

来滨城的时候，她已经尝过坐夜车的苦，那现在，为什么她好像也没有多高兴。

她努力在脸上挤出一个正常的笑，低声说："我们不用坐普通火车了。"

这样，她可以先离开了。

比起新地标滨城站，滨城北可以算是老破小，甚至可以和安县站相媲美。

时晨踮着脚向四处乱看，依旧没发现那个想要看到的身影，她有一丝泄气。

高铁列车的发车时间比较早，她们需要尽早过去排队。在狭小的候车室中推着箱子走，是个技术活，生怕碰到、磕到别人。

她看到前面落下一道阴影，停下脚步给人让路。

"你干吗去？"一男生在后边问。

"出去逛逛。"

"什么？"

候车室内吵吵闹闹，另一个男生不自觉地提高音量，耳熟的声音响起："太闷了，出去逛逛。"

时晨抬起头，如愿看到那抹身影。

这次，他回头了。

只是和她无关。

冬天的风

DONG TIAN DE FENG

第五章　　/方落西！加油！

广播已经在播报高铁列车即将要进站，直到时晨刷完车票通过闸机，又回头看了一眼，才失落地低下头，沉默地拖着箱子走上电梯。

如果她能再回头看一眼就会发现，她想见到的人正慢悠悠地通过安检，一手扣上渔夫帽，迈着步伐走过来。

等到崇浦时，预计是晚上十点多。崔邯月一沾座位就躺下闭上眼睛昏睡过去，时晨也困，但她没敢闭眼，强迫自己睁着眼皮，看着窗外往后飞逝的行道树。

脑子空空的，困觉神经不断敲打着她，她努力拾起一道思绪，营造出一副清醒的样子。

眼前的晃影凝聚成一道熟悉的身影，猛地一激灵，她又靠回座椅，想着现在他可能已经在火车上。

或者正背靠着座椅跟室友聊着天，或者将渔夫帽盖在脸上闭眼休息，又或者手指飞速点在手机上伴着游戏声。

她好像现在才意识到，离开滨城后，按理说在学校他们遇见的概率会很大，但实际见面的机会将少之又少，不然怎么一整年过去，她脑中和他有关的印象会是一片空白。

时晨后知后觉，如果实习没结束，至少她可以在一群因为腿酸而姿势狼狈的身影中，只消一眼，就捕捉到他。

而现在，好像晚了。

开学后，时晨也算大二的老油条了，记者站给她安排了任务，让她搜集迎新素材，写篇稿子发到校报上。

她自问不是一个感性的人，但看到熟悉的布景和喧闹的人潮，思绪还是忍不住回到刚入学那一天。

这天时晨围着招新广场转了一圈，时不时拿着相机拍两张。镜头下的面孔都那般青涩又稚嫩，眼神带着对陌生校园的期盼和好奇。

新生还没经过军训的洗礼，皮肤也没有经过太阳的炙烤，还是正常偏白嫩的。

她站在棚子侧后方，看到门前排队的女生皮肤白皙，头发顺滑浓密，腰肢纤细，脊背也挺得很直，瘦瘦高高。

她按捺不住好奇，站起身，装作工作人员拍照的样子，走到前面看了看学院牌子。

艺术学院。

人都是喜欢美的嘛，眼睛看到美的事物就会不自觉被吸引。时晨往后退了两步，将镜头对准摊位，"咔咔"拍了两张。她正满意地看着相机中的照片，身后有脚步声传来。

"学姐，借过一下。"

时晨听到后急忙收起相机，往旁边后退了两步，抬起头不好意思地说了句抱歉。

眼前的女生比自己要高一些，估计要一米七往上了，嘴角弯着，眼睛也带着笑意，看起来格外亲切，脸颊中间凹下一个深深的酒窝，格外引人注目的便是一头银灰色发丝，高高束在后脑勺，干净又利落的马尾。

女孩爽朗地回了一声"没关系"，之后拿着满手的材料走向报到处。

时晨看着对方走过去的背影，上衣是一字肩浅绿色露脐短袖，心机又不失性感，下身紧身浅色牛仔裤和高帮帆布鞋，衬得一双细腿又长又直，她一女生都忍不住多看了两眼。

她准备再去别的学院拍上一些照片，恰好碰上一位问路的家长。

为了展现良好的学校风貌，时晨看着导航图把家长送了过去。

物理学院的摊位摆在学校有名的樱花林旁，时晨刚坐到旁边座位上，打算偷一下懒，那个艺术学院的银发少女走了过来。

"喂，学长，刚叫你半天了。"

她跑过去，留下一阵余香。

时晨偷偷侧了半张脸，想满足一下自己吃瓜的雷达，映入眼帘的是她再熟悉不过的身影。

她转过身呆呆地坐着，从滨城回来后还是第一次见到他，他还是穿着一件白T恤，今天为了工作外面套上了学生会专用马甲。不过与之前不同，他脸上带着显而易见的烦躁。

时晨有种预感。

果然。

一道脆生生的声音响起。

"学长，加个联系方式呗。"

时间就在这一刻静止了，时晨麻木地听着身后的动静，双手用力握着相机，骨节已经微微泛白。明明太阳的光均匀地照在身上，却好像浑身从骨子里冒着凉气。

充其量算是误入人家的戏场，她不是等结果的那个，也不是掌握生杀大权的一个。但她，就是好紧张，以至于不敢放声呼吸。

几分钟前，时晨还在欣赏着学妹身上明媚阳光的气质，现在她心间冒出一丝从没有过的阴暗情绪，很别扭，但就是不喜欢。

时晨有些羡慕和嫉妒，羡慕她可以直接大方地叫住他，毫不顾忌地说出自己的请求。就像现在这样，别人可以站在阳光下，而她只能躲在阴影里默默观望，等着不知道成败的结局。

再传来动静，男生语调疏离又礼貌，音量不大不小："抱歉，我手机没在身上。"

女孩似乎坦然接受了这个结果，但仍旧没放弃，步步紧逼："没事啊，又不是只能扫码，你报手机号也行。"她收回手机，看着是打开数字键盘，随时准备输入号码。

"没记住。"

时晨听到这里松了一口气，紧紧攥了下手掌，指甲轻轻抵上手心里的嫩肉，冰凉的肌肤恢复了知觉，感受到轻微痛意。

这个结果，她好像很满意。

"不是吧，学长！"女生不似之前大方坦然，像是小女生受了委屈，追着讨要说法，娇嗔道，"这么老掉牙的套路哎。就只是联系方式而已啊，我还是新生，第一天进校门哦。"

时晨刚松掉的半口气，又一下子提起来。

男生像是极力维持着自己的礼貌，语气中的冷箭飕飕地往外冒："骗你不花成本吗？"

时晨还在想着骗人要花什么成本，女孩又开始了下一步动作。

"那能麻烦学长送我回宿舍吗，刚才你也看到了，我行李很多，而且好像学长学姐有送新生回宿舍的任务。"那女生说完还指着一旁走过的新生、新生家长和学长，一脸"我没骗你"的神情，"能麻烦我喜欢的学长送我回宿舍吗？"

"不能。"方落西干脆地拒绝,没留一点余地,并敛起之前的好脾气,不留情面地说完所有的话,"那是他们的任务,不是我的。"

那女生见他要走,急忙抬步追上去。

方落西停下,侧头轻描淡写地瞟过去一眼:"新生不愿意第一天就去政教处办公室报到吧。别跟了,不太吉利。"

空荡荡的樱花林里只剩下时晨一个人,偶尔匆忙路过一两个学生,宽阔的空间内只有她自己和微不可闻的风声,她静下心回想着刚才的事情。

不知一个人坐了多久,等手机发出提示声,才看到赵孟迪找人一起去食堂的消息。

吃饭的时候赵孟迪讲着上午遇到的趣事,时晨一下子笑出声,辣椒的味道流入喉咙,阵阵发痒,她忍不住咳起来。

赵孟迪连忙递过去一张纸,看了眼她砂锅上漂着的零星辣油,好奇地问:"怎么开始吃辣了?"

"就突然发现,还挺好吃。"时晨谢过赵孟迪,拿纸巾遮着嘴角,伸出手指捏了点距离,"我只敢放一点。"

赵孟迪看着发笑:"以前怎么不吃啊?"

时晨缓过那股辣劲,重新拿起筷子,挑着菜叶,也没抬头:"我一直都走读,在家里吃饭,我妈管得比较严,餐桌上都没辣椒。"

赵孟迪吃惊地看过去,她是崇浦本地人,崇浦人一部分喜好甜食,另一部分就得有辣椒。至少她家餐桌上不说顿顿见辣,那也是一天都少不了。后来她反应过来,时晨也算是北方人,这样好像也能理解。

见时晨缓过劲,赵孟迪又扯回之前的话题,叹气道:"绝望,就是绝望。真的,等军训一开始,没准咱们得被当成逃训的抓回去。"

时晨想起自己在艺术学院门口看到的新生,很难不赞同,看着赵孟迪撇下的嘴角,也不知是要开口安慰谁:"没事,等冬天捂白了就行。再说,现在……也没那么见不得人。"

"一白遮百丑真不是盖的。"赵孟迪吐了口气,下定决心的样子,"等下次见老娘,闪瞎他们的眼。"

忙完一整天的迎新工作,时晨跟赵孟迪回宿舍洗完澡,就躺在床上安心享受空调的洗礼。

"有没有人要约操场跑步啊。"崔郜月躺在床上忽然喊了一句。

宿舍内只有安静的空调出风声，甚至再仔细一点，阳台上的空调外机轰隆声也不是不能听见。就是现在，安静得过分，稍显得有些尴尬。

崔郜月却不觉得，并且不慌不忙地补了一句："如果没有人，等会儿我就再问一遍。"

话音落下，宿舍剩下三人发出一阵闷笑，时晨靠着墙坐起身，发丝还有些凌乱，嘴角带着没收起的笑意，朗声开口："怎么突然想到去操场跑步了？"

"操场跑步有氛围嘛。"崔郜月见有人回应，也激动起来，"我刚刷到一个视频，小姐姐的马甲线好漂酿（亮）！"

"你好好说话。"赵孟迪看她一眼，无语地开口，"你第一天知道马甲线好看？"

"我不管，我不管。"崔郜月一头栽倒在被子上，自暴自弃，"反正我跑步了，还没有，就不关我的事了。"

时晨看着对面床上缩起的一团，右手捏着后颈，转了转脖子，声音有些变调："今天就算了，之后你要去的话，叫上我一起。"

赵孟迪看向时晨，一脸不解："你也想要马甲线。"

时晨："谁会不想呢？"

"那我也要去。"姜蕊这时候举手。

"那要不，我也去？"赵孟迪犹豫地开口。

"对嘛，一家人就要整整齐齐的。"

几天后，就当时晨已经忘记了这件事的时候，崔郜月推开宿舍门，对着一脸莫名的几人，一手举起轻轻摇晃，颇有些神气："姐妹们，操场走起。"

崔郜月的操场健身计划终于开幕了，几个人还是第一次在非上课时间来到体育场跑步，一路上伴着夕阳叽叽喳喳，心情颇有些激动。

操场上人不算多，除了一些在跑道上跑圈的学生，中间绿茵场还有一群踢足球的男生，穿着统一的红色队服，估计是校队训练。

时晨在旁边简单热身几下，从口袋里拿出耳机，打开播放器，开始围绕操场慢慢跑。

几圈过后，耳机里的音乐已经盖不住自己费力的呼吸声，她大口呼着气，像一条搁浅的鱼，室友几人早就已经坐到看台上舒展着四肢放松身体。

"时晨，你还要再跑一圈吗？"

时晨清清嗓子，提高音量冲看台上喊了一声："不跑了！我走一圈。"

崔郜月伸手比了个"OK"的手势，转身一屁股坐下又冲她喊了声加油。

时晨笑笑，继续围着跑道走起来，她让开了最里面的跑道，走在绿茵场的边缘。

　　说时迟那时快，时晨正低头看着自己鞋面上因为静电浮起的绿草，忍不住腹诽学校这豆腐渣工程，耳边却传来阵阵惊呼声，她余光一瞥，一道球影正冲她而来。时晨的脚步来不及撤离，身体下意识地后仰。

　　万幸，她成功躲过这一球。

　　她站在原地深呼吸，平复着刚才骤然加速的心跳。

　　一男生小跑过来，拿起地上的球，起身向她礼貌道歉。

　　时晨双手轻轻摆了一下，内心涌上的怨气也因为这诚恳的道歉态度烟消云散。

　　她正准备绕开这里，直接去看台上找室友时，远处又一男生跑过来，先问了捡球的男生一句："怎么样？"

　　男生薅一把头发，才茫然开口："没事了啊。"

　　时晨正呆呆地盯着过来的男生，跟之前都不太一样的他。

　　红色的队服内套着一件白色短袖，下身只穿着运动短裤，小腿至膝盖裹着绷带，额前一抹黑色发带，碎发微湿，脸上还带着汗意。

　　两手卡在腰间，正小口喘息，喉结极有存在感地滚动，多少沾点色气。时晨不自在地移开视线，没等两秒，又转回来随意瞥一眼。

　　见他说没事，方落西也松了一口气。看到面前的女生后，他微微一顿，轻点下头，才和捡球的男生结伴离开。

　　时晨不知道他有没有认出自己，一会儿觉得他点头算是打招呼吧，一会儿又觉得只是礼貌而已。

　　她偏头看向离去的背影，不知道男生说了什么，他抬手呼过去一巴掌："还能把球往人脸上踢，能耐了啊。"

　　远处天边是一片绚丽的淡紫色，他的背影，却肆意又洒脱。

　　看台很高，位置也偏。时晨只能看到操场中间绿茵场上有几个虚晃的红色人影，跑来跑去，模糊一片，根本找不到她想看的人。

　　只能确定，那一片红中，有他在。

　　天色渐暗，操场的照明灯也由暗变亮，绿茵场上的人影结伴离开。她想着，下次再来跑步，一定要戴眼镜了。

　　新学期第一件事就是要先在教务系统选课，个人课表里早就有了课程，她们只需要勾选。

　　崇浦大学要求学生四年修完四门不同类别的专业课，时晨坐在凳子上转了个身，歪着脑袋看着其他几人，皱着眉开口："这学期专业课太多了，不修选修了吧。"

　　赵孟迪："我也不选。"

　　崔郜月这时冒出一句："先别想选修了，先看看体育课选哪个。"

　　"体育课有什么好选的，来来回回就那么几个。"姜蕊不明白。

　　"这学期开了新课，可以重新报一种。"崔郜月手指在手机屏幕上滑动，一条一条地念着，"篮球、足球、网球、排球……"

　　"还要选篮球吗？"

　　时晨脸一黑，极为嫌弃地出声："我不要。"

　　大一女生篮球课程要求十个球进三个算及格，时晨为了这三个球提心吊胆，还参加了一次补考。

　　这样的痛苦，爱谁受谁受吧，反正她不要了。

　　"羽毛球是不是好点，谁都会玩？"

　　"瞎玩是可以。"

　　"健美操？"

　　"不要，下课最晚，还被人当猴一样围观，太'社死'了。"

　　"不然搞个太极锻炼身体？"

　　"大可不必。"

　　"排球？"

　　"你忘了我上学期胳膊手腕一片青紫，跟被人虐待了一样。"

　　时晨听着她们一个个否定，心里冒出一点念想，冷不丁地出声："足球怎么样？"

　　几人没立马回话，似乎是在思索。

　　时晨顿时有些心虚，像是自己不可告人的小心思被人发现了一样，不安地开口："我随便一说，要不网球？"

　　赵孟迪坐起身，激动地一拍手，认真地说："足球可以哎，我一同学就是选足球，老师人好，分数也高。"

　　时晨没再开口，安安静静听着她们交流。

　　这一刻，心跳声格外明显，仿佛是宣判的倒计时，一声又一声。

　　"分高就行，我喜欢上足球了。"

"那到时候定个闹钟,等系统开放了,我们一起选足球。"

时晨听着她们确定好选足球课,心跳也慢慢平复下来,嘴角弯着一抹不自知的笑,心情极好的模样。

她之前从未接触过足球,不了解规则,也不了解踢球技巧。这一刻,她却好像也有了热血。

她是即将征战的人,也要努力将绿茵场变为主场。就好像这样,离他的世界的大门就又近了一步。

时晨抽空根据新生开学日的见闻写了一篇稿子,掐着时间投到了校报上。

按了发送键,她才坐到桌子边迅速化了个淡妆。桌子上的镜子映出她脸上的妆容,明明已经化好妆了,她却忍不住多往脸上扑点粉。

算了,也不是一时半会儿能白回来的。

时晨早上忙着发邮件,也没吃点东西垫肚子,现在胃里空荡荡的,她忍不住吸着肚子,一手捂着,怕被人听到因饥饿发出的"咕噜"声。

崔郜月看到,转头小声问她:"来'姨妈'了?"

时晨一愣,摇摇头,很不好意思地说:"我饿了。"

崔郜月有同感地笑着:"我也饿了。"

随后,四人出发去吃饭。路上,时晨随意一抬头,却看到对面走过来四个男生。

学长低头按着手机,时不时抬头跟旁人笑着说两句,整个人阳光又肆意,就是少年最好的样子。

时晨视线黏过去,似乎有些吃惊在这里遇见他,看了两眼之后又生硬地移开,手指扯了下裙摆,转头看向崔郜月:"今天,我妆还可以吧?"

崔郜月似仔细打量一下:"好看呢,伪素颜。"

时晨听着皱了下眉头,有点后悔当时口红没涂重一点。

男生身高腿长,又是相反的方向,几人很快就错开了。

进店后,她们随意找个四人座位,先点了锅底,然后看着菜单选菜。

"叮——"

一阵闹钟铃声响起,几个人默契地对视一眼,一同放下菜单,打开教务系统,不断刷新页面,去抢之前确定好的体育课。

网站通道一打开,就格外拥挤,平常十分省事的事情,现在叫人恨不得冲到网站里把大门打开,使劲吆喝着别挤,都有份。

不知是谁运气好先挤进去，就听到暴躁的一句："哇，没了。"

剩下几人微微一愣，不停点着手机屏幕的手指也停了下来，仿佛天塌了一样。

赵孟迪注意到异样，咽了咽口水，小声道："你们进去再刷新一下，我这里网卡。"

几个人又一同低下头，眼睛死盯着屏幕跳出来的信息。

足球，0。

果然，不是网页卡顿，也不是她眼花，是实实在在明明白白没课了。

崔郜月点着页面重新刷新，不耐烦地抱怨，语气还有一点不可言说的嫉妒："学校的垃圾网都可以，我们在校外居然卡得进不去？"

时晨看着教务系统网站上的课程余量，微微思索："现在还有篮球、排球、武术、健美操。"

念完之后，她抬头看着众人："所以，先抢哪个？"

"排球吧。"赵孟迪出声，"我上学期的红花油和云南白药都还在，你们觉得呢？"

"行啊。"

时晨微微松一口气，只要不是篮球，她都可以。

体育课期末结课考评都要分组结队，找个熟悉的队友就会方便很多，不然配合着所有人的时间，总会有人抱怨。

"好啦，选上就行，先点菜。"姜蕊看了一眼走远的服务员，降低音量，俯向桌面，"服务员看我们好几眼了。"

听见她的话，几人想回头也没好意思，先拿起菜单点着菜。

时晨靠着沙发椅背，看着手机上的菜单，手指也没滑动，呆呆地看着。原本她没想到足球课会这么火爆，现在心里空落落的。

她默不作声地安慰自己，排球也好啊。她没抢到足球，就是因为足球结课分数高，她眼红而已，不为别的。

就反正，也不在这一时嘛。

点好菜品后，时晨放下手机起身走到小料区，弯腰从消毒柜里拿出一个小碗，沿着小料台依次往碗里装。

鲜红澄亮的辣油沿着勺子边缘滚落滴下，浸在碗底的花生碎上，直到看不见白嫩果肉原本的颜色。

她看着碗底的一小摊辣油，又后知后觉地害怕，手上不自觉地添加香菜，细碎的菜叶瞬间填满整个碗，绿油油一片，散发着一种特有的香味。

她深吸一口气，仿佛吸了什么天地精华一样，眼睛都清亮了不少，唇畔带着笑意。余光瞥到有人凑近，她想直起身让出位置。

抬头一看，时晨一顿，消毒柜旁靠着一个男生，身子慵懒，歪头看着这边，眼神里满是惊讶和好奇。

没想到偷看会被发现，方落西没有被抓到的窘迫，坦然地直起身。

隔着老远就看见这姑娘倒辣椒油跟做精密实验似的，皱着一张苦瓜脸。

连带着他都没敢上前打扰，颇有几分兴趣地在后面看着。如果说之前对这姑娘的操作有几分好奇，接下来的却让他惊呆了。

他看着香菜一勺一勺送进碗里，在碗里堆成小山状。方落西还无聊地数了一下，六勺。

第七勺还没来得及放进碗里，她发现了他，急忙松开手，像是受惊的小鹿。

方落西忍不住纳闷，他有这么吓人？他俩也算得上认识，有过几面的交情。

毕竟，在他这里，能记住脸，就算认得这人了。

看着女生不自在地退后，方落西自然地从柜子里拿出一个碗，走上前，随意地开口："不放了？"

他指指香菜罐子，第七勺还没来得及放，被他打断了。

"不用了。"时晨摆了下手，看了看手里的碗，香菜满满当当的，"我先走了，学长。"

方落西听见这称呼，刚想出声解释一下，就看到女孩匆忙的背影。

算了，也见不了几次面。

他看着小料台上的罐子，难得迟疑地在碗里抖了一点香菜末。

等他回到位置上，井之涵看着他的碗，稀罕道："哟，太阳打西边出来了，你什么时候吃香菜了？"

方落西倒不像别人，闻到香菜就想吐，他只是不吃。

他放下碗，就近坐在外边，挑挑眉："刚遇上一'香菜精'。"

时晨端着料碗一阵冲刺回到座位上，看着翻腾的锅底平复着心情。

"你的麻酱呢？干吃香菜吗？"旁边崔郜月不解的声音响起。

时晨一看自己的碗，刚刚只顾逃离那儿，忘记添麻酱了，现在反应过来，脸一红，吞吞吐吐地道："我忘了。"

崔郜月一乐："我还以为你从哪里看到的新吃法，快去吧，等会儿肉熟了。"

时晨又返回到小料台装了几勺麻酱,原先在这里的男生早就离开了。她向四周看了看,没放过一桌客人,却也没找到那个身影。

坐回座位上,她把头发绑起来,转头问崔郜月:"你看,我今天白了吗?"

崔郜月转头狐疑地盯着她,肯定道:"白了啊。"

时晨一听有些高兴,结果下一秒听见这人说:"你不是化妆了嘛,肯定白了啊。"

顿时心情不美丽了。

"就,只是化妆那种白吗?"时晨不死心地又问了一遍。

崔郜月凑近盯着她的脸,不太懂她想问什么,还是老实回答:"伪素颜,挺自然的。不过,你这里有点卡粉。"

时晨一听脸上卡粉,顿时有些慌。崔郜月见状,一副明白过来的样子:"你是不是想补妆啊?现在就算了,吃完火锅之后肯定更花,吃完再说吧。"

时晨摆摆手,生无可恋地看着碗,没再说话。

火锅吃了一半,崔郜月从辣锅里夹出一片毛肚,放进嘴里,呼着热气:"等之后大家都能吃辣了,我们点全辣锅啊。"

"那可能不太行,这牛油锅还是太辣。"时晨实话实说,打破了她的幻想。

"安啦,信我,多练练就好了。"

时晨感觉这话像劝酒一样,多喝喝就行了,这耐辣程度也能这样,多练练就行?

吃到一半,时晨碗里的麻酱已经浸满了锅底的味道,尝不出芝麻的香气。

"你要不要去装点麻酱?"崔郜月作势起身给她让路。

时晨看着碗里狼藉一片,香菜末沾到碗边,总之不太好看。她拉着崔郜月坐下,拒绝道:"不用了,还多呢。"

她最后就着那碗尝不出味道的麻酱吃完了整顿饭。等结束时店内还是吵吵闹闹,热气在空中飞窜,时晨依旧没看见他,也没停留,同室友一起离开。

照旧是走路回学校,四人并排,手挽着手。

"跟你们说个小道消息,要举办运动会了。"赵孟迪在最右边,侧头看着旁边几人,"你们有没有兴趣搞个项目?"

然后,从右往左跟报数似的挨个开口。

"没有。"

"加一。"

"加二。"

赵孟迪气笑了:"都不想着为班级做点贡献吗,集体荣誉感呢,拿出来啊。"

崔郜月:"喂狗了。"

时晨和姜蕊憋不住笑出声。赵孟迪上前准备抓住崔郜月理论一番,可惜被她灵活躲开了。

运动会的消息宛如一滴水落下,没能激起任何水花。几人照常教室、食堂、宿舍三点一线,等文件发到班级群里,才从脑后捡起这件事。

记者站现阶段也要忙着出稿子,时晨待在图书馆忙着赶进度。等忙完看时间的时候,食堂早就关门了。

现在摆在她面前的也只有叫外卖这一个选项,图书馆又不能带着吃食进来,只有一楼有个小咖啡厅。

哦,对啊,还有一楼的小咖啡厅。

时晨快速收拾了一下桌面,笔记本电脑还在充电,她只拿走放在一旁的单反,快速走向咖啡厅。随手找了个高脚凳,她放下手中的单反,坐下点了一份猪肉咖喱饭。

咖啡厅与外边隔离开,内部环境是深色木调风格,做得相当复古有格调。

猪肉咖喱饭是速食,需要做现,她双脚踩在凳子的横杠上,一手撑着下巴,低头看着面前的木桌。

很快,她手上的摇铃振动,时晨起身去餐台前端过刚做好的咖喱饭。

玉白的瓷盘上倒扣着一碗米饭,金黄色的咖喱酱浇在最上面,卖相极好,香味浓郁。时晨肚子里的馋虫被彻底引诱,到底注意着形象,她依旧小口进食,不过速度却比平常快了一半。

在图书馆学习的人不算少,凳子都算是紧俏货,就连需要消费的咖啡馆都不例外,尤其是在学生会工作的学生更喜欢这里,时晨已经看见好几个眼熟的同学了。

学院的运动会马上要举办了,肯定有不少人忙得焦头烂额,时晨无所谓地塞了一口饭,反正不关她的事。

忙得飞起的井立涵刚挂了一通电话,到现在气还没顺过来。学院运动会也算是大型活动了,活动就离不开宣传,宣传就得图文并茂才有说服力。

今年花钱从摄影学院找了个外援,刚才那人打电话说他们系明天要出去采风,运动会这活就得推了。

他们宣传部也不缺人,拍照这事,不问美丑,谁都能拍,剩下的顶上就行。

但也总得多出一两个人候补着,应对一下突发情况。

这事本来跟他也没多大关系，现在落在他头上，正烦躁不知怎么办。一转身，他看到了时晨，更准确地说，是看到了时晨桌前的照相机。

这不现成的嘛。

时晨注意到有人在她旁边坐下的时候，嘴里正含着一口米饭没咽下去。她没往旁边看，左右不过是占位置的人，仍安静地吃着自己盘子里的饭。

"同学。"

时晨听见一丝含笑的声音，喉咙一噎，疑惑地转头看过去。

井立涵满脸笑意冲她打招呼，没听到回应，自己也有些尴尬，轻咳一声："你不记得我了？"

时晨没说话，她不认识，也不记得。

"迎新的时候你给我递水来着。"井立涵比画着。

时晨思绪回到迎新那天，她坐在记者站的棚子里值勤。

中午正是太阳最毒的时候，时晨坐在棚子里也没出去，虽然闷了些，总比太阳的炙烤好太多。

时晨坐着小圆凳，胳膊肘搭在棚子前面的一排小矮桌上，跷着既不雅观又不健康的二郎腿，闲着无事看着校园里再熟悉不过的风光。

桌子很矮，她拄着也不太舒服，腰身塌下去，却诡异地能放松两秒。时晨注意到方落西的时候，他正跟人说话，眉间积着一抹郁色，脸色和他身上的短袖颜色一样黑，看着心情不爽的样子。

当他踱步走过来的时候，时晨侧过身低头看着手机，心里慌乱得一团糟，不停地解锁手机，关上，再解锁。

脚步声越来越近，时晨觉得自己可以听到鞋底摩擦地面的声音，脚起脚落，带起一阵尘埃。她挽了挽耳边的碎发，顺势捏了捏红透了的耳垂。

"咚咚！"

手指骨节敲打木质桌面的声音。

"同学。"

时晨心一紧，从黑屏的手机中移过视线，沿手指、小臂、至脸庞。也是一张好看的脸，笑容很大，个子也高，身上的绿色短袖很亮。

"能给我们拿两瓶水吗？"

"同学？"

那人见她没回话，又问了一遍。

时晨反应过来，急忙站起身，转身往后走，抱歉道："不好意思啊。"

她从箱子里拿出两瓶矿泉水，转身递过去。见人接了，她又忙问了一句："够吗？"

"够了，够了。"男生接过两瓶水，礼貌地道谢后，起身离开。

时晨看着手中的水瓶，也没再放回去，攥在手心里，抬头看着那抹绿色的身影。

果然，绿色短袖的男生拿着水去找那个黑色身影了，后者正站在一旁漫不经心地接着电话，接过矿泉水瓶时还做了个口型，时晨看不清。

打完电话后，他拧开瓶盖灌了两口，瓶口没碰到嘴唇，隔着小段距离。剩下半瓶水，他没再喝，直接蹲在地上，一手浇在了头上。

水珠浸湿他的发丝，领口洇出一片深色，他顺势甩了甩头，水珠从他身上逃离，散落在阳光下，亮晶晶的一片，像是无瑕的珍珠。

棚子内的温度又升高了些，时晨口干舌燥，拧开手中的水，润了润嗓子。她看着瓶身上的一小层包装纸，想到电视上常播的广告词，是挺甜呢。

…………

面前这个脖子上挂着大耳机的潮男，就是那天的绿色短袖，时晨点点头记起来了。

井立涵想着拉近点关系，才能提接下来让人帮忙的事情。

"那天谢谢你的水了。"

时晨摆摆手，把餐盘移开一点。

井立涵看着桌面上的相机，生硬地转了话题："你会拍照啊？"

"会一点。"

井立涵笑着点头，脸上快挤出褶子了："会一点就行，不会也不碍事。"

时晨不明所以，听不懂他在说什么，也没什么跟这种自来熟男生打交道的经验，静静等着下一句。

"你运动会报项目了吗？"

又一次生硬地转移话题。

时晨越发纳闷，但还是答了句没有。

"是这样。"井立涵见她也不追问，他自己也有点扯不下去，说了一通，最后直接表明目的，"你能在咱学院运动会上帮忙拍个照吗？"

时晨："拍摄内容呢？"

井立涵一听有戏，立马说："老师、学生都有可能，而且如果你能参加的话，会给活动分的。"

时晨只注意到前半句,这次运动会是有老师参加的,万一把她分到老师那边,拍出几张丑照来,被人记到小本本上怎么办。

井立涵一看时晨脸色不太对,也不知道说错哪句话了,以为她是嫌活重,立马解释:"我们有主要负责人员,多找几个人是怕忙不过来,有备无患嘛,反正你们也不耽误事。而且宣传部的活动分一般都很高,关键也不一定需要人替补,白赚吗这不是。"

她听了这一番话,觉得好像有点道理,点点头算是应下来了。

井立涵一见人同意了,立马拿出手机递过去,生怕人跑了:"那我们加个联系方式。"

时晨看着手机上新添加的联系人,忍不住叹了口气,就是吃个午饭的时间还能给自己揽了个差事。

运动会总共举行两天,虽然算不上多正规,开幕式绕着体育场走一圈就行,但当天也要提早彩排一遍。

崔郚月眯着眼:"以前怎么没发现咱学院人这么多呢。"

除开操场上体育学院早训的学生,剩下的几乎都是地理科学学院的了。在滨城实习的时候只有一届的学生,今天是大一大二都来了。

时晨原本打算闭眼偷会儿懒,不巧看到一旁树下那个拿着旗杆的男生,身高腿长,正低头打电话。

"笑什么呢?"崔郚月不知道什么时候站到她前面,正狐疑地盯着她,"你突然一笑很诡异哎。"

时晨摸摸嘴角:"我笑了吗?"

"笑了啊!"

时晨咳咳嗓子,一本正经地胡扯:"我是高兴啊,马上就要进场了,不用在这里干等了。"

很快前面几个班排好队形,整班走到了体育场入口处。时晨安安静静地站在队伍里,勉强按捺住自己躁动的心,想着等开幕式结束了再去找人。

各个班级依次走过主席台后就是一系列复杂枯燥的宣言,开幕式结束后先举办教职工运动会。

时晨心里挂着别的事,站在看台上东张西望,像是找着什么一样。

"坐下啊,站着干吗?"赵孟迪一屁股坐她旁边,看着她脸色不太对,忙问,"你丢东西了?"

"没丢东西。"

刚开幕式一堆队伍路过，时晨没听见有大三的班级，可她又分明看见了树底下抱着旗杆的人。

脑中思绪乱成一团，连远处教职工比赛场的欢呼声也没把她拽回来。还是室友得拍她大腿，她才缓过神。

今天开幕式他们班为了统一服装，提前购买了班服。女生是文艺民国女学生装，领口黑色包边加黑色盘扣，黑色过膝百褶裙，男生就是灰色中山装。

为了搭这一身衣服，女生还特意扎了低马尾，梳了麻花辫，朴素淡雅又不失风华正茂的学生气。

稍后有项目的运动员换衣服麻烦点，需要提前去厕所换好方便又舒服的运动装，再急忙赶去检录处。

时晨今天出门还特地戴了帽子，昨天跟人说好了是替补摄影师，她今天也特地带着相机出门。

"西哥，错了，这边。"跑道边一男生扯着嗓子冲这边喊了句。

时晨抬眼看过去，她发誓，只是好奇。

就跟走在路中央，旁边人吼一嗓子，哪怕你知道他不是在喊你，他说的什么跟你也毫无关系，但总会忍不住看过去一眼。

有时候，只需要那么一眼，令人困扰的迷局就能轻易解开。

男生已经三两步迈上台阶，听见声音，猛地向后一转，脚还没站稳，上身晃荡了下，手疾眼快地抓住一旁的栏杆。

男生没像别人一样穿着无袖篮球服和短款运动裤，而是穿着白色短袖，胸前用别针固定着号码布，工整的红色数字映入时晨眼底。

369。

视线再往上移动一点，是男生俊丽又熟悉的脸庞。他嘴角扯出一抹无奈的笑，低声骂了句，又转身跳下台阶，走向另一个方向。

时晨默不作声地望着远去的背影，不自觉地在自己的小本子上又填了些：

他是足球队队员，喜欢体育，迷糊又可爱。

直到那抹背影拐上台阶，时晨费力歪着脖子也看不到时，她恍惚觉得自己错过了什么，像是过手而不粘的细沙，流经指缝，又像是从未如此，没有半点痕迹。

她倏地想起之前班级群发过的运动会流程文档，刷过一片消息找到后一页页翻找，直到看到页面上的运动员编号和姓名。

她停下来，阳光正暖，铺在她身上，手指甚至微微发颤，帽檐遮住她脸上的情绪。

快速跳过前面无用的信息，眼睛从"3"开头往后掠过。

很快。

她看到。

369——方落西。

阳光肆意地洒下来，屏幕调到最亮，却依旧微微泛着蓝光。时晨两指放大页面，宋体小字都略微有些变形，手机屏幕被这三个大字占据。

方落西。

几分钟前，时晨听着有人冲台阶上面喊了声什么"xī"，如果她没认错，那他的名字就是方落西了。

大三学生不会参与运动会项目，所以两人应该是同级。

一股子小情绪冒出来，心尖止不住地泛酸，之前认错了人不说，还指不定被人笑话。

实习的时候，赵孟迪介绍负责定点测绘数据的是学长，虽然没指着人把他挑出来，但她自己也先入为主认错了人。

说到底，时晨对他来说就跟陌生人没两样，混个眼熟不知道名字，连朋友都算不上，充其量是校友。

校友是什么概念，崇浦大学，两个校区，不管是不是同一届，都算她校友。

时晨眼神一暗，长睫遮住了眼中的情绪，心底浪潮翻涌。

可又能怎么办？

谁让她进了这找不到出口的迷宫，可不就得挨着脚下的路，一步一步走。

手机语音通话铃声一响，时晨看到名字一惊，没多犹豫摁了接通键，将手机放在了耳边。

三两句说清楚之后，时晨从书包内拿出相机，跟室友打了声招呼，去了电话里说的小树林。

时晨没想到自己随口揽下的活，在第一个项目还没开始就要工作了，既然答应了帮忙，该她上场，她也不会敷衍。

果然啊，天下没有免费的午餐。

刚走下看台，拐出体育场的铁丝网，时晨就看到了井立涵，昨天那个自来熟的男生。

井立涵刚跟人说完，就看到一个穿着民国学生装的女生头戴白色鸭舌帽走过来，看到她手中的相机，才出声询问："时晨？"

女生抬了抬帽檐，然后又把帽子摘下来："是我。"

井立涵有些不好意思，随后又解释了一下原因，才给她派了任务："那边有100米检录，等会儿还要麻烦你跟一下比赛。"

时晨看过去，不远处站着好几排男生，应该都是准备等下参加比赛的，她点点头，拿着相机走过去，突然觉得这身打扮在这儿稍微有点格格不入。

早知道就多带件衣服，开幕式结束换上再过来。她站在远处先拍了两张，找了下感觉。

主席台上的广播还在全操场范围内播放："请参加男子100米预赛的运动员到检录处检录。"

时晨估摸着项目马上就要开始了，正打算再多拍两张的时候，镜头内出现一抹身影，懒散得不像是马上要参加比赛的人。

"方落西！你赶紧跑过来！"

"不跑，等会儿没劲比赛了。"

男生依旧慢悠悠地晃着步子，像是经过早餐摊遛弯的大爷。

方落西。

时晨听清楚了，他叫方落西。

这次没认错。

检录处的一个工作人员挨个念了名字，方落西前面挤进来两个学生，他自然地往后让了位置。

这样一退，他也注意到旁边有个穿裙子扎麻花辫的女生站在台阶上，正低头安静地摆弄着相机，岁月静好的样子，然后突然举起圆不溜秋的镜头正对着他。

两目相接，不同的是，时晨是透过镜头看，她慌忙按下拍摄键，有些凌乱地看着他。

谁都没开口，互相看着对方。不过一人脸上写满心虚，一人脸上意味深长。

方落西没说话，眉毛一挑，看了眼镜头。

时晨刚才是有一些见不得人的小心思，谁叫他突然转身，害她心里有鬼按下键，她自己都不知道刚才拍了张什么东西。

她刚要推卸责任说"是你转过来才拍到你的，跟我没关系"，方落西眯眼打量了一下，迈上台阶，站到她身旁，说："同学，你很眼熟啊。"

可不是眼熟嘛。

时晨没说话，也不想提起自己之前干的蠢事，低头摆弄相机带，视野内出现一只白皙又瘦长的手。

她侧头看向手的主人，不明所以，没理解他的意思。

他的眼神太过直白，时晨都来不及多想，手已经将相机递了过去。而他也没有给她留下后悔的机会，直接拿了过去。

他凑近看着相机屏幕，微微一愣，然后又挑眉递给了时晨。

时晨接过后，只顾盯着他脸上的表情，看他不像是不高兴的样子。

"可以吗？"时晨试探地问了下。

方落西"啧"了声，拖着腔调："凑合，留着吧。"

时晨细吐一口气，平复自己刚才过山车般的心情。检录时间已经截止，工作人员要带队走向跑道，她自然也要跟着过去。

前方的男生停下脚步，转头看向后面跟着的女生，吊儿郎当地开口："小学妹，等会儿把我拍帅点啊。"

时晨蓦地停下脚步，抬头看向他。

好像没有迟来的羞愧，时晨更多的是惊讶和欣喜，应当是认出来了吧。

她低头鼓了下腮帮子，又抬头竭力抑制着情绪："我尽量。"

"谢了。"

时晨看向相机屏幕上的照片，不是想象中的模糊废片，也不是群像背影。

少年没表情地看向镜头，路旁树木的枝丫伸过来悬在一侧，初升的太阳在右上角洒下一片光影，背景是别人忙碌的身影，而他在这一刻看向镜头，看向她。

她抬起头看向已经离开的队伍背影，抿着带笑的嘴角，小跑着追了上去。

男子100米分六组，时晨站在起点处对着准备的运动员"咔咔"拍了两张，低头满意地打量着自己的原片，也没注意周围。

井立涵忙完走过来拍了拍方落西的肩膀："加油啊，先搞进决赛。"说完他又想到什么，"别有压力也别受伤啊，咱班人多呢，不差这么一个，进不了也不是你不行啊，想开点。"

方落西拍了下他的手，嫌弃地扯开他，笑骂道："你到底干吗来了？"

"我这不是看你孤家寡人一个，跑过来给你加油了。"

"不用，您哪儿来的回哪儿去，别在这儿添堵。"

井立涵真不是添乱，他过来找时晨问问情况，提醒她100米比赛要去终点拍摄，结束后直接去跳高场地等着安排。

编外人员没有多余的选择权，虽然时晨也想在起点等着起跑，但是错过终点冲刺也很可惜，两者不可兼得。

她咬着嘴角没多纠结，缓步走到方落西身旁。

方落西没像其他运动员一样做热身，只是不安分地晃了晃脚。注意到旁边多出一双小黑皮鞋，他撩起眼皮，看见来人，颇有兴味地一挑眉头。

"加油。"时晨大约是用尽全身的力气才完整自然地吐出这两个字，可看到他脸上似笑非笑的神情，又忍不住说点什么此地无银三百两的话。

说不出来就不说了，反正时晨最擅长装鸵鸟了，磕巴地说完了后半句，填完了整句祝福语："祝你一骑绝尘。"

说完时晨淡定地冲他点了下头，转身向终点处走去。

如果现在有人细看，就会发现她远不像她所表现的那样淡定，紧张又慌乱，拳头紧攥着，指甲在掌心处掐出月牙，脚步也不够平稳。

方落西低头，话在舌尖滚了一圈，一骑绝尘。他笑了笑，看了眼远处那抹蓝色身影。

成吧，得对得起小学妹的祝福啊！

仿佛身后有什么凶猛恶兽一样，时晨紧张地快步往前走。直到周围没什么认识的人，时晨才深呼吸吐出一口气，逐渐放松下来。

她眯眼看向起跑点，拿出书包里的眼镜戴上，光影重叠，只看得到虚晃的身形，认不清脸。

方落西是第三组，两排人挡在前面，什么也看不清。时晨找了个合适的位置，既不会妨碍冲刺的运动员，也可以拍出清晰完美的照片。

检录完成后的工作很简单，运动员准备好后发枪起跑就可以了，旁边高架上坐着好几排人，等着统计分数名次。

时晨只能看到远处的人身影矮了一截，接着一声枪响，一排人争先恐后地向终点冲过来。

看台上的学生爆发出雷鸣般的掌声，等距离合适的时候，她迅速按下拍摄键，捕捉到矫健又灵活的身影。

她低头检查刚刚拍摄的照片，然后又回到原来的位置等待拍摄下一组运动员。

预赛取前两名选手，决赛再取前三名分发奖牌。不过为了鼓励学生参加项目，防止学生懈怠消极，预赛名次也会有相应的奖励，和班级团队分挂钩。

分数只是一方面的原因，更重要的可能是站在跑道前，听见一声枪响，骨子里的热血会忍不住催促你再快点，踏过百米长的红色塑胶跑道，耳边全是呐喊声，冲过终点那一刻的狂喜只有自己知道。

远处又一排运动员站到起跑线上，靠近起点的看台上站起好多人，遥感班班旗随风而起。

"方落西！加油！"

听到熟悉的名字，时晨踮脚看过去。不知道男生干了什么，尖叫声此起彼伏，比刚才更过分，看台上剩余的学生全都站起来，举手放在嘴边呐喊。

听见远处一声枪响，时晨举起相机放到眼前，她清楚地看到取景器中越来越近的身影。

白色短袖被风吹得鼓起，勾勒出紧实又纤细的腰身，发丝涌动，露出饱满的额头，嘴角抿紧，也没有露出龇牙咧嘴的表情。

他速度极快，与旁人拉开一大截距离，眨眼之间，已冲过终点。

他没能立马收速，惯性带着往前跑了几步，刚好停在时晨旁边。

时晨看着他双手叉腰，弯着身子费力呼吸，往他身侧靠了几步，伸手递过去。

方落西看到脚边明显小几号的皮鞋，撩起眼皮看过去一眼，又看到她手中的矿泉水瓶，挑眉示意。

见他没接，时晨手不知道是该伸着还是缩回来，毕竟递水这个举动由她来做，明显暧昧了不少。

她咬了下舌尖："刚刚同学递给我的，我拿着相机不方便，给你了。"

运动会全天要求无关人员不得进入比赛场地，所以运动员比赛结束后，除了相熟的工作人员递水，就只能回到自己本班看台区找水了。

没僵持太久，方落西道谢后伸手接过水瓶，拧开喝了几口，随后直接坐在绿茵场上。

"你不能坐下。"时晨都知道跑步结束后不能立马坐下，这人倒是一点也不介意。

方落西随手将拧好的水瓶放在一旁，仰头看过去，反问："怎么不能？"

"养精蓄锐，生产队的驴不也得歇歇。"

时晨听着他的比喻，没忍住"扑哧"一笑，侧头看向另一边。

排名正好公布，喇叭声传遍整个操场。

第一名，方落西。

时晨听见，双眸一亮，刚要转头告诉他，看台上爆发出一阵掌声，一个男生喊破了音："方落西！牛啊！"

她转头看向坐在地上的男生，他脸上没有被人点名的难堪，反而笑骂了句。

方落西注意到时晨的视线，微抬下巴，语气散漫不太正经："帅吗？"

时晨一愣，耳尖迅速泛红，随心脱口而出："帅的。"

方落西拿着水瓶站起身，哼笑一声，有些恶劣："帅吗？照片。"

时晨蓦地反应过来，他刚才是问照片拍得帅不帅，而自己又答了什么。

难以言喻的紧张迅速传遍全身，掌心里都冒了汗，偏偏这人像是不得到答案不罢休一样。时晨没办法，只点点头："帅的。"

她以为他会像上午一样，扯过相机检查一眼，但他没有，只是得到答案后笑了笑，转身离开。

时晨安慰自己，她刚说话声音很小，他肯定是没有听到，才会再问一遍。她没多的时间思考，又要抓紧拍摄下一组照片。

方落西还没来得及回到本班看台休息下，就被人扯住："去哪儿了？正找你呢，跳高那边检录了，赶紧过去吧。"

时晨拍完最后一组照片，快步走到跳高场地。场地很好认，厚垫子加根杆。女子项目正在角逐前三名，时晨找着角度拍了好几张，还认出一个熟人。

时晨感觉这女生面容熟悉，但就是想不起名字，所以没有开口叫人，只是笑着打了招呼。还好那女生记忆力好，直接喊她："我，杨雪儿。"

时晨点点头，记起这是在实习宿舍里有过一面之缘的女生。

杨雪儿："你是要负责拍照吗？"

时晨："对，你呢？"

在比赛场地的学生除了运动员，剩下的都有点活干。

"我就是志愿者，看有没有学生受伤什么的送去医务室。"

想到之前听赵孟迪说的，志愿者没有公开招人，直接内定了。所以志愿者大多是体育部的家属团或者亲友团。

不过时晨没多说，也没表露什么，安静地站在一边听她说。

"现在女生的项目快结束了，等会儿男生跳高要开始了。"杨雪儿跟她介绍，看她反应平平，不理解地问，"你不激动吗？"

时晨一脸蒙，激动什么啊？谁要是现在跟她说"回班歇着吧，不用你忙了"，她才激动呢。

杨雪儿没在意她的反应，一脸高深莫测地说："等会儿你就懂了。"

时晨在一旁看着,她翻着手中的照片,看到有些不满意的就直接点了删除。等脚边落下人群的身影,她抬头看向前来准备的运动员。

选手们身高格外统一,时晨猜着是不是参加跳高的选手没有矮个子,长腿笔直,身姿挺拔。

只有末尾那个男生,靠着一旁记数据的桌子,懒洋洋的,浑身没骨头一样。

"你看好谁啊?"杨雪儿交完表回来,凑到时晨身边说着悄悄话,"没关系,随便说啊。"

时晨当然有想押的人,不过她不打算说,随便搪塞过去:"我谁也不认识啊,又不熟。"

是不熟,没撒谎。

杨雪儿没在意,自顾自地说了几个时晨没听过的人名,甚至还不专业地分析了一下:"……不过,我觉得方落西能赢。"

杨雪儿又问:"你知道谁是方落西吧?"

时晨知道,但她没说知道。

杨雪儿看着那边那道白色身影,轻微抬了下下巴:"就那边穿白色短袖、靠着桌子的那个。大一冠军就是他,今天希望也很大。"

大一冠军吗?

时晨之前根本就没注意到这人,自然对他之前的事情毫无了解,连名字都是今天才知道的。

明明别人都是随口一句"哎,你看那人就是方落西",而她却花了很久才认识他。

杨雪儿又狐疑地问:"他这么出名,你都没见过吗?"

"没。"时晨舔了下干涩的嘴角,"课表不一样,差别挺大,没见过他。"

"对哦。"杨雪儿了然地点头,"你们都有自己的课表,我们跟遥感班课表几乎一样了。"

跳高比赛也开始进行,时晨没再多说,正好拍下他们腾空跃上横杆的一刻。

操场上立体环绕着的《运动员进行曲》突然戛然而止,继而话筒打开,出现两个小声争执的声音。

随后一阵静默,话筒电流声又一次传来。女生清澈空灵的声音润色几篇稿子,又换成了低沉喑哑的男声。

"致刚刚获得男子100米预赛冠军的运动员方落西。"

不只是时晨,操场上大多数学生都听到了。时晨看了眼主席台,又看向倚着桌边的方落西。

他照旧是那副没骨头的样子，耳朵却立着仔细听着广播。

"尽管你刚才经历了一场激烈的斗争，成功夺得了桂冠，但也不要骄傲，因为接下来还有新的挑战在等你。

"瞧，你那矫健的身姿越过那横杆，就像我们……"

就在大家凝神静听时，广播员突然停下，掩饰性地轻咳了一声，随后继续饱含深情地朗读：

"翻山越岭只为你，区区横杆算个屁。

"哥哥的腰不是腰，是那夺命的弯刀。

"哥哥——"

突然一阵嘈杂声，应该是有人按下了音量键。

方落西早就站直身子，听着乱七八糟的加油稿直接气笑了，眉间漾着一点笑意，好像刚刚广播里念的加油稿不是写给他的。

广播员还是坚持不懈地读完了最后一句：

"遥感一班来稿。"

时晨听着也忍不住低头笑了，她看见井立涵不知道什么时候站在方落西身旁，贱兮兮地重复了一遍刚才的加油稿："哥哥的腰不是——哎哟。"

井立涵一句话还没说完，方落西直接踹过去一脚，面无表情地赏了他一个字："滚。"

"哇，你冷漠你无情。"井立涵幽怨地看着方落西，"你竟然把怨气撒到我身上。"

方落西眼皮都不愿意抬，抬手指向对面，散漫地提醒了一句："赶紧滚。"

井立涵一看宣传部在集合，也没时间再顶嘴，赶紧跑了过去。

起始高度不算高，前面几个男生都毫无压力。方落西目测了一下距离，然后起跑，背跃过杆，稳稳当当地踩在了垫子上。

他跳过后，都没有转头往后看一眼，仿佛笃定结果，直接走下了垫子，绕过来走到原点。

时晨回想起他刚才的动作，腰身高过横杆一大截，连垂下的衣角都没有擦过，略微露出一点白皙的小腹和显眼的肌肉。

她低头闭上眼，暗骂自己没出息，大庭广众下看什么呢。

时晨搓了搓脸颊，没再乱瞟，老老实实地拍着照片。

方落西每一跳都很轻松，结束后又会老实地站到原位。

时晨想到刚才杨雪儿的介绍，这些好像对他不算什么，比赛跟玩一样，结果也毫无疑问。

最后一跳，他没有犹豫，助跑，起跳，腾空高度好像比之前还要高一点。

横杆一丝不动地粘在支架上，他眉头一挑，吐出一口气，离开了垫子。

跳高的项目在这一刻也就结束，时晨从脖子上摘下相机，转了下僵硬的脖颈，手指绕到脖颈后面用力捏了捏，拿下帽子随意扇了扇。

方落西走在前面，和她隔着五步远，跟朋友笑着往另一个方向走。

时晨跟在他身后，只是两人方向不同，她在跑道边又站了一会儿，看着他们的背影越走越远，才转向台阶迈到了座位上。

等一天的运动会赛程结束的时候，喇叭里传出今天获奖同学的名单。时晨放下手机，侧着耳朵开始听，直到念到她想听的。

"……男子组跳高冠军，方落西。"

…………

"请念到名字的同学到主席台领奖。"

后续的广播已经成了背影音，时晨耳朵里回绕着"冠军方落西"这几个字，尽管上午已经知道了结果。这一刻，就像同他一起见证了他的胜利。

只是这样一点小事，她就很满足，哪怕只是在后面作为旁观者。

晚饭过后，室友已经躺在了床上，时晨打开电脑整理今天拍摄的照片，进行简单的后期处理。

鼠标下滑，时晨看到早上那张照片，光影勾勒着他的身影，是她为他拍的第一张照片。

她动了动手指，私心移除了这张照片，然后继续删除那些模糊不清的照片。

紧接着看到一张照片，方落西背跃跳高，衣角卷起，露出一截嫩白的腹肌。

时晨记得这张照片，抿着嘴角自我洗脑，这样的照片也不太适合作为宣图，不然多少有点伤风败俗的意味了。

随后她将这张照片移到刚才那张旁边，随手建立个文件夹，命名"七号学长"。

她关掉页面，心无旁骛地快速检查照片，打包发给了井立涵。

井立涵立马回了消息，就跟等着这条消息一样：辛苦。

时晨回复一个表情后，见没再有消息，便拿着衣服进了浴室。

第二天早上，时晨换了一身有口袋的运动装，拿着相机直接等在了检录处。

检录处只有两张桌子，空无一人。时晨一脚踩着台阶，一脚退下，侧头听到一旁树下有个打电话的声音，她瞟了一眼，没多看，接着自娱自乐。

"早上不吃饭危害多大？要不是你非求着我参加这项目，我至于遭这罪？哪知道带你上分这么费劲。所以，辛苦你，跑趟食堂。"

他声音不算小，时晨听得一清二楚，自然也认出了这人。等他挂断电话，时晨抬头看过去，犹豫地开口："你没吃饭吗？"

这里只有他们两个人，方落西也不用担心自作多情，摁着手机，鼻间哼出一声。

时晨从口袋里拿出一把糖果，递过去："你要不要先垫一下，等会儿你还有项目，低血糖就不好了。"

方落西收起手机，看到肉乎乎的小手上放着三颗巧克力、两颗阿尔卑斯咖啡味硬糖，一时怔住，没有动作。

白皙的手掌掬着几颗糖果，方落西真有一种抢小孩子零食的感觉，他还故意恶劣地问了句："真给我啊？"

他作势伸手要拿几颗，像是在逗小孩玩一样。

方落西本来只是想逗一下她，结果人家直接手掌一翻，糖果尽数落在了他掌心里。

"这巧克力有点苦，不过挺抗饿。"

他撕开包装纸，在她亮晶晶期待的眼神下，喂进去一颗。可可粉微苦的香气充满口腔，余味回甘。他静默了一下，像是细品之后给出评价："还行。"

时晨满意地笑了笑，有种跟人分享宝藏后得到认同的喜悦感："是吧。"

方落西低头看着她，从前这姑娘见到他都是跟耗子见了猫一样。他刚刚才发现，她眼眸清澈，笑起来时像一道弯月，乖巧又讨喜。

一声电话铃声响起，方落西靠边接通电话："不用了，你自己留着吧。"

那边暴躁地传来一声骂，方落西不紧不慢地吐槽："等你过来，我早就饿死了……行，等着吧，完事过去找你。"

等工作人员赶过来，检录也就开始了。时晨站在后面，大方地冲方落西笑笑："加油啊。"

没人知道她正死死地掐着手指，连呼吸都忘了进行。

她跟在队伍后面，想着今天跟他分享了糖果，还得到了认可，有点开心，眉梢都带着笑。

早就熟悉了流程,今天时晨也拍得很顺利。看台上的尖叫呼喊声跟昨天一样响亮。她盯着冲过来那人,心里提起一口气,手上都忘记动作。

还好,她拍了撞线那一刻。

只是今天她手里没来得及拿矿泉水,而他也有同学递了一瓶水。

他没像昨天一样走过来,只是简单慢走了几步和朋友结伴转身离开。

其实,这样才算正常。毕竟他们之间没有那么多话要说,而他可能也只把她当作一位好心的同学。

就像她这么在意他,也才知道他的名字,甚至他根本就不知道她叫什么。

多希望有一天,她可以面对面地告诉他。

你好,我是时晨。

运动会在今天也算是完满结束了,下午主要开一下总结表彰大会,被念到频率最高的班级是十五级遥感一班。

站到主席台上领奖的人不是他,茫茫人海,时晨找不到他。

队伍另一边,方落西从口袋里掏出一颗咖啡味硬糖,皱眉瞧了两眼。

室友赵海宁在旁边咋咋呼呼:"下馆子去啊。"看到他手中的硬糖,赵海宁正打算伸手接过,被方落西一把拍开。

赵海宁委屈:"你不是不吃糖吗?"

的确,在男生宿舍里,糖本来就少见,赵海宁又跟个小姑娘一样喜欢吃甜的,于是宿舍里大多数甜食都进了他肚子里。

他话还没说完,方落西就已经撕开包装,糖块卷入舌底。啧,甜得发腻。

"太阳打西边出来了吧,你居然吃糖了。"赵海宁看着主席台方向,"快看看,是不是太阳升起来了。"

旁边刘遂受不了他这神神道道的样,直接骂了句:"别抽风了。"

方落西倒是在咖啡味和甜味中找到平衡,老神在在地说:"不是买的,小朋友送的。"

第六章　　/ 深海里的淡水鱼

"今天吉他社招新宣传啊，去不去凑热闹？"崔郜月对于混在新生里去听宣讲没半点不好意思。

赵孟迪和姜蕊都没时间，崔郜月见状，惨兮兮地绕开她俩，一把抱住时晨："呜呜呜，她们好过分，只有你爱我了。"

时晨瞅她一眼，嫌弃地拿手掌盖住她的脸，转身向门外走去："不去。"

话是这样说，时晨在结束大创会议后还是直接去了吉他社宣讲会的教室。

她走过去就看到桌面上的手机正在播放吉他教学视频，视频中的手指行云流水地快速拨动琴弦，一时都忘记了眨眼。

崔郜月见她看得入迷，打开收藏夹又分享了好多视频给她看："手控党福利。"

时晨不太理解："所以，你到底在看什么？"

"我都看啊。"崔郜月理直气壮，说起自己的黑历史，"吉他老师说我五指僵硬，动作不美观，跟鸡爪子抽筋一样。我不太服气，我这手不说是纤纤玉手，也不至于沦落为鸡爪子吧。"

时晨听着笑了，想起自己小时候去学兴趣班，也回忆着说笑："我也一样，按键的、拨弦的都不太行。有一天商场门口有表演，我妈问我要不要去学萨克斯。"

崔郜月收起手机，跟她讨论："女孩子学萨克斯很酷哎！"

"是吗？架子鼓比较酷吧！"时晨搜了搜自己浅薄的乐器名词库，找到合适的一个。

"架子鼓也酷。"崔郜月点头赞同，想到什么，又拿出手机，"我有视频。"

她俩凑在一起看了很久的小视频，察觉周围已经安静下来，抬头看向前面讲台处。

一段酷炫的音乐关掉后，讲台上站着一个男生，穿着破洞裤，撞色卫衣，绑了个头巾反戴鸭舌帽，跟街头潮男一样。

男生也没怯场，直接上去一大段自我介绍，然后开始介绍社团。

时晨偏头凑近崔郜月耳朵，小声问："这是谁？"

崔郁月摇摇头，随便乱猜："社长？骨干？大小是个官。"

时晨看着男生摇头晃脑，一手举起来准备带着大家一起"嗨"，前边已经有学生在响应，她嘴角一抽："你们吉他社一直都是这个'画风'吗？"

"我不知道，你别问我，我没来过几次。"

时晨食指轻刮了下鼻尖，吞吞吐吐地说："就还挺有——"卡顿一下，斟酌着语句，"个性。"

崔郁月转头看向她，语气调侃："什么个性，你是想说做作吧。"

时晨一噎，小声反驳："我不是，我没有，你别瞎说。"

背后传来一声轻笑，还隐约有游戏的背景音。时晨没回头看，只觉得这声轻笑像是羽毛刮在耳郭，泛起一阵痒。

她侧头拿肩膀蹭了下耳朵，企图蹭掉这怪异的感觉。

后排响起一阵铃声，大约只有两秒，就立马被人挂断。然后折叠凳子的板迅速收回，发出沉闷的碰撞声，脚步渐起。身侧路过一个穿着衬衫西裤的男生，身姿挺拔。

时晨抬头看过去，男生侧脸轮廓清晰，鼻梁高挺，唇间一点殷红，额前有碎发遮挡。身姿修长挺拔，没有学生穿西装的稚气，领口没扣紧，也没系领带，扯开了两粒扣子，一手插兜往前走，略显几分雅痞。

她有些不解，方落西也是来凑热闹听宣讲的吗？

等他站在讲台上时，时晨恍然明白。他接过话筒，调了下音量，尽管穿着正装，却也没有很规矩，斜着身子靠在讲桌旁，吊儿郎当地开口："大家好，欢迎大家来到吉他社招新会。"

他嗓音本就低沉勾魂，再加上电流的变音，格外让人想捏耳朵。

他一直都这样引人注目，从他走上台阶这一小段路，时晨就听到了止不住的吸气声。而他站在台上后，怕是全教室的目光都投了过去。

除了他，恍若未闻。

"刚才学长介绍得非常详细，我也没有其他要补充的。"

"当然，如果后续有问题，欢迎大家进社后继续了解。"说完方落西直起身，绕到多媒体前，手指落在鼠标上，按下了视频的播放键。

时晨见那抹身影消失在阴暗处，转头看向白色的幕布。视频正在播放吉他社往届活动的剪影，偶尔还会有一小段活动视频。

她盯着投影，眼睛一眨不眨，不想放过一丝一毫的机会，企图捕捉那抹身影。她庆幸今天戴了眼镜，又后悔找了个后排座位。

视频中照片仅停顿几秒钟,时晨不确定那是不是他,像他,而又没见过那样的他。

穿着皮衣斜挂着吉他,一脚踩在凳子上,舞台灯光从他身后直射过来,漫天的金丝带不吝啬地撒在他身上。

时晨想让视频停下来,多看两眼确定一下,但她没办法按下暂停键。

散场后,教室里的学生依次离开,崔郜月去了洗手间,时晨在外边等人。

教室里的人已经走光了,楼道间为了节约用电只开了几盏顶灯。时晨在门口无聊地走来走去,还想着刚才看到的照片。

她想得入神,没注意到脚下踩到一块裂开的地砖,不听话的石板翘起勾到她的脚尖,来不及保持平衡,整个人倾斜要跟跄摔倒。

时晨心想还好刚才人都走光了,不至于被人看到,忍不住低骂出声:"抠死了,什么垃圾——"地砖。

最后两个字还没有骂出口,时晨胳膊被大力扯住,她甚至感觉到大臂被捏住,睁眸看去,眼眸中还有后怕和慌张。

一张熟悉的脸映在眼前,唇红齿白,方落西扯住她站稳,无奈一笑:"怎么还骂人呢?"

时晨已经记不太清自己是怎么回到宿舍的了,浑浑噩噩地跟着室友一起离开,等再有意识的时候,耳边就是崔郜月歇斯底里地尖叫。

"看群了!看群了!"崔郜月一把关上宿舍门,还顺手转了下锁,"有没有看到我发的照片,新鲜出炉!人间绝色!"

时晨不知道她说的什么,拿出手机找到置顶的群聊,点开加载了一下。

她呼吸一窒,眼睛黏在了屏幕上。

讲台上方的白炽灯照出一道光柱,落在少年身后。少年穿着白衬衫斜倚着,一手垫在讲桌上,低头摩挲着手中的话筒。

偷拍的人大约手抖,画质算不上清晰。光影明显,正是那点模糊不清,反而衬托得更有意境。

要是忽略前排座位上的人影,可能会被人误认成是哪里的高级宴会厅,而他手中的也不会是普通话筒,将会是装着香醇酒液的高脚杯。

姜蕊看着屏幕里的照片,赞同地点了点头:"单看这气质、身影,是挺绝。"然后她坐在床边看向门口的崔郜月,"就是看不到脸啊。"

崔郜月一听,立马往前走了两步,没好气地说:"我偷拍呢,哪敢拍人脸。不信,你问时晨,时晨也看到了。"她又转头看向一旁呆滞的时晨,求证道,"是不是帅？"

她话音一落，姜蕊也侧身看向时晨。

两道目光如炬一样直射到她身上，她茫然了一下，不知道该说什么。

帅吗？

当然帅，的确也称得上人间绝色。

但是她张不开口，好像她承认了，就会被人看到她埋在心底不为人知的小心思。

哪怕这话是别人问出来的，不是她主动开口说的也一样。

就在她承受不住两道目光要张口时，宿舍门板被人"当当当"地敲响。

崔邰月猛吸一口气，赶忙快步过去解锁开门。赵孟迪进门后，狐疑地看了看宿舍里的三人："干吗呢，还锁上门了。"

崔邰月讨好地笑了笑，解释了下："我发的帅哥图。"

话茬一转开，她们也没再逼着她要个答案，时晨松了一口气，动了动手指，保存了图片。

赵孟迪挑着眉头，嘴角勾着坏笑："看什么图还得关上门啊，关门不行还得上锁啊。"

崔邰月一听就知道她想错了，翻了个白眼鄙视她，慢条斯理地澄清："想什么呢？晚上吉他社招新，我偷拍了一个学长。啧，人间绝色。"

姜蕊适时插嘴一句："看不见脸的人间绝色。"

"哦，这样啊，那没事了。"赵孟迪嘴上说着不感兴趣，手上还是好奇地点开了群消息，看了眼还评价了一句，"是有点豪门贵公子的味儿。"

"是吧，当然我拍得也好看。"

"但是，"赵孟迪把手里的书放下，转身靠着桌子面向她们，"我，平生最恨这种自以为有点姿色就到处招摇撞骗的狗男人。"

几个人嗅到一丝危险又迷人的气息，一时都没有开口。

还是崔邰月头铁，委婉地说出大家的心声："你遇见渣男了？"

赵孟迪唾骂一口，胸腔气得起伏不定。

简单来说，就是年轻不懂事的时候，看上个男人，后来单方面以为进度条拉满就要成的时候，发现自己就是条鱼，还是带编号排在后边的那种。

听完之后，一阵沉默，几人唏嘘一声："以后咱擦亮眼睛，远离渣男。"

崔邰月跷着二郎腿，拿着小零食坐在一边，叹了口气："咱学院没什么帅哥了，反正我是没见过了。"

有的啊。

你刚还说了人家绝色呢。

时晨想。

"谁？"崔郜月转头看向她，眉毛皱着，很是纠结，"你刚说还有谁？"

时晨才发现自己刚刚不小心说出了心里话，看着她的反应应该只听清了一句，她松了一口气，心如擂鼓地小声说："不是还有一个，叫什么什么西的。"

"你从哪里听的，我怎么没听过这名。"崔郜月似是在回想。

时晨眉心一跳，慌乱地解释："运动会的时候，我不是去拍照了吗，听见好多人都在喊。

"乱七八糟的，我也不知道是不是这名。"

旁边，赵孟迪一拍额头，恍然大悟，了然地说道："方落西。"她转头看向时晨，"你说的是他吧。"

"可能吧。"时晨说得模棱两可，不敢承认。

赵孟迪哼笑一声："他是长得还行，要身高有身高，要腿有腿，要腰有腰的。"话锋一转，"不然怎么能迷倒人家新生，进校第一天就屁颠屁颠给他送花去了。"

"这么厉害？"崔郜月眼神一亮，坐直身子，好奇后续发展，"然后呢？答应没？"

"答应什么啊？"赵孟迪轻飘飘地看她一眼，"进学校第一天，就被人拐走了，这什么环境啊？"

崔郜月反驳道："成年人谈个恋爱怎么了，见色起意呗，你情我愿的又不强求。"

"话是这么说没错，他也是迎新工作人员，他要是答应了，让老师同学怎么看？"赵孟迪回想了一下，"不过他可能就单纯地拒绝了吧。

"当时我就在旁边看着呢，我还觉得他配不上那女孩子。那女生可可爱爱的，祖国的花朵就该好好长大，离这些臭男人远远的。"

"咳咳。"

时晨没忍住，低头捂住嘴轻轻咳起来，也不至于是臭男人吧，那么爱干净一人，怎么说也得是香的。

"没事吧。"崔郜月看她一眼，笑话她，"口水都能呛到？"

时晨又低头咳了两下，手掌抚了抚胸前，感觉顺过气了，才看向赵孟迪："你跟他有仇啊？"

"没仇啊。"赵孟迪慢条斯理地喝了口水,才缓缓说道。

姜蕊一直坐在旁边安安静静地听着,这会儿忍不住笑出声:"那他肯定长得很帅了,惊为天人那种,才能让这么多人表白。"

赵孟迪摆摆手,敷衍着说:"也就还行。"

姜蕊指着手机里的照片,好奇地问:"那跟这个人间绝色比呢?"

赵孟迪坐在凳子上看着姜蕊手中举起的手机,回忆了一下刚才看到的照片,摆摆手,不屑道:"差远了。"

嗯?

时晨站在旁边心想,明明是同一个人。她不动声色,没说话。

崔郜月听着不解:"那别人看上他什么?长得又一般。"

别听她瞎说,她在骗你们。

时晨想。

赵孟迪:"可能会装吧。"

时晨张了张口,小声道:"不是吧。"

"嘿。"赵孟迪对有人反驳她的观点极为不满,"时小晨,你怎么还胳膊肘往外拐呢。你再这样,我们要集资送你去医院了,我出五毛。"

时晨不服气地哼了声。

赵孟迪笑完后,清了清嗓子,一本正经地说:"听我说啊。"

崔郜月:"小赵老师开课了。"

赵孟迪听着还摆起了架子,正襟危坐,跟教导主任开会似的:"这年头,咱要时刻铭记一点,骗感情不走心的就是渣男,惹不起,咱躲得起。跑不过,就躲远点。

"别只看他的脸,见色起意不可取,谁认栽谁倒霉。"

她伸手指指自己:"我,就是这么一个活生生的例子。"

时晨听着觉得她说得太绝对,只以为她是一朝被蛇咬,十年怕井绳。而且这怎么听,都跟方落西没有什么关系啊。

时晨忍不住低声问:"他怎么就没有心了?"

时晨问得急,连她自己都没注意语气已经有些偏颇。不过,好在没人听出来。

赵孟迪哼笑一声,脸上露出显而易见的嫌弃,语气轻蔑:"他当然没有心。

"要是有点良心,就不至于女朋友在澡堂受了委屈还无动于衷吧。"

赵孟迪的话像是在空气里投下即将爆发的火星子,只要轻轻一吹,立马将人炸得灰飞烟灭。

女朋友。

时晨慢慢回味着这三个字,恍然间明白,所有的一切都是她自己一厢情愿。他身边会有一个女孩,而自己那些见不得光的小心思是要遭人骂的。

时晨愣怔地想,是她自己想当然地以为他单身。

说到底,她也只是和他见过几次面而已,话都没说几句,就连他的名字不也是才知道的吗……

她眼眶瞬间通红,拼命地睁大眼睛,想要困住不听话的眼泪。

那一刻,她好像觉得,就连哭,都是没有资格的。

旁边几人的气氛和她这里却是截然不同,她们也没有注意到她的表情,反而一脸八卦地问:"谁啊,女朋友是谁啊?"

姜蕊注意到话里的字眼,想到什么不确定地问:"不会是我们在滨城的时候那个受欺负的女生吧?"

赵孟迪懊恼自己嘴太快了,一时说了出来,恶狠狠地威胁:"都不许出去说啊,焊死在咱们宿舍里。"

"明白明白,懂得都懂。"崔部月比了个"OK"的手势,眨着亮晶晶的眼睛,"所以是谁啊,好奇谁能收服这个能在新生入学第一天就收获表白的男人。"

"可能已经是前女友了。"赵孟迪又解释了一句,"我不太清楚啊,可能早就分了,最近没见他们一起。"

"就是我们学院的一个大美女,连芝玥,见过吗?"

时晨听到这名字,觉得有些耳熟,但又想不起来是谁,对不上脸。

不只是她觉得耳熟,崔部月也觉得有点熟悉,揪着头发苦思冥想:"好熟啊……这名字,就是想不起来。"

姜蕊却纳闷地出声,否认道:"我认识她啊,但前几天我才看到她挽着我们班一个男生啊。"

赵孟迪随口答:"那可能就是分手了。"

崔部月:"所以,这就是美女有另一春,帅哥还单着啊。所以连芝玥是谁啊?"

时晨也有点好奇连芝玥是谁,但刚才她听到方落西没有女朋友,这一切都是乌龙的时候,忍不住松了一口气,像是搁浅的鱼遇到了水。

只是犹如淡水鱼跌进了深海里。

姜蕊看着崔部月抓耳挠腮的样子,出声提示她:"大波浪,很性感,也很高,还是模特队的吧？"

最后一个她不确定，转头问赵孟迪。

"对。"赵孟迪点点头，接着补充，"包揽了很多活动的开场，主持人，好像还是个有点小水花的博主。"

崔邰月脑海中抓住什么，转头看向时晨，询问道："是不是咱们在澡堂里见过一次，实习的时候。"

她语气都有些激动，看向时晨的眼里都在放光。

时晨也想起来实习的时候在澡堂遇见的性感又漂亮的女生。那时候，赵孟迪介绍说，连芝玥，遥感班，我们学院一大美女。

"是她。"

崔邰月一听，眼睛亮亮的："方落西好幸福，跟漂亮姐姐交朋友，他赚大发了好吧。"

时晨想着当初见到的女生，尽管印象已经模糊，但还是可以勾勒出个影子，甚至有一瞬间能清楚地记起她的脸。

五官明艳大气，浓密的秀发卷成了波浪，身材火辣，是那种性感美女。

和她完全相反。

突然，自卑心理作祟，她觉得自己自恋时候的漂亮就不叫漂亮，就好像只有她自己认为自己好看，像不服输的小孩，自己敷衍自己，仅能满足自己的内心罢了。

她没有才艺，长相凑合，身材一般，更说不上……性感。

时晨像是下雨天放学回家的小朋友，没有人在校门口等着，也没人接回家。小雨打在身上，头发都变得濡湿，好不容易找到一个避雨的地方，却被人突如其来泼了一整盆水，头发、衣服、书包都被浇得彻底。

那这个避雨的地方又有什么用呢？

赵孟迪好笑地看着崔邰月："你想的交朋友和人家两个耍朋友可不是一个意思哦。"

崔邰月道："我只是单纯喜欢漂亮姐姐罢了，如果我能有漂亮姐姐这张脸——"

她话还没说完，就被赵孟迪打断："你不如做梦来得实际些。"

姜蕊问起另一件事："所以说，当时浴室被偷拍的是连芝玥？会不会当时他俩已经分手了，男生压根不知道这件事。"

"谁知道呢。"赵孟迪敷衍地说了句，明显不想再继续这个话题。

时晨安静地在一旁听着，没插话。

她觉得赵孟迪口中恋爱不走心的人不会是他，方落西肯定不知道这件事，不然他一定会去的，毕竟，没谁能忍得了自己女朋友无缘无故被欺负。

对着陌生人都会伸出援手，会和宿舍成员一起挤火车，谈恋爱应该也会认真对待。

时晨想到他站在光下看手机和那晚夜色下独自在河边饮酒，却又觉得他周身环着一股迷雾，雾气里只有他自己，独身一人。

想着想着，她又觉得很可笑，他身边总围绕着一群人，又怎么会孤独。

她坐在自己桌子旁，下巴垫着手磕在椅背上，低眸轻轻眨着眼，目光无焦距地看着地面。灰白地砖上飘浮着几抹晃荡的身影。她眼神定格，大脑一片空白，不知道该去想些什么。

这一晚，跌宕起伏，她可是切身体会到了一秒天堂，一秒地狱。

反正，她也只能在暗夜里无声地看着，本来也没打算获得什么，那其余的，又有什么关系呢？

时晨说不准自己是想不明白还是想明白了，黑暗无声地席卷着她，耳边还有室友入眠的呼吸声。她翻身裹了下被子，蜷缩成最有安全感的样子，泪水自眼角流经鼻梁没入枕头，最后沉沉睡去了。

那晚宿舍的深夜彻聊没在人们心中留下一点波澜，照旧上课下课开组会，三点一线。大学的专业课繁多又复杂，时晨每天忙着写作业查资料，想要期末分数高一点。偶尔停下来想一下，竟然自那天后再也没有见过他。

时晨敲着电脑，自嘲一笑，看，就只是一个学校而已，连见面都这样困难，偶遇都找不到门路。她收起心思，放在课程论文上，耳边再次被键盘声覆盖。

等结束准备离开时，屏幕上闪出一条消息。时晨收起准备关机的手，点开查看。

消息来自记者站的学姐，也是她正跟的大创项目负责人，大三学姐汪婷玉。

汪婷玉：时晨，你下午有课吗？

时晨回复：没。

汪婷玉：太好了，终于有人没课了。我们大创策划书改好了，就是区域图有点问题，下午需要找老师指导一下。

时晨没犹豫：好的，老师在哪个办公室？

汪婷玉：432，不用太早，也别迟到。

时晨看完消息，又把刚才放进书包的东西拿出来，打开了之前的策划书，详细地做了笔记。

等下午她估摸着时间差不多了，拿着电脑去了地理科学学院的办公楼。

走到门口，她深呼了几口气，才小心地敲了两下门，听见回应，推门进去。

办公室里另一位老师正忙着工作，他们组的指导老师资历比较老，两鬓有些银发，看着很和蔼，但时晨还是不可避免地紧张了。

"你们的策划我看过了，没什么大问题，就是那个地图做得太丑了，说出去哪像是我们地理专业的学生做的？"李老师吹了吹杯面上漂浮着的茶叶，尝了一口水。

"平常可以和其他专业的同学多交流一下。"李老师转头看向她。

时晨想，跟学生打交道总好过跟老师交流，避免暴露自己是个什么也不会的学术废物。

下一秒，她听见李老师苍老又不失中气的声音。

"方落西，你认识吗？"

时晨不知道自己该说认识还是不认识，又或者是不算认识。

"没听过？"老教授一脸新奇。

她正不知道怎么回答，门口响起敲门声，声音不大节奏感却很强，像是敲在她心上。

时晨转头看向门口，一个少年穿着卫衣长裤像是没睡醒一样，懒懒地闭着眼睛，吊儿郎当地开口："老李，完事了，要回去补觉了。"

"哎，等会儿，哎，别走，还有个事呢。"李老师站起身，作势要走过去揪住他。

方落西也没真走，还靠在门边，懒懒地抱怨："程序写完了，图也出来了，还有别的事？"

时晨看着他独自思索，老师就是尊敬的师长，哪怕她在大街上认出幼儿园老师，她也得乖乖叫声老师好。

"等会儿，你从中午开始就躺沙发上睡觉，当我没看见呢。"李老师看了看靠在门边的人，虽是骂人，语气又有股子疼惜，"做个图的事，很快，搞完了，你就回去睡你的觉去。"

方落西睁开眼看了看办公室里等着的人，刚想拒绝，发现是张熟悉的脸，又换了句话："行啊，来这边吧。"

说完，他也没等后边的人，径自转身离开了。

李老师正惊讶他这么容易就答应了，看看门口离开那个，又看了眼屋子里站着的这个，问了句："认识？"

"不认识。"

时晨飞快脱口而出，刚刚还在纠结的事情就这样简单解决了。

李老师摆摆手，重新坐回凳子上："去吧。"

时晨背着包小步往外踱着走，她脑子里很乱，但好像又是高兴的。

她小心退到门后，轻手轻脚地掩上门，甫一转身，看到墙边倚着个人。时晨猛地往后一退，尖叫抑在喉咙里。

方落西撩起眼皮看她一眼，站直后转了个方向，声音不大不小："跟上。"

时晨跟着他的背影往前走，想着刚才在办公室没看清，出门后发现他头发似乎剪短了不少，耳后只有一层短发茬，额前碎发落在眉上。眼下一层薄薄的青灰色，眼皮耷拉着，看着像是很久没休息好。

前面少年猛地一停，时晨及时刹住脚步，前身微微一俯，又直愣愣地落了回去，抬头不解地看向前方。

方落西看着她回神的操作没说话，刚刚他靠墙等人的时候，清楚听见了里边的对话。

不认识。

好一个不认识，利索得不行，没带一点犹豫。

平常别人说个认识，不熟，算朋友，他都没放在心上，主要是觉得无所谓。但这姑娘，两人好歹是一起喝过酒的交情，还真是没良心，白瞎了他的酒。

时晨跟着他进到一个空教室里，座椅摆放紧凑，中间桌子上放着一个书包、一台笔记本电脑和几本专业书。

时晨看了两眼，像是有关计算机的，她收回视线没再乱看，看不懂。

"坐这儿。"方落西坐到那台开着的电脑前，双腿放松敞开，伸到前面的座椅下，抱臂看了她一眼。

时晨放下书包，和他隔了一个位置，只坐了半边凳子。她手心被汗水浸湿，嘴角干得起皮，不自在地吞了吞口水。

"图呢，给我看看。"

方落西直接进入正题，眼皮都没睁开，像是说梦话一样。

时晨从背包里拿出电脑，打开了策划书。鼠标迅速下滑，打开放大图片，占了满屏，她挪了挪电脑。

方落西听见动静，睁开眼看了一下屏幕上的区域图，嗤笑一声，毫不留情地嫌弃道："是挺丑。"

时晨脸一红，有些无地自容。

方落西浑然不觉，起身开了电脑，随口问了句："你做的？"

"不是。"

她压根不会做。

"不是就行，我说怎么这么丑。"

这话她没法接，这丑图她都搞不来。时晨又看一眼，也没很丑吧。

"你们是重做，还是修改。"方落西滑着鼠标打开软件，心平气和又没半点不耐烦，仿佛跟刚才那个男生不是同一人，"当然，我建议重做。"

时晨也不知道怎么改，原本她就不是负责制图这一块。而且她对制图软件的理解只在于最表面，只会跟地图配个准，描个边。

她看着他眼下的一层青灰色，轻咬了一下嘴唇，问："是不是改图更省事一点？"

方落西侧头瞧了她一眼，意味不明地笑了笑："又不是你改，怕什么？"

时晨心想，就因为不是我改才要问的啊。想了想，她还是客气地说了句："那多不好意思。"

方落西像是看见什么新鲜事，提起点兴趣，轻咳一声，正色地看了看图，说了几个要点后，倏地一笑："要我改，肯定还是重做更快一点。"

时晨抬头看向他，不复从前的小心翼翼，光明正大地将视线全部投给他。少年眉眼含着桀骜的笑，意气风发，胜券在握。

不得不承认，这个样子的他让她很心动，骄傲得要命。

"那重做吧。"时晨小声说，生怕破坏掉这一刻的气氛，"麻烦了。"

"凑合。"

时晨想到什么，面色为难地转头问他："我这里没有底图和矢量文件包，你稍等，我问我同学要一下。"

"不用。"方落西已经打开了软件，快速扫视着文件包，抬了抬下巴，"这里有。"

见状，时晨没再说话，坐在一旁安静地看他制图。

加载地图选择坐标系，然后开始配准。他动作迅速，没有丝毫犹豫，好像是随便选了几个控制点，但整张图完美地契合。配准完成后，时晨看着他加载图层文件，又打开文件添加了一些相关属性信息。

他按部就班地点着鼠标没有丝毫不耐烦，时晨想到自己曾经的一个寒假作业,也是制作这种简单地图,没有多余的步骤,只需要配准数字化。仅是如此,她在电脑前坐了一上午,手指按着鼠标快要抽筋了。最后完成的时候,她简直成就感爆棚。

方落西抽空看她一眼,女生贝齿咬着红唇,看着极度无聊,又不知道在想些什么。他弯腰从一旁拿出个什么东西,放在桌上,手指按着往前推了推。

时晨看着桌子上的小瓶矿泉水,抬头看过去。

"喝吗?"方落西视线又回到电脑上,散漫地开口,"要是习惯喝热水,就自己去外边接。"

时晨看着桌上的水瓶,抬手拿到身前,低声说:"谢谢。"

"你要是无聊,就看会儿手机。"方落西停下看她一眼。

"我不无聊。"时晨不知道他哪里看出自己无聊了,明明她一点都不无聊。坐在他旁边,在同一个空间里,她觉得有意思得很。

后续,他就没再说话,时晨也没开口。两人就这么安静地坐着,一个忙着敲电脑,一个低头扣着水瓶,相安无事地待到了天黑。

方落西工作的时候很专注,不会被周围环境扰乱,眼里只有电脑上的图层作业。时晨会偷偷看两眼他的侧颜,再装作看电脑进度的样子掩饰一下。

他头发剪短后,整个人透露出一种凌厉,脸型轮廓流畅,棱角分明。眉眼好看,眼睫毛浓密轻眨,鼻梁倾斜而下,薄唇红润。

时晨闭眼转过头,不再看他,暗骂自己一声色鬼。想到崔邵月夸他是人间绝色,是挺绝的,没想到他学习时的样子更加吸引人。

"咚咚!"

门口传来两下敲门声,时晨抬头望过去,教室门没关,一个男生只露出一个脑袋看了看坐着的两人,视线在两个人身上移过来移过去,最后冒出一句:"西哥,吃不吃饭,我们叫外卖了。"

时晨转头看向身边的男生时,正好对上他看过来的视线,她不好意思地问他:"你要不要先去吃饭啊?"

"你不吃?"

时晨有些懊恼忽略了这件事,自己明明什么也不用干,都忘记提醒他了。她小声说:"我来之前吃过东西了。"

"行。"方落西又抬头看向门口的男生,微微提高了音量,"不用,你们先吃。"

时晨看着正在敲电脑的人:"你不吃吗?"

方落西头也没抬："不太饿。"

时晨也没继续说话打扰他，尽力创造一个安静的环境。

又过了不知道多久，旁边人发出一声"好了"。

时晨侧头看向电脑，最终的地图已经加上了边框和标题。两张图一对比，她好像发现之前的图都已经有点压缩变形了，指北针和比例尺的大小也不太合适，在整张图里有点不伦不类，喧宾夺主了。

"这么快。"时晨语气不掩惊讶，眼神也有欣喜流露，"谢谢。"

没有白请人帮忙的道理，她思索着要怎样感谢人家。

"不用。"方落西长臂举起，伸了个懒腰，"我就是给老李打工的，小事。"

时晨看着电脑上的图层，声音有一瞬绷紧，手指攥着已经空了的矿泉水瓶，心如擂鼓："那要——"

方落西想到什么看向她，截断她的话："你是不是有井立涵的联系方式？"

"对。"

"那到时候他发给你，这电脑是他的。"

时晨一愣，没有再说话。方落西又问了句："你刚才要说什么？"

她要说什么？

她想说，要不要加个联系方式，把图片传给我。

多么合适的借口啊，只是现在没有必要说出口了。

时晨背着灯光看向他，笑了笑："我刚才想说，谢谢你。"

教室的窗户没有关，吹进来稀疏的风。方落西低头看着离自己一米远的女生，鼻尖有点泛红，杏眸还是一如既往的清澈见底，头上的灯光落在她的眼眸中，他轻嗤一声，绕开桌椅走到窗边，关上窗户。

"这么感动吗？"

时晨张了张口不知道回什么，好在对方并不执着于这个答案。

"西哥，看看我这个卡住了。"正好从门口走进一个端着电脑的男生，抬眼看到站着的两人，顿了一下，"你们还要忙吗？"

时晨收拾好自己的东西，拎在手里，看向方落西："那你先忙，我先走了。"

方落西一颔首，时晨起身走向门外。

进来的男生把电脑放在时晨原本的座位上，刚要开口说话就被方落西打断："还有饭吗？"

那男生一怔，不可置信地看向他："你刚不是说不吃吗？"

方落西面不改色地解释："刚才不饿。"

大哥，就这么几分钟，你就饿了。

"现在饿了。"

那男生转身往外走，打算去隔壁教室看一眼："应该有多的，我去看一眼。"

男生拿过饭盒递给方落西，也没着急先问电脑上的毛病，看了眼桌上的矿泉水瓶："这盖子呢，还好喝完了。"说完，抬手一扔，空瓶沿抛物线降落在墙角的垃圾桶里。

方落西抬头看了下，没在意，又低头拆着饭盒。

男生见他吃着饭，腾不出空，也就在一旁刷着手机，看到什么稀罕事，时不时地说出来分享一下。方落西吃着饭，说不清听没听，敷衍回一句。

那男生收回手机，叹了口气："这东西今晚弄不来，明天我再来找你。"

"怎么了？"

"等会儿去接我女朋友下课，最近她们女生宿舍楼前有个变态，尾随。"男生坐在桌上往后一撑，"她胆子小，送她回去。"

方落西筷子一停，抬起眼皮看过去："你女朋友？哪个院的？"

"我去，你可别瞎说啊。"男生一惊，从桌子上跳下来，"我就这么一个女朋友，还能哪个院，就我们学院的啊。"

"我们院？"方落西放下饭盒，眸色一暗，抬头严肃地看过去，脑子想的却是刚才离开的女生。

方落西看了眼腕上的手表，手臂一撑桌子，起身跳到了过道里。男生看着从他右边跳到左边的人，震惊道："你干吗去？着急接女朋友啊？"

没人回答他，只有急匆匆的一阵风，男生看了眼没吃两口的饭，叹息道："粒粒皆辛苦啊。"然后一挠头发，想起来，"你没女朋友啊。"

时晨离开教室后，顺着台阶慢慢往下走。楼道里还有来往的学生，她走得很慢，主要是还在后悔。

她如果早一点说出口，是不是就会拿到联系方式。

只是，这些假设根本不成立，哪里会有那么多如果。

楼下大厅有正在拍摄视频的社团，担心自己现在出去会入镜，时晨在拐角处多等了一下。

等时晨走出办公大楼的时候，方落西正好从楼梯台阶下来，他只看见个一闪而过的背影，扶着楼梯一侧的扶手弯腰狠狠喘了几口气，才不慌不忙地抬腿跟上。

他没跟太紧，隔着老远跟在她身后，勉强能看见个人影。

秋日的夜，风已经寒凉入骨，鼻腔也被寒冷侵袭，哈出一团白色雾气。

方落西和前方瘦小的女生在一侧的路灯下慢慢前行，光影溢出，在柏油马路上拉出一道暗色的影子，时长时短。

他看着地上变换不停的影子，无奈一笑，到现在都没理解自己突如其来的举动。想到她眼中的无辜和单纯，总不能真让人出了事才后悔。

索性，就当他日行一善吧。

时晨背包里还有一个电脑，她时不时调整一下肩带，或者直接拿手垫在肩上分担一下重量。

图书馆还不到闭馆时间，灯火通明，但她没什么兴趣进馆学习了。

崇浦大学马路旁边都是郁郁葱葱的树木，平时白天看着赏心悦目，只是到了晚上，秋风一扫，落叶打着转地飘到眼前，树枝碰撞发出"唰啦"的声响。

怎么想怎么吓人。

对面路上偶尔冒出一两个人，脚步声迭起，时晨忍不住缩缩脖子加快了脚步。

只是，她听着后面的脚步好像也跟着她的频率加快。她心慌得厉害，也不敢回头看，默念着社会主义核心价值观，自己是新时代新青年。

平常崔部月总说晚上一个人的时候不要走林子旁边的这条路，她总没当回事。

学校里，能出什么事啊。

她脑补了一系列离奇事件，害怕是鬼，但更怕是人。

只要再走一小段，就能到她们宿舍楼下了。时晨提着心跳，脚步已经趋近小跑了。

身后那甩不掉的影子见状也准备往前跑，却被人一把勾住脖子，被迫僵硬地转过头，就看见一个男生。灯光照在男生白皙的脸上略带几分魅惑，他像是夜晚出行的吸血鬼，薄唇微勾，笑意却不达眼底："干吗呢？"

"聊聊？"

等时晨跑到宿舍前的主路上，她才小心地回头看了一眼，眼中还有没退干净的怯意。

主路上来来往往人很多，宿舍楼下还有许多卿卿我我的小情侣，一楼还有宿管阿姨。她慢慢平复了一下呼吸，抬眼看见一对情侣从那条路走过，时晨深吐了一口气，原来只是自己吓自己。

时晨在宿舍里收拾好后,直接上床躺着刷起了手机。收到井立涵的消息时,她一下坐起身。

井立涵:[×××文件]

时晨:收到,麻烦了。

井立涵:小事儿。

时晨看了眼文件包,认命地爬起来下床打开电脑,重新修改了一番,然后将文件包和修改后的策划案一起发送给了学姐。

秋日落下帷幕,紧接着便是冰天雪地的寒冬。崇浦的冬天不是纯粹的冷,至少比不得时晨的家乡冷,就是湿潮的冬风带着一股海盐味直往人骨头缝里钻,叫人极度烦躁。

宿舍里就时晨一个北方人,她们讨论着马上到来的冬至该吃什么。时晨从小到大都是吃饺子,来了崇浦才发现也不是所有人冬至都吃饺子。

崔邰月当时举着一桶泡面,秀气地喝了一小口汤:"当然是去吃醪糟汤圆啦。"

时晨不置可否,当时她好奇尝过一次醪糟,有股淡淡醇香的酒味,入口回甘,有一种醉醺醺的感觉。她还是想着冬至去吃一碗饺子,老话说得好,冬至吃饺子,耳朵冻不着。

赵孟迪想起来一事,看向宿舍里几个人:"你们还记得那个偷拍的变态吗?"

这事怎么可能不记得,虽然没有大范围传开,但她们宿舍几个人都很清楚。就是突然提起这么一件事,她们心也跟着一紧。

别是不长记性,又出来兴风作浪了吧。

赵孟迪看着她们一脸紧绷,又忍不住吊她们胃口:"你们猜,他又干吗了?"

几人一愣,面色都不太好看,崔邰月最先骂出口:"不要脸的东西,又干什么龌龊事了,学校都没人管吗?"

"淡定淡定。"赵孟迪双手向下压了压,"有人为民除害了。"

崔邰月下一句骂还没出口,嘴里的话生生拐了个弯,眼睛瞪着:"什么?"

赵孟迪慢条斯理地解释着这几天发生的事情:"前两天晚上,他在路上跟着一个女生,就咱们宿舍那边的小路,被抓到了,人证、物证俱在。而且,连芝玥也举报了他之前偷拍的事,估计退学没跑了。"

时晨想起前两天自己还一个人走过那条小路,忍不住后怕:"前两天,我刚从那里回宿舍。"

赵孟迪安慰道："我也走了，这不没事嘛，下次叫个人一起，别自己走夜路了。"

崔郜月一脸振奋，像是大仇得报一样："哪个英雄这么牛？"

"那就不知道了。"赵孟迪摇摇头，嘴角无奈一撇，"反正遇到了个硬茬，匿名信投到了学校上边，再加上他之前的一系列旧案，不严肃处理说不过去。"

后续，她们也没再关注这个消息，只知道学校里少了一个祸害。

转眼冬至已至，她们几人约好去食堂吃饭。食堂窗口属饺子和汤圆卖得最火热，大型高压煮锅内滚着烧开的热水，热腾腾的雾气弥漫在操作间，贴在玻璃上都有了一层模糊不清的白雾，衬得食堂都暖了几分。

食堂阿姨的效率很快，尽管排队的学生看不见尾巴，饺子装在不锈钢小桶中，挂在高压煮锅壁上。一锅捞起，就是好几人份了。

时晨点单了一份全家福套餐，就是囊括了这家饺子铺的所有口味，最适合她这种选择恐惧症重度患者。

回到座位，崔郜月吃完勺子里的汤圆，含混不清地说："我们圣诞什么打算？"

赵孟迪看着她俩在旁边闹，想起来一件事："就你俩在宿舍，可以去新开的游乐园区溜达一圈啊。"

时晨和崔郜月转头看向她，等着她下一句，赵孟迪接着说："有个联合活动，你们过去撑撑场面，就在平安夜那天。"

"虽然园区不是很大，但应该也够玩一圈了，还有摩天轮呢。"

崔郜月眼睛亮晶晶地看着时晨："去不去？"

"去。"

第二天下午直接在游乐园门口集合，她们不用早起，还能放肆地睡个懒觉，又简单化个妆，才收拾好出门。

尽管太阳高照，满目都是金灿灿的阳光，冬日刺骨的温度却依旧毫不留情地刮在脸上。

时晨将脸缩在围巾里，只露出一双杏眸，穿着崔郜月搭配的战袍："你冷不冷？我怎么冻得发抖。"

崔郜月松开她看了看背后的阳光，皱着眉毛说了句："今天太阳这么大，你都套上羽绒服了。"

有那么一瞬间，时晨觉得自己就是不解风情的死直男，哦，呸，直女。

一路哆哆嗦嗦赶到游乐园门口，还见到了几个学院的熟人。

"都谁是参加活动的啊，快点过来。"

一个穿着制服的工作人员走过来冲聚在门口的人群喊了一嗓子。

工作人员带着他们来到门卫旁的一间小屋子，撩开厚重的门帘，扯着嗓子喊了一句："先进去化个妆吧。"

崔邰月看着别人脸上的活动妆，扯住时晨，一脸菜色："这是要干吗，没说还包妆造啊，我辛苦一早上化的妆啊。"

时晨抿唇笑了笑，看着她像是落水的小孔雀，好心安慰了两句："先进去看看，说不定看到你就觉得不用化了。"

房间内放置着两台化妆桌，镜子上贴着一溜小灯泡，两名化妆师正在桌前忙碌，时不时转身对着镜子看看效果。

时晨在后面排着队往前看了两眼，她注意到一女生靠在化妆桌边，脸上妆容精致，不过倒不是前几个人的圣诞主题妆。

她眼眸狭长加上烟灰色美瞳，眼尾又勾勒出一道上扬的眼线，暖棕色大波浪随意地盖在胸前，红唇妖冶，一颦一笑风情万种。

时晨第一眼就认出了她，明明在此之前仅有一面之缘，她都有点吃惊自己的好记忆。

连芝玥，方落西的前女友。

连芝玥好像没有听从工作人员安排的打算，只是单单靠着桌角，跟旁人闲散地聊天。

时晨看着她的妆容好像很完美，再多加一笔都是画蛇添足。

她有偷偷上网搜过连芝玥的账号，大抵是那点自尊心作祟，时晨没点开视频，扫一眼封面也知道是什么内容。美妆、穿搭、学习，算得上是个刚冒出头的小网红。

撇开这些，时晨还能看到网上的她自信又大方。今天一见，果然如此。

她的衣着也不像是来游乐园的打扮，化妆镜前的昏黄灯光映在她脸上，在脸颊边缘泛出一道光晕，明媚靓丽，像是参加酒会的富家大小姐误入了灰姑娘的家，短暂地歇个脚。

奶白色的大衣松垮地搭在肩上，内里穿着一件到膝盖位置的藕粉色针织紧身裙，脖颈处斜挂着一条细细的带子，露出姣好的锁骨，下面只蹬一双长筒靴。

时晨想起了崔邰月出门时的那句话，果然美女都是不怕冷的。

连芝玥属于那种身材火辣的性感美女,时晨尽管没和她打过交道,也不得不承认她是自己走在大街上都会多看两眼的类型。

或许,了解到她是方落西的前女友,除了微微泛酸,潜意识里总是忍不住和她比较一番。

显然,时晨和她完全不在一个方向,相差甚远。

等时晨坐在化妆镜前时,化妆师已经简单跟她聊了两句:"果然,年轻就是皮肤好啊。"

她看向镜中的自己,实习晒黑的皮肤已经渐渐变白了不少,今天出门之前她又浅浅上了一层底妆,皮肤看起来透亮了不少。

刷子轻扫在眼皮上,毛茸茸的触感有些泛痒,她忍住了上手挠的冲动。

等化妆师说了一句好了,时晨看了眼镜子又赶忙起身给后面的同学让座。

崔部月从一旁拿过来一个鹿角发箍递给时晨,时晨有些犹豫:"这个也要戴吗?"

"戴上吧,可爱的。"崔部月边说边兴高采烈地把发箍卡在了头上,她的脸上又多加了一点小鹿斑,并没有过多地破坏她原本的妆容,反而衬得更加可爱。

时晨也挣扎着戴上了这个可爱的发箍,好像从进入大学开始,她就刻意地把自己打扮成干练又简单的样子。

现在,她发现,好像换换风格也还不错。

午后的阳光比之前要更炽热一点,余下的温度已经被崇浦的海风吹散了不少,空气中残留的温热轻拂过肌肤,留下一丝痕迹。

参加活动的学生陆陆续续从房间出来,还没人安排行程,都各自和认识的朋友抱团聊天。

"我们最近新开了一个鬼屋影院,你们有想试一下的吗?"推荐人是一个年轻的女生,个子不算高,声音软糯,看上去小小一只,像是来兼职的大学生。

"去啊。"

"免费体验,便宜不占白不占。"

时晨听着有些头皮发麻,她实在接受不了鬼屋这些,她对自己有很清醒的认知。要是今天进去走这一遭,怕是接下来很久都睡不着了。

"时晨,我们要不要去试试?"

时晨看着崔部月满含期待的眼神,还是狠了下心,开口拒绝:"我就不去了，我在外边等你。"

崔郜月也没恼，看上去很理解："行啊，等我出来。"

介绍的女生又一次软糯糯地开口："我们这边是6D影院哦，崇浦只有一家，身临其境，体验感一级棒。"

时晨嘴角一抽，只觉得相当没必要，有些事情不用搞得太逼真，就比如这种，吓死人不偿命。

"那到时候我找个后排，坚持不住，我就往外跑。"崔郜月也没体验过6D影院，话虽这样说，神色却不见慌张，反而迫不及待。

时晨："行啊，你出来我接着你。"

确定参观的学生已经进场，时晨就直接在门口找了个角落站着，她看着周围也没什么人，直接在台阶上垫了张纸坐在了上面。

时晨把脖子上缠绕的围巾摘下，抱在怀里，身子弓着，低头看着手机。

"干吗呢？"

头顶传来一道清亮的声音，时晨茫然地抬头看过去。他身高腿长，微微弯腰，宽肩挡住太阳，光晕在他身上散开。

时晨猛一抬头，眼前有些发黑，等看清他的脸后，她倏地站起身来，还不忘捡起地上的纸巾，不动声色伸手向后摸了一下，拍了拍屁股上的土。

方落西也没想到能在门口遇到一个熟人，他正要进去，就注意到了这孤零零的一个人，还有点可怜。

"不进去吗？"方落西绕开她，推动厚重的木门，侧头看她一眼，头微微歪了一下。

时晨张了张嘴，想说"我不进去看了"，看到他五指分明地按住门板，手背上的青筋因用力都微微鼓起，她没好意思说话，跨步走了进去。

方落西等她进去，自己也关门走进去，跟在她身后。

时晨走下门口的一小截台阶，她小幅度地扯了扯羽绒服衣摆，想着刚才围巾应该没有蹭花口红之类的，庆幸没穿往常那件运动服。

崔郜月果然如她之前所说一般，坐到了最靠门的位置，一眼就能看见。她也注意到后边的动静，站起身跪在座椅上小声问："你怎么又进来了？"

时晨还没想好该怎么答，就见崔郜月看了看旁边几个座位，都坐满了人。时晨抬头小声说："我先去找个座位。"

看见本来落在她后面的男生已经超过她找了个位置坐下，时晨平复着呼吸和心跳，也慢慢走过去。

临坐下前，时晨还往四周看了看，装作找了下座位，见没有空余的位置，才吸着气坐到了座位上。

方落西随便找了个空座，坐上后就低头刷着手机，直到影院关了灯，视野暗下来，他才收起手机，戴上眼镜。

时晨进门走得急，压根忘记了从门口拿眼镜，不过也无所谓，她又不真打算好好身临其境体验一下鬼屋历险。

只是当影院天花板上的灯光一暗，前面几排还有几个人配合着发出几声颤抖的恐惧声。时晨看到前方黑色银屏出现一排胡乱排序的大写英文字母，指尖忍不住用力抓住垂下来的围巾流苏，死死闭上眼皮。

座椅也随着屏幕画面的变化，开始自主地倾斜，时晨没有防备，身子猛地往后一仰，后脑勺磕在椅背上，喉咙不由自主地呜咽出声。

方落西也是没准备地往后一仰，刚准备调整一下坐姿，就看到旁边座位上的熟人，像只受了伤的猫咪，紧紧缩在座位的一角。银屏上映出的光将她本就害怕的小脸照得更加惨白，贝齿轻咬住下唇，细看还能发现略微颤抖的眼睫。

座椅摆动幅度不算小，她还能分出一只手抓住扶手，保证自己不至于因为起伏力度过大摔下去。

方落西看了一眼屏幕，狭小的通道内伸出一只手，紧接着座位一歪，整个人擦着墙面贴着鬼蹭过去。

他收回视线，眉头微微一挑，好像还是有点逼真。

不过，还不如旁边这只小老鼠有意思。

时晨紧紧闭着眼，看不见任何画面，耳边全是其他人发出的尖叫声，偶尔还会发出一声咒骂，类似"吓死老子了"这种。

她度过最开始那几分钟的紧绷感，整个人已经放松地靠在座椅上，就跟坐在按摩椅上差不多。

方落西双腿落在地面，尽力保持住平衡，没再随着座椅摇晃，视线投向旁边女孩惨白又羸弱的小脸。明明眼皮都不敢露出一点缝，嘴角却能弯起带着一丝笑意。

有意思。

影片不算长，像是从鬼屋走了一圈回来。等周围讨论声音变大，天花板上的排灯亮起，时晨睁开因为久闭而有些重影的杏眸，第一件事就是转头看向身旁的男生。

男生没有丝毫看过恐怖片受到惊吓而引起的落魄,反而一手搭在扶手上撑着下巴,笑眯眯地问了句:"好看吗?"

周围是大家激动的讨论声,说是讨论不太严谨,更像是吵架一样。

"刚才她手一伸过来,我差点直接喊妈妈了。"

"你看我,假睫毛都给揪下来了。"

"谁揪的?"

"敲敲敲敲,你这么说很吓人啊!我揪的呗,不然还能是谁?"

这个问题时晨回答不出,她只看到了开头几个字母而已,因为心惊,现在已经忘得一干二净了。

时晨绕了一圈脖颈上的围巾,侧头看着他,微微点头,脸色无异:"还行。"说完她觉得有点敷衍,自作聪明地加了句,"也不是很吓人。"

她注意着对方的脸色,感觉他嘴角的笑意好像更大了一点。男生撑着座椅换了个姿势,眼眸闪着细碎的光,说着还侧头看了眼已经黑屏的幕布:"喜欢看这种?"

方落西起身离开,临走前轻飘飘地留下了几个字:"胆子还挺大的。"

时晨呆坐在座椅上,后知后觉地抬手捂住脸,一股子羞愧的情绪从脚尖蔓延上来。

"时晨,走啦!"崔郜月见时晨在座位上很久没动弹,起身过来看看情况,关心道,"是不是吓到了?"

时晨把手从脸上拿下来,起身收拾好物品:"走吧。"

"你的脸怎么这么红?"崔郜月还自以为很懂地多说了两句,调戏她,"穿羽绒服热吧,没给你烤化了。就我刚才坐那位置,影院侧边的暖风呼呼地往脸上吹。"

时晨听见她说,才发觉自己脸上烫得冒火,轻轻在耳旁扇了两下风,接下她递过来的台阶,欲盖弥彰地扯了扯羽绒服拉链。

"是啊,太热了。"

她没说自己刚才看电影连眼皮都没有睁开,时晨也没来得及多想刚刚方落西话里的意思,就起身跟着队伍赶往了下一个娱乐设施。

白天的游乐园没有太多游客,她们一行人浩浩荡荡,前前后后占了一条小路。

从 6D 影院的后门离开,走一小段路就是过山车的检票口。她们也不用买票,等着工作人员刷卡,就可以直接进去。

时晨算是最后一批离开影院的，前面已经有学生坐上了过山车的座位。旁边园区的大摆锤已经启动，然后就是一声又一声撕心裂肺的惨叫。

　　她突然有些犹豫，虽然她也是第一次尝试这种项目，但听到这一声声惨叫，突然有点后悔，并没有很愿意在今天，在这里，充分地发泄心情。

　　时晨看方落西站在一旁，压根就没排队，更加坚定了自己的意愿。

　　她转身对崔郜月说："你自己可以吗？"

　　"什么啊？"她没头没脑的一句话，崔郜月没听懂。

　　"我不去坐过山车了，等下你自己可以吗？"时晨又问了一遍。

　　崔郜月看了一眼这个过山车，没放在心上，口吐狂言："这有什么事，就这么几圈。"

　　时晨："那我等下给你拍美美的照片。"

　　崔郜月转头狐疑地盯着她，一脸不信，伸手挠她身上的痒肉："在上边能拍出什么好看的照片，不是头发糊一脸就是龇着牙大叫，不许拍！"

　　时晨受不住痒，整个人弓成了虾米，喘着声求饶："不拍，不拍了。"

　　崔郜月哼笑一声，收回手，转头问她："你怎么不玩过山车了？"

　　——不想被人看到头发糊脸，龇着牙大喊的样子，也不想被人看到结束后腿软地从座位上离开，站都站不稳的样子。

　　这些时晨不想坦白，所以，她随便扯了个理由："我恐高。"

　　"你什么时候恐高了？"

　　"就刚刚。"时晨叹了口气，指了指那边的大摆锤，"他们一喊，我就止不住地心颤。"

　　不远处的过山车已经缓慢启动，只留下一个虚影。在时晨后面大概五步远的位置处有一条木凳，她脑子里天人交战一番，是在阴凉地里躲着还是在暖阳下坐着。

　　只是那条孤零零的木凳太过诱人了，木凳后面有一排木质的栏杆，栏杆一侧的墙体刚好遮住了一部分位置，是她的视线死角。

　　她坐在凳子上的时候，余光瞥见了两个人影，在起身想要离开时，已经来不及了。

　　"就在这里说吧。"男生漫不经心的语气跟刚刚调侃她胆子挺大时如出一辙。

　　时晨后背紧绷，低头打开小视频软件，音量外放。她认出了另一人的身影，化妆间里才刚见过。

白色大衣穿在身上,脚上蹬着一双小皮靴,露出纤细骨感的小腿,头发松散地搭在肩上。单看背影怕不是要迷倒一片人,更何况时晨见过那张魅丽的脸庞。

她想用手机的声音盖过自己并不想听见的谈话声,又可耻地想要听清楚他们谈些什么。

比如,是不是要旧情复燃了。

已经分手的前女友会有什么事,她也猜不准。

时晨看不清他们的脸色和动作,也没有伸手调小音量,只是脊背后靠竖着耳朵听着,渴求偶尔听到一两个词,猜出整个意思。

第七章 /七号文件夹

手机音量嗡嗡嗡像蚊子声一样，吵得时晨脑子像是一团糨糊，原本光滑的额头上已经着急地冒出来几粒汗珠。

不知道过了多久，时晨感觉自己一个姿势太久导致半边腿都麻了，余光看到那件奶白色大衣向着另一个方向走过去。

远处的过山车经过几圈的奔波已经降慢了速度，在最初平缓的轨道上停了下来。时晨准备走过去找崔郜月，站起身的一刹那，还漫不经心地往后看了一眼。

原本一男一女的位置，时晨都没有发觉另一个身影是什么时候离开的。

总归，应该不是复合的前奏。

这样，她就可以再瞒着所有人多偷偷喜欢他一段时间了。

崔郜月游离地从过山车上爬下来，接过时晨递过来的水瓶，仰头轻抿了一口。发凉的水流刚好可以缓冲一下经历过刺激的喉咙，压下那一丝上涌的反胃感。

"你还好吧。"时晨看着她一副有气进没气出的样子，想拍一拍她后背的手也缩了回去。

崔郜月不在意地摆了摆手，不屑地说道："这才哪儿到哪儿！"

时晨真想拿个镜子过来，让这位大姐好好看一下自己土色的脸，原本玲珑可爱的"小鹿"被生生搞成了逃荒要饭的。

时晨看着她发土的脸色，深觉自己刚才没有上去探险是十分正确的决定。一旁的方落西正斜斜靠着，懒散地拿出手机，嘴角勾着坏笑对着海盗船放大着拍了两张照片。

夜幕正在缓缓降临，天色已经换了一身新衣，圣诞树裹着彩灯已经亮起，时晨听到门口渐起的人潮声，打算提前出门进行火锅局。

"哎，同学你好。"两人前面站定一人，"你们有没有兴趣兼职啊？"

崔郜月一听，收回手机放在兜里，摇了摇头："没有兴趣。"

那女生还要再说什么，崔郜月眼尖地看到前边摩天轮处的熟人："哎，我们可以去摩天轮了哎。"

时晨跟那个女生说了句不好意思，跟着崔邰月一起离开，听着她在耳边絮絮叨叨："大气啊，我以为摩天轮没戏了，得亏管住了嘴，不然现在哪有浪漫的摩天轮坐。"

"开心吗，你人生第一次要跟我一起哎。"崔邰月声音不算小，引得周围几人纷纷转头看过来。

时晨无语地埋了埋下巴，脸颊染上绯红，小声警告："什么啊？"

崔邰月无辜地望向她："我也没说错啊，你第一次坐摩天轮可不就是跟我一起吗，难道你之前坐过这个？"

"没，第一次。"

崔邰月一拍手："那不就得了，本来应该跟你的真命天子一起才最浪漫呢，只是现在跟我一起，我不嫌弃你，你也不要嫌弃我哦。"

时晨余光看到刚才招兼职的女生又一次拦上了方落西，崔邰月也看到了，晃了晃时晨的胳膊示意她看。

方落西背对着她们，崔邰月没有认出来很正常。

隐约听见那个女生在极力推荐："真的不考虑一下吗，而且扮演 NPC 这工作也很简单，薪资还算可以，你们的外形条件也十分符合……"

方落西旁边的男生手肘搭在她的肩膀上，忍不住笑出声："哎，姐姐，就我兄弟这样的，谁占谁便宜还说不准呢？"

崔邰月和时晨对视一眼，没出声，跟着队伍又往前走了一格。

每个座舱只能乘坐两个人，很快就排到了她们，时晨先一步进去，坐到一侧的座位上，崔邰月一脚迈上去，然后猛地一拍脑门："刚被那人拦住了，我的水杯还在座位上。"

时晨听见作势就要下去，被崔邰月拦住："你坐着，我自己去找。"

崔邰月已经转身离开，还不忘回头安慰她："你先看一圈，我等一下再坐。"

远处像是旋转木马亮起了灯光，忽高忽低地旋转，不停变幻色彩，宛如梦幻城堡一般。

临关门前，舱身一晃，时晨身子也不由自主地倾斜，她背对着舱门，也不知道是谁进来了，鬼使神差地想到之前崔邰月的玩笑话。

哎，你人生第一次要和我一起哎。

人生，第一次。

再加上摩天轮，连起来就是人生第一次坐摩天轮，这样才对嘛。

所以现在的情况就是，她人生中第一次坐摩天轮要和一个陌生人一起了。

时晨低头笑笑，怎么被崔郜月的几句话搞魔怔了。她转头看向座舱的另一人，一瞬间呆住了。

方落西为了甩开招兼职的女生，转身就要走，没想到井立涵还能跟人聊上，正好摩天轮前的工作人员吆喝着还差一位，剩下的大都早就找好了同伴，没人愿意上前，他懒得再听井立涵在旁边絮絮叨叨，直接进了座舱。

手机伴着提示音止不住地振动，方落西闲散地靠着座位看着新跳出来的对话框，大致扫了一眼，指尖碰到最后一条语音框。

井立涵的骂声传遍了整个座舱："方落西，你大爷的，就这么做兄弟的。拍拍屁股走人了，留下一大烂摊子……"

方落西甚至还回想了一下刚才自己是不是一句话没说，确认自己没做错后，就收起手机，没再理他。

时晨在一旁听得尴尬，他语音外放，开了扬声器，关键也不是什么好话。

关键时晨偷偷打量他好像没有半点因为被骂而生气的样子，反倒是伸直了无处安放的长腿，整个人没骨头似的瘫在座椅上，转头漫不经心地看着要短暂绑在一起的乘客。

对上他看过来的视线，时晨又叠加了一丝偷看被抓包的尴尬。

正犹豫着要不要打个招呼之类的，就见他漆黑的眼眸锁住她，嘴角还带着刚才未消的笑意，略微坐正了身子，随口淡淡一问："恐高？"

她眼睫垂下，想着自己应该也算不上大众脸，怎么能这么没存在感呢。

不过，时晨现在最擅长偷偷摸摸给自己喂糖吃。她回视着他漆黑的眼眸，支支吾吾地圆着谎："露天的不太行，摩天轮没关系。"

方落西挑眉看了看这个玻璃罩子，透明的玻璃，外面的夜景看得极其清楚，嘴角一弯，像是被这种自欺欺人逗笑了，心情极好地问了句："这样也算？"

时晨看了看面积不大的座舱，避免被人看到脸上的神情，微微侧头，自欺欺人地提高音量："算啊，这怎么不算，结实着呢。"

她还轻轻拍了拍座椅，像是为了给自己的言论增加一丝依据。只是她话音刚落，摩天轮刚好上升到一个节点，座舱微微一晃。

身子轻轻地向过道晃了一下，时晨心里没有预期，心惊全都写在了脸上。

耳旁传来一阵闷闷又破碎的笑声，从指缝间溢出，时晨侧头看见他笑得胸腔都在颤抖，忍不住为自己之前说过的大话而脸红，她低着头压根不愿意再抬起来。

方落西看了眼将头埋在围巾里的女生，止住了喉咙里的笑，掩饰地轻咳了下。看着她半天都不愿意抬起头，他回想着是不是自己刚才过分了。

时晨从膝盖上抬头看向对面，微微捕捉到对方难得出现一点孩子气的脸色。好像自从注意到他，他就是骄傲又自信，现在的反差格外可爱。

时晨脸颊还有清楚的烫意，她咬着唇小声讷讷："就是说啊。"然后，嘴角也弯出一抹笑意，杏眸映出地面上的万千灯火，夹杂着说不明道不明的蜜意。

之后，两人安静地坐在舱内，一人对着一扇窗，看着地面上星星点点的灯光。摩天轮缓慢地转动，时晨看着远处的建筑楼变成蚂蚁大小，就好像世界只剩下他们两个。

她内心流过一丝满足，原先心慌的紧绷感也消失不见。摩天轮悄无声息地向上攀登，每到节点时的晃动都像是提醒。

时晨恍然想到之前听过的一个俗套又浪漫的桥段，两个相爱的人在摩天轮到达最顶端的时候接吻就会永远在一起。

玻璃上清楚地映着少年的身影，她嘴角不禁溢出一丝苦笑，这大概是她这一辈子都不会遇到的事情了。

方落西的手机响起系统自带的通话铃声，原本以为是井立涵打过来泄愤的，就见黑色的页面上显示着一串没有备注，但熟悉又陌生的十一位数字，他顿了顿手指，神情有些呆滞，抬手放在了耳旁。

时晨并没有注意到他的动作，也没看到他那一瞬的神情莫名。她正专心等着到达最高点之时，享受那一刻的心间颤动。

当到达最高点时，她拿着手机对准窗外的万家灯火，镜头轻松捕捉了玻璃上的身影。

许是因为在做亏心事，时晨并不像拍摄普通照片那样放松。她只拍了一张，便低头看着手机。

方落西并没有注意到她这些举动，他眼睛看着窗外夜幕，注意力却全都集中在耳边的话筒上。

话筒里响起断断续续的声音，自接通后，他没有说过一个字，只是听着对方的声音。

良久，他张开口，嗓子像是久旱的农田，干裂到嘶哑，说了第一句话："决定了吗？"

时晨从自己偷拍的照片上分出一点心思，听到他这句话，她久不工作的雷达重新启动，座舱内弥漫着让人喘不过来气的压抑和窒息。

她没敢直接回头看，只是看着玻璃上的身影。那一股莫名的孤寂又一次缠绕在他身上，像是第一次见到他正脸的那天，有很强的屏障感。

方落西举着手机换了下手，说了第二句话："那您注意安全。"

说完最后一句，他似是也不关心那边的回复，便径自挂了电话。

时晨手指摩挲着屏幕，小心屏着呼吸，极力地降低存在感，恨不得装成透明人一样，就是再迟钝的人，现在也能感知到，这是一通不太愉快的电话。

她发现，她好像经常能遇到他颓废的一面，原来也不像平常那样肆意潇洒。

或者，她想，如果可以，她希望他一直是社团见面会上的贵公子，高贵不可攀，任何坏情绪都惹不上他。

摩天轮也只能在最高点停留几秒钟，然后就像灰姑娘破碎的美梦一般，伴着十二点的钟声一响，一切都会回归原位。

自从方落西挂断电话后，时晨就感觉到原本就安静的车厢变得更加沉默，无边蔓延的压抑似洪水卷席，寻不到一丝空隙。

当座舱划过另半个弧线，最终归于原点之时。舱门打开，方落西便起身离开了，时晨也跟着他的脚步下去。

只是，一个留下了背影，一个还站在原地。

直到那抹背影消失在光亮之间，泯灭不见。时晨才抬头看向重新起航的摩天轮，绕着不停息，一圈又一圈。

后来，等崔郜月从摩天轮上下来，两人又一同去吃了火锅，然后伴着星辰回到宿舍。

时晨早就记不得那天火锅的味道，原本打开盲盒的惊喜也被一种忧虑冲淡。她导出手机上的照片，七号文件夹中又多了一张相片。

圣诞节的短暂假期算是忙里偷闲的一个调剂，然后就是上不完的课、写不完的论文作业，这才是时晨的大学生活，枯燥又乏味。

几个人在最开始约好的操场跑步，在体测的压力下被迫重新拾起。

两圈跑道照旧看不见尽头，无数次想要停下脚步的念头洗刷着神经。时晨弯腰拄着膝盖大口呼吸的时候，只有一个念头，终于结束了。

几个人还没从八百米的后遗症中完全脱离出来，就得迈着步子从侧边绕开准备去排球场上进行仰卧起坐和坐位体前屈的测试。

"你看他们也太轻松了吧。"赵孟迪伸手指了一下篮球场上不停来回奔跑的身影，"是不是这体测对人家来说就是玩一场的事。"

时晨透过网格状的绿色铁丝网看过去，几个人站在篮下做防守状态。身上也不是正规的篮球服，大多是卫衣或者针织毛衣。

　　其中一个穿着黑色兜帽卫衣的男生格外显眼，他在人群中算不上最高的，身子还半弓着，懒懒散散，双臂展开，额前碎发也随着动作轻轻晃动，漫不经心看着对方手里的篮球。

　　时晨还是一眼注意到了他，偶尔她也会奇怪自己这种特质。茫茫人海中一个背影，又或者背着光的一个侧影，她总能准确地抓到他，没有分毫差错。

　　而他，就该是这样，脸上是游刃有余的笑意，少年人的洒脱和恣意。平安夜那天的落寞早已烟消云散。

　　那个平安夜，回到宿舍以后，时晨咬了一块苹果，晚上甚至还梦到自己从摩天轮下去后追上他的脚步，脸红心跳地问了一句："你今天有吃苹果吗？"

第八章　　　／我的暗恋结束了

结束噩梦一般的考试周,就可以马上回宿舍收拾行李,一路飞奔回家准备过年了。

等时晨拎着行李箱到达临桐高铁站的时候,乍一看到这么宽敞明亮的候车室,还有点没反应过来,回忆起之前实习时见到的破旧火车站,时晨才发现,原来已经过去了那么久。

大二下学期,时晨上课之余忙着跟学姐一起跟进大创的项目,写不完的论文,掉不完的头发,熬不完的夜,好在最后获得了一个不错结果。

时晨没有去刻意寻找他的踪迹,而他的名字似乎被提起的频率也比之前高了许多。

听说他忙着跟导师参加项目,经常请假到处参加比赛,他带着团队参加美赛数模,并且获了奖,学院的公众号上也有他们获奖答辩的图文。

时晨听说后,还去搜索了一下,在输入框内打上"方落西"三个字,带着一种隐秘的禁忌。

页面上跳出来好多条推文,时晨找到学院的公众号,挨个点进去看。

最新的一条就是数模得奖的比赛,紧接着下一条就是之前运动会的推文。

时晨点进那条运动会推文,食指轻轻滑动,翻到最后,看到自己拍摄的那张照片。

少年腰肢后仰,高过横杆一截,身体悬在空中,刚好是定格在那一刻。

她手指轻轻点了点白色T恤,知道那下面是什么光景,因为她电脑文件夹中还有一张一样的照片,只不过那张衣摆略微卷起一点。

时晨倏地放下手机,拍了拍脸,绯红爬上耳朵,迟来的羞赧使她窒息,暗自骂道自己什么时候也有了这种变态行径。

最后,她为了掩饰,急忙退出点开了最新一条推文。

不像运动会那样轻松又热血,这条稿子严肃又认真,他们团队几人面对镜头也是不苟言笑,看不出是得了比赛大奖的人。

她视线滑到最后,末尾照片中的方落西也是一身正装,白皙修长的手指正搭在键盘上,只留给镜头一个侧影。

和穿着白衬衫的他又不太一样，多了几分成熟。

这一年，时晨和他见面的次数，好像一双手都数得过来。偶尔课间换教室的时候在楼梯口匆匆看见一眼，抑或是饭点在拥挤的食堂里隔着人群偷望一眼。

自从体测那次在篮球场撞见，每次经过篮球场，她总会随意地朝那边瞥两眼。时晨不知道是她太过随意了，还是真就缘分浅薄，后来竟然一次都没有遇到。

大二暑假的最后，时晨报名了记者站的暑期活动，和"青志协"联合去邻省偏远地区的学校进行支教，为期一个星期左右。

时晨参加完学院的实习之后才赶过去，所以，时晨只能赶得上支教的末尾。

夏日的车厢自带闷热的酸涩气息，混着油箱里的汽油味一同发酵。时晨实在坚持不下去，索性下车直接坐在了车边的路沿上。

时晨坐着刚好胳膊能够圈着膝盖，午日的暖阳洒在她身上，斑斑点点，毛茸茸的秀发遮住半边脸。她睡意上袭，就这么静坐着闭上眼。

直到听到一阵发动机的轰鸣声，不刺耳，还有点闷响传来。时晨抬手揉了揉发硬的脖颈，迷糊地睁开眼。

路边停着一辆银白色面包车和一辆军绿色越野车，越野车的驾驶座车门打开，一个男生走下来，脸上还戴着一副黑色墨镜，黑T恤黑裤，嗓音淡漠地开口："我这边还能坐一个。"

面包车的驾驶员转头看过来，正好对上时晨迷离的视线，直接手指了一下："时晨，正好你过去吧。"

时晨已经认出来刚下车的男生，黑色在他身上多了几分凌厉感。她刚睡醒，有些反应不过来。

另一辆车已经发动准备离开，她慢慢挪着步子让开。

这绝对是意外之喜。

她伸手扒了扒自己刚睡乱的头发，极力地醒了醒神，呆滞地转过头，正对上一双漆黑的眼眸。

时晨又往前走了两步，翻飞着思绪慢吞吞地说："我的行李箱还在那车上。"说完，又觉得不太对，像是谁家小孩受了委屈跑回家告状一样。

方落西不知道什么时候把墨镜摘下来，放在手里把玩着，语气带着漫不经心的笑意："那怎么办？"

时晨向前探头看了看，银白色面包车早已看不见，连个尾气都没留下。

方落西接过她幽怨的眼神，重新把墨镜架回鼻梁上，打开驾驶座车门，略带痞气地一歪头："上车，给你追回来。"

方落西上车后，也没立即发动车子，摁着一旁的按钮降了一点窗户，留给这姑娘一点醒神的时间。

时晨系上安全带后，又醒了醒神。她没什么起床气，只是人醒了之后，反应有点迟钝，脑子隐约知道在干什么，只是转不过弯来。

她见他一点没急，也没打电话，就一手搭在车窗上这么干坐着。时晨看了他两眼，小声开口，声音还带着刚睡醒的软糯，听着跟撒娇一样："我们不走吗？"

方落西放下手肘，搭在方向盘上，转头看向缩在副驾驶座上的女生，墨镜遮挡住他的眼眸，看不清情绪，无声哂笑："知道我是谁吗？"

时晨不明所以，看着他脸上占了一半位置的墨镜，还是老老实实地回答一句："方落西。"

说完她才发现，这好像是第一次当面叫他名字，内心一阵兵荒马乱。

女孩的声音本就娇柔，再加上刚睡醒还带着一丝水汽，婉转地流入方落西耳中，他一愣，随后又自然地掩盖过去，起身发动车子。

"认识就行，什么车也敢上。"

时晨靠着椅背，双手放在胸前攥住安全带，似是不经意地说："我认识你啊。"

方落西差点把油门当成刹车，摇头失笑。

仿佛，她刚才说的不是我认识你啊，而是我相信你啊。

相信你，才会上车。

事实证明，方落西是值得相信的。车厢内没有刺鼻的汽油味，而是柑橘味的车载香水气味，鼻息间清清爽爽，再加上他开车很稳，除去山路蜿蜒，这趟行程的体验感很好。

偶尔时晨会跟他搭句话，他也没冷场，接两句。赶在夕阳落山前，他们总算赶到了地方。

上一辆车早就到了，她的箱子孤零零地被放在一旁，时晨下车走过去。

学校职工宿舍里走出几个学生，帮着方落西拿着座位上和后备厢的袋子，时晨还看到一个熟人，林乐乐，也就是她同院的老乡。

她踢踏着拖鞋，头发还湿着，肩膀上搭着一块条纹毛巾，跑过来帮她拿东西，时晨没好意思把东西递给她，推托了下。

林乐乐没好气地夺过来，不怎么在意："跟我客气什么啊。"

时晨抿了抿唇，递给她一个较轻的书包，听着她介绍："我们实习结束得早，基本上自己搞完了就能走，我比你先来几天。"

然后，她碰了碰时晨的胳膊，凑近小声说："你认识方落西啊，刚看你坐他车过来的。"

时晨看着那边忙碌地从车上搬袋子的身影，正要说话，林乐乐就挽着她的胳膊说："走吧，我给你介绍一下宿舍。要是能早来两天，咱们还能住一起。"

时晨推着箱子，跟在她身边："没事，都挨着呢。"

看完宿舍之后，林乐乐又带着她看了一下水房和浴室，最后路过一间屋子，里边放着老旧的煤气灶。

林乐乐："村子里没有饭店，我们自己解决吃饭问题。"

时晨一愣，转头看向她，目瞪口呆："我们要自己做饭吗？"

"外边还有一个柴火灶，两个都能用。"林乐乐接着介绍，"别担心，咱们这有人能做饭，我也不会，多干点别的就行。"

时晨回到宿舍简单收拾了一下床铺，便跟着去了厨房，看看有什么可以帮忙的。

之前已经跟人打过招呼，她知道厨房里正忙活着的是方落西的室友，叫赵海宁。时晨站在门口，也不敢进去帮倒忙，就听见里边那人切着菜，头也不回，也不见外道："别在那儿干站着了，先去外边把那火给我烧上。"

时晨走到柴火灶旁边，拿起灶台旁边的打火机，蹲在地上一脸为难，还拿出手机百度了一番。透过小洞，也不见灶台里有一点火星。

直到她脚边落下一道阴影，她迷茫地抬头看过去。

方落西看见灶台前顶着一张花脸的时晨，踢了踢脚边横过来的木条，忍不住轻轻笑道："干吗呢，发现里边的宝藏了吗？"

时晨听后又弯腰低头往前凑近看了看，里面黑黢黢的，只有烧过的草木灰，没看到有其他东西。

头顶上传来不高不低的笑声，时晨才意识到这是被耍了。她站起身，眉目含着怒意，因为脸上还蹭着灰，没一点气势，倒像是娇嗔。

时晨后知后觉自己有点蠢，只是她对于这种柴火灶的所有了解都是从《舌尖上的中国》中注意到的。她有见过这里面烤虎皮辣椒，还有荷叶糯米鸡。

只是现在看着方落西眼眸中细碎的笑意，时晨觉得自己的形象被傻全面覆盖了，无可挽救的那种。

"让开点。"方落西提了下裤腿蹲在她旁边，接过她手里的廉价打火机，顺便从地上捡了一把干枯的树枝。

小卖部一两块的绿色塑料打火机在他骨感的手指上也显得高级了不少，火舌点燃树枝末端，燃起一大簇火苗，他迅速塞到了柴火灶的洞口处。

时晨让开点位置，但还是紧挨在旁边，好奇地盯着他的动作。见他把树枝塞进去，她也低头看了看。

方落西觉得这姑娘真是有意思，眼睛都快要黏在洞口了。他伸着干净的那只手，轻轻扳了下她的肩膀，将她带远了一点。

他不慌不忙地往里塞了几根木棍，才好笑地看着她："凑那么近干吗？"

时晨顶着张花脸望向他，又听见他鼻息间的一声："嗯？"

灶台里的火苗已经越来越大，看上去是不会熄灭了，时晨离远了一点，用肩膀蹭了下发痒的耳朵，没搭话。

时晨看着方落西又专业地拉了两下配套的风箱，脸上露出一丝疑问，虽然他做这些动作赏心悦目也没太大的违和感，但总归是跟他大少爷的身份不太搭。

方落西看见她的视线，侧头看过去："怎么了？"

时晨脸上陷落一丝为难，而后看着那格外抢戏的烈火，不情不愿地小声说："我从百度上搜的做法，跟你也没区别啊。"

方落西一愣，笑了声："信百度不信我？还是我不比百度好用。"

时晨听着他的回答，心尖轻颤，嗓音也跟着不太平静："那你说是怎么搞嘛！"

"学这个干吗？"方落西还蹲在地上，闻声扬眉看向她。

"以后不还是要用吗？"时晨想得简单，之后总不能次次都麻烦别人，这样会招人嫌的。

方落西拍了拍手，站起来："不用学，轮不到你。"

晚上他们几个人围在一起吃饭，小小的石桌，放着几个简单的炒菜，时晨莫名感觉有些温馨。

主厨赵海宁喝了一口水，对着林乐乐一顿输出："今天你有长进了，这火生得旺啊。"

林乐乐喂进一嘴米饭，侧头看向他："虽然你夸我我很高兴，但是，今天我没有生火。"

赵海宁头顶一个问号。

旁边另一人说:"今天看见西哥在那里搞了。"

赵海宁立马一大堆彩虹屁跟上:"西哥,全才啊……"

见他堵不上嘴,又要开始瞎说,方落西长腿轻轻一伸,踹过去一脚:"吃你的饭。"

说完,方落西又添了一句:"下次看清了再叫人,别逮住谁就使唤。"

赵海宁也明白了自己下午认错了人,第一次见面就直接让人去生火,关键人也不会,他举着水瓶,遥遥一看:"对不住啊,下午认错了人,要知道是你,我肯定不会让你去干这粗活。"

林乐乐不乐意了,眼一横:"什么意思?我就适合干粗活是不是?"

赵海宁立马又认错,最后还抱怨一句:"我是主厨,掌勺的懂不懂,小命都在我手里,你看看你们什么态度。"

时晨看着他们吵闹觉得很有意思,热情、单纯又充满烟火气。

赵海宁说完也没人理他,正好看到低头吃饭的时晨,觉得这画面有一丝眼熟,狐疑地出声:"哎,时晨,咱俩是不是见过啊?"

林乐乐听见一翻白眼,毫不留情地吐槽道:"你这老套的搭讪剧情都几十年了还在用,土不土啊。"

时晨倒是没多想,毕竟一个学院,可能偶尔总会见上那么几面,太正常不过了。

偶遇这种事,她最有经验了。

她不动声色地侧头看了一眼隔着几个座位的方落西,见他面色如常地吃着饭,心里又萦绕着一股说不清的酸涩。

她自嘲一笑,还想要人有什么情绪。

吃完晚饭,几人分工收拾好饭桌残局,然后各自回宿舍准备休息睡觉。大学生平常熬夜熬惯了,哪能轻易恢复"阳间"作息。宿舍里亮着灯,时晨就找出自己之前准备的教案翻看了一会儿。

大概有一个定律就是只要一学习,肚子就会很饿,明明才吃饱了没多久。她揉着肚子缓了一会儿,继续翻看着最后一点教案。

时晨没有正经讲过课,哪怕是这种活动课性质的,她担心自己明天站上讲台之后会磕磕巴巴地说不成句子,被人笑话,所以现在抓紧时间多熟悉了几遍。

她室友也是记者站的成员,小语种专业,叫黄薇,结束一局游戏后,伸了一个懒腰，看向还在看书的时晨，"扑哧"一笑："你这么认真啊。"

时晨听见声音，抬头看过去一眼，不好意思地笑了笑："我有点紧张。"

"别紧张。"黄薇一副过来人的样子跟她说，"有什么好紧张的，我第一天过来的时候也跟你差不多。

"小朋友们都挺可爱，听话又懂事，不用紧张。"

时晨听着也忍不住有一点期待："你们来很多天了吗？"

"我是一放假就过来了。"黄薇说到这里又好奇地问了一句，"你们专业实习好玩吗？"

时晨："还行，就是很累。"

黄薇想到什么又问了一句："那你们结束的时间有早有晚，也不一样。"

时晨点点头，也没不耐烦，两人跟聊天一样，一问一答："对，专业不一样，实习的侧重点也不一样。"

说完，时晨似是随口一问："他们几个结束很早吗？"

黄薇也知道她说的是谁，靠着床边跟她说："比你早几天吧，不过他们几个也不是一起来的。那个叫方落西的大帅哥，他来得最早，提前送了一批文具过来。"

没等时晨继续问，黄薇又简单介绍了一下这几天的情况："我们这几个过来支教的老师，最受欢迎的就是方落西了。"

想到什么，黄薇又转了个身，面向时晨："他不仅受学生欢迎，而且这村子里的大爷大妈也喜欢他，大爷们跟谁都能聊上两句。"她话题转了个圈，止不住地笑，"你能想？上次一大妈拉着他问他有没有对象，还要给他介绍姑娘，真笑死我了。"

"果然，还是要看脸的啊。"

时晨没能见到，想象着他被人拽着的画面，也跟着笑出了声。

黄薇似是跟时晨混熟了，一点也不见外地分享着八卦："关键他不上相啊，真人比照片帅多了。"

时晨听着有一丝纳闷，忍不住问："哪里的照片？"

"论坛上啊。"黄薇看着她，一脸不可置信，"你都不看论坛吗？我们大一入学的时候，他在论坛上火爆了好吗，就一样的迷彩服，总有那么几个人格外突出。

"他就是一个，就单站那儿，气质就不一样，再配上他那张帅脸，啧啧。"

时晨的确没怎么看过论坛，但是后来她也去上边搜过，没见过她口中的什么军训照片。

她正准备拿出手机再搜一下，就听见黄薇开口："可惜照片早就撤下来了。"黄薇轻轻"啧"了一声，"人还低调。"

原来不是她没搜到，只是早就没有了，或者说是她来迟了。时晨心头绕着一股遗憾，似是惋惜没能见证他那段意气风发。

黄薇坐在床边，晃了晃腿，倾着上身，双眼透着八卦的精光："连芝玥不是他女朋友吗？"

"分了，前女友。"时晨嗓音闷闷的，带着点不自知的赌气。

"哎呀，我知道，曾经，曾经。"黄薇没注意到时晨的小脾气，接着自顾自地说，"你看，美女就是要配帅哥，就两人站一块就很养眼，赏心悦目。"

时晨腹诽，养眼有什么用，早就没关系了。

看着黄薇什么都知道，时晨好奇地问："你怎么什么都知道啊？"

黄薇点点头，没否认："论坛上都有啊，连芝玥，你们院的，天使脸蛋，魔鬼身材，校花排名高居榜首。"

校花排名，这又是什么东西？时晨感觉自己好像错过了一个亿。

黄薇见她一脸蒙，忍不住惊讶："你还真是一点论坛都不逛啊，这种八卦论坛上一大堆，不过真真假假又有谁知道呢。"

时晨什么也不知道，就安静地听黄薇说："论坛上还讨论过他俩分手的原因，什么追求者太多吃醋分手的，什么为了学业要异地，各种各样的原因。所以，他俩为什么分手的呢？"

时晨不明白这问题怎么就抛到她这里来了："我哪知道啊。"

黄薇："还以为你们一个学院能多了解一点内幕呢。"

时晨内心，她不了解，她一点都不了解，她起点都比别人晚了一年。

"不过你看啊，方落西太低调了，连芝玥又很高调，这样的两个人注定走不到一起吧。校园恋情，分分合合不很正常吗？"黄薇觉得自己分析得挺对，"算了，别人的事，谁说得准呢。"

时晨不像黄薇轻易地分析，但时晨想的就是，果然，不是一个世界的走不到一起。

他是天际耀眼的星辰，而她只不过是渺茫空气中的浮尘。

她想，如果注定走不到一起，那她最开始就不要拥有。

时晨胃里的空腹感更加明显，她虚虚按着胃，担心发出饿肚子的声音。

黄薇注意到她的动作，忍不住关心："你来那个了？"

时晨反应了一下才明白她在说什么，摇头失笑："不是，我就是有点饿。"

"你去厨房找点吃的呗。"

时晨脸上有点为难，不太好意思过去，只是她来得急，也没买什么垫肚子的东西，现在直接过去拿怎么都显得脸皮太厚了。

黄薇似是看出了她的为难，笑着缓声说："别不好意思，你也要平摊钱的。"

时晨听着放心下来，准备起身去厨房看一眼。厨房挨得也不太远，她打着手机电筒走过去。

临到厨房门口，木门开着一半，里面发着窸窸窣窣的声响。

那一瞬时晨想了很多，也不知道是老鼠还是贼。她用手机灯光照过去，声音颤抖又凌厉地呵斥了一句："谁在那儿？"

她们住的这房子，旁边紧挨着就是村委会，要真是小偷，她使劲吆喝一嗓子，人肯定都出来了。再说厨房里边能有什么可偷的。

手机背面刺眼的光照进漆黑的房间里，时晨隐约看到个人形，她心一紧，就要张口叫出声。

里面那个黑影不耐烦地轻轻"啧"了一声，抬手遮住了射过来的强光："关掉。"

时晨听见声音往前又走了两步，将手电筒换了个方向，照在了墙面上。方落西低头两指捏了捏眉心，微微缓了一下干涩的眼。

看到厨房里的人半天没抬头，时晨往前走了两步，有一丝慌乱："对不起，我不知道里面是你。"

方落西缓过那个劲之后，抬头借着微弱的光打量面带歉意的女生，眼眸中还有没退去的水汽，显然刚刚受到的惊吓并不小。

他刚才语气也不好，现在吊儿郎当地转移话题："多大点事，刚吓到了？"

时晨没细说，含混道："没有。"

方落西无声笑她嘴硬，但也没拆穿，漫不经心地反问道："那原本以为是谁？"

时晨犹豫了一下，总不能说出差点把人当成贼了吧，那样多难听，但又不好耽搁太久，不经思考地说了句："我以为是老鼠什么的。"

她话音落下，不大的空间陷入一种诡异的安静，黑暗携裹着不太安稳的气息。

时晨看向方落西想要解释一下，自己没有骂人的意思，就见他好像是被气笑了，放下了手里的东西，转头看向她，一双黑眸在暗色里格外亮眼，语调上扬:"老鼠?"

时晨见状急忙转移话题,看着只能靠手电筒维持亮光的屋子,问道:"你怎么不开灯?"

方落西哼笑一声,吊儿郎当地看向她:"你见谁干坏事要开灯,不都黑灯瞎火的才来嘛。"

时晨没来得及想他话语中的深意,就听见他问了句:"你来这儿干什么,抓老鼠?"

"没,我来……看看有什么……"时晨心虚得说不出一句完整的话。

方落西一脸了然,又带着点故意:"所以,这是又要多一只了?"

时晨头一次发现,他真是幼稚,像是记仇的小孩。若是平常她会觉得可爱,只是现在她只想找条地缝钻进去。

方落西看她整个人僵在那里,呆滞得宛如一座石像,晃了晃自己手边的泡面桶:"请你吃泡面,帮我保守秘密怎么样?"

时晨替他看着热水壶,看他绕出门口走到车边拉开了车门。手边桌子上的黑色不锈钢水壶正"咕嘟咕嘟"冒着泡,她低头看了眼,又看向门外男生的背影。

等他拿完东西再进来之后,时晨正准备让开位置,被屋顶突如其来的亮光晃了下眼。她抬着手臂遮在眼前,担心碰上刚烧开的热水壶,也没敢乱动,就直愣愣地站在那里,闷闷开口:"怎么又开灯了?"

方落西径直走过去,伸手拿过她身侧烧开的开水壶放在稍远的位置,懒懒答了句:"这不是有你了吗。"

时晨没想明白,一个人和两个人有什么区别,不是因为看不见所以才需要灯光照明吗?

方落西晃了晃手里的两桶泡面,递过去一桶示意:"吃这个。"

时晨小声道谢,双手接过泡面桶,看见外面一层蓝色包装,想到他刚才从车里拿进来,又开口问道:"这是你买的吗?"

"嘘……"方落西食指竖在鼻尖,薄唇碰上中间那突出的骨节,用气音逗她,"不都说了是秘密?"

"到时候别人要来抢,你赔我吗?"

刚刚他的动作颇有些蛊惑人心的味道,像是妖精施法,叫人动弹不得。

时晨拿着叉子在盖子上戳了一个小孔,接着把调料倒进去,又浇上烧开的热水,重新封起来。看了眼不大的厨房,她的声音不自觉地降低:"我们要出去吗?"

"嗯?"方落西掀起眼皮看过去,眼神带着点疑惑。

时晨尽量忽略他刚刚低哑的气声,抿了抿嘴角,指了下门外。

关掉厨房的灯,两人重新来到晚饭的石桌上。院子边的电线杆上绑着一只灯泡,省了他们再开灯的打算。

时晨弯着腰有一下没一下地用下巴磕着叉子,想着要不要说点什么缓解一下夜晚的尴尬,她想得入神,显然已经进入了神游状态。

方落西出来也没拿手机,这会儿抱臂坐着小木椅,对面女生一点一磕的举动正好落入他眼底。他们也见过几次了,第一次这姑娘就坐在河边跟他一起开了罐酒,今天可倒好,还傻乎乎地问他为什么开了灯。

方落西想着,她可太缺乏安全意识了。

电线杆上的灯泡还是那种昏黄的老旧白炽灯,光晕洒在她白皙的侧脸,宽大的外套也掩不住她原本瘦小的骨架。他记起她有一双清澈见底的杏眸,纯真、透亮,大抵还是个被家里人放在手心里宠爱的小姑娘。

方落西摇头失笑,又觉得自己想得太多。

时晨听见一阵笑声,转头疑惑地看过去,见他已经掀开了盖子,又转回来看着她手边的泡面。

"你说,咱俩是不是还挺有缘?"

时晨生硬地咬断嘴边的面条,侧眸看向他,不明白他这话什么意思,也没轻易接茬,心如擂鼓,盖过了她耳边其他声音。

"上次我一个人七拐八拐找了个没人的地方偷偷喝酒就遇到你了。"方落西看她一眼,"这一次一个人溜出来吃独食又被你发现了。"

方落西悠悠地叹了一口气,往后一靠,似是无奈:"我这辈子还没偷摸干过几次坏事,还都被你抓住了。"

"同学,你很有干督查组的潜力啊。"

时晨脸一红,嘟嘟囔囔说了句:"我也不是故意的。"

方落西想起来件事情:"之前为什么管我叫学长啊。"他摸了摸下巴,一副思考的样子,"我长得很显老吗?"

他不说还好,一说时晨又想起自己之前干的这丢脸的事,她瞥他一眼,悠悠地抱怨:"我认错人了,那你怎么也不说呢。"

"那不是得提前适应一下吗?"方落西纳闷,"后来怎么发现的?"

"我又不是傻子。"时晨愤愤道,运动会上除了同级就只有学弟。

方落西哼笑一声："那你之前也没认出来。"

时晨咬着嘴角，也不愿意暴露自己的心思，不服气道："那可能你就是显老吧。"

"学妹，你这么说，学长可就太伤心了啊。"方落西也不着急，慢条斯理打起苦情牌，"看在我把仅有的两盒泡面分你一盒，你大人有大量，别计较这小事了。"

"行吧。"

时晨端起泡面桶，秀气地喝了一小口汤。浓白的汤汁又有种海鲜味泡面特有的香气，中间混着脱水的胡萝卜干，咬在嘴里咯吱咯吱的，还很香，温热流过食管，妥帖地安抚了空虚的胃，带着一丝满足。

两人收拾好垃圾，时晨跟他道了晚安，便先离开了。方落西看她进了房间关上门，也迈步走向宿舍。

时晨胸口处的心跳格外响，她迷糊地又去刷了个牙，再进门时，黄薇已经躺在床上睡着了。她轻手轻脚地上床，脸埋在被子里。过了一会儿，她又摸到枕头下的手机，打开备忘录，打上一行字：*今天，我和他说晚安了。*

乡村的夜晚格外安静，时晨第二天一早就醒了，但黄薇好像还在熟睡，她却怎么也睡不着了，于是安静地缩在床上玩了会儿手机。

等天光更亮一些，透过没拉严实的窗帘缝隙照进来，原本适合睡觉的环境被打破，一束亮光溜进来捣乱。

她又赖了一会儿床才起来收拾东西，等她出门简单洗漱回来，黄薇才下床收拾。

时晨出门在院子里看了看，见几个宿舍门都还关着，思索着是不是自己起得太早。她第一天过来，也不是很清楚这边的作息规律，反正她现在还是很激动，想着要不自己就回去再看看昨晚准备的备课内容。

刚一转身，背后就传来一阵平稳的脚步声，带着急促的喘息。

时晨又转身看过去，方落西从小院门口进来，脖子上搭着一条白色毛巾，脸颊和脖颈上滚落着汗粒，嗓音带着运动过后的沙哑，懒洋洋的："早。"

时晨后来有想过自己为什么近二十年没开窍，却独独栽在一个陌生男生身上。

那天下午，方落西身高腿长站在一块刚好容身的石头上，斜阳正好照在他身上，周围各式各样的人仿佛都是他的背景板。

而现在也一样，他大概是刚晨跑结束，浑身散发着运动过后的荷尔蒙热气，粗喘着呼吸拿毛巾擦着额角的汗水。

时晨好像有些明白了，他踩着晨曦进门那一刻，无论什么时候想起，她都会疯狂对他心动。

"早啊。"时晨冲他点了下头，多此一举般问了句，"你是晨跑去了吗？"

方落西点点头，绕着她离开，还挺新奇地说了一句："起挺早啊。"

时晨站在原地也没跟着走上去，回宿舍收拾了一下东西，等再出来的时候她才明白方落西为什么会那么说了。

现在算是暑假，学生也不用按着平常上课的时间到学校。

等见到自己的第一批学生时，时晨才发现自己的担心的确都是多余的。除去给学生讲课的时间，就只需要陪着他们一起写作业就好了。

下课的时候学生们还会乖乖说一声老师再见，时晨内心的虚荣感得到空前满足，也回露一个笑容，跟他们道了别。

操场上还有一群小孩子在毫无技巧地踢着足球，边上站着早上刚见过的男生。

方落西似是换了一身衣服，不过还是白T恤黑裤，跟之前那身没什么太大的区别。腿边有一个小男孩在拽他裤脚，他俯下身子蹲在旁边听着人讲话，很有耐心。

时晨想到昨晚黄薇说的话，方落西好像不是第一次来这边了。崇浦大学的支教活动除了各个学院组织的，就是一个校级社团每年会有支教活动，不过他们的支教地点比较远，好像在西南山区那片范围。

方落西安静地听着小朋友讲话，没有半点不耐烦，听到什么后，还笑着宠溺地揉了揉小孩的头发。

时晨看着觉得有股奇妙的情绪在胸口散开，莫名地想到，如果他以后有了孩子，大概会是一个很好的爸爸。

等时晨下楼走过去的时候，方落西正抱着一个跌倒在地上的小女孩。小女孩哭得可怜兮兮，埋在他的肩窝里，衣服上的泥土都尽数蹭到他的白T恤上。

时晨记得他是有洁癖的，实习时连一块石头都要拿水冲干净了包在纸巾里，现在居然可以忍受小孩泪眼汪汪地蹭在自己身上。

小女孩还在轻声抽噎，方落西柔声轻哄。时晨眼中带着羡慕，拿着口袋里仅剩的一块巧克力走过去。

"小朋友，要不要吃糖啊？"时晨蹲下去，手心里放着一小块巧克力，嗓音柔柔的，带着几分诱哄。

小孩到底还是年龄小，看见糖果之后便止住了哭声，变成抽抽噎噎，看了一眼时晨，又看了看方落西，才伸出手小声地说："谢谢姐姐。"

时晨一听，脸上挂着个大大的笑容，手往前递了一下，方便她拿："不客气哦。"语气也不自觉地配合小孩子，软软糯糯。

方落西放下小女孩，看着突然过来的时晨，看着她脸上发自内心的笑容，笑了声："你笑什么呢？"

时晨还没来得及收回脸上的笑，盈盈看向方落西："她叫我姐姐哎，你听见了吗？"

方落西一愣，鼻尖嗤笑一声："就这个？"

时晨仰头看向他，刚才小女孩走的时候，方落西就站起来了，两人站在一起身高差明显，压迫感也很足，她略微后退了一小步，较真地说："现在出门都被人叫阿姨了，好不容易遇到一个叫姐姐的小可爱，我可以吹两天。"

方落西看到她竖起的两根手指，眉头微扬："连小孩的便宜都不放过啊。"

"人家自愿的。"时晨看着他，随口问了句，"你很喜欢小孩子啊，很有经验嘛。"

时晨没听到回答，也不是非要执着地要个答案，过了很久，风卷着他低哑的嗓音吹过来："本来我也会有个弟弟或妹妹的。"

说不出的落寞，她再抬头看过去的时候，以为是自己听错了。

后来他俩安静地看着操场上的小孩，随意地坐在了地上。过了一会儿，有几个小男孩跑过来问方落西要草蟋蟀。

方落西接过递过来的草叶，说要自己先学一下。

时晨就在旁边看着他对照着手机，手指灵活地弯折草叶，动作赏心悦目，不过跟草蟋蟀是不沾边的。

她看得入神，自然也没错过草叶子的棱角轻轻划过他的手指，红色的血珠渗出，和草叶的绿、掌心的白对比明显。

"你流血了。"时晨翻着口袋，找出常备的创可贴，递过去。

方落西压根没在意，看到眼前的创可贴才想起上次也是这样。只是这次就是最简单的黄色款，没有稀奇古怪的图案。

不过，他好奇的是，这姑娘的口袋跟个百宝箱一样，一会儿巧克力，一会儿创可贴的。他不太想接，转移了话题："你怎么随身带着这些？"

"实习的时候买的。"

"用到了吗?"

时晨抬头看向他,欲言又止:"用到了。"

两人一问一答,方落西正想再说句什么,就听见时晨说了一句:"都给你了。"

方落西一愣……

上一次买的,在河边那一晚,因为啤酒拉环划破了他的手指,今天又是因为一个草叶子划破了。

时晨想着,忍不住说出口:"你这也太娇气了。"

方落西听得气笑了,娇气?说谁呢,他吗?

见他半天不接,时晨皱眉看向他。就见方落西单手往后一拄,痞痞地说:"不用,多大点事。"

时晨看着他,只觉得他脸上写满了"我不娇气""爱谁贴谁贴,反正老子纯爷们",无奈一笑,说:"贴上吧,不然我白买了。"

最后,那张黄色创可贴还是贴在了方落西的手指上,尽管伤口窄窄一道,早就看不见血了。

原先那几个小男孩又跑过来要草蟋蟀,围着方落西站了一圈。

"哥哥,我们的蟋蟀呢?"

"要那种很酷的哦。"

"什么时候才能好啊?"

几个小孩叽叽喳喳的,问声一片,方落西只能挑着回答。

"好。"方落西正准备拿起草叶子,重新学一下。

时晨在旁边坐直身子,严肃地开口:"哥哥的手刚刚流血了,得要过几天才可以叠蟋蟀哦,你们看,他手上是不是有创可贴呢?"

几个小孩立马又顺着时晨手指的方向看,大惊小怪地叫着。

"啊,哥哥你这是怎么搞的啊?"

"疼不疼啊?用不用去医院啊?"

…………

方落西被吵得头疼,几句话打发走围在一起的小孩。明明就一小事,被他们吵得好像进了 ICU 一样。

等小孩离开后,方落西看向时晨,扬扬眉:"这么点小事,也要骗小孩?"

"我哪有骗人。"时晨像是炸毛的猫,护着自己私藏的食物,又像是怕被别人发现一样,声音小下来,故意道,"我说的不都是实话?再说了,还不是为了给你找点面子,你半天也没折出来一个像样的。"

"说什么呢?"方落西轻轻"啧"了一声转头盯着她,只见到她毛茸茸的后脑勺,不长的马尾搭在肩上,乖顺得不像话。

刚刚不可否认的是那一串话传入他耳中,在他心中留下一串波痕。似乎,很久没有人这样替他说过话,久到他已经记不清了,忘了被人毫无保留地维护是什么样子了。

后来时晨也不知道方落西有没有再给那几个小男孩折过草蟋蟀,剩余的时间她忙着备课、上课,和学院同学们一起给小朋友介绍世界,忙碌又充实。

时晨回程没有再见到方落西,坐在窗边,看着和来时一样的景色,她短暂的支教生涯就结束了。

再开学之后就是大三,大学生涯过了一半,时晨辞去记者站的职务,日子更是三点一线,在教室、食堂、宿舍三者之间穿梭,偶尔再加一个图书馆。

虽然他们只是大三,但好多同学已经在准备毕业之后的去向了。时晨具体的打算还没想好,但按照她母亲杨女士的意思是,毕业之后,在临桐当个老师或者公务员就挺好。

时晨却不太想这样,说是迟来的叛逆也好,反正不太想继续过这种被人规划好,自己没有选择的生活。

她想继续考研,时晨之前跟家里人短暂地商量了这件事,她爸时昀举双手赞同,说:"学无止境,读书是好事啊。"

她妈杨江迎当时欲言又止,只问了一句:"准备考哪个学校?"

时晨说:"没想好,现在还不急,再等等看吧。"

杨江迎一听,喜笑颜开,立马说:"咱临桐的大学也不少啊,到时候回来就行。"接着又絮絮叨叨扯起了旧事,"当时就不该听你爸的,出去见什么世面,离得远了爸妈过去看你都不方便。"

时昀当时坐在沙发上看着报纸,不在意地说:"现在交通这么方便,能有什么事?"

杨江迎斜了他一眼,继续说着:"女孩子还是挨着家里好,还有啊,你这个专业当时我就不赞同。整天跑上跑下的,像咱楼下那个,学个会计什么的坐办公室多好,风吹不着雨淋不着的。你看你当时回来那脸黑得哟,说出去都不敢认的。"

时晨没忍住说了一句:"也不一定非得学会计才能坐办公室,像您说的老师、公务员都行。"

"所以,你也想去考一个?"杨江迎赞同道,"这种就挺好,主要是适合。"

时晨打着哈哈:"我不是要先准备研究生嘛。"

杨江迎摆摆手,起身走向厨房:"一个意思啦,考完研究生再考这些也一样,待遇也会更高一点吧。"

时晨静默看着,没有再搭腔。

大四开学后,时晨和室友报名参加了学长学姐的经验交流会活动。

时晨看着讲台上介绍的学姐,发现座位上有个熟人,是她在记者站的直属上级,跟她一个专业,汪婷玉学姐。自从她从记者站退下来,学姐准备考研,两人已经很久没见面了。

汪婷玉上去自我介绍了一番,然后介绍了一下自己报考的学校是西南地理科学院青藏高原研究所。

时晨听见她报考的学校眼神一亮,又听她介绍了一下自己的备考心得。

最后她说了一段话,时晨印象深刻。

她说:"因为今天发现好像还有一些大一大二的学弟学妹,作为一个老学姐,也算有点资历,跟大家分享一下自己大学生活的经验吧。"

汪婷玉似是沉思了两秒,然后娓娓道来,她嗓音低缓,颇有种安抚人心的意味:"其实今天能站在这里跟大家分享经验,算是我大学生涯比较成功的一件事情。大一入校后,应该有很多同学都参加了社团活动或者报名了学校的相关组织,或者已经成为其中的一员了。"

"当然,这些我也都跟风报名了,很不幸,当时我被刷下来了。"汪婷玉略微摇了下头,苦笑一下,似是也很不喜欢那段回忆,"我身边的同学、室友也大多进入了学生会或者是'青志协',只有我,当时哪里也没留下。"

"当时我很怀疑自己,甚至一度很没有自信,找不到未来的方向。"汪婷玉语气轻松,又不忘和台下互动,"后来,为了学分嘛,大家也都懂,我进了一个校级的记者站社团,在里面也学到了很多,也见过很多大牛人物。"

"再后来就是好好学习,保持专业成绩,准备考研。"汪婷玉说,"我分享这段经历主要是想告诉大家,如果你有一段时间陷入了迷茫,一定不要放弃自己,只有你才能救自己。就像有一句话说得很对,有多苦只有你自己知道,但是你努力的结果总归是不会骗你,总会在某一方面体现。也希望大家共勉。

"最后也祝愿大家学业有成，前程似锦，他日我们顶峰相见。"

她讲话结束，教室里的同学自发地鼓起掌，时晨看着桌面也陷入深思。

结束后，时晨没着急离开，和室友说了一声，去前面和学姐打了个招呼。

汪婷玉和她微微拥抱了一下，鼓励道："加油。"

时晨离开教室的时候，正好赶上一些专业的选修课下课，她绕了点路，结果发现另一边人也很多，就让开等在一边打算过一会儿再下去。

旁边正好是个空教室，时晨就往里走了一点，见里面还有其他人，就多看了一眼。

方落西站在窗边，微微靠着前排的桌椅，就这么单站着都有几分张扬。

他旁边站着一个学长，也学着他的样子靠在桌角。时晨认得这人，是刚刚参加交流会的学长，遥感专业，跨考到北城大学的计算机专业。

教室里没几个人，也很安静，他们说话的声音又没刻意压低，时晨听得很清楚。

那学长问："今天稀奇啊，碰上你了。来这儿干吗？我刚好像在教室里见到你了，没认错人吧。"

方落西吊儿郎当地笑着，没个正形。

"你来听什么交流会啊。"那学长好奇地看过去，"不是准备出国吗，怎么样了？"

"随便听听。"然后，方落西拉着嗓音，"这不是虚心过来学学经验嘛。"

那学长一乐："还要跟人挤这独木桥？"

…………

时晨脑子"嗡嗡"作响，后边他们说了什么，她什么也没听清。一墙之隔，周围还有学生们刚下课的声音，人挤人下楼梯，嘈杂得不行，一股脑地全涌入了她耳朵里。

天气明明已经回暖，崇浦的冬日早就悄无声息地离开，时晨却觉得好像被兜头浇了一桶冰水，刺骨寒冷。她僵硬地转头看了一眼，那两人还是背对着她靠着桌子说说笑笑。

时晨收回视线，手脚发麻地推门走出去，尽量不泄露情绪地离开这里，离开这个仿佛如寒冬腊月一般的冰窟里。

那里面的冷，被她关在门里。门外的人潮声已经在她身后退去，她站在人流拥挤处踽踽独行，孤单得只剩下自己，时晨垂眸自嘲一笑，整个人显得十分无力。

说不出来的情绪在她胸口处噼里啪啦地炸开，只不过是宣判日期提前而已，一样的结果，时间早晚问题，又有什么区别。

　　她想，她只是太难过了而已。

　　从最初注意到他开始，漫无目的地寻找好像就已经成了时晨的一个习惯。养成一个习惯只需要二十一天，时晨想，现在她也要慢慢脱离这个习惯，应该不需要二十一天吧。

　　回到宿舍后，时晨安静地洗漱，然后上床休息，好在大家都没注意到她的异常。

　　熄灯之后，无声的苦闷似乎在寂静的黑夜发酵得格外厉害。时晨面对着墙，酸楚浸染她的眼角，她小心摸出自己的手机，打开备忘录。

　　纸黄色的页面在暗处格外刺眼，一条一框，上面是密密麻麻的黑色方块字。时晨点开，大都是简短一句，有些已经记不太清了，可是只是看到一点苗头，就能轻易揪出记忆深处的私藏。

　　　　偷偷拿走了他的石头，嗯，不算偷，地上捡的。

　　　　嗯，好久不见，好冷啊，他穿了一件黑白羽绒服，像是企鹅，但还是很瘦。

　　　　…………

　　时晨眼角落下的泪水，滴在亮着光的手机屏幕上，晕染出一大片水渍。眼眸也被泪水浸湿，原本工整的小字变成模糊一片，她点开键盘，凭着记忆熟练地按下一串字。

　　　　我的暗恋结束了。

　　一直以来，时晨从没有承认过自己暗恋。今天她才明白，原来这就是暗恋啊。

　　这场戏，演员只有她自己，座下没有观众，没有掌声。

　　无端开场，无息落幕。

　　很久以后，或许方落西根本就认不出她了，又或者他们余生再无见面的可能。而时晨的这段经历就只会存在于暗无天日的备忘录里，除了她根本没人知道。

时晨想,暗恋别人的人,就是个不求回报的傻子。

她再也不要在一个坑里跌倒两次了。

时晨慢腾腾地打字,还是这一页。

> 暗恋的苦,我只尝一次就够了。

这件事搅起惊天巨浪之后,又无所谓地拍拍屁股离开了。

时晨慢慢地尝试把注意力移开,不再为一次偶遇而开心,不再苦闷自己见不到人,也不注意多久能遇见。

只是这些根本就不需要她避开,原本能遇见他的日子就不是很多。

只是,方落西,这三个字,说不准是埋在她心底,还是随意抛在了脑后。

时晨不知道,也没时间关心这个问题了。她忙着课业,忙着准备考研,压力扑面而来,剥夺了她胡思乱想的时间。

她按部就班老老实实复习,每天埋在书海里,只是天不遂人愿。

她最初确定了报考北城大学自然地理系,一早也问过同校学长学姐的学习经验。只是等到北城大学的招生简章出来,时晨看到招生人数那一栏,她崩溃了。

招生目录上显示今年的招生人数压缩了一半,专业课内容也发生了很大的改变。

时晨头脑一片空白,只觉得完了。她不知道该跟谁交流沟通,室友也都准备着考研,跟家人说也没用。

她给自己高中闺密江雪打了个电话,江雪是五年制大学,现在离毕业还有一年,有时间听她哭诉。

她好像又不是因为这件事难过,只是借机寻找了一个发泄口而已。倒完苦水,整个人也轻松了很多。

时间一晃而过,很快到了考试那天。时晨前几天感冒了,一早上起来又发现自己"亲戚"到访,她吃了颗止痛药,才收拾材料走向考场。

考研结束后,时晨也没有进入到真正意义上的放松,原先推迟的毕业论文选题也需要提上日程。

她开始联系导师,忙着确定选题,提交开题报告等等一系列麻烦事。

之后的日常,就是改写自己的论文,发给老师指导,每次转发论文文档,心里都会真诚默念一句老师对不起。

接下来各式各样的事情堆在一起，班级群里每天通知消息好多条，时晨发现毕业离校也是件麻烦事。

年后又开始等着成绩，准备复试。成绩公布那天，时晨独自一人坐了很久。

她考得不好吗？

应该是不太好的，不然她的成绩怎么会刚好卡在复试线。

但其实，最初她觉得自己成绩还不错，对比了往年分数线，她觉得自己很有希望。

后来她止不住地想，是不是那天如果她没感冒，没刚好遇上生理期会不会再多得那么一分，现在会是另一种结果。

她好像明白，其实跟这些没有关系，她在考场上没有感冒，生理期也没有肚子痛，她吃了止痛药。

她只是在给自己找借口而已，就只差那么一点。

然而，并没有多少时间留给她在这里反思。时晨开始准备调剂，查找各个学校官网的信息，秉着有学上就行的观点，一下子安排了很多个。

最后时晨收到了滨城师范大学的录取通知，只是赶着最后确认时间，她点了取消。

她考虑了很多，总归，最后，她放弃了。

而她跟家里人也商量了，父亲时昀安抚她，可以再考一年，年轻人多尝试一下，最后不行还有家里可以依靠呢。

母亲杨江迎也没明着反对，见父女两人对她的考编提议没兴趣，也没再理他们，直接收拾东西跳舞去了。

时晨就打算着，再试一年。

毕业季最后的日子，一宿舍人都闲得发慌。崔郬月临赶着分手高峰期谈了个男朋友，整天见不到人影，时晨每天在宿舍提前过上了养老生活。

时间一晃而过，到了拍毕业照这天，一宿舍人早早起来，照着各大博主推荐的毕业照最强吸睛妆，快速倒饬自己的脸。

等踏着时间点到达拍摄场地，才发现黑压压的一群人，除了她们学院，还有好几个学院等着拍照。

大概还是第一次见到这种大场面，拍摄位置背后是他们崇浦大学的标志性建筑物。架子搭了好几层，能够容纳他们一个学院的学生。

时晨站上台子，发觉格外地挤，台子窄窄一格，晃晃悠悠也不是很稳固，她绷着身子站直，竭尽全力地面对镜头露出一个自然大方的表情。

她拍照不爱笑，平常也很少给自己拍照，仅有那么几张大概也是朋友的偷拍图。

但还是想能在大学生活的末尾给自己留下一张完美的照片。

拍完毕业照后，时晨小心地从台子上走下来，对着身后还没来得及散去的人群大致一扫，她今天没戴眼镜，只能看到一群模糊拥挤的身影。

时晨忽略心头处的一点失落感，转身背过去随着人潮一同离去。

时晨再一次见到方落西是参加学院的毕业典礼，开场前几分钟方落西坐在了过道另一侧的空位上。

她是在优秀代表发言结束后才看到他，就隔着一个人，他低着头看手机，手机屏的白光泛在他脸上，细碎又耀眼。

时晨已经很久没有遇见过他了，他和之前没什么变化。上次注意到他的名字，还是班级群中发送的优秀论文名单，时晨下载了他的论文，看了一眼。

他们两个专业内容相差很大，时晨看不太懂。时晨又去论坛上和公众号里搜索了一下，里面发布的一些优秀学子的考研信息中并没有他。

时晨觉得他大概率已经拿到了一个不错的 offer，可是她不知道是哪里。

台上的表演已经开始，灯光暗下来，看不清她脸上的情绪，时晨靠着椅背，想着要不要趁着毕业去问一下，给这段感情画上一个句号。

况且她不是要表白，不是要一个结果，只是想要知道他以后在哪个国家，看的是哪一片星空而已。

反正之后再也不会见到，今天过去被拒绝又能怎么样。

反正不会再见了，这几个字重重地敲在她心上。

台上的歌声已经伴着音响又生生扩大了好几倍，明明没什么情绪的歌词，在放大的空间里显得格外伤感。

时晨自嘲一笑，她不愿意在他印象中留下一点负面情绪，哪怕，只是在短暂的记忆里。

既然都已经不会再见了，她再没用一次，好像，也没什么大不了。

典礼结束之后，时晨留在原地等着室友一起，而方落西早就拾级而上，只留下一个背影，随后被人流挤去。

时晨靠着前面的椅背，低头踢着脚尖，只是安静地沉默着。临走前，她又抬头看了一眼大礼堂，大学生涯最后的地方。

时晨才发现，原来自己是一个很感性的人，止不住地想多存一点记忆印在脑海里。

和室友一起从礼堂走出来，门口的人已经散了不少，入口处放着的签名板前围着几个男生。

"西哥，留个纪念呗。"一男生递过去一支笔。

方落西嗤笑一声，骂了句："德行。"然后又接过笔，向后退了两步，似乎是在寻找一个空位置利落地签上了自己的名字。

"我们等下也去签。"崔邵月注意到那边的动静，挽着时晨的胳膊示意，"刚来的时候人也太多了。"

时晨平常不爱凑热闹，但今天莫名不想拒绝。

等上一拨签名的人离开，时晨和崔邵月走过去，接过一支黑色马克笔。

时晨注意到左上角的签名，面积不大，字迹却龙飞凤舞，在一大片签名中格外显眼，果真字如其人，肆意又夺目。

她踮着脚，在旁边寻了一个位置，轻手轻脚地写上自己的名字，生怕多出的一笔占了别的位置。工工整整，像是小学生字体，一笔一画。

时、晨。

临走前，时晨从口袋里拿出手机，看了一下眼花缭乱的签名板，淡定抬起手，大方又自然地说："等我一下，拍个照。"

手机背后的摄像头准确地框住左边一小角，光圈对准墨迹未干的签名。指尖按下拍摄键的时候，时晨想，这大概是她最光明正大的一次，不用费心思掩饰自己的情绪，把两个人圈在了一起。

时晨垂眸看向手机屏幕上的字迹，大字苍劲，小字娟秀，异样地和谐。

方落西。

时晨。

明明是盛夏，该是炽热又兴奋的天气，却因着毕业季的离别，嗅着空气里都有一些忧伤。

宿舍楼里都是忙着收拾行李的身影，大大小小的箱子堆在门口或者是楼道间，连个下脚的地方都难找。

时晨忙上忙下地收拾着床铺，分类整理要快递回家的东西，放在行李箱自己手动提回家的，再有就是留在这里扔垃圾箱的。

时晨收拾东西的时候才发现自己是个念旧的人，甚至还翻找出自己大一学年的草稿本。她还能清楚想起自己算题的过程，然后想要扔垃圾的时候，犹豫了一下，又塞到了课本里。

想到那日的记忆,她摇头无语,最后还不是要扔掉,难道要把这沓草稿纸也寄回家吗?

"咚咚!"

"你们宿舍的毕业照。"门口一同学递过来四盒照片。

"谢谢。"时晨靠近门口,拉开门接过照片,跟人道了谢,然后依次递给宿舍几个人。

照片一到手,几个人也停下手里的事情,开始欣赏自己在毕业照上的姿态,甚至还能分出点心思挨个看一眼。

宿舍门关得也不算严实,还能听到隔壁一声震吼:"啊啊啊啊,我眼都没睁开,丑死了。"

时晨抿嘴一笑,摊开毕业照凭着记忆去找自己的位置。毕业照拿过来的时候是卷在盒子里。她用了点劲压在边角,方便自己细看。

平心而论,她觉得还好。

不存在什么闭眼的问题,衣领也整理得刚刚好,头发也没糊住脸颊,两侧鬓角乖顺地垂在耳下,衬得本就不大的鹅蛋脸更加小巧,脸上妆容恰到好处,杏眸盯着镜头,略带一丝浅浅的笑意。

时晨很满意,微扬的嘴角泄露一丝情绪,她开始把目光放在后排,在后排高个子男生中搜索。

他们学院的男生本就不算多,挨个找起来也快,在男生聚集最多的地方就是遥感班的位置。

方落西站在中间,旁边是时晨见过的他的两个室友。他眼神随意地看向镜头,神情倨傲,肤色比旁人白了一个度,碎发乖顺地垂在额前,穿一身简单白色 T 恤,一如初见。

时晨卷好照片,重新妥善地放回盒子里,不愿意碰到一点边角。

这将是他们的第一张合照,也将是最后一张。

她小心按着盒子封口处,重新折回去,纸片顺着缝隙严丝合缝地卡住。

时晨在心底默念了一句:方落西,再见。

秋天的雾

QIU TIAN DE WU

第九章　　/ 日落西晨

"时晨，救命啊，江湖救急！"

刚离开宿舍楼就接到了师姐的电话，时晨停下脚步，缓缓开口："怎么了？"对面似乎很急，背景音是细小的谈话声，师姐不带喘地说了好几句："我有几个文件格式错误，要命了，麻烦你帮我去打印店再打一份吧。"

"行。"时晨举着手机，抬腿转了个身，走向打印店方向，"你发给我就好。"

西淮的天气温凉，扑面而来的风也是清清爽爽，不是崇浦那种裹着海蛎子味的，也不是临桐那种吹在脸上过后能起皮的干燥。就连太阳也像是情人的低语呢喃，但几天后脖颈烧得辣乎乎，叫人能褪下一层皮来。

时晨来到西淮几个月，已经养成了打伞的习惯，除了晚上没太阳，白天只要在户外，手上一定举着遮阳伞。

重新备考一年，第二次的成绩还不错，今年九月份入学，时晨现在也算是一名新生了。

报名时，犹豫了一下，她脑中闪过一个念头，重新攥住了胸口的跳动。

她想到一年以前的宣讲会，联系了学姐，简单咨询了一下，确定好内心的冲动之后，开始备考西南地理科学院青藏高原研究所。

奋斗一年，时晨绷着心跳查了成绩，成功进入复试。她进行了网上复试。名单公布得很快，她收到了拟录取通知。

她抖着指尖查到成绩后，从床上一蹦而下，连拖鞋都忘了穿，飞跑到客厅，冲着沙发上看报纸的时昀和在厨房里忙着做饭的杨江迎大号了一嗓子："我有学上了！"

时晨鲜有这么激动的时刻，声音都隐约有些破音。她一手举着手机，光着脚丫踩在地板上，头发乱糟糟地搭在肩上，邋遢得要命。

她爸爸坐在沙发上依旧保持着儒雅绅士的姿态，却用力抖了抖报纸，语气骄傲："我就知道我闺女肯定行。"

杨江迎手上还拿着锅铲，围着粉嫩嫩的围裙，走出来皱眉看着在客厅披头散发的女儿："说什么呢？里边轰隆隆的，听不清。"

时晨转身面对着妈妈，声音比之前高了一个度，又嚷了一遍："我考上了！"

"哎哟，吓死人了你。考上了就考上了吧，嚷这么大声当心邻居投诉你。"杨江迎嘴上这样说，眉尾却不自觉地流出一点笑意，转身往厨房走，用没拿铲子的手指着她的脚，凶道，"死丫头，穿鞋去！"

时晨吐了吐舌头，回房间乖乖穿上鞋，再走出房间的时候，杨江迎还在厨房唠叨，抽油烟机工作的声音都盖不过她的教育声。

只是这样平静又和谐的生活停止于录取通知书到来的那一天。撕开快递文件袋那一刻，杨女士先接过想要看下学校地址。

西淮市……

后面是什么已经不重要了。

杨江迎看着录取通知书最底下那一行字，又快速扫了一眼上方，确认一下校名，声音一沉："你不是要考北城大学吗？"

时晨看着妈妈脸色发黑，僵着身子，声音一颤："我换学校了。"

"你还当我是你妈吗？这么大的事你都不说一声吗？"

时晨抬头直视杨江迎的眼睛，没有躲避和慌乱，缓慢开口："我说了。"

没听完她后半句话，杨江迎就尖着嗓子喊："你说什么啦你说。长大了，翅膀就硬了，学会不跟家里开口了。"

时晨闭了闭眼，有些心累，依旧没反驳。她知道，她忍着不说话，一副挨骂认错的样子，这件事解决起来会容易得多。

耳边是不停的教育声，时晨看着眼前触手可及的通知书，不合时宜地想，曾经那些电视剧中的狗血剧情是不是今天也要上演。比如，家长因为孩子不听话，把新鲜热乎的录取通知书撕成了碎片。

她看着那张单薄的纸，在杨江迎女士的指尖下瑟瑟发抖，身姿飘零像是在呼救。时晨想，你再忍一下，坚持下去就好了。

时昀也不知道女儿具体把学校换到了哪里，只说："以后的人生路都是你自己走，当然要找一个适合又感兴趣的方向才好。"

杨江迎把女儿的沉默妥协看成了无声的反抗，一时间气血上涌，骂声更大了些："我早就说回来考个公务员不就很好吗，非要出去，你看你这是什么？"她拿着通知书，看了眼名称，"青藏高原研究所，时晨你倒是能耐啊。"

时晨叹了口气，耐心解释道："我们不会一直在那里，只是到时间去那里考察而已，平常会在西淮。"

"以后呢？"杨江迎一把甩开她手里揉搓的那张纸，"你地方都选好了，临桐这么大，就是容不下你，是吧。"

她看着受尽磨难飘到沙发上的通知书，心底松了一口气，轻轻开口："我只是想再试试而已。"

试试自己是不是真的那么糟糕，还能不能再挽救一下。

....

手机接连振动好几下，时晨打开对话框，看到刚传送过来的几个文件，收起思绪，开始打印。

时晨拿着打印装订好的一摞文件，快步走向学院楼，找到会议室。

师姐早早就在门口等着她，见到她人影，匆匆跑过来："太谢谢你了，改天请你喝奶茶啊。"

"小事。"时晨没拒绝，有时候有借有还，才是最自然的状态。

会议室人不算太多，只有零星几个人挨个做着准备工作，十几个座椅前放了水和资料。

时晨不会忘记一开门看见的那个身影，宛如几年前一样。男生斜靠着桌子一角，低头翻着A4纸，身子懒散没骨头似的，碎发垂落在额前，阳光洒在他身上，半明半暗。

尽管耳朵上挂着口罩，挡住了一大半脸，时晨也知道，就是他。

他们又见面了。

时晨不自觉地盯着那抹身影多看了两秒，之后掩饰般垂下了头。

"方落西"这三个字太久没有出现在她的生活中了，久到她已经忘记自己曾经瞒着所有人偷偷追逐过这么一个人。

她忍不住想，一定是刚才西淮的阳光太晒了，晒得她头脑发昏。

毕业后，时晨再也没有收到过他的消息，只知道他申请了国外的学校。再往后，如石沉大海，杳无音讯。

她转身那一刻，靠在桌边的男生向这边望了一眼，随后又低头看着自己手里的文件。

时晨坐在办公室翻着电脑上的论文，却一点没看进去。

她理智上觉得不会在西淮见到方落西，一面又觉得刚刚那人太像了，可是她又胆小地不敢求证。

是，又能怎么样？

时晨拍拍脸，合上电脑，两年没见了，认错人也说不准。况且，要细说，他们原本也没多熟悉。

想明白这一点，时晨走出办公室，边戴口罩边思索着今天中午要吃点什么好。

"时晨!"

时晨听见后停下脚步,转头看过去,是汪婷玉师姐。她备考那一年接受了师姐很多帮助,两人也越来越熟悉。

她弯着笑眼,声音隔着口罩闷闷传出:"师姐。"

"这么着急干吗去啊?"汪婷玉关上门走出来,笑着问她。

时晨:"吃饭啊,师姐一起吗?"

"走啊,一起。"汪婷玉又推开门,"不介意我再带个人吧?"

时晨摇摇头,背对着门口站在窗前,看着楼下人来人往,思绪早就飘到了食堂窗口上。

身后一声轻响,时晨转头看过去,防盗门沿着转轴回到一半的位置时,门上又搭上一只骨节明晰的手,用力之时还能看到手背上的青筋。

门板推开,里面走出一个男生,还是上午见过的黑色兜帽卫衣,只是脸上没了口罩遮挡,一张俊脸暴露在眼前。

抬头望过去的那一刻,一上午的胡思乱想有了结局。

他的模样没有太多变化,身上少年气依旧明显,额前碎发下的一双黑眸冷淡又疏离,他懒洋洋地随手掩上门。

时晨看了两眼便低头移开视线,脑子乱糟糟的,没想明白他为什么会在这里。

"时晨!"汪婷玉已经热心地介绍他们认识,"这也是咱们校友。"

时晨心说我知道。

普通又陌生的校友,显然对她来说不是这样简单,只是除开这个,好像用别的词形容又不太贴切,单方面相交好友?

方落西在听到名字之后,眉毛微挑,垂眸打量面前的女生。只能看见一个毛茸茸的发顶,长睫垂下,小脸上挂着的口罩遮去大半部分面容,看不出情绪。头发散在肩后,看起来还是瘦瘦弱弱,营养不良似的。

时晨深吸了一口气,想着抬头淡定地打个招呼,这事就算过去了。

汪婷玉看着两人都这么腼腆,忍不住活跃一下气氛:"你们之前认识吗?"

"认识。"

"不认识。"

时晨错愕地抬起头,正对上他的视线,眼底情绪不明,唇边挂着似有似无的笑意。

"所以，到底是认识还是不认识啊？"汪婷玉也嗅到一丝诡异的气息。

时晨不觉得他能认出自己，先不说自己脸上戴了一个口罩，遮住了半张脸。她现在头发留到蝴蝶骨的位置，穿衣风格上也有所改变，今天还穿了一件雪纺的碎花裙。

只是现在这个情况，属实是她没料到的。

方落西轻笑一声，缓慢开口："可能是我单方面认识。"

时晨腹诽，你说反了吧。

"以前可能见过，有些眼熟。"方落西不急不慌地补完后半段话。

时晨觉得这句才可信，都怪她刚刚多嘴，现在不管怎么说，她都忍不住脚趾抠地。而且她没想到方落西会先开口解释，给她递个台阶。

方落西掀起眼皮看向她，眼神带着深意，懒散地开口："现在重新认识一下也无妨。

"你好，我叫方落西，日落西沉的落西。"

时晨屏着呼吸望进他墨色要吸人的眼眸，手指攥紧书包带子，轻声开口："时晨。"

方落西点头，似是没想到她介绍如此简短，又追问了一句："哪个 chen，日落西沉的沉？"

他语气正经，偏脸上也看不出一点故意的情绪，任谁也不知道他是真心还是假意。

"什么啊！"汪婷玉一笑，跟他解释，"不是那个，是清晨的晨。以前还听时晨说过一次，是早上出生的所以叫晨，对吧？"边说边跟时晨求证。

"对。"时晨点点头，声音软糯模糊。

"那巧了。"方落西看向她，"我正好跟你反过来，落日时刻。"

时晨无声地看向他。没人知道她现在如擂鼓般跳动的心脏，好像下一秒就能跳出胸腔，告诉别人她现在紧张又激动的情绪。

反倒是汪婷玉一脸惊讶，笑着说："还真是挺巧。"然后她转向方落西，邀请道，"学弟，走吧，今天咱三个人凑一桌，崇浦大学优秀校友欢聚一堂。"

方落西拿出口罩，挂在脸上，笑着答应，走在前面。

时晨在后面跟着看着前面两个人交谈的背影，她头皮有些发麻。早知道是现在这样的局面，她就不该答应一起吃饭。

去年，毕业离校，时间可以抹平一个人的棱角，也可以淡化人的记忆。

如果还能有再见面的那一天，时晨想，会是她在人群中瞥见一眼，仅仅是觉得这人有些眼熟，又或者是，唏嘘感叹一句，原来已经过了这么久啦。然后，再转身离开，招呼都不用打一声。

时晨想过很多场面，唯独没想过有一天他们还能像陌生人一样自我介绍，然后同桌吃饭。她脑子有些蒙，麻木地跟在那两人身后。

一年的时间说长不长，说短不短。时晨打开记忆的匣子，重新找回有关"方落西"这三个字的过去，一切历历在目，分门别类地放在眼前。

时晨还能听见前面师姐和他交谈的声音："学弟，今天就请你吃食堂了。"

她没听清后面的话，只是安静地走在路上，连在西淮不离手的遮阳伞都忘了拿。一路无声地跟到食堂门口，时晨看见牌子，提了点精神看过去。

"走吧，学弟，带你去尝一下我们食堂的特色盒饭。"研究所的食堂只能用饭卡，手机支付在这边行不通。

方落西没说话，侧眸看向时晨。时晨没注意到他的视线，盯着对面砂锅米线的窗口。一想到能短暂地离开这是非之地，她轻呼一口气，正要抬腿走过去，就听见一道低哑的嗓音："我也想尝一下西淮的米线。"

方落西一本正经，嗓音淡淡的："还没尝过西淮的米线，味道应该不错。"

汪婷玉赞同道："味道是很好，不过我天天吃。"她看向时晨，又看了眼方落西，"那你跟时晨一起去？"

不，时晨不愿意。

只是此刻，时晨头脑快速风暴也没有派上用场，她硬着头皮点点头，跟在方落西身后。

方落西说完就迈步离开，好像根本就没搞清等下谁要刷卡，走在前面像是大爷巡街，时晨不太自在地跟在他后边，亦步亦趋。

原本时晨走在他身后，不知不觉间，俩人已经并排，方落西站到了她身侧。

刚想跟他错开一点，不用占满整个过道，就听见耳畔一道情绪不明的嗓音响起："学妹带路吧。"

时晨停下脚步，侧头看向身边的男生。

男生也侧眸看向她，口罩遮挡到山根，只露出一双眼眸，眼皮单薄，略带一点褶皱，刚好卡出不长不短的扇形。时晨发现原来他眼睛也很漂亮，直盯着人的时候，有种叫人说真话的魔力。

时晨站在窗口前就有些纠结，酸菜末容易沾到牙上，三鲜卤上带着一丝辣油，容易溅到身上。

她皱着眉头挑挑拣拣，点了一份卤肉米线，然后转头问方落西："你呢？"

方落西刚站在旁边,把这姑娘纠结皱眉的神情全看在眼里,无声哂笑:"和你一样。"

时晨看向窗口里的阿姨,说了句:"阿姨,两碗卤肉米线。"

刚要退到末尾,时晨又转头跟阿姨说了几句才站到方落西身后。

方落西转身定定地看着她,不留一点余地,笑得肆意:"学妹,真不认识了?"

时晨听着微愣,所以他早就认出了自己,那她之前还故作不熟,简直像是跳梁小丑。为了掩饰慌乱,她随口说道:"你叫我什么呢?"

方落西不觉,似乎又明白了,还恶劣地回答:"学妹啊。"

"谁是你学妹?"

"还真是忘了?"方落西看着眼前的女生,追问道。

时晨抬头看向他,睁着一双墨眸,小声道:"有点印象。"

她怎么可能忘记。

方落西没答,眉毛微挑,似是等着后半句。时晨压了压口罩,有些心累:"戴着口罩万一认错,怪尴尬的。"

"没良心。"

时晨抬头看向他,他面色无异,或是口罩遮住嘴巴,叫人看不清楚,她都要怀疑刚才是不是自己幻听了。

午饭时间,食堂效率很高,很快就要排到他们。阿姨先递出一碗,方落西就要伸手去端,时晨抓住他胳膊,叫了一声:"这是我的!"

方落西正准备拿碗的手一顿,抬头好笑地看向她,安抚道:"放心,不抢你的。"

时晨有些丢脸,她不是这个意思,想说下一碗才是你的。只见他拿了个托盘,把刚出锅的米线碗挪了上去。

阿姨又端出一碗,只是这碗比刚才多了一个鸡腿、一个卤蛋、一个海带结,满满当当,一点看不见底下的米线。

方落西侧头看她一眼,眼里惊讶不减。时晨摸了摸鼻尖,想到戴着口罩,又缩回手,小声解释道:"怕你吃不饱。"

"帅哥,我们这可以续粉的。"里边阿姨像是不满时晨的解释,赶忙拉客,还顺嘴夸了一句,"你女朋友对你真好,全家福嘞!"

时晨听见什么,下意识地偷看了眼方落西,又转向阿姨,慌忙解释道:"不是的,阿姨,我们不是——"

阿姨说完就忙着从锅里捞米线，压根就没听见时晨后面的话。

最后两个字也就卡在喉咙里，不上不下，难受得紧，时晨余光瞟见身侧的方落西，见他神态自然地端着托盘，转身离开。

他们两人找到座位时，汪婷玉早就坐下了，冲他们挥了挥手，打趣道："你们要再不回来，我就先吃了。"

"排队的人多。"时晨坐在汪婷玉旁边，眼看着方落西就坐在她对面。她小心挪出米线碗，随手搅拌了一下。

汪婷玉看见方落西的碗，笑了一声，想起什么，说了句："大一实习的时候，基地里的鸡腿是我吃过最好吃的，没有之一。

"你们呢，吃过没有？"

时晨点点头，表示赞同。

方落西似乎费劲地想了想，点了点头，说起一件小事："当时第一次吃的时候最好吃。"

汪婷玉随口搭话："为什么？"

方落西："可能是剩下最后一个，恰好排到我，所以格外好吃。"

汪婷玉一乐："这倒是真的。"

时晨听见后，思绪翻飞。明明学校的食堂是最重油重盐的，时晨嘴里咬着米线却觉得没有任何味道，白水煮面一般，乏味得很。

想到之前自己暗恋的心思，时晨觉得这些还是不要见光，永远埋着就好。不说之前没有重逢的希望，即便是现在遇见了，也要埋在心里。说出来也实现不了的事情，自然也没有说出口的必要。

况且，她现在也没有搞明白自己的心思。

一顿饭吃得安静，大多数时候是汪婷玉问，方落西答，时晨默声吃着米线。方落西虽然肆意，却不会给人难堪。吃到最后，汪婷玉扯着话题让时晨加入进来。

"时晨还不知道吧，我们和方落西有项目合作。"汪婷玉随口说。

时晨从早上见到他，就想知道自己从毕业之时就想知道的事情，她遮掩情绪，随口一问："哪个学校啊？"

"滨大。"

时晨一愣，想问哪个滨大，又怕显得太心急了。

方落西看她一眼，说："滨城大学。"

"你不是出国了吗？"

方落西撩起眼皮，嘴角挂着玩味的笑，不紧不慢地反问："谁说我出国了？"

时晨这会儿也知道自己多嘴了，低头看着碗，然后抬头直视，支支吾吾，呵呵一笑："就听说的啊，八卦嘛。"

"雅思过期了。"方落西也不知道是信了还是没信，反而回答了她上一个问题。

什么玩意？

就这？这叫什么事。

时晨想到当时他落寞地在河边买醉，忍不住腹诽，别不是过期是考不过啊。她也没问，低头吃着米线，想要把这事翻篇。

她一边吃一边想，滨城大学的遥感专业也是排名第一，当时她不知道从哪儿听说，他要跨考计算机来着，现在看样子他应该还是学的老本行。

汪婷玉看了眼手机，要到点了，便跟他们说了一声，准备先走。

时晨吃完后就在对面看着他，一时忘了移开眼。方落西放下筷子，矜贵地擦了下嘴角，抱臂后仰，好整以暇地说："好看吗？"

下午，时晨早早回到了宿舍，晚饭也是随便点了外卖应付。

收拾完外卖的垃圾袋子，时晨靠着座椅安静地坐着，宿舍里只有她一人。手指随意转着笔，笔尖漫无目地在纸上画出一条坐标系。

时晨心里一团乱麻，感觉事情超出了她的预期。笔尖垂落一滴墨水，在第一象限上留下一点污渍。她眉毛微皱，拿着笔沿着墨迹展开。

我今天遇见他了。

时晨原本以为在自己长久的备考期间已经接受了这个事实，未来的生活将彻底抹去这个人的身影，她心痛过，却无能为力，只能别无选择地接受。

只是，上天好像开了个很大的玩笑。

一年后的现在，他们重逢了，像是最初那样，沿着轨迹发展，如同陌生人初见一般打招呼。

时晨心里有关暗恋的瘠土，仿佛得到了一小点甘霖。只是甘霖落在了伞上，伞下是需要浇灌的幼苗，被生生地夺了命脉。

时晨想了很多，大学四年过去，她想既然还是一样的结局，那就不要重蹈覆辙。这次重回起点，她一定要走一个不一样的结局。

我想，我们终将走向不同的终点。

时晨，要做个聪明的小孩子。

中午的时候她了解到，等合作结束，滨城大学遥感团队就会离开，到时候，他们又会回到原点，这样就是最完美的结局了。

想明白这一切，时晨感觉轻松了不少，甚至还拿出电脑，分析起自己没看完的论文。

时晨第二天起来感觉神清气爽，收拾好东西，拿着电脑赶去了办公室。上楼时遇见了方落西，她还主动打了个招呼："早。"

方落西看了她一眼，眉毛一挑："早。"

两人并排上楼，方落西挨着楼梯扶手一侧，时晨走在他身边，远看跟水墨画一般，只是意境一下子被后面的不速之客打破。

"方落西！你大爷！"男生刻意压着音量，咬牙切齿，"你属驴的，跑那么快投胎吗？"

这话算不上好听，时晨停下侧头看向方落西，只见他无波无澜，侧头看她一眼，云淡风轻地说："子不教，父之过，见谅。"

时晨见他一本正经的样子，没忍住"扑哧"一乐。余光瞥见追上来的身影，她止住笑意，低头看过去，看见跑过来的人，语气惊讶，试探地开口："井立涵？"

跑来的男生扶着右侧的扶手轻喘了两口气，听见自己的名字，直起身看过去，也惊讶地喊了句："时晨？"

井立涵缓过劲来，斜靠着扶手："校友，缘分啊！"

方落西没理他们，转头上楼，两人见状也跟上去。楼梯位置不宽，时晨快走了两级台阶，方落西瞥她一眼，语气不明："他不也戴着口罩呢？"

时晨听见往后看了一眼，没明白他的意思，点点头，眼神迷茫："对啊，我们这里管得严，不戴口罩不能进来的。"

方落西嗤笑一声，三步并作两步地上楼，留下轻飘飘的一句话："那怎么就他特殊呢？"

时晨摸了摸头发，还是没搞明白他在说什么，看着他离开的背影，一时忘了抬腿，后边井立涵已经追上来，随口问了句："他又要干吗去了？"

"不知道。"

时晨跟他们不同楼层，等跟井立涵告别后，她又独自爬了一层楼，拿着钥匙打开办公室的门，开始敲论文的一天。

下午临走前，时晨手机发出一阵特殊的铃声，是她特意为她导师设置的。头皮一麻，暗自庆幸，还好没走。

时晨没磨蹭，收拾好东西赶了过去。进门前，她礼貌地敲了两下门，听见回答之后才推门进去。

"资料都在那边。"韩导靠着椅子随手一指。

时晨看着靠近门口的那张桌子上的一摞文件，眉眼一抽，顿时觉得前路艰险，想到她今天电脑里的论文还没看完，头疼更严重了。

她拿完资料，转头看过去，才发现办公室里不止一个人。里面靠窗的桌子旁还坐着一个男生，戴着金丝边眼镜，认真地看着电脑。

关键，这人她还挺熟。

方落西注意到落在身上的视线，眼睛从屏幕前移开，又垂眸看向键盘。时晨看着他戴着金丝边眼镜，平白又多了几分蛊惑。

韩导挂了电话才对时晨招招手，介绍她认识："这是康鑫老师的研究生，跟咱们课题组也有交叉，你们年轻人可以多交流交流。"

时晨有些惊讶，但是面上倒是不显。韩导已经快速收拾好自己的文件包，随口交代了句："你师娘叫我回家吃饭了。"说完又跟时晨说了句，"你们去吃点饭，带他也尝尝咱们西淮的特色。"

时晨想，别说她才来西淮几个月，她就是在崇浦待了四年，也不知道崇浦的特色餐馆都在哪里。

她还没想完，韩导已经风风火火地离开了。

时晨转头看向方落西，他已经把金丝框眼镜从鼻梁上拿下，老神在在地问了句："想什么呢？"

"想下班吃饭。"羡慕老师能在经历了岁月磨炼和工作劳苦过后，还能回家在独属于自己的港湾享受一抹暖色。

"走吧。"方落西起身向门口走去，他一手推开门，往后看了一眼，"晚上吃点什么？"

时晨脑子一片空白，越发地感觉事情在朝着不可控制的方向发展，但身后没有退路，硬性任务却又不得不完成："你呢？"

"你有什么想吃的？"方落西关上门，跟在她身边，"或者平常吃什么？"

时晨来西淮才几个月，小声说了句："食堂。"

方落西看她一眼，时晨也有些羞赧，总不能今天还领着人家去食堂应付一顿，刚准备拿出手机搜一下大众点评，旁边人便有了打算："那跟我走吧。"

提前约好的网约车已经停在路口，方落西拉开后座门，示意时晨先进去。

时晨坐下之后，往里挪了一点，方落西紧随其后，拉上了车门。密闭狭小的空间顿时变得更加拥挤,陌生的气息瞬间布满在她周围,他长腿无处安放,倒有几分委屈。

"安全带。"

方落西没听清,歪头凑近问了句:"嗯?"

鼻腔发出低哑的闷声,带着几分撩人的意味,尽管他可能没这个意思,只是下意识地询问,时晨却感觉像一片羽毛轻轻蹭了下耳骨,泛着酥麻,刺激着脆弱又敏感的神经。

时晨没抬头,低声又重复了一遍:"安全带。"

方落西这次听清了,懒懒地往后一靠,长腿屈着,散漫地吐了两个字:"没事。"

时晨:"规定。"

她没说谎,西淮的交通规则就是不仅前座要系上安全带,后座也要系上安全带,儿童要坐在安全座椅里,司机也会开口提醒。

方落西看她两秒,见她眼神不避不让,对视了两秒终是妥协了,拉过另一侧的安全带扣上。见他扣上之后,时晨就没再看他,侧头望着窗外的风景。

西淮的夜幕像是扭捏的小姑娘,磨蹭半天才露出一点苗头。街边两侧的路灯模糊亮起个光晕,灰蒙蒙的天空下尽是赶路的游子。

时晨看着往前飞逝的陌生街景,方落西上车后就靠着背椅养神,歪头看了眼旁边的女生,又合上了眼睑。

若是按照以往,他现在大概率已经回宿舍直接睡觉了,或是随便找个借口应付过去,绝不会像现在一样带人跑这么远,只是为了吃个饭。

他可以活得精致,也可以过得糙。有条件的时候半分都不会委屈自己,没有的话也能随便应付过去。

忙碌了一天的疲乏,只是简单坐在车厢里就能缓解,方落西觉得时晨有股魔力,能让人心静。

安静,话不多,就像之前他接到电话跑到河边喝酒一样,就只是坐旁边,一句话不说,让他感觉到一点人气,感觉还有人陪着,他不是孤独的。

导航播报行程结束,时晨推门下车,好奇地往四周看了看。前面是一个小巷口,没有路灯,阴森森的,但听着又有很多人,吵吵闹闹。

时晨往后看了眼结完账的方落西,问:"这是哪里啊?"

方落西收起手机,垂眸看向四处乱看的人,生了挑逗的心思,语气轻佻:"现在才问?是不是有点晚了。"

时晨仰头看着他没说话，夜色深沉，她甚至能清晰地看到他墨色眼眸中的身影，不是别人，是她。

懵懂又不设防的眼神让方落西喉间微痒，他伸手轻拍了一下她的发顶，往前走了两步："给你长点记性。"

听见后面追上来的脚步，他喉结微滚，摩挲了一下手指，刚刚的软缎触感还没有挥去，嘴角溢出了一丝自己都没发现的轻笑。

时晨还沉浸在突如其来的触碰中，来不及思考心尖的一丝异样，快步追了上去。

墨色掩盖住他的身影，时晨看得不太真切，以为他已经走进去了，就见一束光照在地上，避开她的眼睛，前路照得清晰又明亮。

时晨攥着手机看过去，原本以为进了巷子的男生，站在巷口一侧，举着手机灯光，照在了时晨脚下，亮到她能看清脚下凹凸不平的路面和路中间的小石子。

她快步走到他身侧，方落西的手机灯光又换了个方向。

穿过那段巷子，他们拐进了一条商业街，两侧商铺紧密排列，灯火通明，四周充斥着店家热切的叫卖声，像是专门的小吃街。

方落西熟门熟路地带着她拐了几个路口，看了眼跟在身旁的时晨，说："带你逛逛？"他站在外侧，隔开并不算拥挤的人群，"还不知道能不能赶巧，带你去尝尝？"

时晨点点头没什么意见，安静地走在他身侧，享受着他所隔开的安全区域，自然也就忽略了一侧的喧闹和脚下时不时亮起的手机灯光。

两人七拐八拐后停在了一家店铺门口，时晨想起之前宿舍里说的方落西，俨然跟这家连名字都没有的店铺大相径庭。

这家店连个名字也没有，最外面是掉了漆的木门，门口还用桌子挡上了。一侧的玻璃上贴着一张打印纸，写着本店不接受堂食。

方落西显然也忽略了这一点，倏地看见那页纸，揉着后颈低骂了句："忘了这茬。"

许是很少见到他这么狼狈的一面，时晨低头闷闷地笑了两声。一旁方落西看到她笑，似是也忍不住摇头笑了笑。

时晨咳了咳嗓子，指着一旁不远处的公共木凳："我们打包就好了，去那边坐着就行。"

"行，等下次带你吃别的。"

时晨看着菜单没说话，应该不会有下次了吧。

那张写着不接受堂食的打印纸旁边还贴着一张，美其名曰菜单。说是菜单，其实简单明了印着三行字，最后一行还用马克笔狠狠画了一道。

店铺"唯二"的两种餐食，一是醪糟汤圆，二是手打鱼丸。时晨也没有别的选择，只点了一份鱼丸。

"香菜，辣椒？"老板娘调着汤料，分出心问了一句。

方落西转头眼神询问，时晨点点头："都要一点。"

他还保持转头的姿势，像是随口问了句："可以吃辣？"

时晨如实回答："可以。"

伴随着转账成功的一声播报，方落西收起手机："我记得，你之前不太能吃辣椒的。"

时晨不知道他从哪里知道的她不能吃辣。之前她的确避辣椒如蛇蝎，现在她已经可以坦然接受，甚至能在灼辣的口感中尝出一丝椒香。

崔部月没有骗她，好像人对辣椒的耐受程度并不是天生的。很少吃辣椒的人，辣度阈值就像一片未开发的领域。时间长了就能接受，一样的道理，有些人，有些事，时间长了，也就忘了。

时晨走到座位上，拿着消毒纸巾仔细擦了擦座位，然后坐在一角看着店铺方向。方落西走过来的时候，一手拎着两个袋子，身后是店铺的橘色照明灯光，她眯了眯眼，再看时，人已经到了眼前。

方落西将袋子递给她之后，便放松地坐下，双腿向前舒展，看着她没动作，轻咳一声，似乎又解释了自己多买一份醪糟的原因："暖手。"

时晨迷惑地看了下自己手中冒着热气，刚出锅甚至有些烫手的鱼丸，陷入了一瞬间的沉思，也没多说什么，礼貌道了声谢。

一碗鱼丸八九个，表面一小层红油，香菜末上还有几粒辣椒籽，白色的芝麻粒伴着动作摇荡个不停。

时晨小心吹拂了一下弥漫的雾气，拿着塑料小叉戳住一颗鱼丸，放在嘴边又吹了几口凉气，才小心送入口中咬了一小半。

白色的鱼丸由内而外扩张着自己的领地，时晨微张着口轻哈了几口气，企图快速散掉热气。唇齿碰到滑嫩的丸子，鱼香味十足，她忍不住轻眯了下眼，转头看向方落西。

"好吃哎。"

时晨因吃到美食的满足感而笑眼微弯，刚转身时，动作幅度稍大，和身侧的人靠得更近了一些，嘴里还有没咬尽的鱼丸，声音有些含混，听上去更像是耳畔的撒娇一般。

方落西看着近在眼前的笑脸，没抓住心尖上划过的一丝异样，上身后仰撑着一条胳膊，一手也从身旁捞出个鱼丸。

时晨低头看着自己碗里的鱼丸，连眼神都没再乱瞟，一句话也不说，脸色分不出是辣的还是热的，又或是别的原因。

两个人无声地坐在长椅上，没有交流，却没丝毫尴尬，莫名有几分和谐。

一份鱼丸结束，醪糟汤圆的温度也降得刚刚好，时晨用吸管小口地啜着，一旁方落西拎起她随手放在手边的鱼丸盒子，起身走向垃圾桶。

他手指钩到袋子的一瞬间，时晨立马站起身，大脑血液一瞬间上涌，动作变得迟缓，等她想要阻止的时候，方落西已经跨出去，离她好几步远了。

路灯映在他身后，没有多余的动作，连表情都是淡淡的，却格外让人心颤。

嘴角涌入一口醪糟，连往常不喜的酒味都变得醇香，时晨心想，连这家的醪糟都很甜。

之后就和方落西一起在美食街闲逛，时晨向身侧的人讨取经验，而方落西摇头笑笑，也不给答案，当看着她犹豫不决的时候，便抬抬下巴示意她上前。

夜色越来越深，小吃街比他们刚到的时候热闹了不少，时晨口袋一振，往前快步走了走，看了眼方落西，示意自己接个电话。

"喂，爸爸。"

"干吗呢？"那边稳重和蔼又不乏一丝宠溺的声音传过来。

时晨听见后，神态自然放松，眼眸也露出一丝笑意，嗓音软腻，像是放学后回家撒娇的小女孩："刚吃饭呢。"

"哟，吃的什么好的？"

很普通日常的对话，时晨却不由得生出一丝心虚。

手里剩下的几块臭豆腐，许是闻得太久，连臭味都不是很明显了。时晨往一侧看了看，食指抵着盒子推出视线，抿着嘴角降低音量："就，在食堂随便吃了点。"

耳后一声低哑轻笑，时晨僵着脑袋往后转头。刚刚她直接蹲在了地上，也没注意方落西什么时候来到她身后，她一生为数不多的撒谎时刻就这样被人偷窥了。

时晨若无其事地转头继续看着面前的仿古涂漆，绝望地闭了闭眼，听着话筒里的声音："吃饱了吗？"

到嘴边的一句话还没说出口，就听见话筒里传出一个与时昀雄厚音色完全不同的声音，音量不大不小："你跟她说，让她别吃垃圾食品。"

时昀带着笑意的声音通过电流变得更加有磁性："听见了吧？"

时晨莫名地感觉眼眶一阵酸涩，用力地眨了几下眼，注意着身后的动静小声道："听见了。"又瞥了眼墙角的臭豆腐碗，含混地加了一句，声音比刚刚更小，"我没吃垃圾食品。"

"给你打电话也没什么其他事。"时昀说，"给你寄过去的月饼，你收到了吧？"

站起来往后靠了靠墙，脚底因发麻而无力支撑，身子微微摇晃，胳膊被一只白皙的手掌握住帮她稳住平衡，待她站稳之后，又绅士地撤开。

时晨小声嘟囔："还不够麻烦的嘞，快递费多贵啊。"

她还听到那边不轻不重一声哼："让她跑那么远，在家里还不是想吃什么吃什么。"

时晨听见杨女士的话，干脆直接闭嘴，毕竟现在还是在杨女士单方面冷战的过程中，她就是夹起尾巴的猫，得老实做人。

开学之前，时晨有心缓和一下气氛，总不可能真退学，这场没必要存在的冷战，她好像已经胜利了。

只是，杨女士不愿意轻易下台阶，颇有种决战到底的意味。

挂完电话，时晨摸着手机外屏都有些发烫，幼稚地扇了两下风，企图给温度升高的手机降降温。

她腿脚酥痒已经缓过来，歪头看了眼身侧的人，才发现方落西早就没盯着手机，反而歪头看向她，比她还要惬意。

时晨眨了眨眼，又蹲下去拿起了自己刚随手放在地面的臭豆腐碗，看向方落西。

他们站着的墙角斜对面刚好有个仿古的牌子，上面贴着几张告示，人流避开告示向他们这边拥挤，时晨见他还是没动作，一时也不知道该说些什么。

余光瞥见不远处玻璃橱窗的仙豆糕，时晨似是随口一问，想要找点话题聊："你喜不喜欢吃月饼啊，酥皮的那种？"

"还行。"方落西看过去，眼神带着些许探究。

"啊，那你要不要尝一下我家乡的月饼，刚寄过来的？"

"方便吗？"

"方便啊。"时晨点头回答。

147

"那麻烦了。"

时晨摆摆手，嘴上应着："不麻烦，不麻烦。"

等时晨和他并排往出口处走的时候，才反应过来自己刚才都说了些什么。

再仔细一想，人家大概是不好拂她面子，勉强答应罢了。时晨叹一口气，这样说来，还是给别人添了麻烦。

到了学校门口，方落西一路送时晨到宿舍楼下，时晨倒是没多想，只是认为他顺路拿走月饼而已。

背后是挂着星月的夜幕，时晨仰头望向他："你等一下，我上去拿下来。"

方落西一愣，然后反应过来，语气意味深长："不着急，今天不拿也可以。"

时晨以为他不愿意等，边往宿舍门口走去，边语气急速道："我宿舍就在二楼，很快的，你等一下。"

方落西再想说句什么，眼前的人已经一溜烟跨上宿舍楼门口的台阶，只留下刚刚带起的微风。他看了看灯火通明的宿舍楼，摇头失笑。

手机铃声一响，他也没看名字，直接接通："喂。"

"西哥啊，啥时候回来？"

方落西一听是井立涵的声音，也知道了他接下来要放什么屁，懒懒地出声："怎么，有事？"

"啧，是有点事。"井立涵老神在在，"说大也不大，说小也不小，全凭您做主。"

方落西仰头扫了一眼二楼那排亮灯的窗户，嗤笑一声："我说就是没事，挂了啊。"

他嘴上这样说，手上却没半点动作，还举着手机竖在耳朵边上。

"别别别，大事儿大事儿。"井立涵在那边叫嚷着，场面壮观得跟杀猪似的，着急站起来，还绊倒了凳子，方落西还能听见丁零当啷的声音，没嫌他吵，还赏了一声嘲笑。

方落西止了笑，说道："行了，有事说事。"

井立涵咳了下嗓子，严肃道："辛苦您多走两步，去食堂给我打份饭回来，我不挑，好养活。"

"滚蛋。"方落西骂着，"使唤谁呢？"

井立涵似乎也意识到自己格外过分，在把那边惹毛前转了话题："所以我也觉得这样有点过分。"

方落西没说话，继续听着那边还有什么幺蛾子。没人搭腔，井立涵也不尴尬，接着说，语速明显加快："我点好了外卖，麻烦您顺带拿上来。"

方落西气笑了骂道："你上辈子是猪吧？"

"别这么说，咱宿舍分在了六楼。"井立涵掰扯道，"我下楼一趟跟去食堂没什么两样，这叫合理利用资源。"

"我现在不回去。"

"我可以再等等。"井立涵立马道，"别太凉就行，麻辣烫太凉就不好吃了。"

方落西懒得再听他张嘴胡说，干脆地挂了电话："滚，挂了。"

井立涵一听，立马狗腿道："您辛苦。"

另一边，时晨拿出自己跑八百米的速度，一步跨上两级台阶，握着楼梯扶手借力往上走。

快递盒子还放在她的桌子上，时晨从柜子里拿出个像样的袋子从快递盒子里抓了一大把。

她掂量着袋子，看着差不多了，才拿起钥匙出门。下楼要比上楼轻松许多，脚步不受控制一步跨下好几级台阶。

等她跑出宿舍楼时，方落西还站在原来的位置，似乎是感应到什么，他抬起头，一瞬间捕捉到时晨的视线，缓缓往前走了两步。

时晨整理一下脸颊耳侧的碎发，伸手递过袋子："不知道你喜欢什么口味的，我就都放了几个。"

方落西低头看着眼前的袋子，又抬头看了看面前还在微喘着小口呼气脸色红润的女孩，眸色渐深。

时晨见他没有言语，轻咬了下舌尖，找着话题："保质期还算长，你可以放很久。"

方落西这次没静止，伸手接过了袋子，右手拿着刚从门口贩卖机拿出的酸奶，贴近了她的脸颊，语气轻得不像话："着什么急，我又不会跑。"

酸奶盒表面沁出些许细小的水珠，还多少带点贩卖机里没消失的凉气。

她手指微蜷，圆润濡湿的指腹轻轻刮过，水雾顷刻消失不见，连踪影都无迹可寻。

眼前突然出现一只手，利落地打了个响指，汪婷玉爽利的声音传来："想什么呢？这么入神。"

时晨抬头看着眼前穿着睡衣、悠闲的女生，没回答，上前挽着她的胳膊，说："师姐，吃不吃月饼？"

"八月十五这不还早着呢,现在就要买月饼了?"

"家里寄的,特产吃不吃?"

汪婷玉一听,立马反客为主,换了个方向挽上时晨的胳膊:"走走走,哪儿呢,是不是这间宿舍?"

时晨看着她一点也不客气的举动,摇头笑了笑,拿出钥匙打开了宿舍门。

方落西拎着从男生宿舍楼下的外卖架上拿到的麻辣烫,腾出一只手推开宿舍门。

里边坐在凳子上正打算开一局新游戏的井立涵听见开门声,立马从凳子上跳起来,连手机都扔在了桌子上。

井立涵伸手接过外卖后,脖子抻着狗鼻子似的凑近方落西嗅了下,被方落西毫不留情地一把拍开,拖腔带调地说:"干吗?"

"你这上哪儿去了,这么——"井立涵看了看手中的外卖,硬生生换了词,"香呢?"

方落西看了井立涵一眼,拽着领子凑到鼻尖嗅了下。刚在小吃街待了半天,满巷子都一个味道,似乎是沾染上了些臭豆腐的味道。他皱了皱眉头,扯着领口一拉,脱下了卫衣,随手扔在了椅子上。

"啧。"井立涵反坐在椅子上,抠开麻辣烫的盖子,"瞧瞧,这诱人的腹肌。"

方落西斜他一眼,抬了抬下巴,语气阴森:"不吃就倒掉。"

井立涵早就饿得前胸贴后背了,立马一声不吭,老实地吃着麻辣烫。

灯光映在年轻人蓬勃的肌理上,许是没见过阳光,皮肤白得如凝脂一般,沟壑分明的线条印在身上,不大不小,肩宽窄腰,明眼看上去就是少年人的身材,禁忌中自带诱惑。

"这是去哪儿转了一圈?"井立涵夹了一筷子餐盒里的方便面,抬眼幽怨,"你上外边吃香的喝辣的,我就只能靠着外卖续命了。"

吃香的,喝辣的?

方落西看了眼刚才随手扔在椅背上的卫衣,眉毛微挑,转身靠在桌子上,看着井立涵的麻辣烫,无声一笑。

吃香的算不上,喝辣的好像也算不上。

这顿饭还挺值。

方落西从衣柜里重新拿出一件衣服,从头套下,拿起桌上没开封的可乐,歪了一下凳子,斜靠着桌子。

整个人吊儿郎当的，坐没坐样儿，凳子腿跷起一边，身子下滑靠在桌上，手上把玩着可乐瓶。

井立涵拿起原先扔在桌上的手机，又重新开了一局游戏，眼尖地瞅到刚方落西进门拿着的袋子，受好奇心驱使，又放下还在加载进程的手机，凑过去扒拉袋子。

他手还没来得及碰上袋子，就被本在垂眸走神的男生一把夺过，放在了身后的桌子上。

井立涵回想着他刚刚不过两秒的动作，看着眼前空空如也的地方，徒手抓了抓空气。

"你不对劲。"井立涵往后小蹦一下，闪身靠过去，立在方落西的衣柜旁，眼神还是试探着看向他身后的袋子，眯着眼打量方落西的脸色，"什么时候这么吝啬了，我还没碰上呢。"

方落西歪着身子一靠，挡住他如狼似虎的视线，把手中的可乐扔过去："一直都这样。"

井立涵一弓腰，接住砸过来的可乐，煞有介事地揉了揉肚子，半点没矜持，利落地钩开了易拉罐环，灌了两口，轻"啧"一声："你这思想觉悟不够高啊，你得——"

方落西哼笑一声，直接打断他："再不去看你的游戏，举报没跑了。"

"哎，忘了。"井立涵立马忘记了刚要说的话，长臂一伸，捞起无人问津独自响亮的手机。

他手上操作不停，不住嘴地问："听说韩导带你回家了？"

"我去干吗？"

井立涵一脸蒙地抬起头，看了方落西一眼，随后又立马被游戏吸引过去："没去吗？"

"没去。"

"那搁哪儿打的牙祭？"

"远街。"

"哪儿？"

方落西好脾气地又重复了一遍："远街。"

脑海里对上那片热闹的小吃街，井立涵狐疑地分出一丝余光过去："跟谁去的？"

一局游戏结束，井立涵放下心，把手机利落地往后一甩，挪着凳子往前走了两步，眯着眼打量方落西："这么远，你还真是不嫌累。"

说到底，他就是好奇方落西这少爷遇到了什么契机，能大晚上的跑去感受民间烟火气。

方落西拿出手机在手上转了两圈，镜头扫到他的脸庞，自动面部识别解锁，壁纸映出的白光直射过去，他难耐地闭了下眼，吐出几个字："想吃就去了。"

井立涵摸不着头脑，每座城市都一样的小吃有什么值得人惦记的。脑海中像是在快速翻过书页，似乎抓住了点东西。

"是那家任性的鱼丸店？"井立涵问了句，也没等人回答，就自顾自认定了，想着上次方落西也就多看了两眼这家店。

"赶上了吗？他家都是随缘开门。

"不对啊，那我怎么闻见一股子臭豆腐的味道，跟把那整条街都搬过来了一样。"

方落西掀起眼皮撩他一眼，井立涵似乎浑然不觉对面那要杀人的视线，又把最早调侃的话拿出来过了一遍，带着探究的笑音："你不对劲啊！"

方落西往后靠了靠，寻了个舒服的姿势，看着头顶的光。

不对劲吗？

好像是有点。

当时，就只是想带她去尝尝，等到了地方，看她坐在椅子上，小口吹着刚出锅的鱼丸，红唇微嘟，轻咬了半口。画面一转，她垂眸双手捧着杯子，贝齿轻咬着吸管，他悠闲地走过去，莫名想带她去尝尝别的好东西。

耳边还是井立涵聒噪不停的声音："难为你忙了一天，还能有闲心去满足一下自己的口腹之欲，之前连饭也不吃回来直接睡觉，蒙着被子叫都叫不醒。我之前苦口婆心地叫你起来吃饭，你想想你是怎么对我的。"顶着方落西阴沉的目光，他小声又快速地吐槽完后半句，"你不领情，还把我揍了顿，鼻青脸肿的。"

"别放屁。"方落西懒得理他，对他刚才胡说八道一通半点不关心。

井立涵又晃回去："那也伤筋动骨了！"

方落西斜他一眼，开了局游戏，还坏心眼地调大了音量。

"看看看，愿意陪着别人去吃臭豆腐，都不愿意听你亲亲室友多说两句话，世风日下啊。"

方落西烦躁地扔下手机，斜睨着他，说："有事说事。"

"我就是有那么一点好奇，就一点啊。"井立涵还做作地用拇指食指捏着比了点距离，示意说，"今天跟谁出去的，或者换个说法请谁吃的臭豆腐，再或者人请你？"

方落西没理他，理所应当地认为他这么一点好奇心，根本没必要惯着，压根就没打算说。

见方落西没动作，井立涵知道也问不出什么，叹了口气："行吧。"

从前养成的习惯就是熬着大夜加班加点地赶进度，所以一般在实验室工作结束，就回宿舍睡一觉。他没什么休闲娱乐，本质上还是一个无聊的人，多走半点路，都是对他敲代码的不尊重。

他站在衣柜前找着干净的换洗衣服，余光瞥见不远处的纸袋子，刚刚为了怕井立涵抢过去，搁在了桌角位置。

方落西恍然发现，不管是以前还是现在，每次和时晨在一起的时候，就算单坐着，吹着凉风，低头看着手机，他都是很放松的状态，不论心情好坏。

就像今晚，他不重口舌之欲，就算非吃不可，大概也是打包带走，不会拐进紧邻的小吃街一步，更别说好心情地陪着人逛完了好几条街。

只是，莫名地想跟她在一起。

意识到自己的想法，方落西垂眸笑了一下，说不清是自嘲，还是了然。总之，他拿上衣服，走进了浴室。

自那天过后，时晨还是每日忙着找资料，写论文，那日夜游宛如一阵风一样，不留丝毫痕迹。

时晨拿了快递之后，看着前面的商圈，也好奇地凑过去看了看，没想到还能遇见熟人。

"来这里上学，感觉怎么样？"

时晨也挺高兴，整个人放松下来："还行，你呢？孟老师怎么来西淮了？"

被叫孟老师的男人一摆手："随便玩呗，今天凑巧过来给朋友捧个场。"

时晨点点头，越过他往他身后的场地看了看。一小块空地，摆着架子鼓和吉他，还有几个麦架，一套音响设备。

孟昶冲她抬抬下巴："今晚还有事不，没事来听听再走。"

时晨略一思考，点头应道："行。"

孟昶是时晨的邻居，比她大几岁，玩音乐的。

时晨考试结束后，想给自己找点事情干。

思绪翻飞，一瞬间将人拉扯到几年前的社团交流会，一道身姿挺拔的人影蓦然跃于眼前。白衬衫，黑西裤，领口处松开几粒纽扣，露出性感的喉结。

时晨微微一怔，思维停滞了一瞬，呆愣了片刻。毕业之后，或者说离开崇浦之后，她已经不会再关注遇到的背影，慢慢地，好像她觉得自己已经忘记了曾经上学的经历。

今天恍然想起，她才发现，记忆只是埋得比较深而已——

时晨没打开自己电脑的文件夹，那里面包含了她仅存的回忆。想到之前寄回家的行李，她翻身下床收拾了一番。

她找到那个蓝白色礼物盒，摸着边沿抠开盖子，看到里面的小物件，嘴角微勾，笑意里泛着涩人的苦。

一块石头，一个易拉罐的拉环。

在别人眼里会被当成垃圾一样的东西，却被她小心存放了很久，是她隐秘又酸涩的少女心事。

时晨翻身从一侧抽出个本子，随意铺在床上，拔开笔盖，墨迹滴落在洁白的纸张上一笔一画连成句子。

△真奇怪，这么久没见，今天突然想到了你。

△就，你还好吗？

时晨突然觉得自己可真够矫情，脑海中冒出了一串字词，被她搁置脑后，犹豫几秒又重新提笔。

△愿平安喜乐，前程似锦。

原本想要写下名字的笔尖倏地一顿，就着晕开的墨迹生生转了一个方向。

随后，时晨从笔记本上撕下这张载着秘密的纸，手指灵活翻折，叠成了一只小船的模样，丢进盒子里，释然地笑了笑。

后来还是杨女士直接给了建议，让她上楼跟着孟昶学学乐器。

最初孟昶从墙上拿下一把吉他，伸手递过来："试试，刚调过音。"自己也就近坐下，随口闲谈，"怎么突然想学吉他了？"

时晨垂眸沉思，却没说话。

孟昶随手拨着弦，空气中响起一小段旋律，轻柔悦耳，随后他按住弦："吉他简单，就学几天的事。"

时晨没见过方落西弹吉他的样子，但她可以肯定的是，至少他不会像她这样窘迫。

她竭力地想要寻找一点有关方落西的记忆。但她无从下手，没有思路。

时晨从关注的微博列表里找到崇浦大学的吉他社团，一条一条地往下翻，点开视频和照片的合集，企图能从哪个节目里找到一点蛛丝马迹。

她又点开学院的公众号，从毕业那年算起，手指快速翻动，划过自己曾经拍摄的运动会照片，一直翻到入学那年，都没有丝毫印记。

时晨手腕无力垂落，因为之前弹琴的姿势不够正确，现在手指还有些发抖。

好像她别无选择，有关他的记忆正在一点一点从她脑海里抽去，就如同社团宣讲会上惊鸿一瞥的照片一样，本就不清晰的印记不可避免地褪色。

时晨闭了闭眼，可真糟糕啊！

之后，时晨每天下午按时上楼学吉他，格外煎熬。

后来孟昶忍不了，直接问她："你这吉他也就到头了，想不想试试别的？"

时晨看着正对面的电子钢琴，陷入沉思，两秒后，抬头婉拒道："你可能不太清楚，我小时候也学过钢琴，跟我的吉他一样感人。"

她说完之后，就看见对面的人，一手捂住下半张脸，笑得肩膀都在抖动，孟昶掩饰般咳嗽了一下："那就再换。"

时晨有些纠结，她不知道该怎么说，可能吹拉弹唱都不太行："还是吉他吧。"

孟昶抱臂看着她："你对吉他有什么执念吗？"

时晨一愣，脑海中出现一个人影，她不知道这算不算执念，下意识地否认道："没有啊。"

他也不再问，抬抬下巴："那个呢？"

时晨顺着他的视线转头看过去，是墙角搁置的架子鼓。在她身后，她刚没看到这个。

后来，时晨就转战架子鼓，然后她发现这比吉他好学多了，再也不用随时担心手指抽筋，不用见孟昶看傻子一样的眼神了。

…………

音箱率先传出一段音乐，时晨思绪戛然而止，注意力被吸引过去，几个人蹲在那边挪动找位置，调音量。

孟昶从裤兜里拿出手机，伸过去："来，加个微信。"

时晨："我有啊。"

"发个朋友圈，说不定有潜在生源。"

时晨有些无语："哪有时间？"

孟昶也不在意，就好像只是拉人凑个数，随口拖着长音教育她："时间就像海绵里的水。"

"看什么呢?"孟昶抬手在她眼前打了个响指,似笑非笑地看着她。

时晨移开视线,随口胡扯:"你头发那么长,脖子不扎吗?"

孟昶摸了摸自己的发尾,反手给她一个栗暴,气笑了:"你懂什么?"

广场对面。

方落西看到时晨抱着个箱子,被一个流里流气的男人搭讪。

"嚯,都加联系方式了。"井立涵搭着他肩膀往那边看,"这男的,长得也还行吧。"

方落西一把拍下他搭在自己肩膀上的手臂,抬头再看过去的时候,只见到一前一后两个背影。

原本女生抱在手里的箱子换到了前面男生的手上,男生走在前面,时不时地回头看一眼说句话。

看上去分外和谐,又格外刺眼。

方落西转身走到一侧的休息区,扯开个凳子坐上去。

"刚才那人是不是时晨她男朋友啊。"井立涵有些无聊,似是回忆,"看上去他们挺熟的,后面看着长得还行,就是——"

方落西拿起桌上的纸盒丢到他怀里,斜他一眼:"你怎么这么八卦?"

井立涵:"你就不想知道?"

方落西没说话,看向那两个人离开的方向。

广场上人不算多,他们坐在一侧的休息区,头上是户外遮阳棚,挡住了斜阳昏黄的日光,也挡住了他脸上不甚明朗的情绪。

时晨跟在孟昶身后,看着他后脑勺的头发叹了一口气,觉得自己有些冲动了。

常说三思而后行,她还是太嫩了,几句话就给人骗了去。

刚刚孟昶见时晨看得入神,问她要不要上去试试。时晨还没明白,傻兮兮地问了句:"试什么?"

"多少天不敲了?"孟昶勾着坏笑问她,"手不痒吗?"

时晨看了看自己手,摇摇头:"还行。"

是有种想要敲鼓的冲动,但也没那强烈。更何况,这跟之前可不一样,除了她自己,也就只有孟昶见过她敲鼓。

而现在，时晨往四周看了看，人太多了。

"啧。"孟昶看她这样就明白了，随口扯着，"教你这么久，也没个像样的毕业典礼，要不今天一起办了。"

时晨转头看向他："还有这种说法？"

孟昶憋着笑，正经道："有啊，学校里不得有个期末考试，这也一样，正规着呢。"

"这人也太多了。"时晨犹豫地看向一边的大尾巴狼，指着自己问，"你确定，我这样的能毕业了？"

"能啊，怎么不能。"孟昶点头道，"阶段性教学取得胜利啊。"

时晨挠了挠额前的碎发，支支吾吾地开口："这也太多人了。"

他们这商圈位置选得好，进来的出去的都能见到这一片，搞不好等会儿还能见到熟人什么的，多尴尬。

孟昶似乎打定主意要她上台了："你想想自己当初学吉他的初衷。"

时晨小声嘟囔："那不最后也没学嘛。"

"效果一样，不都得见人嘛。"孟昶话锋一转，"平常会演下边坐的学生家长，跟七大姑八大姨没什么区别，现在不比那个好多了，戴着口罩，谁能认得出你。"

时晨有些头疼，最后应下："那行吧。"

孟昶看着她，摇头笑笑，时晨这人简单，几眼就能看透，真诚又热烈。音乐能传递一个人最初的样子，看她敲鼓就能明白，她就是习惯给自己画个框，龟缩在里面不出来。

"这什么宝贝啊，看你抱半天了。"孟昶问了句。

"家里寄过来的冰皮月饼。"

"来，重不重，我给你抱着。"孟昶接过了，仔细看了眼，"门口那家的？"

"对啊。"

她刚想问一句，就听见这人颠了颠箱子，不见外地开口："这么多，等会儿得分我一半吧。"

时晨：……还真是不客气。

孟昶带着她走进了商场内的一家店，里边的沙发上坐着几个陌生人，有男有女。他转头往后说了句："随便坐啊。"

沙发上坐着一个粉发女生自然地冲她招招手，往一旁挪了个位置。时晨坐过去，微笑着冲她点头。

有个好事的男人，笑嘻嘻地冲孟昶挑眉："这是谁啊？"

孟昶没多说，简单答了句："我妹。"

时晨礼貌的视线在房间内几人身上流转，每人身上都带些个性的艺术家气息，除了另一边的单人沙发上的男人。

孟昶在一边笑眯眯地凑近她，意味不明地问了句："好看吗？"

"还行。"时晨答完才记起自己说了什么，脸侧霎时变得通红，解释道，"我就是看他有些眼熟。"

"哦。"孟昶一副随你说，看我信不信的样子。

她拍拍孟昶的肩膀，像是要给自己洗白一样："他跟我之前看过的电视剧里边的一个演员很像。"

孟昶眉毛一挑，乐了："这也能看出来，哪个啊？"

时晨正要回答，有人敲了敲门："准备上场了。"

刚刚在休息室懒散的众人一瞬间都换了个人一般，潇洒又热情，一身反骨。

她想，这大概是自己永远不会有的样子。

头上盖了个鸭舌帽，原本柔顺的黑色直发被染色喷雾涂成蓝色，发尾搭着卷垂在胸前，比原先多了一丝成熟和神秘。

"干吗呢？"孟昶站在她身后故意吓她。

时晨慢吞吞地转身，压了压脸上的口罩和帽檐，扬起一点下巴问他："这样能认出我吗？"

孟昶看着面前裹得严严实实，一丝缝隙都没有留出来的女生，有些无语，还是叹了一口气，老实回答："认不出。"

"要不，还是算了吧。"时晨摘下帽子，又看了眼广场，自己明显跟他们不在一个水平上，她忐忑得都快不能呼吸了。

孟昶嗤笑一声，拍拍她的脑袋，嫌弃道："没出息。"随后又看她是真的紧张，轻声安慰，"放开点，别想太多。"

等台上的几人下场后，她余光扫了眼，孟昶背着吉他站到了麦架前，那个新人演员是键盘手，她拿起鼓槌坐下，看了看四周。

大多数人没围在前面，反而坐到了一旁的休息区。时晨松一口气，抬手压了压鸭舌帽的帽檐，自欺欺人地默念，没人认识我。

时晨担心自己出差错，选了最拿手的一个曲子《远走高飞》，其他人都没意见。

她拿上鼓槌，轻轻敲击，仿佛一瞬间又回到了最初了解架子鼓的时候，每天老老实实练习，时不时被孟昶嫌弃几句。

音乐渐起，有路人停下来欣赏，时晨心思全放在了眼前，伴随着击打动作，身子不自觉地摇晃，发丝轻轻扫过肩膀，落在胸前，蓝色耀眼宛若妖姬一般。

时晨不像别人那样，动作大开大合，还带着初学者才有的小心翼翼，整个人坐在架子鼓后边存在感不强，但敲打出的鼓点却强势地钻入听众的耳朵。

休息椅处。

井立涵一直忙着玩手机，恰好抬头看一眼，拍了拍一侧的人："看，看，那不是那谁嘛。"

没听到回应，井立涵转头看向方落西，发现人正注视着那边，看了两眼，又低头看手机。他也不自讨没趣，低头继续自己没打完的游戏。

他没注意到的是，在他低头的那一刻，身侧的人又重新抬头，目光只锁住那个身影，眼眸波光流动。

如果还有梦就追，至少不会遗憾后悔。

方落西动了动手指，墨色的眸光里尽是另一个人的身影。他弯唇笑了下，眼神亮得灼人，突然觉得这歌词说得很对。

次日一早，时晨出门前照着镜子整理头发，看见洗过一次就褪色恢复原样的发尾，她想，这才是她，昨天那个蓝发时晨只是她梦中的幻影，只会出现一次。

乌发在指缝中打滑，时晨手指作梳，轻轻抓了几把，看着镜子中的自己没什么异样，就拿着电脑出门了。

办公室门传来两声轻响，时晨一惊，猛地将食物塞进嘴里，心惊胆战地看向门口。

门后露出个人影，时晨看清是井立涵，微松一口气，弯腰快速咀嚼了几下，再抬头时，门口又进来一人，她不动声色地端起一旁的水杯，侧身喝了一口。

井立涵看见桌子上的月饼包装袋子，又一屁股坐下随口问了句："月饼还有桂花馅的？"

时晨点头回答："有的，我家乡特产，要尝尝吗？"

她边说，边从自己的柜子里拿出了几个月饼分给他们两个。

井立涵刚看到这包装袋，就感觉有点熟悉，现在见到了实物，猛地反应过来，哼笑了一声，看了看一旁的方落西。

旁边的方落西眼神都没有分给他半点。

井立涵腹诽，你就装吧。

他接过月饼后道谢，又赶在方落西拿到前截下，笑着说："他不吃甜的，我替他吃。"

时晨还没反应过来，手中的月饼就被井立涵拿走了，脑子还是刚才那句，他不吃。那前几天送他的那些可是比桂花味的还要甜，她看着方落西，说："不好意思，我之前不知道。"

"我吃。"方落西收回对井立涵阴森森的视线，看向时晨，"我跟他不熟，他不知道。"

这人被逼急了可真什么都敢说，井立涵刚想再嘴贱一句，正对上方落西带着冷意的目光，又转头老实地咬着月饼。

方落西看了看一侧的包装袋："这个口味还没尝过。"

她下意识地弯腰翻找出一个桂花口味的递过去，方落西接过，露出一点笑意："谢谢。"

时晨摆摆手，耳尖有些粉。

井立涵刚吃完一个月饼，将包装扔进垃圾桶，似是随口一说："时晨，你还会架子鼓啊？"

时晨听见那三个字，转头愣怔地看向他。

井立涵没注意到她的表情，继续说："昨天我们去商圈的时候，看见你了。"随后他又抬头看了眼，疑惑道，"你头发又染黑了？"

时晨转头正对上方落西的目光，她不自在地移开，按着问题回答："会一点，那个染发是一次性的。"

"很酷啊。"井立涵带着笑，怕她不信，又问方落西，"你说，你比较懂，是很酷吧。"

时晨低头轻轻揪着笔记本的页脚，心脏"怦怦"直跳，像是自己的秘密被发现了一样。

空气静谧，甚至好像听得到微风从窗子里偷跑进来的声音，就当她以为不会听到回答的时候，耳边轻声一响。

"嗯，很厉害。"

像是实习的时候，他们凑在河边捡着石头打水漂。石头落入水中，不会直接沉底，反而跳起来激荡出一圈又一圈的涟漪。就像现在她的心一样，震得发颤。

"昨天那个酷哥是你男朋友啊？"井立涵问。

时晨抬头看过去，不明所以。

井立涵往脖子处比画了一下，时晨反应过来，他说的应该是孟昶，觉得有些好笑，摇摇头："是我邻居。"

井立涵一乐，斜眼看了眼方落西，拖着长音："哟——青梅竹马啊。"

"不是，就是邻居。"时晨解释道，有些无语，但又莫名想在这时候回头看一眼方落西。

"走了，该去实验室了。"方落西起身往外走。

井立涵跟着出门后，眼神一直不怀好意地往旁边人身上乱瞟，还阴阳怪气地说："咱俩怎么说也一起睡了五年，可真寒心啊。"

没人搭理，他也不尴尬，接着说："怎么个意思啊，是不是兄弟？是兄弟就——"

"还不明显吗？"

"明显，明显什么？"井立涵一顿，转头不可思议地看向他，"是我想的那个意思吗？"

方落西没直说，反问："你想的什么意思？"

井立涵无奈地叹口气，挤眉弄眼地说："就那个意思啊。"

"到了。"方落西推门进去，只留给他一个后脑勺。

第十章　／今日有幸伴月光

次日一早。

时晨从柜子里翻出自己的正装，拿出自己仅有的一双低跟高跟鞋，为了安全起见，还在脚后跟贴了创可贴。

简单吃过早饭，时晨就提前到了会场。场内开着恒温空调，鼻息间隐约还能闻出一点密闭空气的木质香味。

其他人不像时晨一样早早去了食堂，现在正好得空都在会议室外边找地方吃饭呢，对付一下垫垫肚子。

时晨看着面前密密麻麻的小字，尽管她还是有点紧张，但眼神有些迷蒙，思绪也已经放空了。

眼前突然出现一只手，时晨视线被夺走，耳畔不轻不重收入一声响指。

跑远的思绪慢吞吞地回来，她视线还黏在那干净白皙的手指上，随后抬头看了眼来人，不自在地移开目光。

方落西看了看自己的手，似是随意又打了个响指，比刚刚声音更加清脆，按下座椅，大大咧咧地坐下，无处安放的长腿前伸，嗓音平淡："吃过早饭了？"

"嗯，吃过了。"

"这样啊。"方落西也是一身正装，这会儿手掌握拳抵住太阳穴斜撑着看过来，带着散漫的笑意，"本来想请你吃早饭的。"

时晨收了下腿上散着的文件，转头疑惑地看过去。她轻微眯了下眼，房顶上的灯光在她眼前拉出一条光线。方落西领口松开，一身正装也压不住他浑身散漫的劲儿，嘴角的笑意看上去有些不太正经。

她略微偏开一点，小声问道："为什么，要请我？"

"不得有来有往，才有下一次吗？"

她转头正对上方落西的眼睛，无意识地吞咽了下口水，感觉好像有什么不一样了。时晨垂下眼睫，遮去大部分情绪，摇头道："不用了。"想到什么，她又问了一句，"你吃饭了吗？"

方落西没有吃早饭的习惯，平常早上起床时间不定，什么时候饿就什么时候吃。现在这个时间，显然也没到他进食的时间。

"没呢。"

时晨摸了摸扁扁的口袋，催促着说："那你去吃点东西吧。"

方落西收了手，往后放松地靠在椅背上："等会儿就去。"说着，他手指摸进西服外套的口袋，拿出一粒糖，撕开放进了嘴里。

时晨再抬头时，看到眼前伸出的白里透红的掌心上静静躺着一粒糖果。手掌又微抬了一下，他说："葡萄味的。"

时晨伸手小心捏着紫色糖果两侧的锯齿状开口，还是不可避免蹭到他温热又干燥的手心。她攥着糖果搁在腿上，边角处戳着细嫩的皮肉，泛起一阵疼，也唤起一丝清醒，好像还是会为这些隐秘的触碰而心动。

"我也吃糖。"

她蓦然抬头，对上那双深邃的黑眸。时晨不知道自己有没有多想，她好像明白了他为什么要解释。胸口像是炸开的烟花，噼里啪啦的，明明她还没打开糖果，却好像已经甜到五脏六腑里，浓稠得似蜜一般。

方落西咬住变小的糖块，舌尖轻扫，甜味冲到了大脑皮层，他想到前两天看见的，不自觉地抵着糖块在口腔内滚了一圈，拿出手机看了下时间，调出页面在她眼前晃了晃，直截了当中却还有一丝不安："加个联系方式？下次请你吃饭。"

时晨看着近在眼前的二维码，陷入了一瞬呆滞。就好像沙漠里的人渴望上天能赐予她一瓶水，等她跋山涉水，却发现早已长出了一片绿洲。

镜头对准扫描，伴着一声轻响，按了添加。

方落西松了紧吊着的一口气，捏了一下已经出汗的手掌。

等座位上只剩下时晨一人，她点亮手机，点开他的头像放大看了眼，是一张风景图，远处照过来星星点点的光线。她退出去又点进朋友圈，没访问日期限制，也没什么日常内容，都是转发的一些公众号文章。

时晨点进对话框里，看着仅有的一条聊天内容：我通过了你的朋友验证请求，现在我们可以开始聊天了。

她手指轻轻摩挲了下屏幕上的两行小字，嘴角溢出一丝苦笑。如果再早些时间收到这条消息，她会很高兴。

时晨曾经在他们支教的小群里看到过他的企鹅号，但是没有理由去点添加，再后来，群组解散，她连这一丝机会都没有了。

后来她不止一次想，就算当时添加了，在现在都用微信交流的时代，好像也没有太大用。

时至今日，在她已经收敛心思，只想放任随缘的时候，对方却主动添加了常用联系方式，搅起了她内心的一汪春水。

等研讨会结束，时晨找借口回宿舍休息。今天穿了一天正装，一开始还不觉得有什么，现在忙完了觉得浑身都难受，再加上她脚后跟的创可贴早就移了位置，那一小块肉皮磨得生疼。

天色渐晚，路上也没有几个人，索性她就脱掉了黑色外套搭在臂弯，如果不是还在学校，她可能会把高跟鞋脱下来，光脚走回去。

时晨看着不远处的路灯，动了动脚尖，正打算走下台阶时，听见一道声音。

"要去吃饭？"方落西从不远处的阴影里走出来，礼貌地开口询问。

时晨刚没注意到他，收起困惑，摇摇头："不了，回宿舍。"

方落西没多问，点点头："那一起吧。"

时晨婉拒的话说不出口，咬咬牙跟上去。紧绷的神经在这一刻彻底放松，她脚后跟的疼痛格外明显，走路一瘸一拐，步伐不稳，速度也不快。

方落西看完消息才注意到她的异样，回头快速退回去拉住她的手臂。

"怎么回事？"

时晨踮了下脚，勉强脱离鞋跟，给出一点宽松的缝隙，小幅度地挣了下手臂，却是徒劳："没事，新鞋的原因。"

方落西低头看了眼她脚上的动作，卸了力道，还是松松圈住她，瞥见那一小块红痕，移开视线："要不要去医务室？"

"不用，两天就好了。"时晨想这点小伤去什么医务室，"走吧。"

方落西没动作，仗着身高优势低头看向她。时晨不明所以，对着他的视线轻眨了两下眼。

方落西："背你？"

背、你。

简单两个字，落入时晨耳朵却像是不认得一样。

谁背，背谁？

时晨下意识地摇摇头："不用，不用，就一小段路。"她见方落西薄唇紧抿，没说话，又试探着说了句，"要不麻烦你扶我一下。"

方落西看了看她的脚，无奈叹口气，终是什么也没说，绅士地递过胳膊。

他之前就脱下了外套，现在也只穿着一件衬衫，时晨轻轻地扶上他的小臂，能清晰地感受到硬实的肌肉，她脸色微红，又松开一点，虚虚地搭上。

方落西见她微皱着眉头，因疼痛不自觉咬上嘴唇，胳膊上没一点力，整个人恨不得离自己八丈远。好脾气顷刻间荡然无存，脸色一黑，停下脚步。

他没打招呼停下，时晨也跟着停下，眼神询问怎么了。

方落西看着她，生硬地开口："这样走到宿舍，明天你的脚就别想要了。所以，你要背还是要抱？"

她嘴比脑子反应快："背。"

方落西哼笑一声，松了松脖子的纽扣："行。"作势要半蹲在地上。

时晨因为他的动作，往后退了两步，鞋跟正好磕在伤口处，疼得她忍不住龇牙，摆手拒绝："不用。"

方落西直起身，撩着眼皮看她："为了你的脚，可以适当变通一下。"

脚后跟还在冒血，时晨估算了一下到宿舍的距离，看着眼前严肃的方落西，抿了抿嘴角，妥协道："那麻烦你了。"

方落西身材很好，宽肩窄腰，穿着正装更能凸显他的优势。时晨看着背对着自己的男生，慢慢往前走了两步，小心攀上他的肩膀，她手撑着，跟他后背拉开一小段距离，调整好姿势后，嗫嚅着开口："好了。"

方落西垂眼看着地面，大概也能感觉到身后这人是个什么样子，自嘲一笑，他身上有什么脏东西吗？

时晨手撑着，脖子和上身还后仰着，感觉比自己走路还要累，没注意到自己发出了一声叹息。

方落西脚步一停，侧头带着嘲笑问了一句："你怎么比我还累？"

时晨没料到自己没出声的气音也能被听到，她往前凑了凑，看上去像趴在他耳边一样："你累了吗，放我下来吧。"

她作势就要从他背上下来，低头看着地面。

耳郭处温热发痒的呼吸远离，方落西原本没太用力，只是绕过她的小腿，双手交握在身前，因为她在后边乱动，胳膊用力箍紧，低哑的嗓音响起："别动，要摔了。"

时晨一听，动作僵住，感觉自己格外碍事，带着歉意小声说道："把我放下吧。"

"不重，老实待着。"方落西脚步没停，微微偏头，"搭我脖子上要比肩膀上更省力。"

时晨虚心听取建议，胳膊绕过他的脖子，上身不可避免地贴近他的后背，问："这样？"

身后柔软的触感格外明显，方落西嗓间微微发痒，喉咙一滚，嗓音沙质感更加明显："可以。"

一路上只有固定间隔排列的路灯，两侧的法国梧桐窸窣作响，若是平常还好，现在时晨只觉得太安静了。

中途方落西绕路去了超市，买了一袋子消毒棉签。

"不知道你要吃什么，随便买了一些。"方落西随口解释，声音云淡风轻，"另外还有酒精，你回去自己处理一下。"他指了指她的脚。

"这次就只能对付一下，下次再带你吃好的。"

第一次从他口中听见下次后，她就不断给自己洗脑，没有下一次。

而现在，时晨低头看着自己手中满满当当的袋子，心口像倒了柠檬水，她骗不了自己，好像还是很期待。

楼下的学生不算多，甚至还能听到阿姨倚着外卖桌打电话的声音，墙壁上的照明灯很亮，映得他们两个人的脸色都很清楚。

时晨上楼后看见袋子里眼熟的水果糖，正想着是不是他忘记拿走了，手机传来一条消息。

方落西：记得上药，不要沾水。

时晨莫名有些心虚地看了看自己还沾着水的脚后跟。她扯开包装袋子，拿出一根棉签，把脚搭在另一边的膝盖上，轻轻地蹭去表面的一层水珠。

随后，她拿起手机发过去一个字：好。

她看着略显单薄的对话框，思索了一下，拍了张照片发过去：这个是忘记拿了吗？

对面回复很快，一条消息跳出来：给你的。

时晨眨了眨眼，脑子里忽然闪过一个想法，紧接着下一条消息验证了她的想法。

方落西：小朋友都这样。

时晨看着屏幕哑然失笑，这是把她当小孩了吗？

把这盒没开封的糖果压在枕头底下，时晨放下手机平躺着看着天花板幽幽叹气，她看不清别人，也看不清自己。

再听到方落西的消息时，时晨正在办公室，彼时她正被出错的数据缠得心浮气躁，挨个环节找着问题。

正打算重做一次时，隐约听见另一边的几名同组学生在讨论滨城大学的小组要离开了。

她的心脏重重敲了下，他们要离开了。

一连串的对话框最顶上显出一个红色的未读消息提示。

方落西：明天我要回滨城，来送我吗？

时晨看着屏幕上的消息，嘴角弯起一点不自知的弧度，遵循内心的想法按着键盘，打上两个字：好啊。

屏幕上方又弹出一个对话框，是她的导师发来的，时晨先退出点进群里看了一眼。

韩导：明天早上八点办公室集合。

时晨跟着打上了一个：收到。

与此同时，正靠着椅背等消息的方落西看见手机屏幕最顶端的一行小字变成"对方正在输入中"。

显示了很久，却没有一点动静，他按捺不住又打上一行字，还没来得及按下发送，对方回过来一条。方落西看了片刻，无奈一笑，又删掉了刚打上的一行字。

时晨：不好意思，明天有组会，可能过不去了。

方落西：下次见。

时晨这次开始怀疑，这个下次还有没有重见天日的机会。

方落西：请我吃饭，不许赖账。

时晨看着这条消息，眼神渐渐亮起来。

时晨：好。

第二天，等他们组会结束，已经是正午，时晨还是在井立涵的朋友圈里看到机场的定位才知道他们已经离开了。

之后的日子，偶尔方落西会给她发一点趣事，像校园里的流浪猫，操场夜跑的盛况，小吃街上的滨城特产等等，不算频繁，但又格外有存在感。

时晨有时候还会翻到之前的消息再看一遍，还被同组的同学调侃是不是谈恋爱了。她摇头说没有，同学笑着打趣她："嘴角都要咧到耳朵了，还说没有？"

她摸摸脸颊，纳闷刚刚有笑吗？

他们导师收到了地理论坛的邀请，打算带他们一年级的学生出去见见世面，论坛举办地点就在滨城。

时晨听到这个消息之后，没像其他人一样抱怨压缩他们假期时间，她甚至还有一些隐秘的激动。

一行人提早赶到西淮高铁站,经过安检后便各自坐在座位上休息。等上车之后,时晨的座位刚好挨着窗户,调整座椅之后,就安静地看着窗外。
　　从南到北,天气也由阴转晴,中间有穿过山川隧道、大江大河。窗外景色慢慢变化,从喧闹都市到宁静祥和的村庄农田,时间溜走得好慢。
　　时晨并没有告诉方落西她要来滨城,她说不上自己是个什么心理,想创造一个惊喜,又或者害羞而难以宣之于口。
　　她叹一口气,看了眼手机,两人的聊天停止于几天前,他拍了一张滨城的天空,淡紫色的边际泛着霞光,框住了许多驻足欣赏的行人。
　　时晨不想太过刻意,又不想认输,暴露自己的心思,像是拔河希望渺茫的弱方,即便看得见结局,只要自己还没过线,那就还可以再挣扎一下。
　　"旅客朋友们晚上好,下一站即将到达终点站:滨城站,请下车的旅客整理好自己随身携带的行李物品,祝您旅途愉快。"
　　温柔又舒缓的嗓音轻轻震动着耳郭包裹的脆弱鼓膜,窗外早已是星星点点的月色,有些乘客站起身拿下行李,提前站在座位中间狭小的过道上等着下车。
　　出了站后,一行人打车前往酒店。车窗外灯火通明,人潮拥挤,跟她记忆里的滨城好像不太一样。
　　前面正在开车的司机正热心地跟她们搭话,介绍着滨城的风土人情,副驾驶座的同学勉强克服疲惫,也打起精神跟他聊天。
　　一问一答的对话自觉地跑进时晨的耳朵,她想到自己上次来滨城被一个揽客司机截下的场景,也就是那天,她第一次见到方落西。如果当时她遇上一个热心又好客的司机,方落西根本就不会注意到她。
　　车辆飞驰在马路上,穿过规划整齐的柏油马路,最后停在了酒店门口。她们下车后,推着行李办好入住手续,然后就进房间直接躺在了床上。
　　"舒服。"汪婷玉发出一声叹息,声音还带着一丝颤抖,她翻了个身面向时晨,"累死了,我这老腰都要断了。"
　　时晨躺在床上百无聊赖地翻着手机,这么一会儿时间,她打开微信又退出,又点开又退出,翻遍了最新的朋友圈,最后把手机扔在床上,平躺着看着天花板上的灯光。
　　良久后,时晨拿起手机点开朋友圈,选中了自己刚才在楼下拍的一张月亮的照片。月亮弯弯,小小一角挂在天上,黑色幕布上的一点星光格外显眼。
　　她删删减减,斟酌着语句,最后打上一行字:今日有幸伴月光。

月光时时有，今日幸事是能够共赏同一片月光。

开场简短的报告会一上午就结束了，等到中午，时晨才从口袋里拿出手机看一眼。

没有新消息。

时晨正打算退出的时候，看到朋友圈有一个红点，她眨巴了两下眼睛，发现方落西刚刚给她昨天的朋友圈点了一个赞。

"笑什么呢？"汪婷玉走过来拍了下她的肩膀，挽上她的手臂。

时晨摸了摸嘴边的口罩，眼睛弯成月牙："走啦，去吃饭。"

汪婷玉一乐，拦住她："我要去替我导师跑个腿，你是跟我一起还是先去吃？"

时晨想了想，回答："跟你一起吧，正好逛逛滨大。"

她们两人逆着人流往教学楼方向走，时晨感觉汪婷玉好像对这里很熟悉，带着她慢慢晃悠，中间还路过了一个滨大的著名景点。

等她们站在一栋红墙白瓦的学院楼前，时晨看了看门口贴着的牌子。

遥感与测绘学院。

时晨一愣，似是也没想到歪打正着来了这里。

汪婷玉见她愣住了，以为她有什么顾虑，赶忙说："我就上去送个材料。"边说边拍拍她的肩膀，"放心，都是熟人。"

时晨点点头，低下的长睫掩住眸中的情绪，一步一个台阶地迈上楼梯，心跳也随着加快。说不上来是因为等下突如其来的见面还是别的，她小呼一口气，跟在汪婷玉身边。

"你等我一下哈。"汪婷玉边走边回头，"我马上回来。"

时晨笑着点头，有些无奈，她又不会丢。

楼道里安安静静，还透着一股阴森不见阳光的味道，她整个人都发冷。时晨顺着汪婷玉离开的方向，向前走了几步，停在一扇窗户前，想着沐浴点阳光。

旁边的透明玻璃上还放着几罐没开的可乐，瓶身上冒着水珠，刺溜地往下滑落，滴在压着的卫生纸上。

斜后方一声轻响，有人推门出来，时晨听见动静也转头看过去，是个女生。她没在意，转头又看向窗外。

"你是西淮研究所的学生？"

时晨看向正走过来的女生，眼神里有着探究，但还是礼貌地回答了她的问题："是。"

那女生笑了笑，没错过时晨眼神里的好奇，直接解释："刚看到你跟汪学姐一起过来的，去年她们跟着去西淮的时候，我也去了。"

时晨没注意她话里的深层意思，所谓伸手不打笑脸人，也礼貌笑了笑。

时晨余光瞥见那女生就是低头玩手机也是挺直脊背，教养很好的样子，想着她刚才走过来的时候，白裙垂在小腿处，微荡的裙摆随步伐轻轻摇曳。

她没戴口罩，时晨看清了她的面容，五官精致，像是小家碧玉的邻家妹妹，干净得不染世俗。

远处传来几声谈话声，时晨听着有些熟悉，看过去果然是汪婷玉在讲话，身旁的男生看着像是井立涵，后边还跟着几个穿着实验服的男生，时晨不认识。

等汪婷玉走过来站在她身边时，时晨看了一圈没发现想见的人，不免有些失落。

有个男生笑得吊儿郎当："安师姐，又来找我们西哥啊？别急，他还在后面呢。"

时晨听见后抬头看向刚刚的女生，白皙的脸颊上挂着一点笑意，就是被人打趣，也没有尴尬，恬淡又自然。

井立涵听见后心里一个"咯噔"，抬头看了下时晨，见她没什么异样，伸手敲了一下刚刚打趣的男生："瞎说什么呢，赶紧把这书送过去。"

虽然方落西什么都没说过，井立涵就是感觉时晨不一样。他兄弟这桃花好不容易开一朵，可不能连花骨朵还没酿出来就被人给掐没了。

"都搁这儿干吗呢？"一道慵懒又散漫的嗓音响起，骨节分明的手伸向玻璃茶几上的可乐，五指捏着瓶身抬起。时晨离得近，甚至还能看到他腕骨一侧的小痣。

时晨看向窗外，教学楼刚好遮住正午的阳光，细碎的橘光穿插在缝隙间洒过来，在地面留下些阴影。

她想逃离这里，逃到一个没有人的安静环境，或者是嘈杂吵闹的食堂，掩盖她全部的思绪。

总之，她不想在这里了。

哪怕没人注意到她。

有人拼命隐藏自己，有人却生怕不被人注意。

安和婧看见方落西的时候，就已经站起来了，脸上挂着温柔的笑，眼眸灵动地弯着。方落西看了眼,就收回了视线,看向戴着口罩、默不作声的时晨。

汪婷玉挽着时晨的胳膊,没注意到空气中的暗潮涌动,眼神在方落西和安和婧之间打转,嘴角勾着一丝意味深长的笑容,说出的话也别有深意:"东西送到了,就不打扰你们了,我们先去吃饭了。"

"跟我们一起?"

方落西说话的时候,一直盯着时晨,自然也没放过她的小动作。

时晨听到后,不动声色地扯了扯汪婷玉的袖子,暗示她拒绝。好在汪婷玉充分了解到了她的心思,婉拒道:"下次吧,我们去尝尝食堂,就不跟你们点外卖了。"

她说完之后,时晨松一口气,指尖捻了一下发汗的手。

方落西无声一笑,没多强求,想着这姑娘到现在都没给他一个正眼,有些无奈,掏出手机按着键盘。

安和婧盯着刚才方落西嘴角处的笑意有些失神,不是他惯常那种随意扯出的应付客套的笑容,是真的在笑,眼睛骗不了人。

她整理了下情绪,开口叫住即将离开的人:"方落西。"

方落西停下脚步,转头看过去,原先的丁点笑意早已消失不见,取而代之的尽是疏离。

安和婧被他的眼神刺痛,旋即又换上惯常的标致笑容:"今天要和你们学院的宣传部交接一下,过段时间我要跟你们一起去考察,我过来跟你说一声,之后还要给你添麻烦了。"

"不用。"方落西嗓音淡漠,语气也没什么波折,"我不负责宣传。"

另一边,时晨挽着汪婷玉离开之后,汪婷玉接着电话,她就在一旁刷着手机,翻到自己昨晚发过的朋友圈,看着那个孤单的赞特别碍眼。

时晨截了个屏,直接删掉了动态。

她刚返回首页,消息上标了一个未读的红色圆圈。

方落西:什么时候来的?

时晨看着汪婷玉电话一时半会儿打不完,抿了抿嘴角,按了两个字过去。

时晨:昨晚。

对面可能正在盯着手机,消息回复得很快。

方落西:待几天?

时晨不意外他会知道自己是跟着来参加论坛的,之前汪婷玉送材料的时候可能就问过了。

时晨：明天下午。

正好，汪婷玉的电话打完，跟她说笑着刚才的事情。

时晨了解到，刚刚的女生叫安和婧，是新闻系的研究生。去年滨城大学遥感系和她们研究所第一次联合开展活动的时候，她是滨城大学的宣传负责人员。

"你说，他俩是不是还挺配？"

时晨没说话，嘴角耷拉着，还好有口罩遮挡。若是给人看见了，得以为她是受了什么委屈。

汪婷玉跟她介绍："他们是同校，没有异地恋的烦恼。"

时晨手机又弹出一条新消息，没头没尾的一句，她却看懂了。

方落西：我跟她没关系。

时晨原本下撇的嘴角顿时向上扬起，她调出键盘，一边分神听着汪婷玉说话，一边打着字，嘴上附和着："还是高中同学啊。"

"对啊，初恋呢。"

时晨一怔，正打字的手停下来，整个人顿住，看向汪婷玉，嗓音清冷又有一丝微不可闻的颤抖："还、还是初恋啊？"

汪婷玉扯着她往前走："对啊，去年考察的时候，听人说起的。"她越说越兴奋，"这不就是，'兜兜转转还是你吗'。"

汪婷玉像是寻找共鸣一样，看向时晨："是不是还挺浪漫？"

时晨机械地点点头，眼神空洞，唇畔溢出没有温度的字，声音细小如蚊蚋："浪漫。"

明明她们已经离开了教学楼，整个人暴露在烈日下，她却像是浑身淋了雨，湿气直往骨缝里钻，让人由内而外地冷，不能自救。

她低头删掉原本已经打好的语句，飞速地按上一行字。

时晨：不用跟我说。

几秒过后，时晨似是有些回温，又撤回了这句话。

方落西：刚撤回了什么？

时晨：发错了。

之后时晨收起手机没再看过消息，吃过午饭，又开始下午的讲座，她让自己忙起来，没有心思去想别的。

一忙就到了天黑，回到酒店洗完澡，时晨才拿出手机躺在床上。

手机屏幕上的小视频自动播放，正好播放的是一个百人访谈的视频，问题是"你印象最深的一段感情"。

被采访男1:"初恋吧,青春校园的感情印象最深刻。"

被采访女1:"现在这一段,我们已经结婚了。"

被采访男2:"印象最深吗?现在吧,也是我初恋。"

被采访男3:"那肯定是初恋啊。"

时晨烦躁地滑过去,不耐烦地把手机扔在一旁,手机落到床面,又向上反弹一下,视频的背景音乐从头到尾又响起一遍。

时晨认命地拿起手机,关掉视频,打开微信,看见那一条未读消息,直接自动略过,点开和江雪的聊天窗口。

她们的聊天记录还停留在上次。

时晨:你说,有人想要你去送他,这是什么意思?

江雪:送呗,不过,男的女的?

江雪:时小晨,你不对劲,你有问题,快说,从实招来。

时晨犹犹豫豫地发过去两个字:男生。

那边消停了一下,随后弹出一条消息。

江雪:他想追你。

时晨看见这句话,差点没被口水噎死,又被接下来的几条消息打断了思绪。

江雪:是谁?快告诉我是谁,我要看看到底是谁家的猪要拱我家水灵灵的小白菜。

江雪:天地良心,我家白菜没化肥,纯生态,呜呜呜,终于被人看见了。

江雪:让他追!

时晨无奈一扶额,发过去一条:你冷静一点。

江雪:好的。

江雪:说说吧,身高、年龄、体重、学历,老家哪里,家里几口人,有没有存款,结婚有没有房贷,车是什么牌的,最重要的一点,颜值够看不?

时晨看着她这一大串的消息,有些头疼,打算直接无视:不说了,写论文了。

后续江雪又发来好几条消息,时晨权当没看见,任她自己斗图。

她看着满屏的图片,有一丝心虚,选了一个不会出错的开场。

时晨:干吗呢?

江雪:看综艺呢,咋啦。

时晨:你印象中最深刻的一段感情是和谁啊?

江雪：你。

时晨有些无语，直接把刚才看到的那个视频转发过去。

江雪：吓死个人哦，我以为是什么闺密坦白局。一个搞不好，我们这战战兢兢的友情真是经不起考验哦。

时晨：不会说话可以不说话。

江雪：谁说的，说起这个我可就有的聊了。

屏幕中间的"对方正在输入中"显示了好久，应该是很大一段话。

江雪：你记得我上一任吗，哦，不对，现在已经是上上任了。

时晨一团黑线，显然消息接收有些延迟。

时晨：什么时候的事？

江雪：这不重要，先说重点。

她不愿意说，时晨也就不追问。

江雪：跟我谈了两个星期，经常偷摸给一女生点赞。被我发现了，一问才知道，跟老娘说什么忘不了初恋。

时晨看着屏幕上的两个字，怎么又是初恋。

江雪：装什么深情人设呢，初恋都分手八百年了，跟我斗。

时晨：最后呢？

江雪：最后，最后跟初恋和好了啊。你知道为什么我印象深刻吗？

时晨看着屏幕飞快弹出的消息，已经预感到了她的愤怒，也飞快地打上字：为什么？

江雪：因为他和好了之后，还给我发消息，谢谢我。说我点醒了他，让他知道了自己的真爱。

江雪：我是让他照照镜子看清自己，别一个普信男到处装蒜。

她看着屏幕上的对话陷入深思，下意识地打上一句话。

时晨：那你初恋呢？

江雪：被棺材板压死了吧。

时晨趴在床上，房间里只有她一个人，汪婷玉在浴室洗澡，流水声"哗啦啦"的，是很好的背景掩饰音。

她眼角流下两行清泪，滴落在手机屏幕上，淌出一滴水花。

时晨好像很少哭，原本这就是一段无疾而终的感情，重逢过后，她好像收到了惊喜，可就在看到希望的时候，一下子跌入谷底，这原本就比见不到尽头的迷宫更加绝望。

手机发出接连几声振动,时晨擦干手机上的水渍,眯着眼睛看向屏幕。

江雪:但这样说,不够绝对。毕竟也不是所有人都这样,我们也没必要因为这个就丧失了爱人的能力,或者说是努力爱人的勇敢。

江雪:真正的爱情,是感受得到的,你要自己去体会啊。

时晨看到新的消息,点开。

方落西:我在楼下,下来。

第十一章　/还没明白吗？我在追你啊

时晨退出和江雪的对话窗口后，点开了最上面的未读消息。她眼眸里满是破碎的泪水，一时没看清，直接点进去了。

之前中午的消息她没有回复，下面又出现了两条新消息。

方落西：在哪里？

方落西：我在楼下等你。

时晨伸手抹了一把眼睛，她不想现在这个鬼样子见人，想随便找个借口搪塞过去。对面像是知道她的想法一样，一条消息弹过来。

时晨：有事吗？

对方似乎不想在这个问题上过多拉扯。

方落西：下楼。

时晨起床去浴室洗了把脸，随便找了个借口跟汪婷玉说了下，就出门下楼了。

她走出大厅就看到门外的行道树旁站着个人，时晨拢了下外套，慢腾腾地走过去。她不知道等下该说什么，而且他们两个的关系好像并不适合深夜交谈。

时晨走过去站到他跟前低着头没说话，方落西收起手机往前走了两步，只看见一个脑瓜顶，无奈叹一口气："怎么来滨城也没告诉我？"

本来是想说的，后来觉得没什么必要了。

时晨抬起头，刚要张嘴，便被打断了。

"眼睛怎么了？"

原本时晨一直低着头，现在一抬头，杏眸周遭泛着红，脸颊处沾湿的碎发贴在耳边，格外碍眼。

方落西想要伸手去碰，胳膊举到一半又觉得不合适，语气轻缓带着安抚意味："哭了。"

"没。"时晨刚想嘴硬，触及到他柔软的视线，又改了口，"刚看的电影是个悲剧。"

"什么名字？"

时晨根本就没看，现在硬着头皮胡扯："国外的，英文名。"

方落西笑了，表情格外温柔，嗓音轻缓带着宠溺："那以后不看了。"

"哦。"

时晨低下头看着脚尖，因为刚刚骗人有些羞愧，生怕暴露了什么，不敢跟他有眼神交流，只听见一声轻笑，随后是一声感叹："还真是个小朋友。"

时晨听见后皱眉，抬头义正词严地反驳他："这不是幼稚，只是共情能力比较强而已。"

共情能力？

这么迟钝，也好意思夸自己。

方落西眉毛微挑："是吗，我觉得不对。"

时晨叹一口气："就是。"

方落西清清嗓子："我侄子看电影才会哭。"

"他看什么？"

"《喜羊羊与灰太狼》。"

时晨不可置信地看向他，原本就是自己胡编乱造的假话，现在就是挖坑自己跳，她抿着嘴角，脸上紧绷绷的，对自己幼稚这件事情坚决不认。

"还难过吗？"

"啊……"时晨茫然地抬起头，恍然好像明白了一些，是看她这么难过，才会陪她斗嘴，是这样吗？

她还没来得及想明白，就听见对方歪头看了看她，问了句："吃饭了吗？"

"吃过了。"

时晨完全是下意识地回答。

"胃疼，再陪我吃点？"

"好。"

方落西直接带着她去了邻近的一家711便利店，替她选了几串关东煮，又选了一份盒饭。

时晨坐在临窗的高脚凳上看着收银台的方向，手上握着刚刚他递过来的纸杯，温温热热，从手指一下传遍全身各处。

她缩着肩膀看向窗外，人潮拥挤，每个人脚步都不停歇，车辆川流不息，而她独在自己的世界里。

小桌上放下一盒饭，随后是座椅拉开的声音。

两个人就这么坐着，安静地吃着东西。方落西吃相斯文，动作不疾不徐。

时晨杯里的关东煮就那么几串，见他吃得慢，也一小口一小口地吃。

吃完之后，两人结伴离开，像是提前商量过一样，步伐也很慢。没人开口说话，却又格外和谐。

临到酒店门口，时晨刚想开口道别，就被叫住。

"时晨。"

时晨不记得之前他有没有叫过自己名字，这两个字在他舌尖打个转，最后跑到自己耳朵时格外好听，像是被羽毛轻轻扫过一样。

"怎么了？"她看着他那么严肃的表情也有些紧张，声音都不自觉紧绷。

方落西轻叹一口气，眼神无奈又像是认栽："别躲我了。"

时晨想她就是这样没出息，遇到事情总想着把自己埋起来，掩耳盗铃。他不是她，根本就不懂她的心思。她明明已经躲开了，为什么还要遇见，为什么还要招惹她。

想到这里，时晨的委屈迅速从心底蔓延，眼眸深处已经泛起了泪花，她低头避开他的视线，看着地面上的花砖。

"别哭，没凶你。"方落西从口袋里拿出一包手帕纸，递过去。

时晨抬头看向他，似是想对上他的眼睛，让他看个清楚，语气生硬："没哭。"

她不接，他就这么一直举着，时晨最后伸手拿了过来。

"本来没想这么早说的，想着慢慢温水煮青蛙。"方落西顿了顿，笑着说，"可是好怕你突然跳走，或者被别人抢走了，那我可就太亏了。"

他们正处在大路旁，一侧是不停歇飞驰的车辆，另一侧是吃过晚饭散步的行人或者是结束工作后赶着回家的社畜。唯独此刻，他们这一处，安静得不染世俗。

时晨听着这一串话，心底冒出个不合时宜的想法，拢着外套的手骤然捏紧，呆愣愣地看着他。

方落西脸上不复往常的懒散，神色有些认真。不过，配上他的脸和昏暗的灯光，倒是平添了几分蛊惑，没人注意到他背后握紧的双手，掌心已经发汗，像是正等着宣判的囚徒。

他嗓音有些干涩，盯着时晨的眼睛，喉咙轻滚，不愿错过她一丝一毫的情绪："我优点还算多，以后你可以慢慢发现。"

想到什么，方落西又笑了下："缺点可能也有，你说出来，我会改。"

时晨紧张得牙齿都在发颤："什么意思？"

方落西无奈地弯下脖颈，然后抬头看向她，上身微微前倾，和她保持一个不远不近的距离，眼神暴露出情绪："还没明白吗？我在追你啊。"

时晨从来没想过，故事是这样发展的。她早就对自己的秘密不抱任何期待，从来没有想过留给它一点重见天日的机会。

直到有天，她想要一枝玫瑰，却发现自己拥有了一整座庄园。

方落西见她没说话，一时也拿不准她的心思。时晨眼眶里蓄满了泪水，却没让一滴落下来，衬得眼睛水汪汪的，跟天生自带水感一样。

这个季节的滨城天气也已经转凉，再加上临海的缘故，夜晚的风都带着寒冷。时晨下楼的时候有些着急，直接套了一件宽大的外套，冷风从敞开的怀里溜进去，这会儿她却好似感觉不到冷。

"没拒绝，就当你是同意了。"方落西语气带着没有底气的霸道，"现在开始，我来追你，等你决定之前，不许让别人插队了。"

大抵是对他格外偏爱，时晨压根没意识到他这没人权的霸王条款，嘟囔了一句："没有别人。"

方落西注意到她微红的鼻尖，眉心微蹙，再有不舍也得先把人放走了："行了，就是说这么个事，先上楼吧，我看你回去。"

时晨没动，抬头看着他，跟他讲着道理："不应该是我送你上车吗，我离得近。"

方落西："不用，我得拿出点追人的态度。"

时晨执拗道："这是礼貌问题。"

最后，还是方落西败下阵，老实地去路边拦了一辆出租车。他坐在后排，降下车窗，眼神里是毫不掩饰的浓浓的情绪，像是抽丝出暧昧不舍。

时晨冲着他摆了摆手，再一抬头，看着消失不见的汽车尾灯。她垂眸看着自己刚刚偷拍的照片，是她趁着方落西去路边拦车的时候，偷拍的他的背影。

高挑的身影上身是黑色兜帽卫衣，下身是黑色牛仔裤，沉浸在夜色之间，因着路灯也格外显眼。照片构图最上边是一弯月亮和乱入的树叶，就好像透过这个，能看到当时他的散漫。

时晨眼眸尽是这照片的影子，蓄积了一晚上的泪水，在这一刻像是找到了突破口，一滴一滴地垂直下落，滴在那个身姿挺拔的背影上。

她没管，小声抽噎着，因低头而掉落的发丝刚好挡在脸侧，遮住她这一刻的狼狈。拇指擦掉屏幕上的泪水，她嘴角上扬，恍然想到一个词，破涕为笑。

在方落西答应去路边打车后，时晨看着他转身的背影。

那一刻，她就明白了，不管多少次，她的脉搏还是会忍不住为他加速跳动。

第二天早上，时晨拿凉水热水都敷了好几遍，眼皮的红肿才将将下去一些。

临出门前，时晨快速化了个妆，把自己的随身物品都装在了行李箱里，等下午结束后，他们就要直接去机场回西淮了。

提早赶到滨城大学的礼堂，刚找到位置，旁边就落下个身影。

这身影有些宽大，挡住了大部分灯光，大片阴影包裹住她。她眼神还有些茫然，看向带着笑意的方落西，脑子还有点转不过来。

"吃早饭了吗？"

时晨点点头，意识到自己像是整个人缩在他怀里，她不自在地往后靠了靠。

"要不要喝豆浆？"

时晨看到他手指钩着的透明袋子，隐约可以看到是一家滨城老字号的早点铺，到嘴边要拒绝的话，在触及他的神情时一下子变了。

她接过后往里移了个位置，方落西顺势坐在了她原本的位置上。时晨拿着豆浆没动作，她主要是觉得在大礼堂吃东西不太好。

方落西没久坐，主办方还要负责一系列流程问题，没多一会儿，他就被人叫走了。

等汪婷玉回来，时晨又换到原本的座位上，她突然想到中午也不能和他一起吃饭，会议结束后，他们就要回酒店收拾东西去机场了。

她忘记告诉方落西这件事情，或者说她不确定以他们现在这种关系需不需要告诉他。

一上午的会议安排得很紧凑，中间会留出一点休息的时间，时晨起身去了洗手间。

时晨站在洗手间的镜子前，凑近看向自己的眼皮，原先的肿胀已经消失不见，她放下心地松一口气。伸手在感应水管下接水，任水流流经指缝。

她右侧又站过来一个人影，穿着主办方工作人员的红色马甲，时晨往一边靠了靠拿纸巾擦干净手上的水渍，准备离开。

"时晨。"

时晨停下脚步，看向叫她名字的那人，眼神带着不解。

在学校时，时晨只知道方落西有一个女朋友，就是连芝玥。连芝玥五官明艳，身材性感，她一直以为那才是他喜欢的类型。直到前两天遇见安和婧，听人说这也是他前女友。

安和婧和连芝玥是完全相反的类型，大概就是互相站在对立面上。如果说，连芝玥是妖艳的牡丹，那安和婧就是脱俗的水仙。

时晨跟在安和婧身后来到一片没人的空地，应该是会议室的背面，有一整片落地窗，地面灰扑扑的，应该没人来过。

两个人都安静地站着，安和婧毫无预料地出声："你喜欢方落西。"

时晨还有些不在状态，她思考了几种情况，却没想到安和婧的开场如此直白。

"不要否认。"安和婧犀利地看着她的眼睛，语调平和，"我看得出来。"

时晨一瞬间觉得，好像对面这个女生并不像她表现得那样无害。

她张开口，反问道："所以呢？"

时晨确实没想过否认，以前她就算被人拿出证据都会找借口，可是现在她突然发现，可以打开一点窗户，给自己的秘密留点缝隙呼吸。

安和婧坦白地说："我也喜欢他。"

时晨点点头，按亮手机屏幕看了下时间，有点不愿意在这里浪费时间听她说半截咽半截。

"所以呢？"

安和婧看着窗外，目光空洞，声音也轻飘飘的没有着力点："他是我前男友，我追的他。我们那时年纪小，感情不成熟才会仓促结束。"

时晨站在一旁听着，存在感很低，不可否认的是，她心里也很好奇。

"况且，你们现在只能异地恋吧，这样的感情经不起考验。"安和婧眼神带着打量，"你们只不过认识几天而已，他离开西淮之后，又是一个什么样子的人，你真的了解吗？"

时晨看向安和婧，突然明白她好像并不知道自己和方落西是大学校友，并不是只有几天的交情。

至于她所说的别的，好像都不重要了。

时晨了然地笑了笑："这些，你应该去找他说。"

安和婧抬头看向对面的女生，女生穿着一身正装，头发低挽着垂在颈后，鼻梁上架着一副无框眼镜，模样平添了几分轻熟。不同于上次见面，这次看清了她口罩下的面容。

时晨脸上打了一层薄薄的淡妆，将脸上原本的优点持续放大。模样很乖，眼镜消除了几分杏眸的幼态感，不笑时表情清冷，弯唇浅笑就叫人不得不放下戒备感。

安和婧还想再说些什么，时晨没给她机会，已经迈步离开了。

时晨匆忙凭着之前的记忆绕到大礼堂后门,猫着腰寻到自己座位上。

汪婷玉看见她,靠过来小声问:"怎么才回来?"

时晨也学着汪婷玉小声说话:"透了下气,忘了时间。"

汪婷玉:"你再不回来,我就要去捞你了。"

一场报告结束,时晨靠在座位上伸了个懒腰,四下看了看退场的身影,没见到方落西,于是拿好自己的东西跟在汪婷玉身后有序离场。

出门的时候,她和安和婧对视一眼,两人默契地移开视线,好像之前的谈话不复存在一般。

回到酒店后,时晨从箱子里找出一套卫衣卫裤,去洗手间换下了身上的正装。

想到什么,时晨把箱子推到一旁靠着墙根,坐到自己的床上,斟酌着语句,问了汪婷玉一句:"师姐,你们异地恋有压力吗?"

"有啊,怎么没有。"汪婷玉闻言放下手机,看向时晨。

汪婷玉的男朋友也是崇浦大学的学生,跟汪婷玉一级,两人从毕业到现在一直坚持下来,感情应该很牢固了。

汪婷玉手肘支在床上,似是回忆:"刚开始的时候,没什么感觉,时间越久矛盾越多,也越累,隔着网线吵架,说出来的话怎么都不对味。"

时晨一惊,没想到中间还有这插曲,干巴巴地安慰道:"那幸好没分。"

"分了。"汪婷玉看着愣住的时晨,一笑,"真分了。"

时晨不知道这话该怎么接,就抿着嘴角没说话。汪婷玉也不逗她了:"反正那会儿就天天吵架,烦死了。猜忌怀疑不是,不猜不多想也不是,想多了自己受罪,不关注又真怕自己蒙在鼓里像个傻子。"

看着时晨懵懂的样子,她一副传授经验的语气:"你现在是不是还没谈过恋爱?"汪婷玉拍拍胸口,"姐的亲身经历告诉你,异地恋可太累了,能不碰就不碰,沾上可太难受了,跟个手机宠物一样。不对,还不如手机宠物,不会说好听话哄你,气人的本事绝对都进修过,发论文都不带卡的。"

时晨听着没说话,怎么说呢,就是心情复杂。

"但也有那种异地恋、异国恋的,一恋好几年的,感情还没一点破裂,整天黏黏糊糊跟热恋期似的。"汪婷玉摇摇头,叹息道,"真是人比人气死人,这得是几辈子修来的福气。我发小跟她青梅竹马,整天腻歪得没眼看。"

时晨看一眼汪婷玉,她脸上是毫不掩饰的嫌弃,然后又听到她说:"得亏他俩没见过几个人,这样交友圈有限,永远保持新鲜感,家里知根知底,谁也不嫌弃谁。"

汪婷玉手肘有些酸,松掉后整个人躺在床上,长呼出一口气:"反正,我不要再异地恋了,真心的。"

时晨从酒店离开去机场,一路上都没有联系方落西,直到上飞机前,她才发了一条仅他可见的朋友圈。

一个飞机图标,一个定位。

随后就在空姐的提示下,关掉了手机。直到飞机降落在西淮机场,时晨把手机开机,看到了弹出的消息。

方落西:又没告诉我?

方落西:[小人靠墙蹲 .jpg]

方落西:算了,你有特权,你说了算。

耳边是机场广播不急不缓的播报,温柔的女声好像有安抚一切的能力。

时晨看着屏幕上有些可爱的表情包,实在对不上方落西那张脸,一时没憋住笑意。她一手推着行李箱,低着头打字。

时晨:我刚下飞机。

对面嗖的一下回了消息。

方落西:1。

时晨看着简单的数字,以为他还在实验室忙,便收起手机,匆忙跟着队伍去打车。

手机在口袋里一点也不安分,振动声隔着口袋都能听见。她坐上车后,才得空拿出手机看一眼。

方落西:累不累?

方落西:我点了外卖,等你到学校,应该刚好送到。

时晨一条一条地回复。

时晨:不累。

时晨:不用麻烦,太破费了。

对面有几秒没回复,时晨看着自己发过去的内容,突然有些踌躇,思索着是不是说错了。

方落西:我要有追人的自觉,你也要有被追的自觉。

等了几秒,最下方又出现一条新消息。

方落西:不然留着给人插队吗?

时晨看着接连的几条消息,有些哭笑不得。她眨巴了两下眼,想到了一个词,很适合现在的方落西。

幼稚。

等下车后,时晨推着箱子走到宿舍楼下,翻了翻外卖桌上的袋子,找到了一杯奶茶和一份水果捞。

回到宿舍后,她简单收拾了一下桌子,拿着手机找着角度拍了几张照片,发给方落西,意思是自己拿到了。

方落西似乎很忙,隔了很久才回复了个"1"。

开学之后,日子和之前没什么区别,要说最大的不同就是,她的生活中强势又不由分说地闯进一个人。大概是说开了的缘故,方落西发消息更为频繁,有意思的没意思的,一股脑全发过来。

时晨倒也不觉得烦,她很少主动发消息,只是作为接受的一方,养成了每天定点接收消息的习惯,比上学的时候打卡《新闻联播》还要积极。

她还没意识到,习惯的养成就像上瘾一样,轻易戒不掉。

研究所每年在校期和外出考察期各占一半时间,西南地理科学院青藏高原研究所负责高原地区的综合科学研究。大大小小确定了近二十个项目,再加上受大环境影响,领导高度重视,考察期也是一推再推。

时晨没去过高原地带,从小到大连旅游都没出过省。她想到这次考察格外兴奋,提前上网搜了好多注意事项,又统一做了体检。所有一切都准备好,才出发去研究所的定点考察基地。

一路上的兴奋逐渐被困顿所取代,哪怕只是坐在车上,时晨感觉自己的身体已经有了进入高原地带的自觉,头脑开始发沉,等从车上下来,站到基地门口的时候,她眼前已经一片黑,脚步也有些虚浮,脸色惨白。

汪婷玉扶了她一把,关切道:"时晨,时晨,还听得到我说话吗?"

时晨费力地睁开眼,哪怕她已经用力撩开眼皮,却只能眯起一条缝,眼前模糊有重影。耳朵能听见自己的名字,却没什么动作回应,她挣扎着抬起手,摆了一下,算是示意。

"走吧,先扶你休息一下。"汪婷玉身体并没有什么高原反应,精神很好。

等找到自己的宿舍,推门进去,时晨就脱力地躺在床上。

汪婷玉小心轻拍了拍她的腿,柔声低哄:"时晨,躺好休息一下。"

时晨挣扎着拿脚后跟蹭掉鞋,整个人平躺在床上,汪婷玉给她盖上一层被子。时晨睁开眼皮，露出一抹苍白的笑："谢谢师姐。"

汪婷玉笑笑，从床头柜上拿起一瓶氧气，看了看背后的说明，打开后放到时晨嘴边："先看看能不能缓解，不行我们就去医院看一下。"

时晨已经没力气再点头了，她眨巴了两下眼睛算是默认。

微凉的气体从鼻腔流进气管，时晨像是搁浅的小鱼，竭力地寻求生的希望。氧气流进肺里，她感觉自己好像活过来了，她眼皮很沉，像是放纵自己一般，整个人从高空跌落进云朵里，任困意安排，沉沉地睡了过去。

几天前，她和方落西的聊天就中断了，他似乎很忙，要去一个封闭的基地做实验，手机这类电子产品不能随身携带，需要上交。

第二天早上，时晨凭着习惯再点开对话框的时候，才发现他们已经近半个月没有说过话了。

前两天在招待所主要是进行一些书面工作，等小组成员身体都适应，没有严重的高原反应之后，才开始去各个观测站及周边进行实地考察。

第三天，她们需要出发去和西南地理科学院有合作的藏东南所进行考察，路程大概要两个小时，时晨担心自己的身体，往背包里装了好几瓶氧气。

这次考察统一服装，红色冲锋衣，虽然版式有些宽大，样子也不好看，但只有穿在身上才知道，冲锋衣在这里格外实用。

她们跟接待的工作人员打过招呼，就开始进行自己的工作。午饭也是在这边食堂解决，有着藏地特有的风情，时晨喝了两碗奶茶，奶味醇厚，跟外边奶茶店里的一点也不一样。

从窗口拿了第二碗奶茶回来时，时晨就看到座位旁多了一个男生，正跟汪婷玉说着话。

时晨认出这人是今天和他们一起的同学，点了下头，坐下没说话。

她小口喝着奶茶，以为他们两个在讨论工作上的事情，识趣地没说话。可是，她不说话，他们两个也没说话。整个食堂，就他们这桌安静得不像话。

时晨举着碗放在嘴边，眼睛越过碗沿瞟向对面的汪婷玉，只见她一脸揶揄的笑意。时晨咽了一口奶茶，正准备放碗时，旁边传来一道声响。

"这奶茶好喝吗？"

时晨侧头看向突然出声的男生，点了点头："还可以。"

"那我等下也去尝一下。"

时晨点点头，没再说话，她正想着是不是因为自己突然回来，打断了他们的工作交流。

"接下来的几个月还要麻烦你们了，希望能合作愉快。"那个男生推了推自己鼻梁上的眼镜，面带着笑意，"还没来得及认识一下，我叫苏东岸。"

时晨看着这走向，顾忌着手里的瓷碗，先放在了桌上，就听见对面的汪婷玉笑眯眯地开口："汪婷玉。"

时晨也侧过身，礼貌地点了下头："时晨。"

苏东岸来这里刷脸的目的已经达到，没多待便起身告别。

等身边人走后，时晨才觉得浑身放松下来，正打算喝完剩下的奶茶，就听对面语出惊人："你觉得这人怎么样，适不适合深入发展一下？"

时晨一噎，不可置信地抬头，就听见汪婷玉不带停地说了一溜串。

"西淮大学的博士，比你大两岁，看不出来吧，够嫩吧，你要不要考虑一下？"

时晨被汪婷玉的一串话袭击在原地，有些摸不着头脑。迫于对面压迫性的视线，她点点头，官方地回答："优秀，这么年轻就能读博士。"

汪婷玉翻了个白眼，没好气地说："谁问你这个了，我是说你觉得他这人怎么样。"

"我不认识他啊。"时晨抬头一脸蒙，"刚才是第一次见他。"

汪婷玉无语。

她俩端着餐盘去回收处的途中，还看到苏东岸正坐在一侧斯文地吃着。

汪婷玉没按捺住，又一次跟时晨说："真不考虑一下他？"

"考虑谁？"

汪婷玉拖腔带调："苏学长。"

"谁考虑？"

汪婷玉气急，伸手揽过她的肩膀，笑骂着说："你这小妮子逗我玩呢。"

"别动，别动。"时晨笑着出声，"小心高原反应。"

汪婷玉松开她："我还能说谁，说你呗。"

时晨小声反驳："跟我有什么关系？"

汪师姐苦口婆心地解释："那肯定是你啊，我们早就认识了，他不就是因为你，才过来的？"

时晨不敢苟同汪婷玉这个观点，直到她听见汪婷玉下一句话。

"他刚看了你好几眼，绝对是对你有意思。"汪婷玉嗤笑一声，"谁来这里没喝过这儿的招牌奶茶，装什么装，也就骗骗你这种小傻子。"

时晨一时有些拿不准主意，分不清这是真是假，但还是摇摇头："我不喜欢他这种的。"

"那你喜欢哪种的。"她就随口一问,没指望听见回答。

"阳光、幼稚的。"

汪婷玉一愣,心说什么玩意?

"学弟款的啊。"

时晨没承认,意味不明地说:"学长也行。"

好几次时晨在实验室的时候,转头都能捕捉到一个视线,当对视上的时候,对方又总是礼貌地笑笑,绅士又不动声色地移开视线,似是随意一眼。

每天除了在实验室收集数据,剩下的时间就是在野外定点测量,一天下来他们也没有多少交流,时晨松一口气,毕竟项目没有结束,后期还要继续跟进,关系搞不好对谁都没有好处。

等第一阶段任务结束,有人组织拍了张合照。

时晨站在后排露出半个身子,压了下耳边的碎发,微微偏了下脑袋,抿着嘴角看向镜头。

一张照片定格,背后是青山绿水,蓝天白云。

时晨走下台阶时,才发现她身边刚刚站着的是苏东岸,她礼貌地点了下头,走到观测站的空地上对着上空的白云拍了一张。

汪婷玉认真看着刚才的照片,仔细点评了一下:"拍得真是不错。"说完还看向时晨,"可算是有信号了。"

时晨没有发朋友圈的习惯,给汪婷玉刚发的朋友圈点了个赞,然后她想了一下,把自己刚拍到的蓝天白云设置成仅一人可见。

滨城。

井立涵把肩上的书包扯下来扔到床上,连衣服也没换就直接爬上床了,叫苦连天:"这不是人过的日子!"

方落西扯过椅子拿出手机,他不像井立涵可以不洗澡就上床,没条件的时候忍着,有条件了就惯着。

井立涵坐起来看着墙,又满脸不解地看向方落西:"我就不明白了,你今年还非要去一趟西藏干什么,去年经验不已经有了?"

"熬完夜了,小黑屋也关了,还得从头干着山地遥感,有什么想不开的。"

井立涵有阵子没摸到手机,新鲜地翻着朋友圈,时不时感叹一句,看到什么,他弯腰看了看还坐在凳子上的方落西:"今年他们已经去了,这都发合照了。"

方落西没抬头地翻了翻自己的手机，没找到，伸手一点也没见外地说："给我看一眼。"

井立涵递过手机给他，嘴上还阴阳怪气地说着："时晨旁边那男生挺眼熟啊。"他注意着方落西的表情，没看出什么异样。

方落西接过手机一眼就看到时晨，随后注意到她旁边的男生。不认识，两人离得很近，单看上去像是两人的合照，确实有些碍眼。

他舌尖抵着腮帮，伸手把手机放在井立涵床上，坐到椅子上，低头刷到时晨发的蓝天白云，哼笑一声，点了个赞。

心想着，再等两天。

井立涵看着方落西乐呵呵地拿着衣服去洗澡，一时也有点摸不着头脑。他能确定他兄弟对时晨有些不一样，就是这个度在哪里，他还没认清。

等方落西从浴室出来，井立涵听见动静一把起身坐起来，像是必须要问出个结果："西哥，说说呗，到底怎么想的啊。"

方落西拿着毛巾囫囵揉了两把头发，随手毛巾搭在椅背上，三两下爬上了床。也没管头发还湿漉漉的带着水汽，他直接躺下去，对面井立涵还在"嗷嗷"地叫。他声音带着遮不住的疲惫，无力地说："闭嘴，睡觉。"

"睡什么睡，说话搁半截是会遭雷劈的。"

方落西没理，直接拿着被子蒙住自己，露出一点头发在外面，还有一声只能自己听见的闷声："栽了。"

井立涵见他真睡了，无声骂骂咧咧一句后也没了声响。

方落西闭着眼想，他没正经谈过恋爱。网上说谈恋爱要有分享欲，他每天找着新鲜事发过去，又怕人嫌烦，也不敢多发。

这段感情他先开始，得人女孩子说可以才算行，他既然喜欢，就得负责。

这才几天，他这分享没法传递，就被人插了队。早知道就带着井立涵再熬两天夜，早点结束小黑屋。

早上起床之后，时晨就感觉不太对，去厕所一看，果然是"大姨妈"到访。小腹往下坠痛，再加上这几天在高原地带，她痛经反应比之前更加严重。

喂了两粒止痛药，时晨蜷缩在床上等着药效开始。

汪婷玉回来的时候就看到时晨躺在床上，整个人都没有生气的样子，以为她又有高原反应了，赶忙去拿床头柜的氧气瓶。

时晨露出一点头，脸上带着苍白的笑，安慰她："没事，就'大姨妈'来了。"

汪婷玉松口气，随即又低头看向她："你觉得怎么样，不行今天就休息吧。平常就算了，这地方出了事可不行。"

时晨摇摇头，尽管她心里极度不想下床，可是她不去她的考察就没得做，于是挣扎着坐起来，说："没事，我吃药了。"

"那你就等等看。"汪婷玉认真道，"难受就别勉强，身体最重要。"

"嗯。"止痛药的药劲上来，时晨感觉舒服了一点，下坠感不是很明显，就是浑身泛冷，脚步有些虚浮。

汪婷玉见她坚持，也没再说什么，只是眼神里尽是担忧，却没预料到麻烦还有另一遭。

他们每天考察结束时间不会太晚，赶在落日前回来。汪婷玉回来之后先洗个澡，出来之后，就看到手机上好几个未接电话。

有时晨的，有苏东岸的，她眼皮一跳，直觉不好，再拨过去却不在服务区，这边信号断断续续也是常有的事，现在遇见却担心得要命。

她换了件衣服，头上还包着毛巾，推门往外走，一边打电话。等走到楼下，电话也接通了。

隐约能听到几句话，汪婷玉听着是回来路上半路抛锚了，刚问了句他们在哪里，信号就又没了。她气急，狠踢了一脚，嘴上骂了句脏话。

此时，从大门开进来一辆越野，停稳之后，从副驾驶座上下来一人，甩上车门，嘴上逗笑着："师姐，这么不欢迎我们啊。"

汪婷玉转头看过去，眼睛一亮，伸手扒开凑上来的井立涵，对着车窗里边坐在驾驶座上的男人说："有人困在路上了，借我用下你们的车。"

井立涵见人直接略过他，摸了摸鼻尖转头又凑过去，好奇道："谁啊，这么倒霉。"

汪婷玉侧头瞥他一眼，脸上还带着肉眼可见的焦急："时晨他们——"

下一秒，眼前刚停稳的越野车，直接一脚油门冲了出去。

第十二章　/ 温柔乡

采完最后一个点,之前的数据又有点问题,只能又返回去重新测了一遍。

时晨拖着疲惫的姿势缩在后座,扣上帽子闭着眼养神。整个人都提不起劲来,酸软和不适传遍她全身各处。

后座还有一个女生,组里管她叫小夏,前排还有两个男生,一个是苏东岸,坐在副驾驶座,另一个不认识,时晨只知道姓刘,正在开车。

突然车子碾住块石头,司机一脚踩下刹车,时晨没有防备,脑袋先是磕在副驾驶座的座椅上,又一歪砸到窗户上。

"咚"的一声,听音就知道有多痛了。

小夏抓稳后,探着身子朝前凑,抱怨道:"干吗呢,能不能好好开了。"

司机不好意思地笑笑:"抱歉,抱歉哈。"

苏东岸转头从副驾驶车座和车门之间的缝隙里往后看,视角卡得死,看得不太清楚:"怎么样?"

时晨脑袋磕了一下,还有点缓不过来,额角处针扎一样,她感觉肚子更痛。听见人跟她说话,她看了眼前面:"没事。"

苏东岸听见她迷糊的声音,弯唇轻笑,对司机说:"等下换我开。"

司机没异议:"行。"

后边没再出现这种情况,时晨侧头看向窗外,天色已经换上幽光,她轻呼一口气,横过一条胳膊按在肚子上,上身微微弓着,眼皮都要睁不开了。

不知道过了多久,时晨再醒的时候,车子已经停下,她一人坐在后座,前边的两扇门开着。

苏东岸拧钥匙的手一顿,看向后视镜:"醒了?"

"嗯。"时晨坐起来,看了看窗户外边的人,回视他问道,"怎么了?"

"车子打不着火,抛锚了。"

时晨皱着眉头,看着他的动作,见还是没反应,推门下车。

另外两个人还在商量着办法,不停地打着电话,这里是荒野山地,信号几乎没有,偶尔听见提示音,对面也无人接通。

天色已经不早,荒无人烟的草地上风呼啸着,昼夜温差大,再待下去出什么事都说不准。他们只能把希望寄托在电量不足的手机上。

司机按捺不住，皱着眉看向四周："不能在这里这么干等着啊，这边不会有牧民，要是一晚上没信号，冻都能把咱们冻死。"

小夏也很烦躁："那怎么办？"

"要不咱们往前走走吧，看能不能遇见人。"

"不行。"他话还没说完，就被时晨打断，语气严肃不可反驳。

那男生被说得一愣，似乎没想到这个平常默不作声的女生会反驳，苏东岸眼里也闪过讶异，侧眸看向她。

时晨没管他们，皱了皱眉毛："不能往前走，现在天快黑了，前面也不知道是什么情况，最稳妥的办法就是在这里等。"

男生还不死心，反驳道："你们女生在这里等，我们往前走走，不行就回来。"

"不行。"时晨的话一点都没有留余地，"你自己也说了，这边没什么人。盲目往前走，可能等下都找不到回来的路，咱们四个不能分开。"

她转头看了看车："这样比较显眼，而且师姐见不到人，也会来找的。"

"那找不到怎么办，在这里等死吗？"他语气暴躁，大声嚷着。

时晨也不知道怎么办，但也没有别的办法。

中途打通一个电话，没说两句信号又断了。时晨没上车，在一边直接坐在了地上，看着远处望不到边的天。

小夏也没上车坐在她旁边，挨得很近。天色已经擦黑，许是他们现在处境格外凄惨，心里不免也有点凄凉。

时晨伸手抹掉沾在嘴角的发丝，苦笑一声，心里想着是不是自己真的不太合适这个专业，如果最开始听杨女士的劝告，也就不会有这种情况。

"时晨，你听见什么声音了吗？"小夏紧张兮兮地凑近她，声音瑟瑟发抖。

"没啊。"时晨又听了一下，还是没听见。

"我怎么听见有狼叫了。"小夏缩了缩脖子，学了下，"嗷呜，就这样。"

时晨忍不住打了个激灵，不知道是安慰谁："没吧，这里没有狼吧。"

小夏看向她身后，眼睛止不住地瞪大，张着嘴说不出话，伸手指过去。

时晨脊背僵硬，心一凉，觉得全完了，不会真让她说准了吧。她抓住小夏的手，起身准备往车上跑。

小夏拍了她一下，没收着力道，俯身抱住她，带着哭腔："车，车。"

时晨还没喘过气，转头往后看了一眼，看见一道车灯亮光，眼眸里还有没散去的泪花，藏不住地后怕。

越野车一停稳，驾驶座的门打开，下来一个身高腿长的男生，黑衣黑裤，马丁半靴，径直朝她这个方向走过来。

远光灯的亮度在原本一片伸手不见五指的夜色中划开一道边，时晨看着走近的人影，不可置信地呆愣着，没有动作，还是坐在地上。

方落西走到她跟前，屈膝蹲在地上，一把抱住她，声音还带着轻喘，紧贴在她耳边，嗓音温柔得不像话："我看到了。"

时晨愣怔着任他抱着，思绪还没转回来，他说的话还立体环绕在她耳边，一时没转过弯来他到底看到了什么。

没抱太久，方落西松开她，借着光亮看着她："哭了？"

时晨抿着嘴角，没说话，不想说自己被吓哭了。只是落在方落西眼里又是另一番意味："怕不怕？"

他的眼神太过明亮，比不远处的车灯还要耀眼，时晨低头避开，正好露出自己的额角。

"受伤了？"

时晨抬起头，以为是自己坐在地上的缘故，摇头小声说："没，我就是腿麻了。"

"不是说这个。"方落西看了看地面，伸手轻轻地触碰了下她的额角，"这里。"

他轻碰，尽管力道很轻，时晨还是龇了下牙。

时晨歪头拿手背轻轻碰了下，应该是鼓起个大包，她没敢再动："没事，不小心碰到的。"

见她没什么大事，方落西抬了抬下巴，示意她先去自己车上，然后他走向了抛锚的车。

小夏正在一边冲时晨挤眉弄眼，时晨权当没看见，望着停在路边的车。

方落西走到驾驶座旁跟刘同学聊了两句，然后坐上了驾驶座，启动，见没什么反应，侧头看了一眼。

好巧不巧，正好看到苏东岸。都说女人的第六感很准，有时候男人对视一眼也能知道对方正在想什么。

两人默契地移开视线，方落西下车走到一旁，看见时晨站在车外，注意到她脸色有些苍白，皱了皱眉毛："怎么不上车？"

时晨摇摇头，她帮不上忙就算了，也不能这么没眼色直接上车休息吧。

"等我。"

方落西说完就转身跑到车边，时晨看着他的背影，一颗悬着的心总算是放下来。

汽车抛锚一时半会儿也修不好，他们打算把车放这里，先回基地，剩下的事明天再说。

夜色掩盖住人们的情绪，带来了不确定。把车放这里，人先回去的确是目前最好的办法。

几个人把车里的资料仪器搬过来，得亏方落西今天开的车够大，几个人挤挤还能坐得下。时晨被小夏暗戳戳地揶揄到副驾驶座上，车里暖气热烘烘的，她思绪已经有些翻飞，昏昏欲睡。

半路上遇上紧跟着过来的汪婷玉和井立涵，小夏本着不做电灯泡的原则，拽着车上的几人去了汪婷玉的车上。

小夏轻"啧"一声，小声冲苏东岸说："学长，你怎么那么没眼力见儿呢，还不赶紧腾地方。"说完也没看见苏东岸脸都黑了，硬扯着人下去了。

时晨半路醒的时候，后座上已经没人了，迷迷糊糊地问方落西："他们人呢？"

方落西开着车，随口答："不就在后边呢。"

时晨听见后眼睛瞪大了一圈，一下精神了，又小心地往后看了一眼，紧张兮兮地问："我怎么看不见，你别吓我。"

方落西听见一乐，无奈又好笑地回答："后边那辆车。"

时晨看着倒车镜里是还有一辆车，松一口气，失神地靠在座椅上，她今天可是被吓怕了，幽怨地看向方落西。

方落西注意到她的视线，伸手扳了下后视镜，慵懒的腔调格外欠揍："看你这点胆子，出息。"

时晨没理他，泄气地靠向背椅，攥着胸前的安全带蔫蔫的，低头看着衣角。

方落西刚才就注意到她脸色不太好，眼眸也不像往常一样泛光，尽是疲惫，整个人提不起劲来，刚想让她再睡会儿，就见时晨跟个炸毛的兔子一样，绷着小脸义正词严："我没怕，就是还没睡醒。"

久坐不太好受，她又不敢乱动，要是把座椅弄脏了，这就是她一辈子都忘不掉的"社死"现场。

见她脸色更不好，方落西收了笑，神色带着点认真："刚刚不该吓你——"

时晨一愣，立马打断他："跟你没关系。"

她侧头看了看他，生怕他再说出什么话，严肃地说："真的，不关你事。"

后半程她缩在座位上没说话，一副"我睡着了"的样子。等一进基地，她又自动转醒，侧头看了下方落西，转身开门下车。

时晨下车后，汪婷玉那边也推门下车，肩膀上还铺着个毛巾，头发成绺儿散着，她看得心头触动，上前摸了摸还湿着有些发硬的发尖。

汪婷玉倒是没管这些，凑近她脑袋边咬着牙说："说说呗，怎么回事啊？"

时晨没明白："什么啊？"

"小夏刚可都说了啊。"汪婷玉一副"这还瞒着就没意思了"的表情，上手拍了下时晨的肩膀，光听这声就知道下手多重了，"可半点都没听你说过啊，这怎么个情况。"

时晨被她拍得一哆嗦，捂着肚子弯下腰，皱眉低声道："别打，血崩了。"

"我可没打你肚子，别碰瓷啊。"汪婷玉嘴上这么说，手上却立马去扶时晨。虽然多少有点装的嫌疑，但肚子痛也不是骗人的。

时晨先回了房间，去浴室洗了把脸，脱了外套才上床。躺在床上那一刻，即便还隔着衣服，她也能感知到被褥的温度。

她舒服地深吸了一口气，想着，这大概就是她的温柔乡。

过了一会儿，门口处响起开门声，时晨从被子里露出脑袋看过去："回来了。"

汪婷玉没好气地扯了扯她的被子，语气格外揶揄："起来，趁热喝。"

"什么啊？"

"我哪知道。"汪婷玉把手里的保温杯递过去，学着别人的样子，刻意拉低声调，"让她趁热喝了。"

时晨被她调侃得脸颊微红，伸手拧开保温杯的盖子，扑面而来的热气裹着甜腻的气息，她抬头看了看人。

汪婷玉凑近看了眼杯里，稀奇地抬头一挑眉："红糖啊。"

"啧，想不到啊，我学弟这样的人还有这么贴心的一面啊。"

时晨两手抱着没动作，明明是保温杯，她却感觉手上热乎乎的，热气熏得她整个人都要化掉。

汪婷玉坐在她床边，有一句没一句地闲聊："看他那架势差点要带你去医院走一遭。"

汪婷玉侧头瞅着脸红的女生，轻声笑了笑："想不到啊。他这人看着跟谁都处得来，边界感却挺明显，我之前见他拒绝人那可真是直白又残忍。

"之前还有人说，不知道他这样儿的怎么才能下凡做个人，现在是折在你这里了？"

时晨听得耳尖都发红，坠着快要滴血了一样。汪婷玉看着时晨，认真地说："我倒觉得便宜他了，我们时晨多乖啊。"

"师姐，你该吹头发了。"

汪婷玉被她推得站起身："我认真的。"

等人进了浴室，吹风机的"嗡嗡"声响起，时晨摸了摸滚烫的耳朵，喝了一口红糖水。

果然甜得发腻。

小组第一阶段的任务就要结束了，他们直接回学校处理数据就可以，看后续进展结果，再进行下一阶段研究观测。

再见到方落西的时候，是在食堂。

苏东岸正说着："到时候咱们一起去啊，你也来呗，时晨。"

时晨夹肉的手一顿，摇头说："我得回西淮。"

闻言，苏东岸眸子里也没有异样，笑着说："那等有机会一起去。"

食堂的座椅都是四人座，他们这桌占了三个，方落西和井立涵过来的时候，就坐在了时晨右手边隔着一个过道的位置上。

井立涵放下手中的餐盘，大大咧咧地冲他们这边说了句："时晨跟我们一起啊，我们也回西淮。"

时晨听见动静转身看过去的时候，方落西刚坐下，两人对视一眼，她眨巴了两眼，看着井立涵说了句："好啊。"

等时晨吃完饭离开后，汪婷玉凑近问苏东岸："学长还要去玩吗？"

木筷撞击不锈钢的声音，听得方落西眉毛一紧，他起身拍了拍井立涵的肩膀："慢慢吃。"

井立涵见人没吃两口就端着盘子要走了，纳闷地问："不吃了？"

另一边，方落西放下餐盘打算去找时晨的时候，正好电话进来。

他看了看来电显示，没备注，一溜串的数字，眼熟得很，接通电话后，方落西嗓音比往常还要寒上一度："喂。"

那边不知道说了什么，方落西眉毛一紧，挂断电话，飞快地跑出去，还不忘给时晨发了个消息。

时晨交完表下楼的时候，看到弹出来的消息。

方落西：我有急事要去越南省，等之后去西淮找你。

时晨看着消息，回想了一下他们近期的项目好像没有跟南省有挂钩的，她脚步加快，想在他临走前再见他一面。

　　她是在楼梯口遇见他的，他肩上背着个书包，气息因为奔跑有些微喘，神色茫然又落寞。

　　时晨拦住他，皱眉看他："你现在就要走了？"

　　听见声音，方落西回过神来，敛起多余的情绪，怕吓到她一样，轻声说："等我回来去找你。"

　　说不上来是什么感觉，时晨只觉得他不太对劲，格外反常。

　　平常的方落西就是懒得理人，脸上也总是勾着一抹笑，不慌不忙，肆意又骄傲。但没有哪一刻像是现在这样，不知所措，像个找不到家的小孩。

　　见他着急，时晨也没多耽搁："你能等我一下吗？五分钟。"

　　方落西没问缘由："好。"

　　时晨见他答应了，转身往楼上跑，压着扶手两三个台阶地往上迈，到拐角处还不忘回头看一眼。方落西还站在原地看着她的方向，她没磨蹭，径直跑上去。

　　方落西盯着楼梯口良久，然后往后退了两步，无力地靠在墙上。

　　拿了钥匙打开门，时晨收拾出个背包，从行李箱翻出几件换洗的衣服，一股脑地扔进包里。

　　等方落西走到门口，就见一道人影背着个不大的双肩包，从楼梯上隔着好几个台阶往下跳，站到他面前的时候，整个人还没缓过来，小口急喘着。

　　时晨平复了一下，咽了咽口水，忍着喉咙的干涩，说："你介意再带一个人吗？"

第十三章　/ 猝不及防见家长

刚跑了这么一遭，时晨这会儿还有点缓不过来，边说边喘。见方落西也没个反应，就这么看着她，时晨也拿不准他怎么想的："我也没去过南省，就当是旅游了，保证不会给你添乱。"

方落西伸手接过她肩上的包，叹了口气："下次不要着急，我都在等你。"

"哦。"

时晨在路上给汪婷玉发了个消息，对面没回，她估摸着应该在忙。还好现在不是旅游旺季，不用担心买不上机票。

手机屏幕亮起，显示和汪婷玉的聊天界面。

汪婷玉：你去哪儿？南省？去那儿干吗？自己去？

时晨当时坐在车上，看着她甩过来的一连串问题，抿着嘴角敲了两个字：旅游。

汪婷玉：你很闲吗？闲就接着去山沟沟里蹲着测点去。

她看了看正在开车的方落西，将屏幕亮度调暗了一些。

时晨：还有方落西。

对面大概隔了那么几秒，突然撤回了两条消息。

汪婷玉：年轻人就该出去转转，南省是个好地方，山清水秀。

等方落西回来的时候，时晨站起身，手机又弹出一条消息。她解锁后看了一眼，是个网页链接。

汪婷玉：[情侣必打卡的100个地方之南省篇]

方落西把机票递给时晨，看她脸色发红，皱眉问："怎么了，身体不舒服吗？"

时晨也感觉到脸颊有些不正常地烫，伸手碰了碰，避开他的眼神："没有吧，就是太闷了。"

"那我去打个电话，等我一下。"

时晨点点头，看着他离开后，伸手在脸颊处扇了两下风。她看着汪婷玉新发过来的链接也没点进去，按灭了手机屏幕，眼不见心不乱。

方落西摁下一串数字，拨通后，那边先开口："小西？"

"王叔。"方落西对接电话的人很熟，是他爸的助理。

"方总正在开会——"

助理话没说完，就被方落西打断："我知道，找到了吗？"

那边顿了一下，其实没几秒的工夫，方落西却已经等得不耐烦了。

许是职业习惯，王叔的声音带着一丝不苟："目前还没有你妈妈的消息。"或许是心里有些触动，他安抚道，"你别担心，方总之前一直都派人跟着，应该不会出什么状况，可能只是消息有些延迟。"

方落西哼笑一声，不轻不重，刚好对面听得清楚，都什么年代了，还有延迟。

对面说话的声音被他这声冷哼打断，叹一口气："你爸爸，他真的是忙不开，这个会议不能推。"

"我知道。"方落西没什么表情，嗓音冷淡叫人听不出情绪，"他们早就没有关系了。"

挂了电话之后，方落西看着外面停机坪上的飞机，低头狠狠咬了下牙，再抬头时，又是往常的模样。

他转身走到时晨旁边，接过她的背包，准备登机。

登机后，时晨看着方落西情绪不太高，也没出声打扰，后边就迷迷糊糊地睡着了。

方落西见她睡得安稳，找空姐拿了张毯子，小心地给她盖上。重新坐回去的时候，时晨脑袋一晃，正好落在他肩膀上。

他调整了下坐姿，肩膀压低一点，让时晨能靠得更舒服些。

看向窗外的蓝天白云，和时晨朋友圈里的照片一样绚烂，澄净，就像他肩膀上靠着的女生。

方落西曾经的两段感情都不算成熟，只是为了体验美满到破碎的波折感。

第一段感情那会儿，他生活一团糟，爸妈刚离婚，原本和谐美满的家庭支离破碎。他爸妈是校园恋爱，在风雨中相互扶持走过很多年，最后还是分开了。

那会儿，他想知道他们口中的爱情是什么样的，说不上是给自己找刺激还是给他们添麻烦，作为学校里的清冷校草他答应了安和婧的表白。

第二段好像也没什么意思，他好像没有恋爱的感觉，找不到爱情的意义。

或许是每次开始他都同人说得很清楚，好似深陷其中，其实只是跳出圈子的旁观者，所以感觉不到他父母从校园时期就开始恋爱的甜蜜。

他心底从一开始就不相信爱情了,这东西像毒药,常人碰不得。沾上了,就会遍体鳞伤,没有归路。

时晨的闯入意外又不意外,如果有人问他为什么会喜欢上她。

他想,她见过他的秘密,也像极了之前的自己。

他可能永远都忘不了,那晚在河边,她伸出一只手,拽住了浑浑噩噩的少年。后来,她举着鼓槌敲击,眼里只有面前的架子鼓,灯光在她身后,她像是长了翅膀,光芒万丈。

飞机平稳地降落在机场的跑道上,时晨头轻轻一磕,从他肩膀滑落。

迷糊地睁开眼,她看了看窗外,摸着嘴角偷瞥方落西的肩膀,见没什么异样,才松了一口气。

"醒了?"方落西久未开口说话,嗓音有些低哑,带着丝沙砾感。

时晨点点头,脸上还压出些红痕,羞赧低声说:"不好意思啊,你可以叫醒我的。"

方落西拿下书包,看着她,又重申了一遍:"摆正你的位置。"

摆正你被追求者的位置。

两人出了机场后,把手机重新开机。

方落西看着手机上的未接来电皱了下眉,点开信息后,松了一口气。

收起手机后,方落西转身问她:"想去哪里玩?"

"啊?"

"不是说来旅游吗,想去哪里?"

时晨莫名想起上飞机之前汪婷玉给她发的链接,脸色又有发红的趋势。她移开视线:"你先去忙吧,我不着急。"

方落西悠闲地转着手机:"我也不急。"

时晨感觉他和上飞机之前是两个状态,有些摸不着头脑:"那你来这里干吗,可以先过去的。"

方落西一笑,嘴角勾着的弧度带着特有的坏:"你都不知道我来干吗?就敢跟过来?"

时晨抬头看向他,心里知道他这是在逗她,却还是像傻了一样没动作。

她跟在他身后问:"你们学校在这边还有项目啊?"

"不是。"方落西停下脚步,眉毛一挑,侧头看向她,慢条斯理地说出个地名,"听过吗?"

"没有。"

方落西背着两个包,还能游刃有余地拉着她避开往来的车辆:"我妈在那里教书。"

"哦。"时晨跟着他的脚步点点头,然后倏地抬起头,大声表达了她的困惑,"啊?"

她满脑子都是刚听见,他妈。

天地良心,她不是骂人。

一时有些手足无措,时晨没想到会是这种情况,莫名成了见家长的场面,她现在回去买张机票直接逃走还来得及吗?

答案当然是来不及,方落西已经把人塞进了出租车里。

时晨总感觉座位上有钉子一样,整个人动来动去的,一点也不安分。

方落西把她的表情收入眼中,无奈地笑了下,简单地解释:"临时出了点状况,联系不上人当时有点慌,也没跟你说清楚。"

时晨看着他,想起她在楼梯口遇到的方落西,落寞又无助。

"你别担心。"方落西安慰,"我们不会在这里待很久,她,也不太喜欢别人打扰她的生活。"

时晨脸色微红,低头没看他。

一路无言,方落西多加了钱,司机师傅才愿意送他们到地方。下车后,时晨还是止不住地紧张,时不时捏捏手指,攥攥衣角,小动作不断。

到村口的时候,天已经黑了,他们结伴步行在乡间小路上,没有路灯,漆黑一片,偶尔还能听见一两声虫鸣。

"我之前来过这里一次,学校后面有条小河,风景很好。"他声音消失在夜色里,略显得有些单薄。

隐约看到学校门口时,方落西停下脚步,转头看向时晨,看不清神色,声音却透着一股认真:"时晨,今天你能陪我来,我很高兴。"

高兴的是,他不再是一个人了。这世界至少还有人能发现他的喜怒哀乐,愿意陪他一起。

微风卷着他的声音逃跑,时晨好像突然没那么紧张了,庆幸自己提前忙完了一切,能陪着他来到这里。

学校应该是新修建的,四层楼高,隐约还能看到操场的轮廓。方落西带着她拐进教学楼旁边的一栋房子,上楼后轻轻敲了下挨着楼梯最近的一扇门。

门推开后,一个衣着朴素但气质端庄的中年女士看过来,看见门口的男生一愣，紧接着视线又看向一旁的时晨，语气里掩不住的讶异："小西？你怎么过来了。"

方落西嗓音很轻："联系不上你，过来看看。"

时晨看他一眼，一天的焦急被他用简单一句话概括。

女人恍然大悟一样："啊，忘记了，今天上午手机掉在河里，还没来得及去补办。"

方落西似是忍了忍，还是没忍住："下次你记得通知我们一下，要是这次不碰巧，你没有想过我们会着急吗？"

女人一愣，脸上有些踌躇。

方落西叹了口气，察觉自己语气有些僵硬，他嗓音有些干涩："我不是这个意思，我是说突然联系不上，我们都很担心。"

时晨站在一侧，感觉气氛不太对，方落西肩膀松垮，单看一个背影，就莫名让人心疼。

女人脸色也有些不自然，应了一声，把他们迎进屋，看着时晨问了句："这是？"然后她又看向方落西。

时晨听到话题落到她这里，身子一瞬间僵硬起来。

方落西怕她不自在，开口说："时晨，我朋友。"

韩柔笑笑，也没再问，她这个年纪还有什么不明白的。

"你们吃过饭了吗？"

他们从机场出来，就一直坐车到现在。时晨还好，方落西午饭也没吃多少，现在胃里充斥着饥饿感。

看见桌上放着一个空碗，碗里只有一点葱花和酱油，电磁炉上还在烧着热水，旁边放着一袋子挂面。

方落西转头问，语气冷淡："你就吃这个？"

韩柔听见他这话，脸上也没什么别的情绪，走过去把电磁炉关掉，声音平淡："晚上不太饿，这也没什么不好。"然后顺手拉开一侧的冰箱门，为难地看了看里面的食材，"你们还没吃饭，那就做点别的吧。"

方落西瞟见冰箱内空荡荡的隔板，仅有的便是几袋牛奶、两三个西红柿："我来吧。"

闻声，韩柔错愕地回头，眼神里满是吃惊。

时晨见状也不好干站着，连忙跟着说："阿姨，你先休息一下，我们来就可以了。"

韩柔一方面也是真的不太会做饭，看着两人站一块，她想着自己腾个空间也行，但动作间又带些犹豫，张了张口到底没说什么。

轻掩上厨房门，韩柔低头自嘲，眼神带着莫大的悲哀。

见方落西妈妈走出去之后，时晨松了一口气。她要是跟阿姨独处，肯定会紧张。所以即便是不会做饭，也揽下了这个活。

转头就见方落西斜靠着冰箱门，正似笑非笑地看着她。时晨走近两步，冰箱内的冷气"噌噌"地往她脸上扑，她小声开口："要做什么啊？"

"没什么菜，可能有肉。"说着就关门要看下面的冷冻层，还故意憋着坏，"排骨？炖肉？"

时晨听着眉心一跳："你会吗？"

"不太会。"方落西说得一点也不心虚。

时晨听着简直要疯了，不会你做什么啊？

"别了，别了。"时晨着急地压住冰箱门，试探地问，"大晚上的吃这些不太健康，你觉得呢？"

她脸上的情绪一点也没遮掩，生怕最后搞出点什么奇怪的黑暗料理。

"行，听你的。"方落西笑着关上门。

时晨见他答应了，也松一口气，看到电磁炉旁边的挂面和冰箱里为数不多的西红柿，提议着说："要不我们吃西红柿鸡蛋面？"

"听你的。"

时晨快速拿出手机查找了一个教程，视频循环播放搁在一旁，看方落西站在洗菜盆前，她问："我干吗啊？"

方落西转头看了她两秒，水龙头还在哗啦啦地流水，落在盆子里的番茄上。

"洗吧。"

他让开位置，甩了甩手上的水珠，站在一旁。

时晨接替他的位置，站在水池前，洗完之后她把西红柿放在案板上，冲了下旁边的刀，准备切成碎丁。

方落西煮上面条之后，就看着时晨拿着刀一筹莫展，似乎找不到下刀的地方。他上前小心拿过刀，虚揽着她的肩膀："这用不着你。"

时晨被他带到一旁，离开了案板。他一手轻按住西红柿，歪头示意："歇会儿。"

方落西压着西红柿利落地在上面划了个十字，舀起电磁炉的热水，从上往下一浇，手指捻着烫开的表皮左右转了转。随后手起刀落，一刀一刀切成片，再压着转了个方向，切成碎丁。

时晨站在侧后方，她觉得自己离开案板，放下菜刀真是一个明智的选择。

等方落西开火炒卤的时候，时晨看着他娴熟的动作，才发觉他是会做饭的，看情况应该经常做饭。

不可否认的是，男生在厨房颠勺的时候确实很帅，就连他拿着盐袋子倒盐的时候，都透着股漫不经心的帅气。

方落西将电磁炉拧成小火，拿出碗来挑着面条。锅里的西红柿鸡蛋卤汤散发的浓香在空气中弥漫开，时晨吸了吸鼻子，眼睛一眨不眨地盯着那锅颜色鲜艳的卤汤。

他装好一碗，浇上卤汤，放在一旁，时晨端着碗沿，准备出去，方落西见状给她开了下门。两人明明是第一次配合，却默契得像演练了很多遍一样。

桌子也就是单人大小，三人挨得紧凑，他一落座，时晨甚至能感觉到腿边紧贴着他的腿，她往后收了下，看着他们的动作，才开始动筷子。

时晨筷子卷着面条，小口吃着，挂面煮软，裹上浓郁的汤汁，色香味俱全，她想着，要是换个场景，说不定她自己就能吃两碗。

"还是第一次吃到你做的饭。"

时晨送到嘴边的面条正好咬断，剩下半截重新滑到碗里，她抬眼看了看，又低头垂眼看着自己碗里的面。

桌上自刚刚那句话后，便陷入了一种沉闷的氛围里，是时晨作为局外人都能感觉到的压抑。即便这会儿她有心说点什么缓解，也轮不到她开口。

过了一会儿，方落西缓缓地开口："不常做。"

韩柔笑着随口接话："什么时候学会的？"

"高中。"

韩柔听着这回答一愣神，连夹起的面条都忘了吃。

时晨不知情，还在想着，果然优秀的人开窍都早，高中就能做饭了。

吃过饭后，又是时晨和方落西收拾了桌子，待在厨房里刷碗。

时晨说自己就可以，一人做饭一人刷碗，分工合作。

方落西："对啊，分工合作，一起做饭，不就得一起刷碗吗？"

看着站在水池边的人，时晨好奇地问道："你高中就学会做饭了？"

方落西弯着腰，正凑近水管冲着手上的泡沫，侧头看她一眼，漫不经心地"嗯"了一声。

说实在的，时晨不太理解，高中学业这么紧，一天恨不得掰碎了用，还能抽空学个做饭，就难以理解学霸的思维。

"怎么想到培养这兴趣爱好的？"

手上的泡沫被水流冲走，露出原本白皙的手指，方落西捡起另一个碗，听着水流四溅，说："想吃点有味道的饭。"

时晨不理解，也没明白，什么饭没味道，崇浦当地的本帮菜就是甜的和辣的，她刚上大学的时候，就格外不适应。

她把碗放到橱柜里，想到什么，逗笑了句："报班了吗？"

方落西一愣，嘴角微弯，明白了她的意思："自学成才。"

晚上休息的时候，韩柔给他们找了两条干净的床单，去旁边空着的宿舍凑合着睡下。时晨洗漱过后，就没再出去，等熬过了一会儿，她起身想去厕所。

时晨站在窗边看了看屋外漆黑的夜，心跳莫名都急速了几分，她抿了抿嘴角，摸过床上的手机，推门走出去。

整个学校只有楼下有一盏强光灯，到了深夜的缘故，亮度也暗下了几分。时晨打开手电筒，绷着弦往前走。

一侧的宿舍门突然打开，她手中的手机都差点甩出去。

时晨看过去的时候，眼神中尽是没收敛的惊恐。

方落西听见动静才开门出来，将她眸中的情绪收入眼底，不动声色地上前一步，随意开口："去哪儿？"

时晨指了指走廊尽头的洗手间，犹豫着反问："你……"

他随手搭着护栏，背过身靠着，懒散得像是出门遛弯的老大爷："出来看看月亮。"

听见他的话，时晨下意识地转头看向黑夜，不是初一也不是十五，半块月亮周围笼罩着一层淡淡的烟雾，透出几分朦胧感。

时晨心想，这人还真是挺雅致。她走到洗手间门口的时候，鬼使神差地回头看了一眼，方落西双手撑着栏杆，姿态闲散地仰头看着头上挂着的月亮。

她甚至毫不怀疑，如果现在能给他一瓶酒，哪怕只是 RIO（锐澳），他也可以把酒对月。

等时晨从洗手间出来，看着不远处的人影，一时间也忘记打开手电筒了。等走到他身边，方落西似乎才注意到她，转头低眸看向她。

时晨磨蹭了一下，摸不清他的打算，开口问道："你还要继续看月亮吗？"

"不了。"方落西转身一点没留恋，"困了。"

时晨走到门口，手指搭上把手，在寂静又漆黑的夜里看向一侧的方落西。

他似乎是真困了，眼皮懒散地垂着，不愿意用一点力气，似乎还挣扎地站在原地。

她心尖微动，慢慢启唇："晚安。"

方落西眼皮动了动，眸子里透着笑意，懒洋洋哼了声，音调不似往日清醒，带着一股撩人又不自知的低哑。

"晚安。"

等时晨回到房间躺在床上的时候，耳郭上的酥麻感还未退去，她缩在被子里，歪头用肩膀狠狠摩擦了两下，不仅热意未退，反而更加灼人了。

时晨一直都知道，自己多少有点声控的属性，没什么特定的音色，不局限于人声，偶尔还会钟情海浪声、下雨声。

刚刚她发现，方落西的嗓音也完全踩在了她的审美点上。时晨蒙在被子里忍不住扭了两下，床板经不住她这样的动作，发出嘎吱嘎吱的声音。

时晨一僵，慢慢撩下被子，露出一张通红的脸，眸色被房顶上的灯光照得泛水。她小心寻了舒服的姿势，伸手拍了拍脸颊降温。

第二天一早。时晨听见床边的闹钟声，伸手关掉，又蒙着被子醒了醒神，才挣扎着爬起来。

还不知道今天是个什么情况，时晨也不好一早就睡懒觉。等她洗漱完后，趴在一边看着整个学校，学生正吵着进教室，青春又有活力。

趁着学生在操场活动，她也下楼走了走。偶尔遇见几个学生好奇地将视线投向她，等时晨冲她们笑着打招呼，她们又不好意思地撇头跑开。

"韩老师，我今天有早起认真刷牙哦。"声音带着小孩特有的奶声奶气，稚嫩中听出一丝求夸奖。

时晨循着声音看过去，韩柔蹲下身子，视线和小孩齐平，宠溺地揉了揉他的头发，眼带笑意地说着什么。

她歪头看了很久，从昨天到现在短暂的相处中，时晨似乎没预料到她对学生如此宠溺，之前她想着韩柔大概是严师，即便韩柔脸上挂着笑，不管是对她还是方落西，都有些疏离。至于后者，似乎还多了几分不自在。

方落西还真是没说错，他妈妈很喜欢小朋友。时晨想起之前，他家这是遗传吗，他似乎也很喜欢小朋友。

韩柔等学生离开后，缓慢起身，正好转身对上时晨的视线。

时晨颔首笑了笑，对方已经不疾不徐地走过来，嗓音温婉："时晨？我们聊聊？"

春天的云……

CHUN TIAN DE YUN

第十四章　/ 天气这么好，我们要不要谈个恋爱

韩柔的嗓音柔中带水，透着股江南大家闺秀特有的温柔。

时晨跟在韩柔身后走到操场旁的器械区，像是随意找的位置。

韩柔没开口，时晨坐在她旁边，也安静地没说话。

时晨坐在这里，广播里还是课间操的伴奏，眼前是学生伸胳膊踢腿的场景，她摸不准韩柔是什么意思。

"你和小西在谈恋爱？"过了许久，她转头望着时晨柔声问。

时晨老实回答："没有。"

韩柔笑了笑："你别紧张，我不会干涉你们。"她停顿了一下，似是也没想好怎么说，寻了个折中的说法，"那你们关系挺好吧。"

"还行。"时晨要说不好也不对，她也不好意思厚着脸皮说挺好。

韩柔看着时晨一脸纠结，脸上带着女孩特有的娇憨，了然笑着回想，自己也是这个年纪过来的。况且自己肚子里出来的孩子，即便这几年不常见，也是能看出个大概。

"自从我过来这边后，和小西联系也不多，也很少把心思放在他身上。"

时晨听着这话，皱了皱眉，也没有打断，安静地听着。

韩柔看着远处操场上的孩子，娓娓道来，声音低柔极具欺骗性："高中我和他父亲离婚后，没有把太多精力放在他身上。他小时候，我们两个都忙着工作，很少抽出时间像别的家长一样陪他。但他很自律，也很懂事。"

时晨低头默不作声，不明白她这些话什么意思。至少她不是很赞同，不是说孩子懂事，家长就可以不管不顾。

"现在他跟我也不是很亲近——"

"阿姨。"时晨忍不住开口打断她，"昨天我们过来的时候，方落西联系不上您，他很着急，我第一次见到他那么慌乱。"

时晨侧头看向韩柔："我想，他应该是很在乎您的。"

韩柔听着眼神空洞，思绪不知道翻飞到哪里。她竭力回想着方落西的童年，似乎找不出什么痕迹。

她和方落西的父亲方简是同学，人人艳羡的校园情侣，两人家世相当，

三观相合，一切都是水到渠成，毕业之后就结婚了。

方落西出生以后，韩柔休完产假便直接去了公司。她不依附于家庭，哪怕她可以学着别人在家当个贵妇，或者仅凭她自己的家境就可以衣食无忧一辈子。

韩柔一直以为自己足够幸运，从小家境优渥，后来遇上方简也是把她捧在手心里，第一个孩子也格外懂事，成绩不用操心，也没有别家孩子的坏毛病。

直到方落西初三的时候，她怀了第二个孩子。

那时候，她年纪也不算小，只是工作家庭到底不能平衡，最后孩子没能留下。

出院之后，她好像没事人一样继续工作，无声无息地患上了产后抑郁，她脾气开始暴躁，格外多疑，胡思乱想，整夜失眠，头发大把大把地掉。

恰逢那会儿，方落西刚升高中，也不常回家，方简忙着公司新业务也没有注意到这件事。

再后来韩柔坚持离婚，方简不同意，一直僵持，那段时间，家里乌烟瘴气，即便方落西不常回家，也明白了事情的来龙去脉。

他们都有自己的理由，反而方落西成了最没有理由表达立场的那一个。

韩柔的心理问题越来越严重，方简不得不在离婚协议书上签字。两人正式离婚，方落西当时未成年，抚养权落在方简手中，他成了没有完整家庭的人。

广播声停止，操场上的学生一股脑地散开，路过的学生会扯着嗓子喊一声："老师好。"

童音拽回韩柔的思绪，她站起身准备离开，对着时晨说了最后一句话："我不是一个合格的妈妈，现阶段也无可挽救。"

时晨坐在原地久久没有回神，她不理解。韩柔把她所有的爱意全部转化给了学生，可以宠溺地对着学生笑，却不能好好跟方落西谈谈，冷淡得都快成了陌生人一样。

明明她认识的方落西骄傲、肆意、细心又温柔，偶尔带着男孩子特有的坏，是世界上最好的方落西。

中午吃饭的时候，时晨没有看到方落西，一直到下午，她走到学校后面，踩着木板桥到河对岸，爬上不算高的小丘，看到地上坐着个人，独自一人对着落日。

时晨轻声走到他身边，同他一样坐到了地面上。

方落西听见动静，仰头看了她一眼，收起支在地上的手，解释说："上午去帮我妈买了个手机。"

时晨点点头，没管他看没看见，仰头看着远处的霞光，太阳落到地平面以下，橘色染满整片西墙。

她没头没尾说了一句话："明天天气很好。"

方落西看着晚霞，从喉咙深处滚出一声"嗯"。

时晨看向远处光影模糊的山间，时间好像回到了从前，突然，她很想勇敢一次。

"方落西。

"天气这么好，我们要不要谈个恋爱？"

她说出的话看似随意，神色却格外认真，在旁人看不见的地方攥紧了衣角。

方落西一愣，从地上飞快地爬起来，移到时晨左前方，茫然又带着笑意，难得他有些局促不安："我考察期通过了？"

时晨没说话，无声回望着他。

他低头笑了笑，再抬头时，眼神满是正经，轻声开口：

"时晨。

"方落西喜欢你。

"所以，要不要他当男朋友？"

时晨笑着点了点头，满眼都是这个从第一眼就记住了的男生，轻轻启唇："要。"

她话说出口时，还带了些控制不住的哽咽，极力遮住了眼眸深处翻涌上来的水光。

两人对着看了很久，直到方落西张开手臂："抱一下？我没有实感。"

时晨往前倾身靠在他怀里，她何尝不是，像梦一样，生怕一戳就破，得屏着呼吸，小声说话。

直到她将脑袋轻磕在他胸膛上，听着他强有力的心跳，才确定了一般，有男朋友了。

是曾经记忆里的少年，是她偷偷藏起来的秘密，是她以为再无后续的暗恋。

等时晨退开时，脸侧还有些泛热，方落西看着忍不住开口逗她。

"抱都抱了，要不再亲一下？"

落日的余晖还没退尽，远处流光卷着风声轻轻路过，吹乱了耳边的碎发。

时晨没动作，被吓到一样愣在原地，反应不过来他到底是在说笑还是真的。下一秒，她却恍惚想到，这样会不会太快了。

时晨想，她好像不反感。

晚风吹着地上的野草轻轻晃动，连带着远处的树叶窸窣作响，时晨还沉在自己的思绪中没反应过来，隐约感受到指尖传来的触感。

方落西嘴角带着笑，眼神却饱含深意。他不是这么轻佻的人，那一刻却有种抑制不住的冲动，话说出口后，他又有些后悔。

一定是今天夕阳太热烈了，烫得他脑子有些发昏，连后背都汗津津的。

他试探地、小心地捞过女生搭在膝上的手，平常火热的体温这一刻却带着些冰凉。拇指压住女生柔弱无骨的手指，其余四指托着有些泛湿的手心，分不清是谁的汗水。

时晨被动碰到他的手指时，飞走的思绪才赶紧回来。

她看到男生半蹲在地上，小心凑近，薄唇轻轻压在她的骨节上，温柔又克制。

柔软的触感紧挨住手指上坚硬突起的指节，她心跳就偷停了一拍，就好像他吻的不是她的手，是她偷偷离开又舍不得的心一样。

顿时，时晨好像懂了，为什么有个句子叫"心软得稀巴烂"。

眼神被烫到，热度蔓延烧在侧脸和耳朵上，她掩饰般地逃离视线，一只手还被他轻钩着，没用力却也不能轻易逃开。

入目尽是远处将要散去的夕阳，时晨眼底都是橘光。她想到白天和韩柔聊天时，对方问她名字是哪个字。

时晨说："是早晨的晨，刚好在早上出生，所以就取了这个名字。"

韩柔当时听到后，笑了笑，说："还挺有缘的。"

见时晨不理解，韩柔解释说："当时小西出生的时候，刚好是傍晚，从病房的窗户外能看到满片的落日。"她声音有些怅惘，似是怀念，"我从没见过那么好看的夕阳。"

现在，时晨坐在草地上看着天边的景色，有落日，有彩云，绚烂交织。她看不到早先的景象，只能尽力记住眼前的。

方落西早就撒开坐到了她旁边，手上没放开，轻轻扯了下，声音都听得出愉悦："想什么呢？"

时晨下意识地侧头看，视线触及他的那一瞬，她脸上没褪干净的红晕又一次爬上来。手上的触感提醒着他们关系的转变，甚至还能追溯到手指上的痒意，连带着她整条胳膊都没了知觉。

她羞赧地又低下头，没说话。

偏这人像是不放过她一样，故意憋着坏笑，把话挑明了："害羞了？"

时晨偏了偏头，不看他，没说话动作却早就说明了一切。

"嗯？"像是非要一个答案一样，鼻音轻哼。

方落西低笑着凑近，像是贴在她耳边低语，嗓音低哑："这次就先放过你，下次就没这么好运了。"

时晨觉得这人太坏了，虽然早就知道，现在忍不住抬头轻瞪了他一眼。她不知道，她这样子没有一点威慑力，像极了撒娇。

方落西好心离她远点，没再凑过去跟她抢氧气，手上没松开，时不时地动动她的手指。

明明再青涩不过的一个吻，甚至算不上严格意义上的初吻，时晨整个人像是过了遍火，从一点开始灼烧，烧得心跳加速，头脑发昏。

斜阳终究会退去，时晨有些舍不得，想从口袋里拿出手机定格下这一幕。只是一只手有些不方便，她侧头看向方落西，眼神动了动。

方落西注意到了，手上一点没松，笑着拿出自己的手机："多大点事。"

他拿出手机，对着天空"咔嚓咔嚓"拍了好几张，十分随意。时晨心想，这跟她刚才有什么区别，糊得不能看。

接过他递过来的手机，时晨看到照片之后眼神一亮，明明他就随手按了几下拍摄键，也没跟她一样又找角度又对焦的，拍出来却格外有意境。

时晨看了看手中的黑色手机，又看着牵着他的手，不自知地皱了皱鼻子，把手机递过去时说："等下给我发过来，要原图。"

"看上哪个自己发。"方落西没接。

时晨不知道他这话有没有什么深意，至少她这一刻想多了。手机这么私人的东西，现阶段她并没有什么女朋友要检查的自觉，直接扔在了他的腿上："你发。"

方落西无奈，老实地把刚才拍的照片发过去，没忘记勾上底下的原图。时晨一个一个存下来，看着屏幕上的图片，莫名想到之前听说过的事情。

情侣之间出去玩的时候一定不要让男朋友拍照，哪怕他格外殷勤，你也要保持一颗冷淡的心，不然最后，肯定高血压。

这一刻，时晨想，她肯定不会高血压。

等时晨处理完手机上的图片，注意到时间，侧头看向旁边悠然的方落西，询问道："要回去吗？"

"冷吗？"

时晨摇头:"不冷。"

方落西征求她的意见:"那再坐会儿?"

"行。"时晨没意见,看着他半天也就一个姿势,僵硬得不行,"腿麻了?"

方落西偏头看着她,几秒后:"不是。"

随后,扯出一抹无奈的笑,声音低不可闻:"是腿软。"

时晨怀疑自己听错了,毕竟他声音小,又被风吹散,也没多问。

远处风景映入眼底,日落西沉,是浪漫的吧。

果然如最初在机场方落西说的一样,他们在这里住了两晚,确定韩柔没事之后,他们就离开了。

时晨的行李还在观测站旁边的招待所里,她还要再回去一趟。方落西学校之前的项目出了问题,两人就在机场分开。

时晨的航班先起飞,两人坐在大厅里安静地等着。方落西牵着她一只手,两人的体温跟昨天比像是对调了。

方落西摸着时晨冰凉的手,忍不住皱眉:"手怎么这么凉?"

时晨倒是一副习惯了的样子,不怎么在意:"正常,一直都这样。"

她蔫蔫地靠着,脊背弓着,浑身没力气一样,五官也皱得跟苦瓜一样。

明明昨天她还下定了决心一般,异地恋有什么,现在这么方便,手机一拨,视频就来了,飞机一飞,不就见面了。

时晨之前纠结了很久,也很慎重。她觉得能量守恒,想要尝到最后的甜,不就得熬过最初的苦吗,哪有白捡的便宜。

可这会儿,第一步,她就皱成了包子脸。

都暗恋这么多年了,还不够苦吗?

时晨越想越委屈,低着头无意识地抿嘴,皱成包子脸,垂眸看着地面,一言不发。

方落西看不到她的脸,低头凑近她:"饿不饿?"

时晨垂着脖颈摇摇头,还是不说话。

方落西此刻也察觉到不同,像是要低头看她的神情一般,腰身塌下,脖颈弯得比时晨还要低。

他一凑近,时晨就偏开,方落西便故意追着她。

等时晨感觉眼眶撑不住泪水,再低着马上就会落下了,她微抬了抬头。仅仅是这么一点角度,就被人看了个正着。

方落西两指松松钳住她的下巴,没了逗闹的心思,低头凑近她,眉头皱着,嗓音却轻柔诱哄:"怎么了?嗯?"

时晨看着陡然凑近的一张俊脸,甚至能细数出他的睫毛,根根分明,浓密似鸦羽。

方落西没再追问,只是静静地看着她。这种既定的事实,她说出来也没有解决的办法。

但这一刻,对方势必要等一个答案。

时晨吸了吸鼻子,瓮声瓮气的,抬眼看着方落西,无理取闹得像是撒娇:"为什么你的睫毛比我的好看,你一个男生要这么长的睫毛干什么?"

方落西听着一愣,没多说,拽过她伸手揽住她的肩膀,笑着说:"这也要怪我吗?"

时晨没说话,脸上还是愁大苦深的表情,她生怕下一秒就会哭出来。方落西好声好气地哄着,也不揭穿,嗓音带笑:"别这么见外,我的不就是你的吗?"

他问:"真不去吃点?"

"不饿。"

时晨也是真不饿,早上晕车那股劲还没缓过来,现在也没胃口。

他们在座位上又坐了一会儿,时晨不想就这么点时间还要他承受自己的负面情绪,转而和他说说笑笑聊起别的事情。

钟表的指针一圈又一圈不停歇,广播已经在播报时晨的航班号。方落西站起身一手拎着她的双肩包,一手牵着她,绕开人群往入口处走。

他脚步微顿,时晨不明所以地抬头看过去,离安检口还有一段距离,他却没了往前走的意思,带着她转身停在大厅的落地窗前。

机场航站楼的一侧是整扇落地窗,正好是日出微光,新鲜的阳光吝啬地撒了些进来。其他人或匆忙奔向目的地,或是还坐在远处的座椅上。

他们两个面对面站着,地面上是拉长重叠的光影。

沉默许久,方落西伸手揽住她,带着人都凑近了几分,下巴埋进她的脖颈,声音闷闷的:"突然,不想你走了。"

如果,不是紧贴在她耳边,时晨肯定会怀疑她听错了,毕竟现在她微睁的双眸恰好表露了她的诧异。

方落西微微蹲了会儿,双手揽住她的腰身,把人圈在自己怀里,俯身低语:"等落地了之后给我回消息。"

"嗯。"

"到西淮了也要回。"

"好。"

"每天都给你打电话。"

"嗯。"

哪怕只是淡淡的一个字，时晨觉得自己的哭腔都要抑制不住，贪恋地想听到更多，却又不想他再多问。

"那要不要送我个临别礼物。"

"嗯。"

时晨说完后，察觉出一丝不同，抬头看向他，不想却被人捏住了下巴。

下一秒，一张俊脸凑近，唇上覆盖了柔软的触感，比昨天指节触碰到的还要软。

唇瓣相碰，他轻蹭几下，又克制着抿了抿，像是不经意探寻到别人的领地又占为己有。明明毫无色心，却欲气满满。

一如昨日青涩，恰到好处地撩动了她的心弦。时晨没有闭眼，更清楚地看到方落西颤抖的睫毛，受惊一般，耐人寻味。

地面上光影浮动，不变的只有两人的亲密无间。

第十五章　　/ 愿年年如此景，有佳人常相伴

回了西淮之后，两人即便隔着山海，也没能阻挡他们热恋的黏糊。

手机屏幕上映出方落西无瑕的俊脸，他懒散地靠在椅背上。身侧正好是一扇窗户，露出正午最盛的阳光，洒落在他的侧脸上，他不耐烦地眯了眯眼。

时晨对着屏幕笑了笑，一时看入了神，心想，他还是不太上镜。

她把手机搁在一旁，刚好镜头能抓住自己的侧脸，也不会轻易碰到。

他们两个，一个在西淮，一个在滨城，一个敲键盘，一个无声阅书。

时晨手指敲着键盘，眼睛专注地看着电脑屏幕。过了一会儿，她手上动作不停，但眼睛已经有点睁不开了，糊上了一层雾，神经也有些困顿。

她伸手把电脑往前一推，交叠着胳膊侧躺在桌上，正好露出一半侧脸。

方落西一眼扫到书页结尾，正准备翻页的时候，撩起眼皮看了眼屏幕。

他小心合上书，轻声搁在桌上，空出手拿过手机，眼眸带笑看着屏幕。

画质有些模糊，还略带一些反光，方落西侧身转了个方向，看着屏幕中熟睡的人，手指轻敲膝盖，略有些无奈。

时晨似乎睡得不太安稳，一束阳光正好打在脸上，她难耐地皱了下眉毛。即便这样也没舍得睁眼，借着胳膊蹭了蹭鼻尖，换了个方向又睡过去了。

方落西注意到她的小动作，犹豫着也没叫她，看着她的睡颜陷入深思。

看着她像个小孩一样，张开嘴小口呼吸，莫名想到了在机场临别时的吻。

方落西低头轻哂，心尖有点泛痒。

午后的阳光正好，时晨不会知道，有人把她熟睡的样子刻在了心里。

冬至前夕，时晨跟方落西聊天，冬至当天是要吃饺子的，不然就会冻耳朵。

说完，时晨才想起来北方大都是在这一天吃饺子，方落西是土生土长的崇浦人，习惯大概跟她不太一样。

想到这里，她问对面的方落西："你是不是两个都要吃？"

"什么？"方落西没跟上她的思维。

"我说，你是不是饺子汤圆都要吃。"

方落西似乎还是没明白，笑着答话："刚不才说了要吃饺子？"

"我说你啊。"

"我也只吃饺子，跟你一样。"

时晨一愣，还有点可惜："那不吃汤圆了吗？"

方落西眉毛微挑，似乎不是很理解她的想法，语调带笑："那咱都吃。"

"不是说我。"时晨抬头看了眼屏幕，他早就把吸水的毛巾搁在了一边，头发泛着湿气垂落在额前，也没再管。

半晌，她又开口说："吃饺子吧。"

"行。"反正对方落西来说，吃什么都一样。

早上一起来，冬日的寒冷真不是开玩笑的，时晨缩在被子里一动不动，半点缝隙都没露出来。还是拿出手机，刷到外边下雪了，才勉强起床去阳台上看了看外面的银装素裹。

方落西看着桌上的外卖盒子，无奈地摇头一笑，他女朋友这是把店里所有口味都点了一遍吧。

有关冬至的记忆，他已经记不清了。早先他爸妈还没离婚的时候，他还有得选。后来，他自己也就有什么吃什么，偶尔也压根不记得这么个节气。

而今天，冬至节气刷足了存在感。甜度持久，足够记住很久很久。

一晃到了寒假，一拖再拖，拖到不能拖，她收拾行李一纸机票飞回了临桐。

等走出机场，正好弹出一条消息，方落西问她落地没。她推着箱子走到一个空地回消息，嘴角带着不自知的笑意。

时晨：刚到。

机场门口成串的出租车，按理说她也用不着打车。她这会儿正纠结着，索性闲散地看着门口的车流。

偶尔有几个司机还会热情地揽客，倒没直接拽人，只是坐在驾驶座上询问。

一时间，她思绪回到了从前，当时在滨城火车站，她被人不讲理地拉着，连拒绝都张不开口，还是方落西伸手将她从旋涡中拉扯出来。

可能方落西早就不记得了，但这确实是他们的初见。

整个假期，时晨过得还算充实，早上看会儿论文，每周定点有组会。空闲的时间就去楼上学会儿架子鼓，晚上再跟方落西视频，一晃就到了年根底下。

现在市区禁止燃放烟花爆竹，年味也没有小时候重了，就是大年三十晚上凑在电视前看着春晚，才勉强有个氛围。

时晨偷摸拿出手机发了几条新年祝福，正手快地抢着红包，一道视频通话显现在屏幕上。

她抬头心虚地看了看沙发，见没人注意她，才拿着手机蹑手蹑脚地回房间。
　　一掩上门，她就迫不及待地接通。屏幕上出现一张熟悉又格外诱人的脸，方落西只露出个半身，手机搁在桌上，正好镜头能捕捉住他，再加上一小点背景。
　　时晨看着已经很熟悉了，这是他的房间。室内温度适宜，他今天穿了一件黑色线衫，没了平常的闲散少年气，倒是多了两分成熟和儒雅。灯光映在他脸上，唇红齿白，碎发低垂，眼带笑意。
　　时晨不自觉多看了两眼，见对面低笑两声，才脸红地移开视线，掩饰般地絮絮叨叨："今天是和邻居一起吃的年夜饭，刚刚还在外面看春晚。"
　　时晨提出疑问："你不看春晚吗？"
　　"不看，家里没这个习惯。"
　　时晨点点头。然后，她开始回忆自己的年夜饭都有些什么，明明已经发过一张照片，方落西也不嫌烦，安静地听着，偶尔插一两句话。
　　时晨说起今晚是和邻居凑一起吃的年夜饭："就是上次在西淮见过的那个邻居，你见过的那个。
　　"架子鼓也是跟他学的。"
　　方落西原本安静地听着，听到这话，直起身子凑近屏幕，眼神直勾勾地看着镜头。
　　"我架子鼓也还行。"
　　说者有意，听者无心。
　　时晨愣了没两秒，笑盈盈地凑近屏幕，语气轻快："你也会架子鼓啊？"
　　偏这会儿有人要端着，方落西眉毛微挑，抱着胳膊往后靠，整个人放松下来，语气也没什么波澜："会一点。"
　　"之前只知道你吉他不错。"
　　方落西："还行，我架子鼓更好一点。"
　　说完他想到什么，意味深长地看向手机屏幕："你怎么知道我会弹吉他？"
　　时晨一愣，无端被勾起了尘封的记忆。
　　"之前在一次社团宣讲会上有见过你。"
　　他眼眸温柔，灯光映着格外多情："好像是有这么一回，你喜欢吉他？以后抽空教你。"
　　时晨撇撇嘴，想着自己在这上边就算是个废材，还不止一个人认证。
　　现在她倒没有小时候心眼那么小，听见人说不好，还要人哄："不要，

217

孟昶说我是笨蛋。"

方落西含笑地注视着她，视线移到她举起的手上。时晨的手并不是那种骨感的类型，皮肤细腻，手心手背看着肉乎乎的，娇生惯养的，没干过什么粗活。

他俩谈恋爱这么久，时晨很少露出现在这样的娇憨，方落西凝着笑，语气轻哄："那是他不会教。"

哪怕时晨知道他这话没什么依据，可现在光线格外慵懒，衬得他整个人也很温柔，哄得人就要信了。

他笑，时晨也在笑。

时晨笑着说："我架子鼓也很烂。"

方落西没犹豫："我教你。"

"我很笨哦，之前气得孟昶整天骂人。"

"他才笨，我不骂人。"

两人一人一句，分外和谐。

等十二点钟声响起，时晨返回聊天框。

方落西：新年快乐！

时晨：新年快乐！

两道新年祝福语整齐地印在白底的背景上，光线带着墨黑的字体直直射入眼底。

去年的这个时候，她的新年愿望还是希望成功上岸。

而今年不仅上岸了，还实现了几年前藏在心底的愿望。

时晨闭眼回想着近一年的大事，考研上岸、西淮重逢、考察……

她又无比庆幸，自己重新遇到了方落西。

好像那年初见又映在眼前，少年身材高挑，连落日都忍不住多青睐一眼，整个人都发着光。

时间一转，回到西淮，时晨透过缝隙看到了靠着桌子翻看文件的男生。

后来，他们走投无路，只能等在荒无人烟的高原里，远处劈开一道光亮，方落西不顾一路疲惫，旁若无人地抱住她。

时晨想许愿，十指交握，落在胸前。

愿年年如此景，有佳人常相伴。

她从被窝里拿出手机，金属质感的外壳也染上了被窝里的温度，拿在手里也不觉得冷。

时晨：晚安。

方落西：晚安。

两秒过后，时晨关灯准备睡觉，屏幕又亮了弹出一条消息。

方落西：祝你梦里有我。

时晨憋着笑，放下手机，仗着没人听见，小声嘟囔吐槽："谁要梦见你啊。"

第二天时晨压根也没睡成懒觉，打开手机就看到一条新消息。

方落西：醒了没？

时晨没注意时间直接回复了一句：醒啦！

方落西：那下楼吧。

时晨一整个坐直身子，脑海里出现一个不怎么实际的想法，手上噼里啪啦按着键盘。

时晨：你在哪儿？

打完字也没等着答案，她瞥见桌上还没收的垃圾，从抽屉里拿出个袋子一股脑地收进去，然后风风火火地走到门口，喊了一声："妈，我要下楼扔垃圾了。"

杨江迎从厨房走出来，狐疑地看着关上的门板："大早上的扔什么垃圾。"

等电梯门打开，时晨走出去小跑了两步，越到门口，脚步反而越慢，颇尝到了近乡情怯的味道。

她两步跨下台阶，奔着一个方向跑过去。方落西也没动，就站在原地等她，等人走近了，张开手，一把把人抱进了怀里。

时晨跑过去也没收着力，撞人怀里连带着后退了一小步，还不忘别开垃圾袋，避免碰到他衣服。

脸埋在他怀里，却感觉不到一点热气，反倒是暴露在空气中的毛料衣服凝结出一小片寒凉的霜花。

时晨抬头眼神亮晶晶，瓮声瓮气地说："你怎么来了？"

方落西一手揽在她腰后，一手绕到身前给她拽了拽领子，没回话，反而调侃道："着什么急，这么想我？"

时晨脸一红，不好意思地退开，看着身上来不及换的睡衣。

怀中柔软又馨香的触感一下子逃离，方落西捏了捏还有余温的指尖，有些意犹未尽，抬了抬下巴："不去扔掉吗？"

等她再回来的时候，方落西一把把人扯进怀里，双手揽在她后腰。

时晨借着他的胳膊往后靠了靠："手脏。"

方落西理所当然地说:"那我忍忍。"

时晨一乐,仰头笑盈盈地看他:"你不是有洁癖吗?"

方落西一思索,看上去还真像那么回事:"可以忍一下。"

时晨刚要抬头,后腰处一紧,方落西微微用力将人带到眼前,低头凑近,隔着口罩将没说出口的话,堵了回去。

口罩内层还带着些呼吸的濡湿,即便隔着口罩,时晨好像也能感受到另一瓣唇的柔软。无关情欲的口罩吻,却能诉说经久的惦念,格外令人心颤。

方落西只是贴了两秒,顾忌着还在她小区,也没做得太过火。弯着身子将下巴搁在她肩膀上,歪头轻蹭了一下,感受到她衣领处的绒毛,又忍不住多蹭了两下。

半晌,方落西低低说了句:"好想你。"

时晨任他抱着,之后才找到自己的声音,轻轻嘟囔:"你怎么过来也没说啊。"

方落西仗着身高优势,低头看她,哼笑一声:"昨天不是有个小孩可怜地卖惨,说没有压岁钱收,我这不是怕她哭,赶过来送红包了吗。"

"我才不是小孩。"

方落西故意逗她:"我说是你了吗?"

时晨一听,立马抬头看他,全是被戳破心思的嗔怒。方落西从兜里拿出一个红包,塞到她的大衣口袋里。

"干吗,拿走啊,我又不是小孩。"时晨这会儿开始拿乔了。

"我给谁谁就是。"

时晨:"那我没给你准备哎。"

方落西轻哼一声,逗她的话没说出口,就被时晨打断:"你什么时候走啊,要是不急的话,我带你逛逛临桐?"

时晨下楼后揉搓方落西的手掌,却见这人体温比她还要高。

方落西把胳膊搭人肩上,借力一拐,将人带到胸前:"这么心疼我?压岁钱没白给。"

这人又逗她。

这人不老实站着,脑袋正好凑在她耳边。时晨往后一仰,轻磕在他肩膀上,算是报复。

方落西"嘶"的一声,把人困在怀里,一手轻揉着她后脑勺,嘴上不饶人:"谋杀啊你。"

"嘀嘀——"

两声刺耳的喇叭响吸引了他俩的注意力，时晨转头看过去，见是一辆眼熟的私家车开过来，走过去打了个招呼。

孟昶不慌不忙地降下玻璃，斜靠着座椅打量了下时晨，又看了看她身后的方落西。

他手指轻敲了敲方向盘，惊人地问了句："你早恋啊？"

时晨扒着窗户无语地看他，她都多大了。

孟昶看着她身后的方落西，抬了抬下巴，音量一点没压着："是不是正经人？"

时晨有些头疼，退了两步冲他摆了摆手，示意他赶紧走。

孟昶也没自讨没趣打扰人家小情侣约会，一脚油门踩下去，车子飞快离开。

时晨看着远去的车影和留下的汽车尾气，看着方落西没什么特别大的情绪，才低声开口："这是我邻居，就教我架子鼓那个。"

方落西一挑眉，他猜到了，倒也没打断，牵着时晨的手慢悠悠地走。

"他可能教学生习惯了，把我也当小孩了。"

方落西："老师？"

时晨想了两秒："算是吧。"

"他平常不在这里，也是放假回来过年的。"

就刚才那么一眼，方落西危机感解除，有时候不只是女人第六感准，男人也更了解男人。

大年初一没地可去，时晨带着方落西走到一家怀旧电影院，他们来得突然，只剩下了恐怖片场次。

方落西问："真要看这个？"

"看。"时晨心一横，立马买了票，又在服务员的推荐下买了份情侣套餐。

他们两个选了个靠后的座位，时晨拿着可乐坐在座位上，摘下口罩，低头麻木地咬着吸管。

她想着，等喝完这杯可乐，她就有借口出门上厕所。

影院灯光关闭，厅前的幕布开始亮出灯光，墙角处挂着的音箱也开始工作。

明明只是听到电影的前奏音乐，时晨却总感觉周围阴森森的。她动了动脚尖，正好碰到了方落西的鞋。

对方似乎察觉到她这个举动，往旁边撤了一步。

时晨察觉到自己脚边的另一只鞋离开，皱了皱眉。低头看着地面，身子挡住大半视线，她只能凭感觉再往旁边移动，等重新碰上后，才停下动作。

这次，方落西没再动，任她碰着。

最前面幕布上似乎已经开始播放，光影变化，一阵黑一阵白地照在她脸上。时晨低头咬着吸管没抬头，似是对电影剧情一点都没兴趣。

手中的可乐已经所剩无几，吸管已经毫无用处，时晨拿着在耳边晃了晃，也听不见什么声响，她把主意打到另一杯可乐上。

时晨先是歪头看了看方落西，见他一脸认真在看电影。可偏偏那饮料放在他手边，时晨要想拿到，势必得给人添点麻烦。

"怎么了？"

到底还是打扰了他看电影。

"你可乐要喝吗？"时晨用气音小声问他。

"要。"

她也没想到会是这么个答案，她手里这一杯都喝光了，方落西连杯盖都没打开。

时晨无辜地看向他，心里盘算着再喝几口，她就有借口出去了。

"你已经喝了一杯了。"方落西低声说，"太冰了。"

时晨反驳他："不冰，常温的。"

方落西有些无奈，还是败下阵来，递给她："只许再喝一口。"

时晨接过后喝了一口，也没再还给他，手里握着后仰靠在背椅上。背椅很高，坐着格外舒服，她索性就靠在上边闭着眼。

恐怖片也不全是吓人的镜头，开头平稳发展，然后是出其不意来个镜头，这样才能把惊吓值拉到最满。

时晨闭眼安静听着声音，手指摩挲着可乐瓶子，仔细感受表面的贴纸纹路，看不见画面，就没那么害怕了。

电影许是进入了一个剧情点，连背景音乐的节奏都开始加快。影院内传出阵阵吸气声，偶尔夹杂着一两声咒骂。

时晨总觉得这画面好像有些熟悉。

那一年，也是这样。

时晨跟在方落西身后，第一次踏进鬼屋，第一次看了恐怖片。

虽然她全程闭着眼，没能真实地体验到鬼屋历险。

但也是这样，她靠着座椅闭着眼，身旁坐着方落西。

那天，她没能知道他是什么样子，而她现在就想看一眼。

时晨微侧过头,避开前方幕布,缓慢撩动眼皮看到坐在她身侧的人。

一睁眼,正好对上方落西的视线。

尽管背景昏暗又模糊,时晨还是能够看清楚他的眼睛,坦荡又像是暗夜里的光。

时晨因为他的目光心跳加快,她不知道他看了多久,是不是刚才胆小的她尽入他眼底。她来不及管这个,就被他带入旋涡里。

方落西推开隔在两人中间的扶手,倾身压过来,轻轻拽下她的口罩,覆以唇瓣印上。

柔软交叠,时晨能感觉到对方的轻触,刚拽下口罩的手指轻钳住她的下巴,温柔又不失力道。几秒后,舌尖挤入唇缝叩击齿关。

时晨被他突如其来的袭击吓到了,眼睛不自觉瞪大。原本在电影院接吻这件事,就已经是对她的一大试探。她根本就没有跟人在公共场合亲密的经验,更何况是现下这种濡湿的热吻。

她不自觉地后退,想要给自己留下一点呼吸的空间。

方落西似乎早就料到,手上没松劲,另一只手轻轻抚摸她的头发,发丝流过,指尖触碰到她的耳郭,轻轻安抚,不退不进,似是等着邀请。

时晨感受到异样,耳畔处一阵痒意,她忍不住轻眯下眼,整个人软下来,唇齿微松,给了人可乘之机。

优秀的猎人能够精准地把握所有的契机,方落西闭上眼,忽而舌尖轻刮,忽而翻云覆雨,抢夺了她的呼吸。

一吻结束,方落西拇指轻蹭过她嘴角的水渍,替她拉上口罩,额头轻抵着,声音还带着轻喘,听上去格外性感。

"我们出去?嗯?"

白色幕布上的画面不断变换,或暗或明,却没能从他们这里夺走一点目光。

时晨感觉自己大脑已经宕机了,木讷地被方落西牵出去,临出门前,还不忘扫视一眼影院。

原本过年这关头来这里看电影的人就不算多,现下他们又选了这么个影厅,人就更少了。

她粗略地扫一眼,后几排都是空的。

想到什么,时晨又惊慌地抬头看了眼屋顶,黑漆漆的什么也看不清。

但她敢肯定,东南西北四个角,肯定会有个摄像头,说不定还不止一个。

蓝色口罩下的脸颊飞速染上嫣红,跟刚过了烫水的虾米一样,热气止不住地往外冒,幸好有些遮挡。

时晨心里还憋着一股气,低头看着牵住自己的那只手,坏心眼地抠了抠他腕骨处的小痣。

方落西脚步一顿,停下来转头瞥她,时晨装作没看见避开了他的视线。

时晨见他不说话,抬眼正好撞进他满是笑意的眼眸里。她也不心虚,丝毫没有做坏事被抓包的窘迫。

她抿着嘴,声音黏黏的:"你肯定知道了?"

方落西没听清,弯腰凑近问:"什么?"

他带着笑,眼尾都挑着,又是弯腰低头听她问话,任谁看都是低声下气地哄女朋友,可落在时晨眼里就像是挑衅,她提高了音量:"你太过分了!"

她话音还是软绵绵的,像带着水,在方落西眼里就像是小猫闹脾气,可爱得紧,却没什么威慑力。

"我的错。"

见他认错这么快,时晨狐疑地盯着他,也没松口,摆出架势:"你错哪儿了?"

方落西直起身,挑了挑眉毛,他错哪儿了,肯定不能说,说了又要参毛。他视线暧昧地下移,犹如实质一般地扫射,从眼睛往下,直至……

时晨被他看得脸要再一次烧起来了,拉着他直接往前走。方落西就任她牵着跟在身后,然后不动声色地追上她,站到她身侧。

"你都看见我闭眼了。"

"什么时候?"方落西眼神真诚,"接吻吗?"

时晨看了看两边,没理他,直接往前走。

方落西好笑道:"我不是说现在接吻,我是说刚刚接吻的时候吗?"

说不清他是不是故意的,这人还真认真回想起来:"我想想啊,好像——"

"可以了。"时晨直接抬手捂住他的嘴,仰头望进他墨黑的瞳仁里,"我不是说这个。"

之后赶上饭点,时晨带着方落西去了家火锅店。

方落西坐在对面看着她都要溢出来的小料碗,意味不明地笑了笑:"你是'香菜精'吗?"

时晨看着他的碗里表面也盖着薄薄一层香菜末,她放下心,说明他们饮食习惯并没有很大的差异。

方落西一手拿着公筷,手腕轻轻晃动,拇指轻轻一捻,从锅里捞出一片肉,放进她碗里。

她移开视线，机械地吞掉碗里裹满料汁的肉片，伸手扇了扇风。她琢磨着一定是火锅热气太多了，不然她怎么这么热。

方落西往杯子里倒了些酸梅汤，一手抵着移过去。时晨接过喝了一口，全程没说一句话，却格外默契。

时晨没有挑食的坏习惯，鸭肠进了她的碗，毛肚进了她的碗，牛肉吃得多，羊肉吃得少。

而方落西则是蘑菇不吃，地瓜不吃，胡萝卜也不吃。

时晨看着有点头痛，这人不太好养啊。

等一餐结束，时晨感觉自己撑得有点站不起来，她揉着肚子，看方落西的眼神都有些幽怨，忍不住开口抱怨："你怎么这么挑食呢？"

原本她觉得挑食这也不是什么大毛病，谁还没点小毛病了。

可他这也太过分了，这也不吃，那也不吃的。

最主要的是，不吃也不说，全给她吃了，她不胖才怪呢。

方落西放下手机想了想，有些犹豫："也没有很挑食吧。"

时晨瞪大眼睛，就这样还不挑食呢，就得让他跟杨女士吃饭试试。

她这么想着，也就这么说了。

方落西问："杨女士是谁？"

"我妈。"

方落西沉默了两秒："有机会的。"

时晨倒是没明白他的心思，似是简单描述，又似是夹带着私心地吐槽："杨女士最会治挑食了，我小时候不喜欢菠菜，结果面条里也有菠菜，炒菜也是菠菜，反正就天天都能见到菠菜。"

方落西笑笑："这么惨。"

"嗯呢。"时晨有些泄气，"我当时都怀疑，说不定哪天书包里都能掏出一把菠菜。"

方落西问："那现在吃菠菜吗？"

"吃得少。"时晨说，"没小时候那么挑了，还是觉得菠菜有股怪味。"

方落西小时候没有被人管着不许挑食的经历，一般就是他不喜欢那个菜，就不会动，然后做饭的阿姨再也不会让它出现在餐桌上。

恍然觉得，这种被管教的童年，他从来没有拥有过。

"那你都不吃什么？"时晨摆着手指头，一个一个数，"蘑菇、胡萝卜、鸭肠、毛肚……

"还有吗?"

方落西抱臂靠在椅背上,透过早就冷了的锅底看向她,周围一切都是灰色的,唯独她是这一点亮光。

"没了,差不多就这些。"

时晨撇撇嘴:"行吧,下次不点这些。"

"不行。"方落西一本正经,"这些都是火锅必点。"

"你又不吃。"

"那火锅吃得没有灵魂。"

时晨觉得这人简直了,她直接站起身拿着外套:"吃火锅的灵魂就是吃,吃的灵魂就是吃饱。"

他胡扯,她也就瞎说。

两人结伴走出火锅店,从扶梯上下楼,正好一拐弯看见一家书店。

原本还不知道去哪儿,时晨一下子有了打算。

她转身冲着方落西喊:"西西弗,西西弗。"

方落西一愣,没明白,伸手揽住她:"西西抱行不行?"

"西西挑食,不能抱。"

随后,时晨转头进了书店,头也没回,只留下个背影。

方落西低头笑了笑,似是无奈,又似宠溺,抬步也走进店里。

时晨拐进一个书架,目光扫视,从一侧拿出一本书,随手翻着。眼见方落西跟过来站在她旁边,她又一副没事人的样子:"这书我老早就看过了,现在又新出了续集。"

方落西看了看名字,又看了看一旁的索引,他不太了解这类小说,见时晨又放回原位,才出声:"不买吗?"

时晨摇摇头:"现在看不下去了。"说完她一顿,不好意思地看一眼方落西,"上学的时候偷偷看才有意思。"

方落西笑笑没作声,时晨问他:"你上学的时候没有偷看过闲书吗?"

"没有。"

时晨:"包括作文书,阅读素材这些。"

方落西不解:"这些也算闲书?"

时晨点点头,义正词严:"算啊,我们老师就说算。"

"我都光明正大地看。"

时晨哼的一声，表情扬着："你这学生时代不完整。"

方落西顺着问："你偷看过？"

"当然啦。"时晨回想着，"我们学校管得比较严，作文素材也算闲书。"

时晨老神在在："还有人看书会撕下来，一页一页轮换着看。"说到这里，她皱着眉头，"要中间有一页丢了，那多难受啊。"

她想到什么，幽怨地换了句话："你敢想？我高中只在图书馆打扫过卫生，比拖我家地板还认真。"

时晨越想越无语，即便她已经毕业多年，想到这事，还是记得很清楚。

她绕开方落西，从书架上抽出一本直接递到他怀里。

方落西低头看着封皮，《不挑食的故事》，脸一黑，无奈把书放回去。

时晨故意凑近："真不来一本吗？买不了吃亏，买不了上当——"

方落西直接勾着她的脖子，把人带了出去，带着幼稚的霸道："不许买。"

时晨还不死心："那换一本，我刚还看见一本。"

"不买。"

他们走出商场之后，一时也找不到去处。过年也不像平常，大街上还是有些冷清。

时晨从脑海中搜刮着临桐的景点，一时竟然一个也想不出来，她犹豫着问："要不带你去我学校看看？"

方落西点头："行啊。"

"从哪里开始？"

方落西牵着她，把手放进口袋里，没犹豫地开口："幼儿园吧。"

时晨一愣，然后真带着他打车到了幼儿园。

到地方一看，跟她记忆中的幼儿园还是有些出入，原先五彩的墙体已经变得暗沉，底下各式各样的卡通绘图也早就替换成了贴着告示栏的牌子。

时晨带着他从这里走了一遭，然后又去了高中。她踮脚看了看，转头兴奋地冲他招手："过来看看。"

方落西依言凑近，顺着她的指尖往远处看，只看到几栋楼，听见时晨语气激动："看见没，就那栋，印着'图书馆'三个大红字。"

方落西视力不错，一眼就看到了她说的那几个字。

时晨指着最近的一栋："我们高二分科后在这栋，然后打扫卫生要去图书馆。还要等着老师过去开门，每次值日的时候，我都害怕会被老师抓迟到。"

她叹一口气："在这里迟到了会被通报批评，严重的还要在周一大会时，上主席台演讲。"

"被抓到过吗？"

时晨一脸机灵劲儿，摇头笑着说："没有。"

她所说的自己，是方落西没接触过的，所以格外好奇："高中的你是什么样子？"

时晨一愣，想到自己高中短发的样子，跟个假小子一样："才不给你看。"

方落西也不急，任她抱着手臂。时晨憋不住，仰头看向他："你高中什么样子？"

方落西看她一眼，拖腔带调坏模样的打趣："想知道啊。"随后正经说道，"我高中时比较普通。"

时晨仰头不可置信地看向他，一副不相信的样子。

确实，她是真不信。

高中吸引人的男生无外乎也就几点，成绩、颜值、身高、运动，这几点他都占全了，怎么也不可能算上普通。

方落西好笑地看她："怎么？还不信？"

时晨撇撇嘴角，看着他这脸，胆大地上手捏了捏，语气充满疑问："你整容了？"

方落西斜睨她一眼，时晨赶紧把手松开，嘟着嘴说道："谁让你不说实话。"

"没骗你。"方落西攥着她的手，报复性地捏了捏她的指尖，"我们学校大都是准备出国留学的，然后就是竞赛保送，还有一小部分是高考的。"

"那你呢？"

"我高考啊。"

时晨心说这也很厉害啊，就听这人不慌不忙地说了下一句："我保送的专业不感兴趣，就直接参加考试了。"

时晨无语……是她想多了。

方落西一向不愿意把这事拿出来说，可就刚才，他就是想虚荣一下，很幼稚的小孩心理。他小时候都不会有的诉求，却在这一刻出现了。

时晨呆滞地看着他："我知道你挺牛，但是也不知道你这么牛。"

人就是得寸进尺，他这会儿还要端着："还行。"

"我们学校几年也不定能出个保送。"时晨叹了口气，"算了，凡人的痛，你不懂。"

时晨是真觉得牛，拿她自己来说，别说保送，恐怕连竞赛班的门槛都进不去。

"你也厉害啊。"方落西看着她,"去年科学院招生人数缩减,你还是笔面第一。"

时晨脸一红,没想到他说这事,学着他的样子:"也还行。"

尽管她声音小,方落西还是听见了,安抚地拍了拍她的头。

时晨想着把这个话题揭过去:"之前不是打算出国读研吗?怎么后来去了滨城。"

方落西闻言,一五一十地解释:"直接原因就是雅思过期了。"

时晨觉得他肯定就是故意的:"你都不算一下时间吗?"

"不用算,我大一就考了雅思,早就过期了。"方落西动动手腕,提醒她看路,"原本就不太想出国,留在国内才好。"

时晨还没反应过来,大一就能考雅思了?她不理解,她英语六级都还是第二次才过。

英语六级。

时晨脑海划过一点,电光石火,好像抓住了什么。

她猛地抬起头,声音有些破碎:"你雅思都能过,六级还过不了?"

时晨没了解过出国留学的相关事宜,也不明白雅思的难度,但就是潜意识里觉得雅思怎么说也得比六级难吧。

"我六级过了。"

"你没过。"时晨斩钉截铁,十分确定地说,"就大一的时候,第一次考那次。"

方落西一想,也就明白过来她说的是哪一次,心虚地摸了摸鼻尖,犹豫着要不要说实话。

"那次我缺考了。"

时间久远,时晨却还能记得那天,自己傻乎乎地以为有人想不开,格外委屈:"你骗人。"

方落西凑过去牵她手,时晨甩开,再牵,她再甩。

来来回回这几次,方落西没半点不耐烦,见她不再甩,伸手把人抱进怀里:"我们时晨人美心善。"

他一夸,时晨就有些脸红。

就算再来一次,时晨也还会留下,安静地坐在他身边,陪他度过那个难挨的夜晚。

她庆幸，自己那天又折回去了，不至于留下一个孤单落寞的身影在河边。

"你当时有没有觉得我很傻？"

"没有。"

"肯定有。"时晨停下脚步，转头看向他，"我当时还说了好多鸡汤语录，就是很傻。"

"真没有，只记得你好乖。"

时晨脚步没停，嘴上小声嘟囔，方落西没听清，转头示意，她却没再说了。只留下一句落在身后，随风而去。

"你才没记得我。"

时晨不动声色地握紧了他的手，想着，现在这样也很好。

临桐的夜晚有些凉，哈气都是冷的。时晨就想着这边离他订的酒店近一点，她直接打车回家就行。

方落西听着有些无奈："你对你男朋友不满意吗？"

时晨看着他没说话，不知道他要卖什么关子。

"满足一下你男朋友的新年愿望，他想和你多待一会儿。"

时晨听着心里热乎乎的，她也想多待一会儿，就是又有点心疼，他一大早赶过来，又陪着她逛了大半个临桐，要是再一来一回又得折腾很久。

到最后还是方落西跟着她上了出租车，也不顾还有司机在，没骨头一样靠在她肩膀上，手上摆弄着她的手指，像发现了什么新玩意一样。

时晨也没管，任他闹去。

夜晚安静，柏油马路上车也没几辆，一路畅通无阻，很快就到了小区门口。

时晨先下车，方落西落后一步在结账。她听着他自来熟地开口："师傅，祝您新年快乐。"

那司机像是有些意外，也憨厚笑着开口："送完你们就回家过年，你们也新年快乐。"边说边低头从半开着的门看了看时晨。

时晨低头颔首也打了招呼，用方言说了过年的吉利话。随后，车子离开，地面落下两人相伴的身影。

第二天早上，时晨一睁开眼，先拿起床头柜上的手机眯着眼发了个消息，才起床去洗漱，吃过早饭又找了借口溜出门。

原本她去西淮读研这件事就没彻底解决，时晨现在也不打算告诉杨江迎她谈恋爱了。

迫于现实，没过两天，两人又成了异地恋网友。

方落西这学期更忙了,要准备毕业,而时晨第一年的研究生生活才刚刚过半。

时晨最初总是止不住地想着他们接下来的生活,后来又被各种课题压着,在得过且过中保留着一丝期待。

谈恋爱这段时间,时晨又从方落西身上发现了一个点,他身上带着一种浪漫,总能给波澜不惊的生活注入活水。

就比如现在,时晨收到方落西的消息时,正准备去食堂。

他话里带着些不羁,时晨凭着文字就能想到他的样子。

方落西:女朋友,哪儿呢?

她看着屏幕就忍不住荡出一丝笑意。

时晨:准备吃饭。

方落西:成,来这儿接下你男朋友。

方落西:他说请你吃顿饭。

方落西:[共享位置]。

时晨点开最后一条位置链接,看着屏幕上两个头像的距离,耳边是自己的心跳。她两指放大屏幕,看到熟悉的地标名称,转身就往门口走,还不忘给他拨过去一个电话。

电话一接通,时晨就迫不及待地问:"你现在在哪儿?"

先是传来一阵轻笑,方落西不紧不慢地答:"不都发了查岗位置。"

他语音松散,听声都能读出他的情绪,背景音还带着一两声机场广播。

时晨举着手机开始小跑,耳边方落西声音轻柔:"别跑,不着急,我就在这里等你。"

时晨慢下脚步,人倒是不跑了,走得飞快:"好。"

等时晨赶到西淮机场,刚一下车,就看到门口的方落西,她小心避开来往的车辆,人飞扑过去一下子撞进他怀里。

方落西揉着她头发,无奈地说:"不都说了慢慢来嘛,跑什么?"

时晨心想这能一样吗,就听见这人又说:"这么想见我啊。"

她也没掩饰低低"嗯"了声,反倒是方落西一滞,抱紧了人,凑到她耳边,用只两个人能听见的音量说:"想吻你。"

时晨听着脸一红,从他怀里退出一点,看了看四周,娇羞地开口:"人太多了。"

"没人就行。"方落西直起身子拉着人去打车,"那走吧。"

时晨被他牵着走出很久,才想起来问:"去哪儿啊?"

方落西这次来也没带很多东西,只背个单肩包,闻声停下来看她,不怀好意地笑了笑:"现在问是不是有点晚。"

他咳咳嗓子,满眼尽是意味深长:"还能去哪儿?酒店,那没别人。"

时晨停着不动了,任他拉着也不往前走,她是这意思吗。

方落西回头看着她,怕等会儿真把人逗急了,开口说:"先去酒店把东西放下。"他看了看时晨手上的包,里面的书角都露出来了。

时晨一时有点懊恼,后悔道:"应该先让你过去的,就不用在这里等这么久了。"

方落西看着她打趣:"怎么一点仪式感都没有。"

时晨抬头看他,没说话。

方落西煞有介事地给她解释:"你男朋友不远万里来找你,你一点表示也没有啊,不主动接机就算了,被动来还委屈了。"

"我不知道你要来。"时晨有点委屈,"你又没告诉我。"

"所以原谅你了。"方落西好脾气地道。

他原本也是问一下,知道她忙,也是落地之后发的消息,目的也不在这里,就想着把人拐出来。

方落西一早订好了酒店,带着时晨打车到了位置,一路乘电梯上去,开门后是个套间。

进门后,方落西让时晨先坐一会儿,他去浴室简单收拾了一番,他说不远万里也是稍微有点夸张,但大差不差,在飞机上待了几个小时,浑身也不太舒服。

"等会儿想吃什么?"方落西从浴室出来坐到她对面,脸上还挂着水珠,碎发成绺地搭在额前。皮肤白皙透亮,唯有眼下的青灰格外碍眼。

时晨想起前段时间他还忙着课题考察,每天都在熬大夜。

"点外卖吧。"

方落西勾唇一笑:"行。"把手机扔给她,让她看着点。

他斜倚着沙发,指尖把玩着时晨的头发,随口问了句:"明天有事吗?"

时晨还真仔细想了一下,打开手机备忘录又确认了一番,才谨慎地回复:"没有。"

"那明天时间都归我?"方落西又加上限定词,"从早到晚。"

时晨考虑了一下："行。"

方落西不满，微微用力揪了下她头发："这还用想？"

他没用力，但是时晨还是随着他的力道顺势靠进他怀里，仰头看着他，笑盈盈地开口："明天要干吗啊？"

方落西低头看着胸口处的脑袋，打量了她两秒，见她是真不记得了，微微摇头失笑："明天是个好日子。"

时晨皱了皱眉，她现在很少看日历了，天天只管知道是星期几就行。

方落西吊足了她胃口，最后轻捏了捏她的脸，还往两边扯了扯："明天是三月六号啊。"

"三月六号。"时晨低声喃喃，猛地坐直身子，"三月六号，我生日哎。"

时晨从他怀里起来，眼里尽是笑意，除了惊喜，还有一点不可置信。

她讨好地凑近，笑眯眯的，像是撒娇："你过来给我过生日啊。"

方落西不满怀里的温软逃逸，张开手臂，不回答："过来抱会儿。"

时晨听话地靠进他怀里，老实了没两分钟，又开始乱动："你怎么知道我生日的啊？"

他抱着人不让她乱动，随口瞎说："碰巧，正好撞上了。"

时晨才不信，她突然想起来自己好像还不知道他生日，一会儿扯下他衣服，一会儿又到处看两眼，格外不安分。

方落西把人抱到腿上，看着她："干吗呢，饿了？"

"不是。"时晨纠结了一会儿，还是打算直面自己的错误，小声哼哼，"你生日什么时候？"

"什么？"

时晨又小声哼哼了一遍，说得还不如第一遍清楚。

"听不清。"方落西又凑近了一点。

时晨直起身想着眼一闭一横就算了，结果发现这人嘴角憋着笑，才反应过来这人在逗他。

她气恼地拍他："快说。"

方落西攥着她的手，不让她乱动："我不过生日。"

"为什么？"

方落西没说，想了想，他小时候也是过生日的，后来没人记得，也没人在意，慢慢地，他自己也记不住了。

"总是忘，也就没意思了。"

时晨信了，说："那你说，以后我记得。"

方落西顿住，许是她说得太自然了，他也就相信了。

他看着她的眼睛，一如初见，率真又直白："今年还没到。"想到什么又笑着开口，"去年收到了一份最好的礼物。"

时晨心尖泛酸，问他："几号啊，你还没说呢。"

"十一月初七。"

时晨听着一激动，抬着胳膊抱住他脖子："十一月初七？那不是我们在一起那天吗，是吧？那你不说。"

方落西老神在在："不是说了收到了最好的礼物。"

时晨脸一红，也没再觍着脸问他到底是什么。她认真看着方落西的眼睛："我以后会记住的，每年都会给你过生日，有蛋糕，有礼物，有蜡烛，可以许愿的，要什么有什么。"

方落西看着她，眸中星光闪烁，再开口时嗓音沙哑："刚不是说了没人就行？"

"那现在可以了吧，我想吻你。"

他说完也没等时晨同意，径直低头来势汹汹地咬住她的唇，舌尖像是进入自己的领地一般，所到之处尽是自己的标记。凶狠又温柔，时晨没有一点退缩的余地。

空气染上了绯色的暧昧因子，时晨好像初生的婴儿一样，连最简单的呼吸都忘记了，全凭另一人悄无声息地渡气。他唇瓣从微凉变到滚烫，后又移至脸颊和耳畔。

他像是故意一般轻轻吮了一下小巧的耳垂，看着软肉从白皙染上嫣红。时晨因为他的动作轻轻瑟缩，这人还故意恶劣地在她耳边低哑地笑出声。

他嗓音低喘，呼出的热气打在她耳郭，带着一丝事后的意味，性感又勾人。

时晨有些气恼，作势伸手要打他，可手都没力气，被人一把捉住，丢盔弃甲。

这场闹剧最后因为门铃响了戛然而止，方落西把时晨放在沙发上，自己去开门，等拿好东西回来，时晨还缩着不肯露面。

方落西打开袋子，把餐盒拿出来，一一摆在桌上。看着面前装鸵鸟的人，他用格外餍足的声音缓缓说着并不中听的话。

"藏什么呢。"方落西抱臂好整以暇地看着她，"不习惯的话就多来几次。"

第十六章　/ 生日有特权的

吃过午饭，方落西收拾了一下餐桌上的残局。时晨想到这人专门飞过来陪她过生日，心口又划过一丝心疼，想着让人赶紧休息一会儿。

她推着方落西走到床边："最近是不是都没睡好，赶紧趁现在有时间先睡会儿。"

方落西也没防备，竟然真被她推倒了，靠着手肘一撑，才没歪倒在床上。

时晨若有所思盯着他："你先睡会儿，明天我带你出去逛逛。"

她想得简单，怎么说西淮也算是她的地盘。

方落西有些好笑，手臂圈着她的腰身忍不住收紧，仰头看着她，嘴角弯着笑，像是撒娇："那你陪我一起。"

时晨挣了挣，没挣开，拒绝道："我不困。"

这人却是油盐不进："你陪我一起。"

时晨有些为难，脸上温度升高，绯红染上耳垂，她实在想不到自己跟他睡一起的画面。

方落西没再给她机会，抱着她后仰，两个人一起摔在被子上，接触过后还往上弹了弹。这人又用力抱着往上一提，时晨脑袋已经枕着他手臂落在枕头上。

这一系列动作快到时晨还没反应过来，根本没给她留余地。

方落西箍着人没松手，换了一个舒服点的姿势，将人困在怀里，闭上了眼。

时晨被他这么一折腾，身上已经起了薄汗，刚想要动作，看着他闭上眼，又歇了心思老老实实躺着。

他怀里格外温暖，跟她完全相反，时晨耳侧贴着他的胸膛，极快地捕捉到什么，她又小心凑近了一点。

他的胸腔像擂鼓一样震颤，一下又一下钻进时晨的耳朵里，她侧耳紧贴着，没再乱动，听着心跳声缓慢地合上眼，唇畔弯出一点笑意。

方落西低头看着缩在自己怀里的毛茸茸的发顶，不动声色地收紧了手臂，将人贴得更近一些，眼眸露出一丝笑意。

第二天一早，方落西准时在宿舍楼下等着，时晨一下楼就看见大门外拎着一袋早餐的男朋友。来来往往都是脚步不停的人群，唯独他站在那里没有动作，也没有低头看手机。

时晨飞跑过去，方落西递过早餐，默契得像是这一幕每天都会上演。

时晨摸着还热乎的早餐，心思微动。

"你吃过了吗？"时晨咬了一口烧卖，侧头问他。

"我不吃早饭。"方落西拉着她避开人群。

时晨皱了皱眉毛，没再说什么，低头把袋子里的烧麦分装了一下，伸手递给他："喏。"

方落西看着递过来的袋子，微挑眉毛，没接。

正好，旁边路过一对情侣。女生咬了两口包子，抱怨着把剩下的包子扔给旁边的男朋友："我吃不下了，太多了。"男生也毫无怨言，像是习以为常，接过之后，三两下就吃完了。

方落西似是明白地感叹了一声，一句话没说，却好像在说原来你是这意思啊。

时晨有苦难言，她根本就不是吃剩下的才给他，刚想把手收回来，袋子就被人接了过去。

算了，能吃就行。

方落西咬了一口烧卖，皱着眉头，看着是真没有早上吃东西的习惯。他吃得很慢，吃相斯文，但好像又很痛苦，不得不吃一样。

时晨就装没看见，低头吃着剩下的烧卖。

见他吃完了，时晨伸手准备接过他手上的空袋子。方落西往后一躲，苦大仇深的："我真吃不下了。"

时晨觉得有些好笑，夺过他手上的空袋子，没好气地答道："谁要你吃了，我去扔垃圾。"

方落西长呼一口气，时晨顺手扔了袋子，笑他："至于吗？"

他没说话，只点了点头。

"幼稚。"

"什么？"

时晨指着旁边逆行的人群："我说你虚度光阴，人家都去图书馆了。"

方落西停下想了想，看着图书馆说："现在过去也来得及。"

时晨不满："喂，我生日哎。"

方落西还在故意逗她："看在你生日的份上，今天给你作份图，不收钱，免费的怎么样。"

时晨一愣，停下来仔细想着，不得不说，方落西的地图画得格外漂亮。

见这人真在考虑，方落西轻轻揉了下她的脑袋："我反悔了，现在你只能陪我出去了。"

说完他也不等她，直接往前走了。

时晨小跑跟上他，端着架子说教："你以后记得早上吃早饭。"

方落西不怎么在意："没这个习惯。"

"习惯都是养成的。"时晨停下脚步，一本正经道，"而且不吃早饭容易得胃癌。"

方落西一乐："从哪儿听的这些谣言，小古板。"

时晨还真不知道这是真是假，反正她印象里就是这么一回事："我妈说的。"

方落西停下，揽住她的肩膀，似是认真想了想："那是得听。"

时晨一窘，反正杨江迎骗她的多了去了，这会儿有用就行。她想着之前方落西这也不吃，那也不吃的，心里寻思着。

西淮这个城市说大不大，说小也不小。他们很悠闲，走到哪里就算哪里，看见街边的零嘴就去买一点，走累了就去路边的公共座椅上歇一会儿。

天黑后方落西打车带着她到了开发区，停在了一处游乐园门口。这地方之前一下子成了网红打卡景点，门票根本抢不到。

等方落西领着她走进园区大门，她还有一瞬间恍惚感。她没问他什么时候预约的门票，只觉得心里胀胀的，有暖流涌入。

到了晚上，园区亮起许多灯光，格外梦幻。

时晨想，没有女生看到这些会不心动。

"要去玩一圈吗？"方落西示意她看。

时晨停下脚步，顺着他的视线看过去，旁边正好是双层旋转木马，开着一闪一闪的小灯，配合着音乐。

只是晚上也有许多和父母一起过来的小朋友，时晨不好意思，总觉得这不是她这个年纪要玩的。

方落西没强求，换了一个指给她："那去坐这个。"

时晨跟着一同到售票处，她停在一边看着牌子，是整个园区的景点介绍。

时晨视线落到一处。

摩天轮。

西淮市唯一一座摩天轮，可在夜间俯瞰整个西淮市。

时晨看得入迷，也没注意到方落西什么时候走了过来，只听见耳边落下一句："想去这个？"

时晨转头看向他，没说话。

方落西转身就要去买票，时晨一把拉住他，焦急地开口制止："不要这个。"

背景音乐缠绕，泉水叮咚又带着梦幻的轻快。不远处的人群喧闹，唯独他们这一处寂静无比。

广告牌的影子映在脚底，旁边是两处静默的人影，一高一低。

时晨手上松开他的衣角，低着头抬脚磨了下脚边的影子，深吸一口气。

这个摩天轮不能坐。

哪里的摩天轮都会登顶，但是西淮的不可以。

时晨也不知道是哪里来的说法，情侣如果一同乘坐西淮摩天轮，最后的结局都逃不开分手。

不知真假，口口相传，传得多了，就好像是真的一样。

仿佛西淮的摩天轮有种魔咒，见不得情侣恩爱，要生生撕开一条口子。总归也是没有什么依据的传言，但时晨不想赌。

方落西低头凑近她："不想去这个？"

时晨看着近在咫尺的眉眼，觉得他应该不太清楚这个说法，但自个儿的心思又不想被发现，点点头，小声齉齉了句："不吉利。"

"什么？"方落西觉得自己听错了，又凑近了一点，时晨却没再开口。

摩天轮前排起了长队，一个接着一个。

方落西看她情绪不高，揽着她往一边走去，路过一个扎气球的摊位，不及别处的人流，这里只有一对情侣。

女孩子拿着飞镖正眯眼瞄准对面拿皮筋捆住的气球，旁边男孩子拿着包好脾气地问她："还没好吗，等会儿摩天轮关门了。"

他话音一落，女孩子手中的飞镖向前飞去，正好扎在气球间的空隙上。

女孩绷着脸转头埋怨："都怪你，就差一点。"

男孩摸了摸鼻尖，不认这锅："关我什么事啊，你本来准头也不好。"

女孩气急，上手揪着男生的耳朵："你还说，你还说，是不是想跟我分手？"

"冤枉啊，怎么又扯到分手了。"

女孩松开他，拿过自己的包包："没听说过吗，情侣从这儿的摩天轮下来之后都会分手,早晚的事儿,这都成了分手胜地。"

两人吵闹着离开,时晨看着架子上的气球,没回神。方落西听完刚刚那对情侣的交谈,若有所思地看了眼时晨。

"怎么了?"时晨注意到他的视线,转身瞥了眼。

"走吧,今天累一天了,先去歇会儿。"方落西不由分说地带着人往前走,"去别的城市也是一样,不是到顶端就算吗。"

时晨没懂他在说什么,就呆愣愣地跟着他。等坐下的时候,方落西手上多了一个小盒子。

两人中间空出一点位置,方落西把手上的盒子放在中间,修长的手指灵活地打开绑在盒子上的丝带。红色的丝带垂落在他白皙的手背上,色差格外明显,略带一些暧昧。

时晨移开眼,她已经看到里面是蛋糕了,晃了晃脚尖:"不是都吃过饭了,怎么还要买蛋糕?"

方落西团了下手上的丝带,随手放一边,抬头看了她一眼,宠溺地拍了拍她的发顶,失笑道:"怎么一点仪式感也没有。

"只有在生日吃的蛋糕才叫生日蛋糕,一年不也就这一次?"

"两次。"时晨打断他,伸手在眼前比了个二。

方落西停下动作,抬头看她。

时晨也不躲,迎上他的视线:"不还有你的,十一月初七,对吧,我没记错吧。"

方落西触上她亮晶晶的眼眸,周围昏暗无光,唯独她眼底似星辰一般闪亮,他有些狼狈地移开视线,哼笑一声:"想占我便宜啊。"

时晨没说话,看着他手上拿着两个数字蜡烛,纳闷道:"这怎么是'18'?"

方落西一愣:"不是吗?"

时晨顿时也有些反应不过来,看着他脸上的表情也分不清他是开玩笑还是认真的。

方落西把玩着手上的打火机,一开一合:"我宠着,可不就是才十八吗?"

"那不该是'17'吗?"

"可别,拐小孩犯法。"

时晨嘴角露出一丝笑,忍了忍,到底是没忍住,低头笑了笑。脸色在方落西拿出那顶生日帽后彻底破功,她不动声色地往后移了下,见他没发现,又往后移了一点。

"要掉下去了。"

当方落西的手举着帽子落到她头上的时候,时晨一个激灵站起来,摆手拒绝道:"这个就不用了。"

她边说还四处乱看,唯恐这条小路过来一两个人。

方落西好笑地看着她,故意举了下手上的生日帽:"仪式感。"

"不用了吧。"时晨看着他打起一个坏主意,"你想不想多要一点好运。"

"不想。"

方落西不退让,时晨看着好像也没那么丑,再看,又觉得好像还挺好看。

打火机一滑,一小簇火苗燃起,暗黄夹杂着幽蓝,轻碰蜡烛,两个数字舔上火舌,映入眸底。

"好了,许愿吧。"

时晨二十多年的生活中还没有这么正经地许过愿,以往过生日连蜡烛都不会拿出来。

杨江迎总说这种劣质蜡烛滴到蛋糕上会有毒的,小时候都不会做的事情,长大了更不会做了。

时晨望进方落西眼底,除了两人面前的正燃着的蜡烛,还有一个熟悉的身影。

她抿了下嘴角,双手合十放在胸前,闭上了眼睛。

她将方落西关在了自己的眼睛里,而方落西眼眸深处只有她一人。

几秒过后,时晨正准备睁开眼,却被一只手掌挡住,又恢复了黑暗。

"许完了?"

时晨点头,轻轻"嗯"了一声。

"没别的了?不再多许两个?"

时晨停了两秒,摇头。

现下,她确实没有什么想要的,愿望也只有一个。

希望他顺利毕业,前程似锦。

"真没了?生日有特权的。"

就当时晨打算再想两个的时候,面前的手掌移开,时晨眼底涌入一丝亮光。

时晨越过方落西看向他身后不远处的广场,正中央的喷泉刚开始工作。她刚过来的时候,还在纳闷别的地方都是灯火通明,怎么就这里只有寥寥几盏路灯。

现在,这边的灯光比别处还要耀眼,星辰点点。

方落西蹭了一点奶油在她的鼻尖，笑道："尝尝，甜的。"

时晨还有些蒙，一时没反应过来，等想要反击的时候，又被人一把抓住，偏做了坏事的人义正词严："别浪费。"

时晨有苦难言，被人喂着尝了口蛋糕。

奶油香而不腻，蛋糕也是入口即化。时晨一时又吃了好多，感觉肚皮都被撑起来了。

等时晨看到方落西手中出现了一个小的礼品盒的时候，她心跳是有那么一瞬间静止的。她没有动作，只呆愣愣地看着方落西打开盒子，拿出里面的项链，吊坠上有一晃一晃的星星。

"这是什么？"

方落西把项链扣在她脖子上，闻声看她一眼，理所当然地说："礼物啊。"

时晨点点头，手指摩挲了一下垂在锁骨处的吊坠，是两个小星星，一大一小，相互依偎着。

她指尖感觉到金属的凉意，忽略了心头的一丝异样。

方落西也是头一回干这种事，现在坐在长椅另一头平复着心跳，低头刷着手机。盘算着时间差不多准备送时晨回学校的时候，还没来得及站起身，就被时晨一把按在座位上。

方落西转头看过去，就见时晨一本正经地看着他："为什么又要送我礼物？"

时晨扯着他的袖子，微皱着眉头，似乎很纠结，她小声开口，好像也觉得自己很过分："你早上不是还说帮我画图吗。"

方落西"啊"了声，上身又落回去，靠在椅背上，侧头看着她。

时晨也没再说话，只是看着他，眨了两下眼。

方落西弯下脖颈，捂嘴笑了两声。他不说话，时晨很局促，他一笑，时晨更局促了，连凳子都坐得不舒服。

等他笑完了，方落西轻咳一声，抬手轻揉了一下她的发顶，无奈地说了一句："还挺贪心。"

时晨跟在他身后，小步追上他的步伐，也没再说这件事。

锁骨处的星星随着她的脚步一晃一摇，时不时染上她的体温，驱赶最后一丝冰凉，像极了地上的双人影子。

方落西丢掉手上的垃圾，拿纸巾擦过双手，才牵上时晨，懒洋洋地笑一声："看心情。"

第十七章　/ 暗恋嘛，谁不惨呢

方落西第二天就去机场离开了，时晨也没赶上送机，两人就这么又开始了异地恋的生活。

临近毕业这学期，两人偶尔空出时间打个视频，时晨总能看见方落西眼中的疲惫，有时候聊着聊着，对面就没了声响。

时晨抬头看过去，见他已经闭上眼，胸腔平缓地呼吸，脖子歪着靠在椅背上，想叫醒他，又舍不得，想让他多睡一会儿，但又真心实意地担心他脖子落枕。

仗着他睡着了，时晨凑近屏幕看着他安静的睡颜。

方落西睡觉的时候很安静，薄唇轻抿，在白皙的脸上点上一点嫣红，额前碎发有些长，凌乱地遮住眉眼，眼睫时不时地抖动，人睡得不算安稳。鼻梁在侧边投下一小片阴影，仿佛听得到他的呼吸声，只有眼下一丝青灰稍稍碍眼。

时晨摸出手机看着备忘录，挑挑拣拣选了个日子，订下了飞往滨城的机票。

夏天热意涌动，空气都是烫的，就这样一个季节，却是离别的日子。

时晨倒没什么感觉，许是才刚进校门的缘故，无处不在的离别伤感气息，也一瞬间把她带入了两年前属于她自己的毕业季。

时晨摇摇头，无奈失笑，果然环境影响人的心情。

正好凑上周末的日子，时晨收拾了行李，飞去了滨城，等一路乘车到了滨城大学的门口，时晨才给方落西拨过去一个电话。

她嗓音雀跃，带着一点做坏事要成功的得意："在哪里？"

对面嗓音闷闷的，慵懒中夹杂着一丝不自知的懵懂："宿舍。"

"睡觉呢？"

"嗯。"

时晨："吵醒你了？"

她迈开脚步往校园里面走，一路上尽是拍照的学生。

方落西似乎是翻了个身，窸窸窣窣的声音传过来，鼻音明显："没，刚醒。"

时晨像是无头苍蝇一样在校园里乱转，甚至还停下来，看了看十字路口的路牌,随后她站在树荫下,挫败地叹了口气。

"嗯?"

时晨拿手扇了扇风,极不情愿地咬牙吐出一句:"我好像迷路了,找不到你宿舍了。"

她这话说得有歧义,但对方好像一下子明白过来。

方落西翻身下床,得亏他身高腿长,连一侧扶梯都没蹬,直接从床上蹦了下来。

对面的井立涵看见他这动作,忍不住惊呼一声:"干吗,你投胎啊!"

并没有人回应他,空气里只剩下空调工作的声音,还有就是宿舍门被甩上的"哐当"声。

方落西随便趿拉着一双鞋就出来了,他跑过来的时候带着一阵热风,紧急刹住脚步,抱着时晨转了一圈。

时晨没有防备,双手圈住他的脖颈,原本就压制不住的躁意因为这么一副火热的男性身体靠近,更热了。

方落西松开她,别了下她耳边的碎发,眼底笑意不减:"怎么突然过来了?"

时晨撇撇嘴角,扬着脑袋凑近:"开心吗?"

"开心。"方落西点头,"走,带你凉快会儿。"

时晨就近在一家奶茶店乘凉,方落西把人安顿好后先回宿舍换了件衣服。

等方落西推门进来的时候,时晨想回酒店换衣服的想法格外强烈。

按理说,两人能像正常的校园情侣一样绕着操场吹吹风,大街上压马路的日子并不多,她还是挺珍惜这种机会的。

可是,天气太热了。

但凡稍微凉快一丁点,太阳小一圈,时晨都不会这么犹豫。

时晨猛地吸了一口奶茶,像是宣布重大决定一样,狠心开口:"我知道一地方可以去。"

等她带着方落西到了酒店门口,慢腾腾拿出房卡贴上门把手,心想着时晨你可真出息,真就把人拐来开房了。

然而,方落西倒是很淡定。进门后,他四处扫了眼,随后他先去窗边检查了门窗,又贴着墙转了一圈,最后又去浴室。时晨倒没注意他这些动作,只顾着先打开空调,正对着空调口吹风。

方落西从浴室出来,见到这样一副情形,忍不住轻"啧"一声,走过去扶着她肩膀换了个位置，抬手轻敲了下她脑门："别正对着出风口。"

时晨也缓过那股热劲，任由他拉着坐到床上。

方落西圈着她一副要秋后算账的样子："什么时候订的票？"

时晨靠着他，想往后看一眼，又看不见人，索性放弃了："忘了。"

她是真忘了，太久之前了。

耳边一阵轻叹，呼吸的气音撩起一点酥麻痒意："下次告诉我，我去接你。"

时晨的注意力全部集中在耳后，好不容易降下去的温度又要升起。

"惊喜吗？"

耳垂处落下记轻吻，时晨一个激灵，正准备起身躲开，紧接着又是泛麻的啃咬混着喷洒出的热气："你就是惊喜。再说，这么远，我会担心。"

时晨一愣，趁着后面防备不严，她拉出点距离，主要是她觉得自己在太阳底下晒了一圈，浑身还有点脏。

她屁股往后挪，逃出猎人的包围圈。方落西也没追，双手往后撑着，懒洋洋地看她，嘴边的笑意，怎么看都很碍眼。

时晨转移话题："这有什么？我可是差点要去无人区的人。"

她说得挺对，平常他们考察的一些地方，勉强也算是无人区了，毕竟鸟都不去那儿拉屎。

"嗯。"方落西没反驳，"我也会担心。"

时晨有点吃惊，抬头看他一眼，眼神里有怀疑，有不可置信。方落西倒是坦荡，墨色眼眸回视着她不避也不躲。

"我以为……"

"两码事。"方落西打断她，"明白也会担心。"

虽然他们专业不同，但方落西也不少跑，考察条件方面他再清楚不过了，尤其是对女生来说，不方便的事情格外多。

时晨张张嘴，想说没事，又咽了回去，这会儿说什么都不合适。

方落西似一个姿势待久了有些累，收起手臂坐直身子，上前拍了拍时晨的发顶："我知道，所以让我有个底。"

空调口不断喷出的凉气不多时染上整个房间，原本汗渍的皮肤也泛着一点微凉。时晨订的房间是大床房，整个屋子占地面积最大的就是这张床。

两人分坐在床尾的两角，一人一个，彼此拉开出一点距离，看上去规矩得不得了。

如果时晨这时候细看一下，便会发现即便是十几度的空调都挽救不了一旁男生身上的热度，再多靠近一点，便会惹火上身。

房间里只听得到空调的出风声，安静得让人不适。时晨抬头触及方落西眸中浓重的炽热，下意识地移开眼，生硬地找了一个话题："你在西淮的房子找到了吗？"

时晨第一次听到方落西要在西淮租房子的时候，半天没有说话，脑子里涌出一个想法，实在不敢相信这人是个"恋爱脑"。

她自问自己也不能毫无顾忌做到这一步，最主要最关键的一件事，她现在只是在西淮念书，以后是什么情况，她自己也说不准。

时晨抿了抿嘴角，严肃道："你要不再想一下。"

方落西停顿了一秒，才慢条斯理地笑着说："想什么呢。"

然后他解释了一下，时晨也听明白了。

方落西没有继续深造的打算，他说的公司名时晨也听过，总部在崇浦，滨城、西淮都设着分部，简单来说就是他签在崇浦外派西淮。

时晨皱着眉头听他说，不太确定地问："那是不是在总部更好一点？"

"没什么分别。"方落西勾着嘴角笑了下，"权衡利弊，机会合适，最主要的是——"

他卖了个关子，没把话说完，时晨思绪被他牵过去，注意力集中到他身上。

"给钱多。"

时晨一愣，低笑出声，赞同道："那不错。"

虽然看出她话题转移得格外没有技巧，但是方落西也只当作没看见，顺着她的问题往下答。

"看了几套，还没定下。"方落西侧头看一眼，轻声询问，"回头帮我选选？"

时晨点头："行。"

"主要看看交通怎么样。"时晨暗自规划着，在他耳边碎碎念，"到时候离你公司近一点，比较方便，通勤尽量控制在十分钟以内，或者二十分钟吧，西淮地铁也方便，你说呢？"

时晨转头看他，想得到他一点反应。

"行。"方落西带笑的眼睛里，映出一个低头掰着手指碎碎念的女生。

时晨还真给他看了一下午房子，挨个看着中介发过来的图片，选完一拨又一拨，连晚饭都是点外卖解决的。

最后选出两间房子，一个小区，装修风格不太一样，楼层不一样。时晨觉得都很好，她把选择权扔给方落西。

"反正是你住，你来选择。"

吃过晚饭后，方落西看着时晨掩不住地打哈欠，准备起身离开。

时晨看着他的动作也起身，跟在他身后走到门边。方落西转头无声询问，时晨倒是没半点不自在，掩嘴打了个哈欠，声音还带着困意："送你回去啊。"

方落西无奈一笑，上前抱住她，嗓音很轻，怕吵醒她一样："不用，我就在隔壁。"

他垂眸视线落在她诱人的唇瓣上，忍不住低头采撷轻吮，只轻轻一下，便足够扰乱心智，低哑的声音落下："晚安。"

等房门关上，时晨看着紧闭的门板才反应过来。

他刚才说什么？

他说他在隔壁。

时晨跌在床铺上，鼻尖若有若无还带着一股熟悉又陌生的气息。她翻了个身，闭着眼想，她好像真的很喜欢这种踏入他未来规划的感觉。

她在床铺上翻滚了几圈，认命地坐起身，想着出门看一眼方落西。走到门口，手指还没触碰到卡槽，瞥见自己身上的睡裙。

纯白色，娃娃领，泡泡袖，格外幼态。

她想了想，又从行李箱里翻出一身短袖长裤，换好衣服，拿着房卡才出门。

时晨站在隔壁房间的门口，轻轻敲了敲，空当的两秒，心情又格外忐忑。

脚步声渐起，时晨耳力从没有像这一刻如此敏感，清楚地注意到，由远及近，随后按下门把手。

时晨抬头看去，方落西脸上还有意外，头上搭着块毛巾，头发还在滴水，落在衣领处泅出一小块深色。

"我睡不着。"时晨先开口打破平静。

方落西没多问，让出位置示意她进来。他的房间是标准间，两张床，看着空间更大一点。一张床上有些乱，另一张很整齐。

"你什么时候订的房间？"

方落西又揉了两把头发，随手把毛巾一扔，坐在床上，把时晨一拉，抱在怀里，不怎么在意地说："拿外卖的时候。"

时晨点点头，两人都是刚洗过澡，时晨身上是自带的沐浴露味道，浓郁的玫瑰香，方落西身上一股小苍兰的味道，两种味道结合在一起，竟然分外和谐。

时晨分神看了眼空调，明明一样的温度，她总觉得浑身冒汗，灼热感遍布全身。温度一高，她都好像不会思考了，想到什么说什么："这里离滨大只要一站路。"

她当时订房就是按照距离远近来选的，他就是回宿舍也要不了多久。

方落西抱着人颠了颠，下巴磕在她颈窝，耳畔呢喃："女朋友在这儿，谁要回去。"

时晨屏着呼吸，不敢有大动作，只能被动着接受他体温的过渡，滚烫又强势。

"叮！"

时晨推了推他："手机。"铃声给了她一点空隙，也敲破了这暧昧气息。

方落西不满地拿过手机，点开信息，一道语音传遍房间。

"救命啊，西哥，救命。"

时晨也听出这人的声音是井立涵，他说得急，话都不带喘，她侧头询问方落西有什么事。方落西眼都没眨，直接把手机扔在了一边。

时晨："不管他吗？"

"他能有什么事，打游戏。"

时晨笑笑，推着他："你去吧，允许你玩一会儿。"

方落西看她几秒，没拆穿她的狐假虎威："行，领命。"

他靠着玩游戏，时晨就在他怀里看手机。他身上硬邦邦的，枕着也不舒服，时晨一会儿换个姿势，不多时，人已经贴着他躺在了枕头上。

时晨一手划着手机，慢慢地眼前手机屏幕也有些模糊，她眼皮无力垂下，手机也歪在枕头边上。

方落西打完一局游戏，就看到时晨缩在一边，两人在一个单人床上不算宽敞，时晨手机里的视频还在无声播放，人却已经睡熟了。

他拿过她的手机搁在床头上，扯过一边的被子，轻手轻脚地给她盖上。低头使坏一般绕了两圈头发，也没有给人造成影响。

方落西关掉一边的灯光，拿起手机调成静音，任那边说得口干舌燥，也不做半点回复。

第二天，时晨循着生物钟醒来，抱着被子转了个身，正对上方落西安稳的睡颜，时晨一愣，探头看了看房间，恍然想起自己昨晚睡得太早，忘记回自己房间。

时晨还是第一次这么看着方落西，以前的他总是清冷又骄傲，现在这样看着，倒是乖巧得很。

安静又规矩，手臂搭在腰侧，发丝有些孳毛。

时晨心底的恶魔心思一股脑涌上来，她掀开被子，小心下床，控制着不发出一点声音。她弯腰蹲在床边，就着床边透过来的光亮，凑近盯着他乖巧垂落的睫毛。

他一扇睫毛又浓又密，时晨伸出手指轻点了点尾端，没见他有什么反应，又大着胆子轻轻拨了拨。

她正玩得开心，忽略了床上的人眼皮颤动。

正当她良心发现打算撒开让他好好睡觉，胳膊却被人拽住，腰身一紧，整个人被提溜上床，方落西灵活一翻，抱着人转了一圈，将人困在怀里。

被他这突然的动作一搞，时晨的头发乱糟糟地铺在脸上。时晨不安分地动了动，压根注意不到这人呼吸都重了几分。

等她看到方落西眼眸还是照常闭着，跟之前一样，她气急地翻身伸手故意拨动他的睫毛。

方落西耐不住痒，将她的手缩在身后，嗓音低哑，故作严肃："别乱动。"

不明事理的时晨还在想着自己刚才的小把戏都被人看到了，她也凶："你什么时候醒了？"

听见她不满的语气，方落西这才撩起眼皮看她，眼神还有刚睡醒的迷茫，布着水光："小恶魔一出洞，我就醒了。"

时晨嗓音一提："你故意的。"

方落西还有些困顿，没睡醒一样："对啊，不然怎么知道小恶魔干了什么坏事。"

时晨生气了，她费力地挣脱束缚，像只蚕蛹一样在床上扭来扭去。

她动作一点没收着，方落西无奈，大早上的这是要干什么，他往后拉开一点距离，面无表情地睨着她，眼皮半耷拉着，表情不太好。

时晨看着他也安静下来，追着人又贴过去："怎么了？"

方落西睁开眼："没睡好。"

"怎么没睡好。"时晨就顺着往下问，也不是真要听个答案。

方落西听着她这不走心的问题，哼笑一声："有人磨牙又打呼，要怎么睡啊。"

"不是我！"时晨利索地坐起来，治好了多年顽疾赖床症，还能张牙舞爪地凑到方落西眼皮子底下，"不是我吧？"

语气到最后都带上了怀疑。

"嗯？"

"骗人。"

"嗯，骗你呢。"

他说得这么不走心，反倒让时晨更怀疑自己，没留给她太多反应时间，方落西翻身下床。

时晨看着他，脱口而出："你干吗去？"

方落西停下脚步，转身投来意味深长的一眼，听不清语气："洗澡。"

时晨看着他走进浴室，无奈地摇了摇头。昨晚不是刚洗过澡，睡醒又要去，有洁癖的人真麻烦。

浴室传来水流声，这房间没什么隔音可言。水珠落到地板上的声音直直往她耳朵里钻，时晨眼神不安分地掠过一眼，心尖痒得发麻。明明什么都没有，却在这独自的空间里格外暧昧。

时晨往后仰躺在床上，浴室里的水声仿佛瞬移到她耳边一样。她闭着眼回想自己才看过的论文，却好像怎么也静不下心。

无奈之下，她扯过一旁床边上的被子蒙在头上，企图靠这个来阻断恼人的水流声。

的确，被子盖在头上听得不大清晰，分不清是哪里传来的声响。只是她忽略了一点，这被子上裹满了方落西的气息，盖在身上像是被他无缝隙环绕，鼻息间萦绕着的暧昧，烧得她脸颊升温，头脑发蒙。

时晨短暂性地失去了思考能力，任由自己在蒸笼里发酵，自然也没听到戛然而止的水声和由远及近的脚步声。

她还在发蒙，盖在头顶上的被子就被掀开，往下卡在脖子处。方落西低头凑近："还没睡醒？

"脸怎么这么红？发烧了？"

他说着还去看了眼空调温度，想着往上调高一点。

时晨眼神闪躲，她再清楚不过了，看着方落西去调温度，又拉住他："没发烧，就捂的。"

方落西盯着她，似乎要验证一下她说的是不是真的。原本温度降得差不多了，被他这么一盯，脸上又有再度升温的趋势。

时晨挣扎着要起来，方落西挨在旁边挡着她。

他刚洗过澡，身上却没什么热度，凉气直往外冒。脸上没有水汽，却一眼就能看出是刚沾过水的肌肤。时晨看着他的皮肤，心想他好像又捂白了不少。

她去捕捉他的睫毛,想验证一下能挂水珠的睫毛到底是什么样子,却不想撞入一汪幽潭里。

时晨又闻到了一股小苍兰香,越来越近,像是要把原先淡掉的覆盖住。她抬眼便看见他锋利的下颌线,再近一点,就会划破她的皮肤。

方落西瞳色本就深,仔细盯着人看的时候,能轻而易举夺取人所有的注意力。眼眸深不见底,配合着晨间暧昧的光线,多情又勾人。

时晨视线从上下滑,从睫毛到鼻梁,到红润的薄唇,越靠越近,她往后使劲贴在枕头上,企图多拉开一点距离,最后她绝望地说出真话:"我还没刷牙。"

方落西先是一愣,随后低笑出声,肩膀随着他的动作轻轻颤抖,缩短最后一点距离,嗓音淹没在唇齿中:"没事,我刷牙了。"

到底是顾着时晨的意愿,没多为难她,比蜻蜓点水稍过分些。等时晨沉浸在他温柔的捕笼了,这人又使坏地拉开距离,故作无事发生一样,轻拍她的发顶:"还是算了,不想再洗一次澡了。"

等时晨收拾好,方落西带她出门吃早饭。

方落西:"想吃什么?"

时晨思索了两秒:"去食堂?"

"好。"

时晨坐在凳子上等着方落西回来,旁边桌走过来两三个女生,手上还拿着学士服,应该也是要毕业的学生。其中一个女生抱着一束花,时晨不免多看了两眼。

她们嗓音没压着,时晨就隔着一个过道,听得一清二楚。

"你别揪了,揪秃了你还要不要送人啊。"

抱着花的女生手上动作没停下,垂头丧气又自暴自弃:"不送了。"

"说什么傻话呢,昨天的信心呢。"

那女生抬起头:"可是我们学校紧挨着,坐高铁只要半个小时啊。"

她同伴呵呵笑了两声:"你昨天还说,半个小时也是两个城市。"

"可我要是失败了,半个小时的高铁都没资格坐了。"

她这话一说,剩下两个女生都没说话。

过了许久,一女生开口:"那是他没长眼,他的损失。"

那女生抱着花又一垂头:"异地恋啊,分手概率也很高的。"

对面的女生翻个白眼:"异地个啥,我坐飞机都要三个小时的人还没说话呢。那一个城市也没一个学校的叫什么，异校恋？"

"等会儿，我是说等下我要犹豫了，你们俩就把我推出去。"女生说，"如果这次没戏，那之后应该也是没戏了。要以后我还喜欢他，他什么都不知道还谈恋爱结婚了，那我可太惨了。"

"别说以后了，你现在就挺惨。暗恋嘛，谁不惨呢。"

时晨从他们的对话中回过神，不动声色地向那个抱着花的女生投去一眼。那一眼，饱含深意，有鼓励，有羡慕，有祝福，还有她曾经没有的勇气。

女生怀里那束向日葵代表着希望，又像是她说不出口的爱意，中间夹着几朵不是很和谐的雏菊，尽是暗恋人的小心思。

时晨对现在的生活很满足，满足到她都忘记了自己曾经也是芸芸暗恋者当中的一个。曾经偶遇的一个背景，喧嚣吵闹中他的名字，都能轻而易举地夺掉她的注意。

时晨又多看了一眼身侧的女生，她当时都不知道方落西毕业的去向。暗恋失败的苦楚和那些日子对自己的怀疑将她压得快要喘不过气，后来她也怀疑过异地的可靠性。

时晨突然有种冲动，她想鼓励一下这个女生。

方落西端着两碗豆花回来，就发现时晨整个人蔫蔫的。

"怎么了，不合口味吗？"

时晨抬头："没有啊。"

他没说话，像是执着一个答案。时晨避开他的视线，瞥见放在一边的面条，随口说："我想吃崇浦的拉面了。"

时晨抬头看他一眼，又低下头，随意拨着碗里的红豆，声音很小，像是说给自己听："要北餐厅二楼的那家，每次去吃都排很久的队，当时我很懒。"

方落西霎时反映过来，她在说崇浦大学。

"他家出餐又慢，牛肉也很少，最多有两片。有一次我买到后，阿姨还忘记放了，我室友笑了我很久。"

时晨越说越委屈："明明他家很抠，香菜放得也很少，辣椒还会呛嗓子，可是我还是好想去吃啊。"

方落西没打断，安静地听着她说："下次再去吃，我一定要放好多好多肉，至少要买走阿姨大缸里的一半。"

等她说完，方落西看着她，带着笑意，缓缓开口："好。"

第十八章 / 从前有人爱你很长时间

吃过早饭,方落西回了趟宿舍。等再出来的时候,手上多了一个袋子。袋子里面是两件全新的学士服,时晨抬头看了看四周,一下子明白过来。周围尽是拍照留念的学生,时晨抬头看他:"你们要拍毕业照了?"

"不是。"方落西抖开宽大的黑色学士服,"我们拍过了。"

时晨看着面前的黑色袍子,忍不住提醒:"你是不是买错了。"

她虽然还没顺利毕业,但好歹也经过了本科的毒打。她起码能分清,眼下这两件是本科毕业要穿的。

"昨天临时让井立涵去买的,将就下?"方落西递过来一件。

"给我啊?"时晨动作还有些慢,一时没反应过来。

"不想拍吗?"方落西笑着看她,"那当满足一下我的毕业心愿,我想和你拍。"

时晨手上还摸着柔软的黑色布料,鼻尖有些泛酸,或许是刚才在食堂看到那个女生,她有些格外敏感。

怎么会不想拍。

这是她当年可望而不可即的事情。

那年她化一个毕业吸睛妆,想要在毕业照上留下印记,哪怕经年已久,他根本不会打开那张照片。

时晨还记得自己拿到照片以后,坐在乱糟糟的宿舍里,挨个数着照片,找到他那一抹身影。

当年她想要的合照,却在今天实现,那年的遗憾终究在今天得到圆满。

时晨不是个贪心的人,曾经上学的时候,偶遇一次,多看两眼,她就很满足。

现在她也这样告诉自己,不要贪心,多出那么一点,不就是甜到心尖的糖吗。

方落西挡在她前面,遮住了落在她脸上的大部分阳光,拿过学士服递给她。时晨有一瞬间感觉自己就是要毕业的学生,只是没有分离的情绪。

她套上黑色宽大的学士服,混在一群毕业生中,头上没戴学士帽,站在方落西身侧,听着他和别人说话。

方落西选的地方挺出名,是滨大很有特色的一个老式学堂门前。时晨像个旁观者,看着他们脸上都带着笑,还是想要留住学生时代最后一点光。

时晨不认识拍照的同学,单听着他大声喊出的倒计时就心如擂鼓。

三、二……

瞬间仿佛时光回溯,时晨站在崇浦校园内,身侧人挤人,拍照架上站满同学。不同的是,这次时晨没有在结束后回头寻找那个熟悉的背影,那人破开人潮,一步一步走来站在她身侧。

时晨弯起嘴角,露出一个发自内心的笑。

一!

照片定格,两人依偎相伴,锁在镜头里。

时晨看着拍照的同学按下快门,略微侧头仰视看向站在左手边的男生,唇边的笑意还没来得及散去。方落西身高腿长,脖颈稍稍弯曲,低头回视。

另一边刚要收起手机的同学,眼见着这副画面,又举起手机,快速拍下一张,生怕下一秒构图发生变化。

等方落西拿着手机走过来,时晨好奇地扒着他手机,想要看一眼刚拍的照片:"怎么样?"

方落西仗着自身优势,轻轻翻转手腕,把屏幕倒扣,故意问:"什么?"

时晨一愣,还能是什么,照片呗。

"在我手里就是我的了,你要想看,不得拿着点东西来换?"

他这一番话说得冠冕堂皇,时晨都要被他绕进去了,一把撒开他的手,反正跑不了,不看了。

她撒开他,快他几步走到前面,心里却盘算着到底拿出点什么应付他。

方落西见真不管他了,又懒洋洋地喊她:"跑什么,等我会儿啊。"

时晨双手背后,慢悠悠地走在校园林荫路上,这样轻松的时刻在他们之间并不多见,两人漫步闲谈。

"下次我们去崇浦吧,不知道校园卡还能不能用。"时晨回头看他,像只不谙世事的小狐狸,"带你去留纪念。"

方落西眼睛一眯,有点危险,时晨下意识就要跑,被人长臂一捞,锁在怀里:"故意的是不是?"

他空出一只手,轻轻捏她的脸,使着坏往外扯:"这么坏呢,不就没给你看照片,怎么还记仇了。"

时晨把他的手拽下来,义正词严地反驳:"我可没有,你少污蔑我,我

253

都想好换什么了。"

其实她没想好,也是故意的。

方落西又去捏她的脸:"那要换什么?"

时晨又去拽他手:"不告诉你。"

她拽不下来,气得跺脚大喊:"方落西!"

"你叫我什么?"方落西故作委屈,"现在都开始连名带姓了,之前还撒娇叫西西。"

"我才没有,你自己没听清。"时晨不认,"方落西!方落西,松手啊。"

闹归闹,方落西还是老实地跟着她去了地方。他拍起照来确实没什么压力,站着也行,坐着也行,看不看镜头都无所谓。

时晨又操起老本行,拿着手机时不时地蹲上蹲下,就是后悔没拿着相机。

她翻着照片来回看,果然长得好看怎么拍都好看。

方落西就坐在操场边的主席台上,看着时晨一刻也不停,他靠着背椅故意问:"热不热,你要不要来歇会儿?"

"要不我来给你拍吧,我拍照也还行。"

"喊。"时晨又弯腰按了两张,"我不拍,我又没毕业。"

"没毕业也可以拍。"

"我不要,年龄在那儿摆着呢。"

方落西轻"嘶"一声:"你嫌我老?不就差几个月嘛。"

"不是这么算的,那双胞胎还分个先来后到呢。"

方落西抱臂靠在后面的台阶上,眯眼打量着矮一头的摄影师,挺邪气,半天都没见时晨抬起头,他按捺不住:"我发现你最近很嚣张啊。"

时晨抽空看一眼,还是没说话,低头拍照,大有一副随你说的样子。

又过了一会儿,时晨一摆手:"走了,换个地方。"

方落西好笑,又无可奈何地起身跟上她。

从操场往外走要经过一片露天篮球场,时间很早,打球的人也不算多。时晨透着绿色格网看着球场内稀疏的人群,回头看向方落西。

"你还打球吗?"

"打,有时间就来。"

时晨看着脚下:"哦,那挺好。"

方落西看她一眼,像是知道她心中所想一样,直截了当:"想不想看我打球?"

"不想看。"

他一噎,装模作样叹了口气:"别人打球的时候都有人送水,就你男朋友没有。"

"不可能吧。"时晨不信。

"不是女朋友送的,我不喝。"

时晨笑着吐槽:"不喝拉倒,渴着吧。"

方落西被她这话气笑,伸手就要去抓她:"时晨,你过分了啊。"

逗了一会儿,方落西又回到之前的问题:"真不想看?"

是想的吧。时晨好像真没有正经看过他打球,她想着在篮球场上的男生才是最鲜活肆意的,不论年纪,不论成败。

"我又看不懂,看个什么劲。"时晨不想说,如同自己的暗恋心事一样,不愿意被他知晓,就好像先承认的人就落了下风。

"不用这么麻烦,来了就能懂。"方落西鲜有这种卖弄的时刻,"信我。"

阳光落在他发丝一角,时晨有些手痒。刚想开口应下这个福利,远处一个篮球砸到铁网,吓得她整个人一激灵,到嘴边的话也咽了回去。

球场上跑过来一个男生捡球,看到方落西之后,又拿球磕了下绿网,打了个招呼:"西哥。"

他视线移到时晨身上,似是打量,自来熟一样:"嫂子也在啊。"

方落西看向时晨,低头询问她的意见,然后才牵着她的手走过去。

两人寒暄几句,那男生最后说起:"晚上聚餐一块来呗,没外人。"他又看向时晨,"嫂子一起来,都带家属。"

球场上还在等着他刚捡起来的篮球,他说完挥了挥手,又回了场上。

"想去吗?"

"嗯?"时晨后知后觉他是在说聚餐的事情,"我都行啊,看你。"

"去吧。"下回再见面还不知道是什么时候,时晨是个很感性的人,去一次少一次的机会,还是去吧。

"你们是不是可以离校了?"

"可以。"方落西说,"还有一个毕业晚会,可去可不去。"

时晨听着眼睛一亮:"我能去吗?"

"能。"

"座位够吗?"

"家属席位置。"

之后天气逐渐转热,方落西和时晨直接回了酒店。午饭又是靠外卖解决,时晨有些懊恼:"该去吃食堂的。"

方落西笑她要被传染上毕业综合征了,下午他被一通电话叫走,临走前还问时晨,要不要一起再去食堂吃个饭。

时晨瞪他,又不是猪,刚吃一顿又吃一顿。

方落西跟她说:"下午看看时间,不确定什么时候结束,等我回来接你。"

"不用,不是一个方向。"时晨不想自己谈个恋爱就跟残废一样,拒绝了他的好意,"我到地方等你也行。"

果然,时晨一语中的,还真是去了饭店门口等他。

等进了饭店,时晨又有些后悔。这饭店也不像是普通的饭店,一楼只是大厅,楼上应该是包厢,大概是个集饭店、KTV一体的会所。

她又出来,在路边的公共长椅上坐了一会儿,等估摸着时间差不多,才走到一楼大厅。外边天气像是能把人烤化了,时晨想去下洗手间补个妆。

这里弯弯绕绕,时晨有点路痴,看着指示牌也没找到地方,反倒是走进一个吸烟区。

时晨还没踏进去,就被这里的气味熏得快要窒息,她不动声色地皱了下眉毛,想着退回去,再绕一条路。

里面响起一道声音,时晨觉得有些耳熟,脚步一顿,似乎内容也和她有关,她探着身子往里看。

"不是,那你这是怎么想的。"那男声一顿,似是吸了口烟,再说话时,有些嘶哑,"跟时晨混日子呢?"

吸烟室区域不算小,装修也是金碧辉煌,透着股暴发户的气息。烟雾缭绕浸透到外边过道上,气味呛鼻,里面声音不减。

"方落西,你这样不地道啊。"里边的人似乎没注意到这里还有一个听墙脚的人,说话声音不大不小,刚好能清晰地传到外面,"现在收心了,年纪不小了,过日子呗!"

里面每传来一句,时晨脸色就难看一分。她依着粘满了瓷砖的墙壁,光滑的瓷面被室内的空调吹得冰凉,一时分不清她的体温和这冰冷的瓷砖哪个更冷一点。

时晨听着井立涵打电话,甚至也窥探了方落西的聊天内容。

她自虐一般,脚步一动未动。

"我懂,就是合适的意思。"里面像是不懂她的水深火热,一字一句地剜着她的心。

　　合适。

　　这个词对大多人来说都是妄想，但是她不喜欢。

　　"不是，我是不明白，这有什么区别？"井立涵咬着烟，含混不清地说，"我就给你个善意的提醒，同学一场，你好意思吗？"

　　一阵苦楚从胸口溢出来，再多待一秒时晨就要失态了。她抬步离开，直接穿过大堂，将满室的凉气锁在屋里，第一次没礼貌地忽视了前台的问好。

　　井立涵将烟屁股摁在池子里，夹着手机无奈道："我的错，我说错了还不行吗，不都一个意思，合适、喜欢还不都一个人。"

　　他换了个手拿手机："说真的，哥们跟你认识这么多年，看你这样还挺高兴的。"

　　井立涵正经不过两秒，随后又恢复往常吊儿郎当的样子："总算能让你尝尝爱情的苦。"

　　"行行行，知道了，我马上下去把您女朋友接上来。"井立涵不怎么情愿地往外走，看不惯他这样子，啐了句，"德行。"

　　井立涵也就嘴上占两句便宜，还是老实地出门往外走。他是真挺高兴，既为了方落西，也是为了时晨。

　　井立涵显然是这里的常客，不像时晨一样找不到位置，拐弯临近大门口，他直接坐在大厅里等人。只是半天不见人，又出门看了下。

　　最后给方落西发过去一个消息：人没来啊。

　　时晨漫无目的地走在街上，直到有人递过来一包手帕纸，她才摸到自己眼眶通红，泪水顷刻流下。她扯出一个比哭还难看的笑，跟人道了谢。

　　那女生像是不放心一样，看了她半天，犹豫着问了句："小姐姐，要不要帮你报警啊？"

　　女生动作有些急，从包里翻找纸巾的时候，用力过大，一下子扯掉耳机，手机正在播放的音乐从扬声器传出来，在空气中毫不留情撕开一道裂缝，直直钻进时晨的耳朵。

　　正好切换到周杰伦的《晴天》，音乐混着海风，吹得她眼睛看不清，余音还在上方盘绕，一字一句敲进她心里。

　　　　从前从前有个人爱你很久，
　　　　偏偏风渐渐，

把距离吹得好远。
……………

时晨红着眼眶张了张嘴,发现嗓子竟然嘶哑得发不出一点声音。她攥着湿答答的纸巾,脑子空无一物,找不到下一步的方向。

半晌,她看着陌生的街景,模糊想起自己来这里的目的。时晨无力地垂下头,手指摩挲着手机。

她是来陪男朋友参加毕业聚会的,这样不声不响地离开,会搞得大家都很难看。但是,若要她装作什么都没发生,她怕自己在餐桌上的表现,可能会让自己更难堪。

滨城护城河的风明明裹着夏日的酷热,却没能卷走时晨身上的凉气,她静悄悄地坐在岸边,阴寒泛着冷霜。

理智告诉她,她应该问过方落西再决定。都说耳听为虚,眼见为实,可要是听着的和见到的没什么两样,她又该怎么办。

就算只有那么一点概率,她也不敢赌。

鬓角的发丝原先被汗水浸得湿答答的,后来被风吹干,卷着角地扰乱她的视线,刮上她的鼻梁。

多说多错,冲动的时候不要做决定,时晨想,她得冷静冷静。

方落西跟井立涵打完电话,就把手机搁在一旁,跟导师进了实验室。

这一忙,也就忘了时间,等他再拿到手机的时候,看到屏幕上的消息提醒,忍不住蹙起眉头,给井立涵拨过去一个电话。

那边像是怕他怪罪,电话一接通就先开了口:"时晨没来啊,我就坐在大厅里,门口连个人影都没有。"

"行。"方落西听完就挂了电话,看着屏幕上的信息,眼眸一片寒霜,回拨过去又是无人接听的状态。

最上面的一条消息还是时晨说她要到地方了,然后就是几条撤回的消息,最后只留下一行空荡荡的文字。

时晨:临时有急事,我要先回西淮了。

方落西就跟没看到一样,一个劲地回拨,毫无例外,无人接通直到自动挂断。

护城河的风吹得时晨清醒了两秒,然后她不再犹豫回酒店收拾了行李。她来的时候简单带了一个包,离开的时候也一身轻松。

时晨刻意将手机调成静音,坐在机场大厅的公共座位上,脸上的口罩遮挡得看不见情绪,眼睫低垂,摩挲着手机外壳。

机场的落地窗又高又透亮,光线在洁白的大理石瓷砖上映出一道斜影。时晨发现自己一直是追着光跑的那个人,突然运气爆棚,被上天垂怜,给她开了一扇窗,随后满室亮堂,迎来了整片烈日阳光。

园丁辛苦孕育了一粒种子,想要看着它从发芽到开花。直到后来她才发现,种子原本就是长不出花的,连零落成泥的资格也没有。

机场的播报正在有条不紊地进行,人来人往,只有她这一隅像是寒冬腊月的冰窟,坠入其中的人遍体生寒。

时晨翻过手机,屏幕感应自动亮起。一条一条的消息不断弹出,夹杂着未接电话的页面。

原本答应别人的事情没做到,已经非常不礼貌了。时晨进机场安检前,犹犹豫豫发了很多条消息过去。

发一条,看一眼,撤回一条。

时晨得承认,她在害怕,害怕听到的就是事实,害怕方落西承认了,害怕方落西没有喜欢她,害怕最后只不过是她自己臆想的一场梦。

她承认了,她就是个胆小鬼。

所以,最后她没有再问,把想知道的答案关在门外,掩耳盗铃也不失为安稳的办法。

手机再一次振动,黑色屏幕上印着三个显眼的大字。时晨看着不断跳动的接通按钮,默不作声咬了咬唇,静待通话自动挂断。

还没想好到底怎么办,手指已经点开微信,眼神空洞地看着屏幕。

正好一条消息弹出来,对方似乎是妥协了,语气放得极低。

方落西:回个话。

方落西:你得让我知道你现在安不安全,在哪儿吧。

时晨愣了愣神,自动忽略后一句,回复两个字:安全。

对话框顶端的名字,变成"对方正在输入",半天没有变化。

时晨心跳得厉害,唯恐发生什么不能预料的事情,原本没想好要开口的话,最后浓缩成简单一句:我想冷静一下。

时晨眼瞅着那行"对方正在输入"消失不见,变成原本的备注,她的心跳好像也随着一点一点沉下去。

再有消息弹出，时晨掀眼看过去。

方落西：我在机场，出来。

他的话简短又强势，带着一点平日里没有的不容置喙。文字不像声音，方块字列在白屏上显得格外没有人情味。

可就是这么几个字，时晨觉得自己好像体温又回暖了一点，不至于毫无遮挡地站在刮着暴风雪的寒冬腊月里。

到底还是该有个了断的。

时晨拿着包逆着人流走出机场，从冷气刺骨的空调房步入高温的太阳底下，她看了看四周，并没见到人影。

隔着不远处停着一辆黑色私家车，没熄火，冲着她的方向摁了两下喇叭。

窗户降下一点空隙，时晨看到驾驶座上的人影，抿了抿干裂的嘴角，迈步走了过去。

时晨一拉开副驾驶座的车门，便被一股浓烈烟草味道席卷，她不动声色地蹙了下眉毛，坐上座位，才关上车门。

她皱眉的神情没有逃过方落西的眼睛，早在她上车之前，他就降下了窗户，车里的味道还是没有散开。

鼻腔嗅着烟草味，时晨拘谨地坐在座位上，侧眸看到放在中控台上的烟盒。

烟盒盖子没有扣好，红色烟盒上边压着个银色金属打火机，时晨看到烟盒里空了一大半，才反应过来，原来他是会抽烟的。

只是他平常在她面前不常抽烟，这次抽得有点狠了。

时晨刚系好安全带，正想着吸烟有害健康，方落西一脚油门踩下去。

窗户透着缝隙，飞快地将树影抛掷在后，风卷着发丝落到鼻尖，时晨转头不可置信地看向驾驶座上的男人。

驶过一段距离，直到看不见机场的影子，方落西才降低车速，低声解释了一句："违规停车要交罚款的。"

这话说得没毛病。

时晨低低"哦"了一声，没再说话。

车内的冷气跑得差不多，窗外的日光争先恐后地顺着车窗缝隙挤进来。时晨额头上已经开始冒汗，等烟味散得差不多了，方落西摁上车窗，屏蔽出一个单独密闭的空间。

方落西调了下冷气的开关，垂眸拿过中控台上的烟盒，过了两秒，又扔了回去。

　　他清了清嗓子，似乎找到了开场的话，只是被烟熏过的嗓子格外嘶哑，一下子沧桑了不少："先说个事。"

　　他语气正经，没有玩笑的意味，时晨侧目看过去。

　　"以后不许随便乱跑。"他嗓音像是滚过砾石，粗哑至极，又透着一股强势，"起码让我知道。"

　　下一秒，他抬头看着时晨，神情难测："你这么突然离开。

　　"我有点着急。

　　"我挺慌的。"

　　时晨没说话，双手圈着腿上的背包，规矩地坐在座椅上，腰板直愣愣地挺着，半点没松劲儿。

　　撞进他的眼神里，时晨又见到了那日火急火燎赶去南省的方落西，有惶恐，有害怕。没了平日的意气风发，余下尽是支离破碎的痛楚。

　　时晨现在脑子也很乱，思绪打结，找不到源头。

　　见她还是没有要开口的意思，方落西也知道要给她时间，现下反倒是他控制不住，先丢盔弃甲，城门打开："你要有什么觉得我做得不好的地方，你得告诉我。

　　"是不是？"

　　他看似是在轻哄，却一点没给她留余地。

　　有那么一瞬间，时晨被他眼里的一汪春水打动，想要把原先在微信上删删改改的信息一股脑说出来。

　　你喜欢我吗？

　　你有喜欢过我吗？

　　或者说，你和我在一起，只是因为合适吗？

　　她挑挑拣拣，或许是躲不过方落西直白的视线，最终垂下头轻轻扯了扯背包的带子，低声问了一句——

　　"为什么会是我？"

　　她声音很低，但车厢内足够安静，一字一顿地敲进了方落西的耳朵。

　　听见时晨的问话，方落西眼神中划过一丝讶异，虽然她没明说，方落西像是明白了点什么。

　　时晨没再说话，却也没再低着头，抬头看着方落西，不避不躲，坦荡又自然。

　　方落西抓住一点思绪，低头无奈地叹了口气，也回视着时晨的视线，正对上她红晕还未散去的眼睛，反问道："为什么不是你？"

没给时晨留下一点喘息空间，方落西看着她，略微倾身凑近，似是让她更清楚地看清他眼底的真诚："我是不是还没有跟你说过，我喜欢你。"

"时晨，我喜欢你。"

两句话，简单地撞进她的心里。

时晨眼眶迅速染红，将原本就没褪色的眼尾浸上水珠，蓄起一汪清泉，随后又跟掉了线的珠子一样止不住，稀稀疏疏地往下落。

时晨随着泪珠的掉落，也低头移开视线，泪水洇湿了背包布料，将那一小块的颜色染深。

方落西一直看着她，看见她落泪也一下慌了神，连忙从一旁抽出纸巾，轻轻擦拭她脸上的水痕。

见她没有抗拒的意思，方落西轻轻把人搂在怀里，一手揉着她的发丝。

"先跟我说说，这是怎么了？"

时晨不自在地从他怀里出来，低着头吸了吸鼻子，不太想把自己的心理活动说出来，只小声讷讷："是我想多了。"

怀里的人还没抱很久，方落西略有些失望地往后靠了靠，手指散漫地敲在方向盘上，没像往常一样好说话："你多想什么了？"

时晨睁着泛红的杏眸，惹人心怜，这一刻，她发现，她还是没有勇气坦然相告自己的暗恋史。

她微垂下头，默不作声。

方落西无奈地叹一口气，手指挑起她的下巴，露出她整张小脸，怜惜地轻碰她红润的眼尾，好让她看着自己。

"那现在听我说？"没等时晨回答，他先开了口。

方落西眉心拧了两秒，又很快松开，似是找不到一个合适的开场白。

时晨还在呆愣地看着他，耳边已经响起了低哑的嗓音。

"方落西，崇浦人，比你早来三个月。"方落西眼神坦荡，"研究生学历，近几年工作安排在西淮，没有变动的打算。"

想到什么，他又补充一句："以后的打算，看你。"

"你不用有压力，当然有我不太喜欢异地恋的原因。"方落西勾了勾手指，一脸理所当然，"外派工资比较高，晋升也快。"

时晨受不住，微微弯了弯嘴角。

"感情不就是要磨合嘛，我们可以花时间久一点，但谁也不要当逃兵。"

"下面讲一下感情经历。"他这样一句接一句地说着,莫名透露出一股要开讲座的意味。

说者无意,听者有心。时晨听着一愣,还以为自己的心思被人发现了,正要心虚地开口坦白。见方落西开口,时晨微张的嘴又闭上了。

"我曾经有过两段感情经历。"方落西现在才感受到一点害怕,他小心翼翼地抬头,害怕从时晨脸上看到一丝嫌弃,尽管嗓子干涩得厉害,还是撑着把话说完。

"时间不算长。"方落西扒拉了一下头发,似是懊恼,语速很快,"我没办法否认已经发生的事情,我保证现在和她们已经没有多余的联系,也不会像以前一样有不负责的行为,你有任何想知道的,我绝对没有一丝隐瞒。"

时晨对他有两任女朋友的事情不意外,要说心里一点泛酸都没有,那肯定是骗人的。毕竟见过他的前女友后,她也陷入过怀疑。

她想得认真,眉毛蹙起也没有发觉。方落西看着她的神情,心思却一点一点沉下去。

时晨问了最想知道的问题:"我和她们都不太一样,为什么是我啊?"

早在她知道芝玥的时候,时晨就已经为自己的暗恋画上了半个句号。

方落西倒没先回答,抓住了一点:"你知道?"

"知道啊。"时晨表情微僵,看着他又解释了一句,"毕竟你很出名嘛。"

对于她的揶揄,方落西不做评价,只回答了上一个问题:"不是这么算的,遇到了才知道。"

方落西纠结了两秒,最后还是打算坦然面对:"我父母很早就分开了,虽然从小到大对我关照不多,但他们很恩爱。

"即便如此,他们分开的时候也闹得很难看。明明之前他们也是别人口中的恩爱夫妻,相伴扶持走过很多年,从校园开始,最后却没有爱了。"

"那时候,我想知道,他们口中的爱到底是什么样子。"方落西似乎觉得有些难以启齿,"除了对自身的折磨,我没有感觉到别的。"

"如果不是遇到你,我想我大概会孤单一人,之前我已经做好了孤独终老的打算。"方落西望进她眼底,想要把自己整颗心拿出来,剖给她看。

"是你敲到了我心里。"

时至今日,方落西还能清晰地回忆出,那日时晨坐在架子鼓后,神情专注,神采飞扬,只有她不知道自己有多吸引人:"我对你一见钟情。"

时晨眼眶又一次蓄起泪水,事情超出了她的预料,漫天的惊喜快要把她掩盖，她的哭腔抑制不住，从喉咙深处迸发出来："那我们以后……"

方落西打断她要说的话，倾身将人抱进怀里："我们不会，是你教会了我爱。"

时晨眼泪滴落在他肩上，方落西也将人抱得更紧，趁着现在她看不到，他才敢在她身边低声耳语："我只有你，时晨。"

方落西像只孤独的小兽，默默舔舐伤口："我想过是不是真的是我的错，如果那天我没有出门打球，早一点回家，是不是就能在我妈摔倒的时候拉住她，她也不会受伤，她的孩子也不会离开。"

时晨不知道还有这样的事情，她不是当事人，没办法体会一个母亲失去孩子的痛苦。

她双手捧住方落西有些发凉的脸颊，撞进他茫然的眼底："不是你的错，你也没办法预知未来，如果你有能力，我相信你一定会阻止的。"

原本他眼中弥漫的茫然散去，现下恢复成往日的笑意，点头附和："如果我能预知未来，一定乖乖等你。"

时晨一愣，有些不自在地松开他的脸，坐正身子看着挡风玻璃，脸颊被他一句话搞成熟透的虾米。

"所以，记住了吧。"

时晨侧眸看他。

方落西："以后有事情打报告，不能无故失踪。"

"哦。"

车内的冷气还在勤勤恳恳地工作，时晨胳膊的皮肤受冷战栗，她眼神乱瞟，瞄见中控台上的烟盒，皱眉伸手拿过来。

"你烟瘾很大？"

"没有。"

时晨看他一眼，抖开盖子，凑近他眼下，示意他自己看，无声询问，你管这叫没有。

方落西无奈地叹一口气："着急。"

她合上盖子，攥在手里还是没说话，无声看着他，意思明确："着急吸烟就行了？"

"以后你不丢下我，我就不吸了。"

时晨才明白，原来在这段感情里，方落西的安全感不一定比她多。

"好。"她想了想又说，"回头我们去买些糖，以后想吸烟的时候，要不就吃颗糖？"

"听你的。"这会儿，他格外好说话。

方落西又想到什么，一边发动车子，一边问她："明天我们学院毕业晚会，要不要来看？"

她转头看着方落西，笑着答应："要看！"

第十九章　/ 我的丘比特在尖叫

滨城大学的毕业典礼在体育场举行，门口摆着一张巨大的白板，上面已经写上了稀稀疏疏的签名，时晨盯着看了两秒。方落西注意到，带着她从一边走了过去。

方落西拿起马克笔在白纸上利落地签上名字，随后把笔递给时晨。

时晨不明所以："干吗啊？"

"不写一个？"

"又不是我毕业，我不能写。"

方落西弯腰凑近她小声说："可以，在我下边写。"

时晨面上犹犹豫豫，心里却蠢蠢欲动，她踮脚够了够，有些费劲。方落西"扑哧"一笑，将人拦腰抱起，脱离地面一段距离，嘲笑她："小矮子。"

她气极，脸憋得通红，却无奈使不上力，在他名字下面写上"时晨"两个字。

方落西。

时晨。

两行方块字并列着，一行龙飞凤舞，一行歪歪扭扭。

时晨拿出手机，伸着胳膊想对着名字拍张照片。方落西见状拿过她的手机，不费力气地快速拍了两张照片。

她心满意足地接过，看了眼照片，又看向旁边的人。

先前也是这样，只不过那时候，她需要自己费力踮起脚尖，只能偷偷摸摸地拍照，还要找一个冠冕堂皇的借口。

现在却能得偿所愿，理所应当地接受了月亮的柔光。

方落西领着时晨从体育馆侧门进来，时晨边拉着他，边往后看："我们不用检票吗？"

他听见顺着往后看了一眼，立马收回视线，一手拉着时晨，让她注意脚下台阶："不用，你是家属。"

时晨微张着口惊讶了两秒，随后应下这个福利。

体育场上学生已经坐满了一大半，应该是按学院划分，大家都坐得规整，方落西拉着她摁在舞台边缘，随后坐在她旁边："这里视野比较好，看得清楚。"

时晨坐下后就东张西望，好像大家并没有因毕业离别而染上悲伤的情绪，相反都是一脸期待的表情，等着接下来的典礼。

"你真有节目？"场内乱糟糟的，时晨凑在方落西的耳边，小声问。

她嘴巴凑过来，方落西也低着耳朵凑过去，热气铺洒在他耳边，仿佛能感受温热的唇瓣不停地啃咬他的耳垂。

他拉开一点距离，抬手扯了扯领口，长呼一口气，侧头挑眉望向她。

时晨看着方落西，穿着还算是正式，平常就少见他穿衬衫，她越想越不对："别不是你等会儿上台演讲吧？"

"什么？"

时晨好奇地看了看舞台的方向："你们会有优秀毕业生演讲吗？"

方落西听明白了，低低一笑："让你失望了，鱼与熊掌不可兼得。"

体育场内的人越来越多，舞台上的灯光也开始变化，方落西在旁边坐得稳如山，一动不动，时晨猜着他该是没有节目，逗着她玩而已。

他一直不算一个高调的人，没有节目表演才是正常操作。时晨倒是没失望，原本就是要跟着他参加典礼，在这里坐一遭，也算是不虚此行。

这种毕业典礼，时晨也算不上陌生。流程都大差不差，优秀毕业生讲话，领导讲话和祝福，然后就是晚会表演。

等开场舞结束，方落西还是没有动作，时晨就更加确定了。

滨城大学果然就是财大气粗，舞台效果拉满，时晨有种听了场演唱会的感觉。她沉浸其中，置身于毕业的气氛中，听着催泪的慢歌。

旁边方落西站起身往外走，时晨情绪抽离一把拉住他，顾忌着台上的表演，小声问他："你干吗去？"

方落西看着她泪眼蒙眬，心下无奈，也没开口，抬手指了指门外。

时晨呆呆地点了两下头，松开他的袖子，又转头看向舞台。

等这一曲结束，方落西还没回来。台上主持人播报："下面请欣赏由遥感与测绘学院带来的……"

时晨没再细听，只顾着替方落西可惜，他要赶不上自己学院的表演了。

她打开手机摄像头，想着录下来给他看，手指一滑放大镜头，看着台上不停忙碌地搬上搬下。

然后灯光一亮，刚好圈住台上的几人。时晨正全神贯注地盯着手机，看见熟悉的人，凑近了屏幕，然后睁大眼越过手机看向台上。

台上四个人，刚好凑够一支乐队。最前面立着个麦架，有人一手扶着麦克风,另一手托着胸前挂着的吉他。

他身上还是那件黑衬衫,领口深V,露出一点锁骨。整个人慵懒地倚着麦架,嗓音比平日里更显磁性。

时晨举着手机对着舞台,眼神越过镜头看向他,她这个位置果然看得很清楚。

方落西看着时晨,嘴角挂着一抹笑,先是照例介绍了一下台上四位,随后,勾着嗓子,蜷着音:"我们也是临时组队,大家随便听听。"

他转头给了鼓手一个信号,鼓手会意,鼓槌听话地在指尖转动,随后干脆地落下,发出一声重响。

前奏开始,时晨听出这是现下挺流行的一首歌。

> 迷恋着你神魂颠倒
> 是你踩碎我的解药……

只是,她的注意力全被舞台上弹吉他的男人所吸引。果然,弹吉他的方落西,她抵挡不住。

曾经她在快速播放的短视频中找到一张他弹吉他的照片,见识过了人间绝色。现在看到他现场演奏,时晨发觉好像越来越喜欢他,比之前的喜欢又多了一点。

方落西的视线好像黏在了她这里,散发着诱捕的钩子,轻而易举引人掉入陷阱。

> 我神魂颠倒
> 躁动的心在放鞭炮
> 我的丘比特在尖叫
> 荷尔蒙的爆发因为你的到来
> 神魂颠倒……

时晨好像能穿过茫茫人海和他对视,配合着歌词,她总是自恋地觉得这是偷偷跟她表白一样。

她感觉自己的脸颊好像也被人潮熏得泛红,体内一股躁动要抑制不住地喷发出来。

台下尽是呼唤声，听音量就知道他们演出有多成功。

最后，方落西等着声音散去，拔下话筒，说了一句："祝大家毕业快乐，前程似锦。"

"哦哦——"

"安可。"

台下起哄声不断，他们也没有停留，搬着自己的乐器从右侧下场。

时晨按断视频，保存成功，低头看着宝贝一样。等方落西再回到位置，典礼已经接近尾声。

他们索性直接出去了，时晨憋着笑看向方落西："你又骗人。"

方落西好笑："我没有啊，不许污蔑。"

"你就是骗人了。"时晨才不管他，她体内的兴奋劲儿还没下去，央求方落西，"你再唱一遍。"

方落西挑眉："哦——"

"可以了，可以了。"时晨扑到他怀里，仰头看他，"你唱歌和平常说话不太一样。"

方落西被她突然投怀送抱打断思路，一时脑子短路。时晨又埋头在他胸前嗅了嗅，抬头面带微笑："你好香啊。"

他身子一僵，无奈道："别闹。"

时晨："神魂颠倒。"

时晨抱得更紧了一点，踮着脚尖凑向他："方落西，毕业快乐。"

等方落西从滨城飞到西淮，时晨跟他一起去看了看房子。

时晨挽着他胳膊也不看路，一手拿着手机，在地图上搜索从这里到他公司的距离。

手机被夺走，时晨心虚地抿了下嘴角，反正她已经看完了。

从这小区到他公司只要五站地铁，到她学校更方便，只要一站地铁。

见她嘻嘻哈哈没正经，方落西攥着她胳膊，把人拉到自己身边："走路不许玩手机，摔倒怎么办？"

"毁容了。"

方落西没料到她还答了，没好气地说："知道就行。"

时晨倒是想到另一方面，站到他前面，身子倒着往后走，绷着脸："原来你就只喜欢我的脸。"

都什么跟什么,方落西不知道她思维跳得这么快,反问道:"不然呢?"

"当然是我的灵魂!我的内涵!我的内在美!"她说得义正词严,显然对这个答案不满意。

"哦——"

时晨不满,吐槽:"你太肤浅了。"

"怎么肤浅了?"方落西嗤笑一声,打量着她因愤懑而通红的脸颊,眸光微动,语气也不怎么正经,"鲜嫩多汁,想咬一口。"

时晨瞪着眼,没想到他能在大庭广众之下,说出这么没羞没臊的话,腹诽一句不要脸,背对着他快步走到前面。

方落西看着她逃跑的身影,摇头失笑,故意提高音量:"你跑什么啊,我还没咬呢?"

时晨装作没听见,大步走到前面,仿佛两人是陌生人一样。要是路人多看一眼,就会发现她略微慌乱的步伐和窘迫到难以自处的神情。

她转移视线看着小区的环境,绿树成荫,挺不错。时晨转头一眼方落西,见人正盯着她,眼里还带着坏笑,脚上步伐迈动得更快了。

方落西抓住机会,拉住她的手,再不给她逃脱的机会。

时晨盯着房间的飘窗满眼欣喜,方落西看着她眉心一跳,忍不住过去把人拽回来,搂着她远离窗户,声音严肃,带着点教育的口气:"离窗户远点。"

"没事,我没开窗户。"

方落西没听,抱着人直接从主卧离开了,开始怀疑自己选这个飘窗到底是不是正确的决定。

时晨倒没察觉到他的心思,只是突然被他抱起来,一时有点无措,搂着他的脖子,看着他渐沉的脸色,也安安静静没有说话。

客卧比较小,但也够用,时晨问方落西:"要不要把客卧改成书房?"

方落西一愣:"你喜欢书房?"

"不是。"时晨有些哭笑不得,"你工作的时候不需要房间吗,有书房会方便一点。"

"不要。"方落西面色淡淡,说出的话却很践,"我回家不工作。"

这话说得一点可信度都没有,时晨虽然没工作,但也知道加班是常态。她安抚地拍了拍方落西的肩膀,一副任重道远的模样。

"你来了还要住客卧。"

时晨瞪着眼:"我不住客卧。"

方落西却故意歪解她的意思，嘴角挂着抹若有若无的笑："那你住哪里，跟我住一间？"

时晨的眼型本是无害的杏眼，现在仿佛是受了惊吓的圆眼，越瞪越圆："我不跟你住一间。"

越说越乱。

"不是，我有宿舍，干吗要来跟你住。"

方落西故作失落："那这么大的房子，就只有我一个人。"

时晨狐疑地看了看，这房子也不是很大，她看向方落西，义正词严："你别道德绑架我！"

她声音挺大，似是这样能有些底气。方落西笑得肩膀都在颤："我就是在绑架你。"

他这样一说，时晨还真有点被绑架住的意思。他一个人孤苦伶仃地来到西淮，人生地不熟的，也只认识她一人，虽然勉强可以当作出了个长差，但没有两三年也是下不来的。

时晨叹气，关键很大一部分原因还是因为自己。不过，同居肯定是不可能的，她想着反正这里离她学校很近，以后多来关照一下好了。

房间内的生活物品还需要再添置一些，归置好行李之后，两人出发去了附近的大型超市。

方落西推着购物车，时晨站在他身侧，偶尔指挥着他从货架上拿下一两件东西放进推车里。

时晨挽着他的胳膊紧了紧，方落西察觉到，侧了侧腰："怎么了？"

她摇摇头，手上没松，只是笑了笑。

在时晨持续往车里扔了两包方便面的时候，方落西忍不住了。

他拿出一包放回原位，耐心地告诉时晨："一包就够了。"

时晨犹疑地看着他："不够吧。"

他语重心长，仿佛教导家里不听话的小朋友："不健康。"

时晨更纳闷了，看他的眼神也更复杂了。他一个格外挑食并且不规律吃饭的人好意思跟她谈饮食健康。

方落西似乎知道她的想法，揽着她的肩膀往前走："我有好好吃饭。"

时晨抬头看向他，她这个角度只能看到他的下巴和一点侧脸，莫名觉得今天的方落西有点乖。

回家后，时晨把买来的矿泉水一瓶一瓶往冰箱里放，全放进去，又一瓶一瓶拿出来。

方落西拿着一瓶水,抱臂靠在墙侧看着她。时晨倒是先解释了一下:"一直喝冰水不太好。"

他走过去,迁就身高抱住她,略微弯腰压着时晨,又把她刚才拿出来的水瓶放进冰箱:"夏天少喝一点没事吧。"

"你胃不好。"时晨侧头看他,"这种要慢慢养的。"

方落西手上动作不停:"我还是会偷偷喝的。"

时晨转身抱住他,踮脚凑近了看:"你是不是在撒娇啊。"

她盯着他脸上的神情,不放过一点细微变化。他有些不自在地说:"没有。"

背后的冰箱门没关,冷气飕飕地往时晨身上贴,冻得她有些轻颤,时晨往身前的热源又靠了靠,方落西圈着她,关上冰箱门,带着人靠在上面。

"收拾得差不多了。"方落西抬头打量了一下,箍着时晨,"还是很空哎。"

时晨已经听不清他在说些什么,只觉得眼前的唇瓣一闭一合分外碍眼,因刚刚喝了水还沾着水珠,要掉不掉,分外勾人。

她揪着方落西胸前的衣服,将人用力一拽,微微仰头轻含住他的薄唇。

方落西没有防备,再有意识时已经反客为主,轻轻厮磨,啃咬。时晨很快受不住,身子下滑,还好被人搂着,不至于跌倒在地。

时晨被放开,勉强有了一点喘息的空间,她眼里波光流动,红唇轻启,似是为刚才的行为开脱:"你太吵了。"

"我吵?"方落西要被气笑了。明明一样的亲吻,一样的沉迷,这人却好像没事一样,呼吸频率正常,还能将时晨抱起,慢悠悠地往客厅走过去。

时晨还是第一次这样被他抱,双腿缠在他腰上,担心掉下去,胳膊也柔弱无骨地缠上他的脖颈。

这姿势多少有些别扭,关键时晨还不敢乱动,生怕掉下去摔到自己,方落西又使坏单手搂着她。她只得抱得更紧一点,贴得更近一点。

"我吵不吵?"

时晨嘴硬:"吵!"

方落西也不恼,转身换了个方向,作势要回去。时晨立马见风使舵:"不吵了,不吵了。"

趁她晕乎乎的,方落西问她:"要不要搬点东西过来?"

"要,要。"时晨根本就听不清他在说什么,只想着先站在地上再谈别的。

方落西眉毛一挑:"答应了可不许反悔。"

"不反悔！"

"反悔了怎么办？"

"是小狗。"

时晨嘴上说着是小狗，心里却是另一个想法，先活命再说。

方落西把人放在沙发上，顺势坐在她身侧。时晨一沾地，立马就跳起来，大声指责他，眼神都带着愤慨："你这是威胁。"

"对啊。"方落西很坦然，没骨头地倚着沙发，神色慵懒，"勉强算是吧。"他没否认，甚至还有点骄傲，时晨一时泄了气，眼色有些哀怨。

"那什么时候搬啊？"

"搬什么？"

现在换成方落西眼神哀怨，仿佛成了被骗了的小媳妇："你刚答应的。"

时晨眼神迷茫，她是真记不清了："我答应什么了？"

方落西彻底没了脾气："让房子满当点，有空你也可以过来。"

时晨眼神一下子意味不明，看着他的眼神要望进他心里，只是他眼神直白坦率，确实没有多余的心思，小心思作怪："我就——"

尾字还没吐出，空气中响起一阵录音。

——"不反悔！"

——"反悔了怎么办？"

——"是小狗。"

她脸色被这段录音憋得通红，咬着嘴唇咽下最后一个字，不怎么开心："你太阴险了！狡诈！"

沙发上的人懒懒地一挑眉，承下了这个夸奖。

时晨后来还是往房子里搬了些自己的私人物品，比如她看过的论文拿过来了几份，她买来的书扔过来几本，还有就是她用完的笔芯和草稿纸也拿了过来。

"时晨，我这里是垃圾站吗？"

时晨看着自己的草稿纸和空笔芯，心虚地揉了揉鼻尖："我舍不得扔啊。"

方落西没说话，等着她的下文。时晨抱着自己的东西不撒手："我宿舍太小了，放不下。"

"你放心，我会扔的，等着我实在没地放了，我就扔掉。"

方落西似是无可奈何，轻叹一口气，说："下次你自己过来就好，不要带垃圾了，行吗？"

第二十章 / 不能看的秘密

明明和之前的日子也没什么两样,时晨却感觉现在的日子格外有盼头,闲暇时间,两人会在路边摊凑合一顿。

起初,时晨还担心方落西的洁癖忍不了,后来发现他这洁癖挺懂事,该犯的时候犯,不该出现的时候就藏起来。

偶尔,方落西还会带着点浪漫一起过来,最受不住的就是出其不意的浪漫。时晨自诩是个格外感性的人,可在方落西的浪漫面前也是不够看的。

有次方落西带着一枝玫瑰,时晨拿了一路,临分别的时候,她去花店买了个玻璃瓶送给了方落西。

时晨连带着花和玻璃瓶一同递给方落西,美其名曰赠礼:"你可以放家里的茶几上,餐桌也可以。"

她一向能把浪漫和实用结合,而方落西格外喜欢"家"这个字,也不反驳,照着她的要求做。

一间房子,只要安上家这个名号,就像散发着香甜气息的蛋糕,甜腻。

虽然方落西总是撺掇时晨搬点东西来家里,但也只是想让房间里染上点时晨的气息。至于同居这方面,他还是尊重时晨。

一方面还太早了,另一方面时晨现在还是住宿舍更方便些,她女朋友一心扑在论文上,他很欣慰。

直到有天,宿舍群里讨论着宿舍停水停电问题,不能洗澡,没有空调,要出门去住酒店。

宿舍四个人,两人出去住酒店,一人和男朋友一起住酒店,然后就剩时晨。

室友知道时晨男朋友在西淮,自然默认她去找男朋友度过危机。

窗外夜幕降临,时晨想了想一天不洗澡也没事,一天没空调也可以。这么黑了,她还是不要去麻烦方落西了。

西淮的夏天闷热又潮湿,尤其是晚上这会儿,时晨感觉浑身出的汗已经快够洗个澡了,身上黏腻不舒服,整个人都很燥热。

宿舍群里室友在感叹酒店的空调,一边说着还好来得早,不然连房间都订不上。时晨看着就很羡慕。

又一次感受到额角的汗滚落到脖颈，时晨忍不住翻身去衣柜里找出几件衣服，顺手又抱起桌子上的袋子往外走。

时晨提前给方落西发过一条消息，说宿舍今晚停电，要去他那里借宿一晚。他消息回复得慢，过了一会儿才传过来。

方落西：*直接过去吧，我还没回家，注意安全。*

收到消息，时晨才松一口气。她借着手机亮光锁好门，拿着换洗的衣服和袋子走出校门前往地铁站。

他这小区离学校是真近，时晨觉得坐地铁的工夫还没她从宿舍走到校门口的时间久。她站在楼下仰头看了眼，窗户还是黑的，还没亮灯，方落西还没回家。

时晨叹一口气，抬步往单元楼里走，电梯"叮咚"一声，时晨迈出电梯门，走到房门口，按亮密码锁。

房间内还是空荡荡的，也许是方落西收得太过整齐，活动痕迹不明显，时晨感觉没什么人气。

茶几上的玻璃瓶还装着上次的向日葵，花瓣弯腰搭在瓶口，看起来蔫蔫的。

时晨想到上次方落西打趣她："下次干脆我喜欢什么买什么好了，反正都是我带回家。"

她憋屈地想着理是这么个理，就情感上不太好接受，半天她才回："那不行，还是得挑我喜欢的。"

"反正最后你都要给我。"

"那能一样吗？"时晨气得快要跳起来了，她食指指着自己，"我开心最重要。"

方落西一笑，伸手攥住她不老实的食指，看起来有点勉为其难："成吧，听你的。"

时晨更气了，怎么他还一副反抗不成，被迫屈服的样子。

她笑了笑，把袋子放在茶几上，坐在沙发上伸手拨了拨向日葵的黄色花瓣，才发现自己拿错了袋子。

原本她把衣服装在袋子里，还有之前从网上买好的书，想着带过来得空看看。宿舍里黑不溜秋，什么也看不清，她临走的时候随便从架子上拿上袋子，忘记再检查一下了。

时晨把盒子从袋子里抽出来，她已经很久没有打开过这个礼物盒，时间一久，和方落西相处的日子里，她好像已经慢慢忘记从前那些隐秘又酸涩的暗恋时光。

盒子里的石头亮晶晶的,旁边还零落着一个瓶盖和拉环,时晨笑了笑,合上盖子想着明天回去的时候再拿走就好了。

当务之急,就是她要赶紧去浴室洗个澡。

方落西到家的时候,时晨还在浴室没出来。屋子内亮堂的灯光,就跟照进了他心里一样。往常都是他一个人,这房子对他而言也不过是个落脚地,现在时晨在这里,好像有了家的意味。

水流声也清晰地透过门板传到客厅,方落西压了压微紧的眉心,提步走到客厅。

茶几上的蓝色礼物盒引起他的注意,方落西眉毛一挑,难掩好奇,毕竟时晨每次过来,不是草稿纸就是用空的笔芯,头一次这么正式。即便再好奇,他也没动,等着时晨出来再打开。

时晨一出门,头发乱糟糟地从后往前散着,后脑勺还搭上了一条毛巾,遮住了她大部分视线。她拿着毛巾吸了吸发尾的水分,不怎么顾忌形象,猛地抬头一仰,把头发甩到脑后。

看到沙发上坐着一个人,正好整以暇地瞅着她,一下子没反应过来,自己吓了自己一跳。随后时晨有点尴尬,跨踌地说了一句:"你回来啦。"

方落西手臂撑着,手掌搁在下巴上,遮住半张脸,懒洋洋地"嗯"了声。

时晨在宿舍找衣服的时候,就多想了一层,也没拿平时穿的睡衣,换了件宽松的T恤和阔腿裤,刚从浴室出来,她连内衣都没落下。就她现在这身衣服,直接出门去便利店都没事。

"累了?"时晨看着他一脸疲倦,止不住地心疼,连声音都放轻了不少。

方落西撩了撩眼皮,伸手招了下,让她坐过来:"还行。"

时晨刚坐下,方落西就搂住她的腰,下巴搭在脖颈,也不顾她发丝滴在衣领上的水,闭着眼养神。

"还湿着呢。"时晨动了动,把头发拨到另一边。

方落西听见动静,拉开点身子,问她:"要不要吹一下?"

"等下吧,再干一点就去吹。"

她刚说完,方落西又搭回去,抱得更紧了点:"那个是什么?"

"哪个?"时晨歪了歪头,想要看一眼。

她身上还有没来得及散去的沐浴露味道,洗头膏也是他平常用的。他用的这一套还是时晨买的,薄荷味,夏天用很清爽。

时晨过来也没自带这些，直接用了浴室的。她身上的味道和他一样，控制不住地往鼻腔里钻。

方落西难耐地皱了皱眉，松开怀里的软玉，拉开点距离，企图通过这样的方式阻断她身上的味道。他拿过茶几上的盒子，放到两人中间，也没注意到时晨神色一僵。

他手指轻敲了两下："这次又是什么？"

时晨没说话，只把箱子往自己这个方向拖了拖。

方落西眉毛一挑，时晨这个样子可不多见，他好奇心更多了点："秘密？"

时晨抬头，重重"嗯"了声。

方落西讶异："不能看？"

他倒不至于非要看，要是时晨不愿意，他也不强求。

"不是。"时晨摩挲了下盒子，像是下定了决心一样，"能看。"

她打开盒子，方落西顺着她的动作看到了盒子里的秘密。

一块黑不溜秋的石头，一个矿泉水瓶盖，一个易拉环，还有一个粗制滥造的小船。

方落西捡起那块石头，仔细看了两秒，转了个圈，才问时晨："大一实习的纪念品？"

听见他问，时晨眼睛一亮，高兴得就要扑上去："你看着眼熟吗？"

"眼熟倒不至于。"方落西接住她，他就是干这个的，能认出来不奇怪，"你这块挺值啊。"

时晨听他说不眼熟也不难过，他记不起来也没事。

"就是有点重，个头不小。"方落西掂了掂，"自己背回来的？"

时晨点点头。

方落西没说什么，只是倾身吻了吻她的额头："辛苦了。"

就这一句话，时晨有点忍不住了，眼眶迅速泛红，蓄满泪水，要掉不掉。方落西也不知道他哪一句话说错了，竟然把人惹哭了。

他只得抱着她轻哄："以后重的都给我背，好不好，别哭了。"

时晨不说话，心里想的却是明明就是你扔掉的，你才不会背。

她情绪上来得快，去得也快，哭完又觉得不太好意思。

方落西见她没事了，把石头放在茶几上，故作嫌弃道："还有点脏。"

时晨一听，大声表达不满："我洗过了，拿洗衣粉洗的。"

她还真没骗人，当时回去之后，宿舍的人都瘫在床上，时晨一个人端着盆去洗这块石头,当时条件不好,她手边能用的也就只有洗衣粉。

崔郜月看了之后格外不理解:"你这是要拿回去当传家宝吗?"

时晨笑了笑,又换了盆新水:"也不是不行。"

时晨把石头抢过来,举在灯下看,撞见一小簇水晶晶簇,不满道:"哪里脏了,我后来还消过毒了。"

方落西听着"哧哧"地笑,伸手揉了揉她的脑袋:"不脏。"

"那你再去洗一遍。"

"行,我洗。"

方落西视线一转,看到盒子里剩下的两件东西,又看了看时晨,有点一言难尽。

时晨顿时明白了他在想什么,立马出声制止:"不许说是垃圾。"

她这么一说,方落西立马闭嘴,往后一靠,幽幽地叹了口气。时晨不明所以,问:"干吗?"

"任重而道远啊。"时晨就听着这人下一句,果然,"以后要努力工作,多多挣钱。"

"争取买个大房子,给你装——"方落西还刻意停顿一下,"垃圾。"

时晨坐在沙发另一侧,看着懒洋洋的男人,他丝毫没察觉自己刚刚说出的话,在她心里搅起了多大的风浪。

时晨的暗恋时代就此结束,往后又是新的篇章。

她好像有点恃宠而骄,抬腿轻轻踹了踹方落西,嫩白的脚蹬在他光滑的西裤上:"去洗啊。"

方落西歪了歪脖子,看向一旁挑着眉笑的女生,认命地起身:"遵命。"

他拿着石头走到浴室的洗手台边,时晨也起身跟过去,就站在门口看着他的动作。

水流自水管流出,从指缝间落下,缓慢冲洗着石头上的污渍。时晨心思微动,画面一转,当年烈日下,少年也是这副模样,不急不慌地冲洗石头。

"你当时捡的石头呢?"

她问的不是你有没有捡过石头,而是你那块石头呢。

方落西关上水龙头,抽出两张纸巾擦去水渍,回神想了想:"忘记了。"

时晨挑了下眉,也没再多问,想起另一件事:"你吃饭了吗?"

他把石头搁在一旁,有点心虚:"还没。"

正想着找点借口，时晨却无奈地转了个方向，走向厨房："那我去煮点面。"

"好，我先洗澡。"

时晨一边刷锅一边想，这么下去，就他这玻璃胃能养好才怪了。她从柜子里抽出一袋方便面，开火往里加水，又打了个鸡蛋。

方落西冲澡的速度很快，他洗完出来的时候，时晨正好把面条装进碗里，端上餐桌。

听见动静，时晨抬头看过去，眼神亮晶晶的："好了？吃饭吧。"

"方便面？"

"不是。"时晨反驳他，端着碗走到茶几边，"是面条。"

方落西见她放下碗伸手摸着耳朵，无奈道："我过去就行。"他瞥了一眼瓷碗，是面条。

他推开浴室门就闻到一股方便面调料的味道，看到碗里的东西，方落西才明白，确实不是方便面，龙须挂面上卧着个荷包蛋，碗边两片青菜。

方落西能给出的评价就是摆盘好看，两块五一包的方便面一下子升了值。

"味道怎么样？"时晨坐在地上撑着脸看向方落西，眼神期待。

"好吃。"尽管这是方便面调料的味道，他还是给面子地应了声。

"是吧。"时晨眼神亮晶晶的，支着胳膊也不老实，摇头晃脑的，"那是你不会挑，我挑的这个就不错吧，以后还是得我来挑。"

方落西皱着眉从一旁揪过来个抱枕，拽着时晨坐起来一点，垫在她屁股底下，拒绝道："不用了。"

"这东西少吃。"

"哼。"

方落西咬开荷包蛋，蛋黄也不是溏心的，甚至煮得略微有些过火。他摸着碗壁，感受着热度，心跳一点点复苏。

"今晚宿舍停电停水。"时晨斟酌着话语，想着怎么样才能不那么刻意，"我想在这里住一晚。"

好吧，还是很刻意。

"行啊。"方落西故意慢条斯理地咽下口中的面条，"我可以把飘窗让给你。"

"那是不是有点挤？"时晨有些犹豫，她还没在飘窗上睡过觉，明天一早起来会不会腰酸背痛的，她可以忍忍睡沙发的。

"想什么呢？"方落西有时候是真跟不上她的脑回路，"我是说，飘窗那间房。"

飘窗在主卧，这样一来，时晨就算是占了他的地盘。她摆摆手："不用，我睡客房就行。"

方落西吃饭速度很快，不多时，他吃完后去厨房顺便洗了碗，再回来的时候，看到蓝白色礼物盒里还剩下一只小船。

他弯腰伸手捡起，时晨心跟着他动作一紧，想要开口制止。方落西已经注意到折纸上写着字，指腹上传来异样，笔迹凹凸不平，他正准备多看两眼。

"这个不能看。"

方落西保持动作没动，指尖夹着船帆，侧头看向时晨。

时晨很紧张，生怕他拆开看一眼。最主要的就是那上边，就连她自己也记不清写的是什么了。

这种未知的秘密才最恐怖，她心跳很快，不受控地要跳出来。

"不能说的秘密？"方落西这时候还能分出心思逗她。

"应该，也能说。"时晨噎了噎，决定和盘托出，"我也忘记是什么了，可能是备考期间的矫情话，你能不能给我留点面子啊。"

她尾音带了颤，有点撒娇玩闹的意味，但不令人反感。

"行。"方落西指尖松开，小纸船又歪歪扭扭地飘进盒子里，他嗓音清淡带着笑，"毕竟我女朋友都开始撒娇了。"

时晨倒没觉得自己是在撒娇，眼下先挨过去这个才是最重要的。她抱着盒子跑进客卧，随后又空着手回来，好像早就忘记这是谁租的房子，这是谁的地盘。

时间差不多了，方落西起身拍拍她的头："该睡觉了。"

时晨应着声，转身往客房方向走。方落西看着也不说话，眼里憋着坏："真不去主卧睡？"

他这话说得有歧义，是自个儿睡，还是怎么睡。

保险起见，时晨淡定地拒绝了："不用，我在客卧就行。"

"不看飘窗了？"

他故意一步放一个钩子，答完一句反问一句。

"不看了。"时晨心头萦绕着酥麻的感觉，又抓不到，"不着急。"

方落西轻笑一声，点点头："嗯，不着急。"抬了抬下巴示意，"睡觉吧。"

时晨轻呼一口气，转身进了客卧，总算是结束了，再多待下去，她真不知道自己还有没有定力把持住。

"咔嗒！"时晨落了锁。

声音不大不小，门外的人肯定也能听见。隔着门板，外面的动静听着有些模糊不清，似是一声嗤笑，随后门板响了两下。

"锁门干吗？"

隔着门，时晨也不知道方落西是什么表情，她猜着肯定眼神带着坏，故意调侃她，恨不得她头低下去找地缝。

原本是无心之举，进门顺手一把关上了门，现在就莫名不想输，带了点呛人的意味："我是为你好。"

她话音平淡，轻轻缓缓，在这样的语境里却格外嘴硬。

方落西听着嗤笑一声，声音不大不小，却刚好隔着门板传过去，让没什么底气的人更慌乱。

"为我好什么啊？"

时晨不说话，方落西却不依不饶："开门啊，咱俩好好说清楚。"

他手指贴上门，似乎只是挨上了一点，时晨却好像隔着门板听见了动静，下一秒好像手指下移碰上门把。她急忙开口制止对方的动作："太晚了，明天再说吧。"

"也行。"方落西很好说话，他往后退一步，轻声说了句，"晚安。"

时晨听着他脚步渐远，心跳却没有缓解，摩挲着门把，火热的指尖被金属微凉刺激到。

方落西逗完时晨，就直接往卧室走，主卧客卧隔着大半个客厅，他已经好几天没有好好睡一觉了，思维都有些混沌。走进卧室，正打算反手关门的时候，一条胳膊阻止了他的动作。

他看着坐在飘窗上的时晨有些无奈，整个人躺在床垫上，微偏了偏头，眼皮都有点睁不开了，还有心情逗她："又看上我这屋了？"

时晨摇摇头，想着他又看不到，抱着膝盖柔声说："我不吵你，你睡吧，我睡不着，不想一个人待着。"

刚在房间里，听着方落西离开的脚步声，莫名有种冲动。等把人截下来，到了他的屋子里，时晨看着他脸上毫不掩饰的疲惫，又有些自责，果然不能在冲动的时候做决定。

方落西撩起眼皮看她一眼，因为困意眼皮褶皱都有些深。时晨受不住，光脚从飘窗上走到床边，卷起一小角被子盖住他，将人裹得严实，不怎么耐烦地道："你快睡觉吧，我困了就去睡了。"

他有些无奈，到底是因为谁啊，始作俑者还不耐烦了。

飘窗上铺着一张垫子，上面的抱枕还是她和方落西一起挑的。时晨靠着一个抱着一个，懒懒地在飘窗上吹了会儿风。

困意早就被微风吹散，时晨翻着手机又看了一会儿，觉得没什么意思，视线转到床上鼓起的一团身影，盯着看了一会儿，她轻手轻脚地下来，慢腾腾地移到床边。

为了照顾时晨，房间内还亮着一盏小灯，昏黄光线，光晕大小也有限，一半打在方落西侧脸，将他整个人映得更温柔了些。

时晨早就知道方落西长得好，不然当初自己也不会被美色耽误。平常他温柔体贴无处不在，但却从未体现在外表上。现在这样看着，他一半掩在被子里，一半侧脸迎着光，长睫在眼下落着阴影，整个人都温柔得不像话。

她看得不自觉就入了迷，甚至起了坏心思，想要上手拨一下他的睫毛。只是手还没落下，就被人抓了现行。

"你还要看多久？"

他嗓音还有些嘶哑。方落西眼皮没睁开，只转身往下拽了拽被子。

"谁看你了。"时晨小声嘟囔，她蹲的时间有点久，腿脚有点发麻，一脸打死不承认的样子，"我来给你盖被子。"

方落西低低笑了笑，往前略微捞了下，将人提溜上床，翻身罩在她上面，被子掉落在两人中间。

等反应过来，时晨发现自己已经躺在床上。接踵而至的就是从脚底涌入小腿的酥麻，她忍不住蜷缩着倒吸了一口气。

方落西注意到，伸手碰到她小腿，轻轻柔柔地按着，只是他按一下，时晨就忍不住乱动一次，若不是被人挡着，她可能要在床上转圈打滚。

他有点无奈，手指捏着她下巴晃了晃，温柔地怪罪："傻不傻？"

时晨有些郁闷，偷看被发现已经够丢人了，还要腿麻不能动作被嘲笑，她转头避开："才没有。"

见她缓得差不多了，方落西又往下压了压，虽然空出一只手支撑，但大半个身子的重量还是压在她身上，笼罩出一层阴影。

时晨被压得不舒服，但又无可奈何，不能动作。方落西撩起眼皮目光灼灼地看向她，嗓音有些低："不是说了要睡觉，为什么要过来找事。"

他像是说给自己听，语气极轻。

时晨不够聪明，要是聪明人，这个时候肯定会老老实实地受着，不会反驳。

她像是为了自己还剩下不多的面子，想要据理力争。

只是唇瓣还未启，便被柔软滚烫的唇舌止住了话头。他沉沉闭着眼，明明没有喝酒，却好像要醉在芳泽里。

末了，他抬起一点，留给她喘息的空间，轻咬了一下她圆润的鼻尖。

时晨睁开懵懂又无辜的杏眼，嗡声询问："为什么咬我？"

一道低哑至极，包含春色和欲望的声音凑近，轻刮着她的耳郭，叫人浑身发热："看看你鼻子变长没有。"

时晨脑子有点发蒙，思维一下子转换不过来。耳边还萦绕着他刚刚的调笑，只是现在这个情况，她已经没了继续僵持的资本，只能任由他拉着沦陷。

几分钟前，时晨还在飘窗上吹凉风。现在窗外的微风，轻轻拂过白纱，似少女的裙摆摇动，泛着涟漪。

她像是不会游泳的溺水者，只能拼命抓住一点空隙去汲取能够呼吸的氧气。灼热的气息喷洒在她身上，时晨半眯着眼，望着眼前这双映着灯光的眼眸，求证又抱怨似的开口："你在装睡？"

方落西垂眸看下去，将她的小表情尽收眼底，感觉有些好笑，却也不认账："关我什么事。"

"从我躺下，你就盯着我不放，还过分地想要上手了，嗯？"

"你说，被这样盯着看，谁还能睡着？"

他好像压不住胸腔冒出的躁意，渴求解药能够缓解。

方落西低头咬住还想要喋喋不休的红唇，将她要说的话溢在口腔里。舌尖探进勾缠着她的，带着她一起醉在他止不住的热火里。

时晨感觉自己仿佛置在火炉里，身前推动不了，身下的床铺好像也要着了火。恍惚之间，有手指伸进了自己的衣摆里，沿着腰线上移，轻轻滑过脊椎，所到之处都似燎火。

他受到阻碍停在某处，每动一次，时晨就忍不住颤一下。

"睡觉还穿着？"方落西似乎是个不懂事的学生，打破砂锅问到底一样，"这样舒服吗？"

"平常也这样？"

"会不会对身体不好？"

他问题不停，一个接一个，只是这叫时晨怎么回答，她偏头不看他，唇齿溢出破碎。

方落西长哦一声，拖腔带调，没个正形："我懂了。"

时晨纳闷，转头正对着他，不明白他的意思。

"防我呢，是不是？"

仔细想想，这话确实也没错。要是只有时晨一个人，她肯定不会再费事地穿上内衣，只是今天，她不穿上，总会有尴尬的场景出现。

"那你防住了没？"他漂亮的眉眼露出笑意，不见之前的疲惫，脸上是时晨没见过的风流。

她见过他很多面，别人见过的，没见过的，她都见过。有骄傲有肆意，有落寞有颓废，有着男孩儿特有的坏，甚至还是独属于他们两人之间的情动，但还是第一次见到他带着痞坏的风流。

时晨一时没移开眼，却不料就在这时给了他可乘之机。

他嘴上没一句正经，却也没给她解开。方落西的手是指节明晰的骨节手，手指很长，存在感格外明显。

他似是也没料到，顿了一下，随后才有动作。他一点也不老实，像是拥有无限好奇心的小孩子，把玩着玩具不松手，又是一个好学者，轻而易举地学会如何撩动人的心思。

方落西低头轻咬着，不似先前一样迅猛攻击，温柔又缱绻。从她红唇移开，游移到耳畔，再往下至脖颈，轻柔啃咬，舌尖在锁骨打滑。

两人之间的亲密举动也不少，直到这次，时晨才发现，自己身上处处都是敏感点。眼睫，耳垂，脖颈，哪一处都碰不得，一碰就要起火。

今天她从宿舍出来，特地找了一身宽松衣服，大码T恤，宽腿休闲裤，就是为了晚上睡觉的时候舒服一点。结果最后是方便了自己，也方便了别人。

时晨抽出一丝清明，她羞得快要藏起来，只是被子被他压住，自己又动弹不得，进退两难。

方落西抬起头，声音还有点哑，鼻尖移动，仔细嗅了嗅："你好香啊，和我一样的味道。"

她身上还有没散去的沐浴露味道，薄荷的清爽在这一刻也毫无作用。只要想到她身上染了自己的味道，方落西就感觉压制不住自己心中的那团火。

时晨听不得他在这种时刻说这些话，她也不是什么都不懂的小女生，尽管没什么经验可谈，一些皮毛也是了解的。

窗外的风还在轻柔地吹着，飘窗上的窗帘也慢慢飘动。空气中的暧昧因子在爆发，混合着暧昧旖旎的气味，缓缓流淌。

时晨轻咬着唇，手指用力攥住床单，寻找一个支点，耳边还有窸窣不停的声响，她已经听不清了，是坏笑，又是蜜语。

方落西摩挲了下手指，深情地看着被欺负得有些委屈的人，轻声呢喃："宝贝，我好累啊。"

他从不吝啬在时晨耳边说情话，又或者是撒娇。但若是这样之后，他总要得到点什么。

时晨身子柔软得像一摊泥，不想出声，也不想管他在做些什么。

方落西得不到回应，直接倾身落下，严丝合缝地压着她的身体。感受到他身体的重量，时晨没有防备，被压得轻轻"嗯"了声。

"方落西。"

她伸手推他，小声说着话，嗓音带着水，还没从刚刚的情事中缓过来。

他就是故意的，也不动作，还是这样抱着她，声线比平常还要哑："别动。"

时晨一下子老实了不少，她不排斥这个，反正就是他了。但又见他没其他的动作，她纠结着要不要开口帮帮忙。

方落西又压在她身上停了一会儿，抬起身子的时候，衣摆被人抓住了。时晨神色犹豫，但看他眉头紧皱，似乎是极不舒服，正想开口，就被人堵住了。

他唇舌探入，似乎格外不满足，用力汲取她口腔中的甜味，掌心滚烫撇开衣摆摩挲着她滑嫩的肌肤。手上动作轻抚，似乎是在调情一样，唇上却是相反，狠狠吻着，吮咬她的舌尖。

片刻后抽离，方落西悬在她上方粗喘着呼吸，身上的反应压不下去，似乎有越演越烈的趋势。

"乖一点。"

他原本就没想着这事，这房子也从没准备过这些，偏她非要过来勾他。他不算什么自制力强的人，替她缓解一回已经算是极限，她偏不知错，还要带着他一起犯错。

她什么都不懂，不晓得自己的动作会带来什么后果，但临门一脚的痛苦将方落西胸腔内的躁意迅速压制，他再不离开，就真不知道要出什么事了。

方落西似是泄愤，拽了拽她的衣领，一口咬在她锁骨上，听着时晨的抽气声，又怜惜地吻了两下。

"不差这一回。"方落西又吻了下她的额头，意味深长地说，"我去洗个澡。"

他说完就毫不留恋地去了主卧的浴室，留时晨一人躺在床上。她身子还有些泛软，翻身拿被子蒙住头，觉得有股奇怪的味道，她又撩开，半撑起来，难耐地动了动腿。

时晨身上出了不少汗,还混着些其他水渍,身上黏腻得要命,听着浴室的水流声,她起身也出去洗了个澡。

她就身上这一身衣服,没有办法,只能再将就着对付一晚。

等走出浴室时,才觉得自己身前空荡荡,想起自己的内衣早就被方落西扯下,她脸颊染红,又往主卧方向走去。

她推门正好看见方落西从浴室出来,他洗的时间比她还要久。最关键的是,他全身只裹了一条浴巾在腰间。腹部沟壑分明,水珠落在上面沿着线条往下游走,再往下消失不见。

时晨红着脸移开视线,但又忍不住偷瞄一眼。

"干吗去了?"

时晨没看他,视线在别处乱瞟:"我去冲了个澡。"她扭捏着补完下半句,"不舒服。"

"不舒服?"方落西听着神色有些紧张,走过去问,"怎么回事?"

他往前一走,时晨就有点紧张,忍不住往后退,出声制止他的动作,"哎呀,我就是出汗了,身上黏糊糊的,去冲个澡。"

方落西哦了一声,表示明白,脚也不再动,却也不去穿衣服。

时晨正好退到自己的内衣旁,立马倾身捡起来,团在手上。

方落西看着,微挑下眉毛:"还要穿着?"

他真是问题好多,时晨现在就这么一个想法,他是真的话好多。反正他问归他问,时晨不回答。

方落西也不恼,反正总能让她开口说话:"不是都看过了,你还要防着?"

时晨觉得自己真是要疯了,她不可置信地转头看向他,一脸不解,怎么能说这种话的。

她一转头,就能瞄见他的腹肌,时晨忍无可忍:"你能不能去穿件衣服啊!"

"啊!"方落西揉了一把头发,了然的样子往前走,"没见过?多看几次就熟了。"

他俯身走过去抱住她,只隔着一层浴巾。

真是要疯了。

时晨想把他推开,一码归一码,刚才是刚才,现在她脸皮等同于没有,薄得要命,想要推开他,就听他语气不善:"你冲凉水澡?"

他走来一摸,就感觉到不对,自己身上凉就算了,她身上也凉得要命。时晨一愣,推他的动作也停下,想着刚才的水温确实不太高。

但被人凶一句,她也回嘴:"你不也是凉水澡?"

方落西敲了敲她的额头,带着宠溺:"你跟我一样?"

"我冷静冷静。"

他有些哭笑不得,又拿她没办法,将人抱得更紧了点。

"哎呀,你起开。"时晨脸红,伸手推他。

方落西顺从地拉开距离:"不摸了?"

不就刚才碰了下,时晨反驳:"谁摸了?"

"不看了?"

"喊,当谁没看过。"

方落西神色一紧,追问道:"你看过什么?"

时晨没说话,偷瞄了一眼他的腹肌。她记着当年在校运会的时候,也是偷偷看过一眼,甚至还拍了张照片,照片现在还在她电脑里呢。

那时候的他,还是少年身材,肌肉也是薄薄一层,而现在几年过去,他身材褪去少年的清瘦感,变得更加成熟结实,今晚就好好了解到了。

时晨脸又迅速变红,移开视线不回答,任他追问也不答。

最后只小声说:"我要去睡觉了。"

方落西似乎是放弃了,边揽着她往外走,边说:"那走吧,去睡觉。"

时晨停下脚步,转头不解地看向他。只见他一脸坦然,侧头瞥了一眼凌乱的床单:"这个,不能睡了吧。"

顿时,时晨就明白了他在说什么,又无话反驳。

方落西见她这样,笑了笑,顺势坐在床沿,往后斜着,浴巾有些松垮,嗓音慵懒。

"这次,记得锁好房门。"

第二十一章 / 不可说的少女心事

似乎真是万事开头难，时晨现在过来，简直比在自己家里待着还自在。

方落西忙得很，除了偶尔的休假，也只有晚上才能在家看见人，第二天一早，又会赶着时间去上班，但至少每天都会见一面。时晨看着他这样，心里感叹社畜不容易，有时候得空了就过来帮他打扫一下卫生。

一回到家，看着满屋干净一尘不染，于黑夜茫茫处亮起一盏小灯，心尖好像塌了一块下去，被泡在温水里，软成一摊。

软归软，他嘴上还非要逗逗时晨："这是谁家的田螺姑娘被发现了。"

时晨懒得理他，一方面多少还有点羞赧，转身就走。步子还没迈开，就被人搂住腰身困在怀里。

方落西弓着身子趋近她的高度，鼻尖轻碰，弯着笑眼盯着她看："我家的。"

时晨撞进他一弯眸色，似是被缠住，挣脱不开，深陷旋涡被拽着与他一同沉迷。

分不清是谁起的头，唇舌搅得她生疼。后来他又一下一下地啄，并且不流连一处，嘴角、眼睫、耳畔，哪一处他都要施点"雨露"。

时晨额头抵着他肩膀，心想，他可真是太有长进了。

明明之前两人也是点到为止，他却一次比一次坏，一次比一次过分，自从那晚之后，他好像没了顾忌，明着还有一条界限，又好像没有。

想到那晚，时晨脸红得不受控制，她额头轻磕两下他的锁骨，第三下的时候额头落入温热的手掌里。察觉到异样，时晨抬起头，眼中水光还未散去，轻轻开口："我饿了。"

方落西垂眸盯着她，笑道："那吃饭。"

为了省事点了外卖，饭菜都是挑着两人爱吃的点。等时晨把餐盒一一摆在桌上，和方落西面对面坐着，才长舒一口气。

吃饭的时候倒没有食不言寝不语的规矩，只是方落西从小习惯了，吃饭的时候没人陪着，当然也不会说话。

只是时晨不是这样，虽然说话不多，但不管在哪儿吃饭，饭桌上总是有声音的。在家吃饭，桌上有杨江迎唠唠叨叨，在学校跟室友一起也不会冷场。

现在，方落西安安静静的，就只能她自己说。她说一句，方落西就接一句，也挺和谐。

想到什么，时晨戳了戳饭盒里的米饭，半天才抬眼看向对面的方落西。方落西不动声色，却早就发现了她的小动作，盘算着她最近做了什么亏心事。

"我要放暑假了。"半晌，时晨终于开口。

方落西筷子一停，没什么情绪地"嗯"了声，示意她接着说。

时晨思索了半天也没出声，方落西等不到回答，又抬头看她。又过了一会儿，她好像下定决心，硬着头皮开口。

"我能在你这借住一段时间吗？"

不等方落西回答，时晨又开始解释："我项目没完成，还要在西淮待一段时间，学校不能住，你能不能收留我一段时间。"

言简意赅又不失楚楚可怜，时晨很满意自己的措辞。只是项目没完成是假的，学校不能住也是假的，在西淮请人收留倒是真的。

方落西眉毛一挑，暗自在心里偷笑，停下筷子看向她："学校怎么不能住了？"

时晨一噎没说话，就听见他问："不能申请留校吗？"

她还是不说话，那肯定是能申请的，只不过她没申请。

"住多久？"

时晨抬头看他，没说话。

"真要住我这儿？"

这次她没犹豫地点了点头。

"行。"方落西把她的小心思尽收眼底，"跟家里说过了？"

"这没事。"时晨摆摆手不在意。

她没什么项目要跟，暑假一开始就能直接坐飞机回家。虽然假期时间不算很长，但怎么算都得离开西淮一段时间。

"什么时候过来？"

其实，她现在就可以过来。学校那边早就没事了，她还在纠结要不要装装样子，在学校多住两天。

方落西没给她喘息的时间，直接说："刚好我明天有时间。"还拿着手机装模作样地看了看，"再往后就没空了，明天怎么样？"

"行。"反正她拿不定主意，那就听他的。

突然，时晨反应过来："你明天不上班吗？"

"周末啊。"方落西彻底没了脾气。

时晨点点头拖着长音哦了一声,一副恍然大悟的样子,那脸上就差贴几个大字"你还有周末啊"。

见她这样,方落西把筷子一放,身子往后一仰:"讽刺我啊。"

时晨讨好地笑笑,吃了口米饭:"不敢不敢。"

他是房东,她哪里敢。

第二天一早,时晨还躺在床上蒙着被子睡懒觉,就被枕头边的手机吵醒了。

"喂。"

她也没看是谁,接通电话又躺了回去,嗓音带着刚睡醒的沙哑,整个人没什么攻击力,还有点软糯。

"还在睡?"方落西一听她这样,就知道她还没醒,嗓音也放轻了。

"嗯。"听出是谁了,时晨也没顾忌,哼哼唧唧答一句。

"东西收拾好没?"

"这么早?"时晨醒了醒神,又看了眼手机时间,心下有点后悔,早知道昨天就不回来了,直接在那里睡好了。

"不早了。"方落西的声音传来,透过电流有些失真,"我在楼下等你,收拾好了回家睡。"

时晨一愣,整个人都清醒了:"等我,很快。"

"不急,慢慢来。"

她翻身下床,有点懊悔,白让他在楼下等了这么久。

女生宿舍男生进不来,即便现在到了暑假,门口的宿管阿姨也不答应。时晨搬着箱子磕磕绊绊往下走,万向轮磕在台阶上,她也不敢停,生怕一停下来就没了力气,再也搬不起来。

每次拎着箱子走楼梯时,她都无比地渴求全世界的楼梯旁都有个电梯,她可以走楼梯,但她的箱子必须坐电梯。

时晨推着箱子一出宿舍就看到方落西,门口这里还有一处台阶,方落西见状快步走过来帮她把箱子拎下去,还一边递过来时买的早餐。

方落西提着箱子皱眉道:"都装了什么?"

"衣服、电脑还有几本书。"时晨胳膊还有点抖。

方落西有点无奈,拍了拍她头顶:"就这么舍不得我?"

她不认,他也不逼。

方落西跟她一起回家，一手推着箱子，一手牵着她。

到家之后，时晨原本想着安分规矩点，只是她一见到沙发就忍不住黏上去，一动不动，太累了。

方落西推着箱子往里走："要不要收拾箱子？"

时晨头也不抬摆摆手："等一会儿吧。"

"那我帮你收拾。"

时晨还是不说话，摆了摆手。

方落西满意地点点头，拎着箱子回了房间。

时晨趴了一会儿，感觉好像不太对，抬头看了看，没见到人影，狐疑地起身去找人。

等到了主卧，看到自己的箱子正立在墙边，方落西正看着手机，压根没有给她收拾行李的打算。

她箱子里面很乱，直接打开肯定不成样子。可是她没想到，方落西直接把箱子拎来了主卧。她是想着过来住，但没想着跟他同居啊。

这说得也不对，已经算是同居了，但不能一间房一张床。

时晨拉开拉杆坐在箱子上，想着再搬到客卧，巴巴地说："我要去客卧收拾行李。"

特地多此一举加了"客卧"两个字。

方落西放下手机，笑着看她，眼中映着她的身影，摇着头，看着很真诚："客卧不行，没有衣柜。"

时晨不信，再说她可以不用衣柜，直接放箱子里。

坐在一旁的方落西随手把手机扔在床上，拉开衣柜给她看。衣柜空了一大半，他自己的衣服都贴着右边，空出显眼的位置。

他站在一侧柜门边，声音云淡风轻："放这儿，我都收拾好了。"

时晨看着他总觉得哪里不太对，耳边方落西还不停地催，等她再反应过来，已经蹲在地上转密码解锁打开行李箱了。

她倾身把一半箱子放在地上，估算错误，衣服没勒紧从箱子里掉出来，一眼就能看出之前都是乱塞的。时晨有些丢脸，蹲在地上先看了看方落西。

方落西看着她委屈的表情，哼笑一声，缓步走过来，蹲在地上和她一起捡，还意味不明地笑："原来田螺姑娘不会叠衣服。"

时晨脸上气恼，彻底坐在地上，也不管了。还是方落西好脾气地把衣服整理好，拿一件问一句，让她看着放在哪里。

地上没有地毯，时晨刚才直接坐在了地上，方落西看着碍眼，让她坐床上去。

她那股别扭劲还没过去，就是不听他的，嘴硬道："你不听我的，我也不听你的。"

方落西无奈又好笑："我不听什么了？"

时晨看着他想了想："你挑食。"

不怪她又扯到这上面，实在是他没什么坏毛病，不抽烟不喝酒，五好青年。

"不是。"方落西低了低头，脸上的笑极为宠溺，"这个，我已经够听话了，好吧。"

时晨不理他，他就一直问，非要求个答案："你说是不是？"

她偏头不看他，他就斜着歪头看过去。

"是不是啊？"

"看我一眼。"

"看我啊。"

时晨憋不住笑，无声瞪着他，满含娇嗔。他还要得了便宜来卖乖："终于肯看我了。"

不知道从什么时候开始，方落西觉得自己跟时晨中间的一层隔阂没了。原先她也亲近，只是现在更亲近了，会撒娇，会耍小脾气，整个人都更鲜活了。

方落西直接把人从地上抱起来，又原原本本地将人放在床上，连之前趴在地上撒娇耍赖的姿势都没变。

时晨气得发笑，嘴上咕哝着："你好烦啊。"

她在床上趴着看方落西忙上忙下地收拾东西，也没半点不好意思，使唤得很顺手，还时不时地挑个刺。

"这个你应该放外边，那个换一下。"

方落西停下动作，盯着她，云淡风轻地笑了笑，抬步上前："找碴呢是不是？"

时晨灵巧地在床上滚了一圈，离他远了一些，也不说话，笑呵呵地看着他。

看她这副样子，方落西又没办法，只能一言不发先收拾好地上的箱子，然后才专心去逮她。逮住了人，方落西倾身压上，时晨推不动他，只能任他索取。

一吻结束，时晨张着口喘息，方落西撑起一点，有一下没一下地亲着她的脖颈与耳垂交界处。她有些难耐，不自在地动了动。而方落西似乎很喜欢她这反应，越来越过分了。

见她快要恼了，他才出声转移话题："饿不饿，等下吃什么？"

时晨没什么想吃的，直接让他去订饭。等方落西躺平在床上，去拿早就不知道掉在哪里的手机。他想到什么，随口问一句："跟家里说了吗？"

"说了。"

方落西拾起一丝好奇，支着胳膊侧身看向她："怎么说的？住我这儿？"

"嗯。"时晨点点头，她发信息是说跟朋友一起住。

男朋友也算朋友吧。

他听着又凑近了一点："跟我一起住也同意了？"

时晨犹豫了一下，方落西瞬间就明白了，吊儿郎当地凑到她眼前，拖着长音没个正经："私奔啊，这么喜欢我。"

时晨懒得理他，踌躇了一下，还是说出口："我还没跟家里说这事，之前学校的事情我妈还跟我僵着，我想着等等再说。"

她没说明白，方落西倒是听明白了，故意问她："什么事？"

"就咱俩的事。"

"咱俩什么事？"

时晨不说话，瞪了他一眼："谈恋爱这事。"

方落西啊了一声："这事啊。"说完他话锋一转，"这不说怎么行，没名没分的，还是说吧。

"你现在打电话，我就在旁边看着你说。"

时晨呆愣愣地看着他，十分抗拒："真说啊？"

方落西点点头，一脸严肃又淡定："说。"

她吞了吞口水，犹犹豫豫："真要说了，他们可能立马让我滚回去，说不定还要拆散咱们，勒令咱俩分手，让我退学……"

"这么严重？"

时晨忙不迭地点头。

然后方落西一声长叹，仰躺在床上："算了，苦命鸳鸯。委屈我当这见不得光的小情人吧。"

时晨暑假可以赖在家里不出门，方落西却没有暑假。所以，一到周末两人的生活一点都不上进，重复又刻板，瘫着，点外卖，继续瘫着。

终于有一天，时晨发觉这生活太过颓废了。她转身踢了踢躺在旁边的方落西:"起来,起来。"

"嗯?"

时晨坐起来揪着他胳膊想要把人拽起来,身子往后仰着发力:"起来了。"

方落西放下手机,偏头看向她,胳膊一用力把人带进了怀里:"想干吗?"

她早上起来头发也没梳好,这么一折腾,发丝乱糟糟地糊了一脸。时晨捋了一下,将头发掖在耳后,脸上没什么表情,语气也很严肃:"起来学习。"

方落西一愣,松开了绕在她腰上的手,转了个身背对着她,抗拒的意思很明显:"我毕业了。"

"毕业了就行吗?"时晨扑上去不放过他,"学无止境,你懂不懂?你没工作吗,起来工作。"

"我不在家工作。"方落西接住她,就是不起来。

"那你陪我一起,不然我觉得不公平。"时晨说得没半点不好意思,对于自己拉个垫背的也不心虚。

方落西早就知道她暑假做项目这事是骗人的,故意躺着不起来:"你去学校,我在家等你。"

"我在家搞。"时晨咬着牙说,翻身绕到他另一边继续拽他。

见她一副不罢休的样子,方落西抱着她,故意拿乔:"也不是不行,我跟你一起受罪,不得来点报酬?"

她一脸不可置信,眼睛里明晃晃写着你这也太小气了。

方落西见她没什么动作,好心给她一点提示:"要不你——"

他话没说完,被突如其来的一击打断,嘴边那句"亲我一下"也咽了回去。唇瓣上的温润还没撤去,他的思绪还没回来,下一秒这福利就已经没了。

时晨看着他,无声问行了吧。但他觉得没品出味道,还想再要一次。

"啊,要不——"

时晨好像知道他要说什么,脸颊微红,凑过去伸手捏住他的两片红唇,阻断他接下来要说的话,语气凶巴巴的像是奓毛的小猫:"不要得寸进尺哦。"

方落西向来不把这些当回事,尽管刚才自己想主动索吻,但惊喜就是他没说完,时晨便凑了上来。现在她不愿意了,方落西也不强求,心里明白,她害羞嘛。

所以,他惯会给自己找福利,揽着人凑近了点,手掌压在她腰际微微用力,时晨上半身往前倾倒,方落西抬头锁住那枚唇瓣,轻轻贴住,末了,还用力吮了一下。

和往常那些唇齿交叠的法式热吻相比，这样子的吻反而更叫人脸热。即便是时晨和他亲惯了，现在也还是害羞得不行。

好在方落西没再故意惹她，还弯腰把人抱起来，一副得了便宜的样子询问："想在哪里学？"

"客厅。"时晨眼睛转了一圈，最后给了个答案。

然后，方落西又听着她的指挥依次把她要求的电脑和资料拿过来，随后又回房间拿了自己的笔记本，扔了个坐垫在地上，就这么靠在她脚边。

他俩闹归闹，该干正事时也不含糊，都认真看着自己的电脑，没人说话，客厅里安安静静的，也很和谐。

时晨看了会儿电脑，打开制图软件做了好几张地图，对比着看总觉得别扭。她手指时不时地放大缩小，有点嫌弃自己刚制好的地图。就怎么调参数都不对劲，一时有点无措。

视线转到一侧的男人身上，方落西靠着沙发，一手放在笔记本自带的鼠标上，专注看着电脑。时晨这个方向看不清他在看什么，只能看到他专注的视线和线条分明的侧脸。

她心里冒出点坏心思，伸着腿蹬了蹬他的胳膊，见人转身看过来，又抿着嘴角有点不好意思。

"你还记得不？"时晨提了个不会出错的开头，才慢慢展开要说的话，"你当时答应给我作图的，不收钱的那种。"

"有吗？"方落西听她这样说，想起来好像是有这么一件事，嘴上还是在逗她。

见她又要炸毛了，他才点了下头，哄她："认，怎么不认。"

时晨一秒变脸，狗腿地把电脑移过去，开始给他看自己的数据和模型，又给他看了看自己的图，说了下原理步骤。

方落西点着鼠标看了看她刚做好的地图，放大又缩小，挑出了几个毛病，眉毛轻扬，委婉地表达了一下自己的看法："是没那么美观。"

时晨脸一黑，方落西赶忙找补："比你之前的好看。"

"之前的什么？"时晨想不起来。

"之前也给你做过一次，忘了？"方落西中肯地评价，"这个比那个好看多了，有进步。"

……当时她就不会做。

方落西感觉自己说完之后，时晨脸更黑了，也不知道是哪里出了错，又转移话题:"着急要?"

"不急。"时晨毕竟还是求人办事的,急忙摆正自己的态度,"还早呢。"

"行,那我忙完这个再给你弄。"

时晨把手里这个大难题抛出去,然后翻了翻自己的资料,觉得没什么大事了,又挪了个位置靠着沙发扶手开始玩手机。

手机上的娱乐软件被自己翻了个遍,没找到什么有意思的,一时无聊,仰躺在沙发上。方落西还在忙,她也没去打扰,又拿出手机继续翻。

想到自己当年考研的时候,删掉了不少软件,眼睛一亮,又重新下载回来。

时晨下好一个问答软件,输入自己的账号密码,点进去一看,消息一栏竟然有很多红点。她点开看了看,竟然都是一个帖子。

当时毕业之际,时晨在网上冲浪的时候看到这个帖子,也不知道是什么心思,从来不在网上留言的她,鬼使神差地发了一条评论。

时晨还记得,那个帖子是刚发布的,没什么人评论。标题也写得很可怜,时晨猜测发帖的人应该是小女生。

帖子名叫"抱抱了,路过的好心人都来按个爪,说说你们暗恋的心酸事,给可怜无助的楼主打个鸡血吧"。

可能是感同身受,时晨点进评论区看了一眼。

1L:啊,LZ你好过分啊!

2L:抱抱楼楼。

…………

时晨一一看过去,心思微动,最后在回复一栏输入自己的答案。虽然她的答案算不上鸡血,但希望能给人一点能量,也希望自己没实现的愿望,屏幕对面的人能如愿以偿。

她尽量用一种轻松的语气,去阐述自己的暗恋心事。

△那可太多了吧,捡了他扔下的石头,从一座城背到另一座城;深夜陪酒;冒死闯鬼屋……数不清了。

当时时晨打完字就关掉了手机,后来忙着学习工作,早就把这件事忘在了脑后。

今天再一次点开,才发现自己那条评论被楼主回复了:姐姐成功了吗?

当时她没想到,这个帖子的热度会这么大。现在看到这条评论,手心都有点出汗。

她按灭手机,余光里还有方落西的影子,她嘴角弯了下,又点开手机,视线被另一条评论吸引：小姐姐，那你有后悔过吗？

时晨这次没有犹豫，按着键盘噼里啪啦地打字：没有，甚至乐在其中。

是的，不管当时还是现在，她都没有后悔过。并且她无比庆幸，在当时邂逅这样一个少年，无论是火车站、夜晚河边，还是学校运动场，都是她的幸运。至于现在，她更不会后悔。

那些年踽踽独行的暗恋时光，是她一个人不可说的少女心事。

回复问题一个接一个，时晨慢慢看下去。似乎有人发现这条热门评论再一次被顶起，问题也越来越多。

△那他知道吗？

时晨看着这个问题，抬眼望向一旁坐在地上就着茶几工作的男人，懒洋洋的也没个正形，一如那年耀眼的少年。

她嘴角弯出一点笑，慢吞吞地打字：不知道，以后也不让他知道。

第二十二章 / 方落西再多喜欢我一点

时晨赶在假期末尾,还是收拾了点行李,回了临桐。

说是收拾行李,其实从学校带过来的衣服还是照旧放在方落西的柜子里,洗漱用品也安分地摆在浴室里,她就拎了个空箱子回家。

偏偏方落西还一本正经地跟她掰扯:"你家里有得穿,这些拿回去再拿过来路上不嫌麻烦?放我这就成,跑不了。"

时晨懒得理他,盘算着也就几天时间,不带就不带了。

到了不能再等的时候,方落西才出门开车送时晨去机场。他开得慢悠悠的,时晨也不催。

停好车后,谁也没下车,最后还是方落西受不住叹了口气。

"要不我跟你一起走吧。"

时晨一愣,随后解开安全带,侧身看向他,表情严肃认真,似乎真的在考虑这件事:"可以,不过你只能再等等了,我这班没机票了。"

方落西:"算了。"

时晨刚想笑着安慰他一句,就听见一句极度可怜的控诉和提醒,像是被抛弃了一样:"那你别忘了早点回来。"

方落西抱着她,额头抵着她的肩膀,声音很轻:"我一个人在家呢。"

有那么一瞬间,时晨真的不想走了,就这样吧,爱怎样怎样。

时晨想从前抵挡不住他的脸,现在也一样,同样挡不住他低沉又缱绻的声音。

可好像是她的错觉,方落西说完这句,就已经恢复正常,松开她转身下车去后备厢拿行李了。

见方落西看着她垂眸不语,时晨埋进他怀里,双臂环在他腰侧,轻轻抱了抱。时晨明明个子也不矮,在他怀里却还是显得小小一只。

夏天的衣服都是薄薄一层,时晨的手臂紧贴着他的肌肤,似乎能感受到他身体的热度。她揪着他两侧的衣服,五指抓出不平的褶皱,踮着脚尖在他嘴角印下一吻,还发出了一声小小的啵。

就在她要撤离的时候,方落西的掌心落在她腰侧,让人离自己又近了一点,低头加重了这个吻。

他吻得有点急,带着不舍,来势汹汹。他不算是喜欢在公共场合亲热的人,只是现在实在有点忍不住。

方落西弯腰抱着她,将她整个人都困在了自己怀里。她身躯被遮挡严实,硬生生地感受着他的不舍。

等两人分开的时候,方落西克制着抬手轻轻去抹她的唇。

他把行李箱推给她,拍了拍她的头:"走吧。"

时晨下飞机后乖乖发了条信息,在出租车上也发了一条,到小区门口又发了一条,上电梯发一条,到家再发一条,乖乖报告自己的行程,等进门之后,她就把手机收了起来。

直到她拖着空箱子回到卧室,才得了时间拿出手机看一眼,就见到满屏都是新消息。

方落西:行,休息下。

方落西:人呢?

方落西:人人人?

方落西:报警了要。

方落西:幺幺零吗,我女朋友丢了。

方落西:哎,女朋友真丢了。

时晨满头黑线,赶忙回复了一条消息:我到家了呀,刚发过去了。

方落西:我知道。

方落西:那不是怕咱爸咱妈兴师问罪,把你扔出去吗。

时晨深吸一口气,狠狠按着键盘,手指快速打字:谢谢您嘞,是我爸妈!

过了几秒,对面又回过来一条:迟早的事儿。

时晨看着这条消息,不自觉地笑了笑,伸手拍了拍脸,才又走出卧室。

总共就在家待这么几天,时晨老老实实地夹着尾巴做人,争取不给人找不痛快。吃饭的时候,杨江迎说了个事,让时晨下午一个人去趟外婆家。

下午临走前,时晨还给方落西发了一条消息,说自己去趟乡下外婆家。

方落西:成,正好我做下地图。

时晨乖巧地发过去个表情包。

时晨:我不急的,你可以等着我回家视频一起做。

方落西:我急,视频没时间作图。

方落西:我还要看你。

时晨总算是感受到文字的魅力了，就这么短短一句话，简单几个字，她都通过屏幕看到了升温的脸颊。

她翻过手机，抬手轻捂了下脸，心想，方落西耍赖的功夫又增加了不少。

方落西的确是想给自己找点事干，不然总想发消息黏着时晨。

时晨的电脑上贴满了贴纸，一看就是小女生的电脑。他拿在手里格外突兀，看着和自己不匹配的电脑，他无奈摇头失笑。

他先看了看时晨留下来的一些资料，他费了点时间搞懂了模型和数据，然后才开始工作。

时晨电脑屏幕上的图标排列得很整齐，也不算多，应该仔细整理过。壁纸是一张简单的草原落日风景图，跟她到处贴着的猫咪图像有些不搭，古板又无趣，像是系统自带的一样。

时晨临走之前告诉过他，她绘图的图片和基础数据都在一个文件夹里面，就是 D 盘还是 E 盘有点记不清了。

他又重新退回桌面，打开 D 盘找了一圈，第一眼就能看到一个命名为图片的文件夹。

手指压着鼠标一点，页面打开，只是里面只排列着图片，没有文件，也没有熟悉的数据扩展名。方落西眉头微蹙，光标移到第一张图片，下意识地双击了两下。

图片转了两圈放大，方落西瞳孔微缩，看着这张照片有点不可置信。

照片上的人他认识，除此之外，他都不熟悉，没有一点印象。

他鬼使神差地点开第二张。

这张也不是很熟悉。

他说不上来自己是什么心情，只是机械又重复地点开下一张图片。

他点开一张，心脏就会重重跳一下，看着熟悉又陌生的照片，大脑不会再下达任何指令，空荡荡的一片，落不到实处。

终于，面前的大图不再是人像照片，换成普通白色背景，还印着一行行小字，图片顶端还有手机的时间显示，像是从备忘录中截取下来的。

第一张上面是祝福语：新年快乐！我们都要快乐。

方落西不敢细想，这句新年快乐是对谁说的，其实好像也不用细想，他已经有了答案。

第二张：今天，我和他说晚安了。

方落西绞尽脑汁地回想，却依旧没能从记忆中挖取到关于晚安的记忆，他看着最顶上的时间显示，发现图片并没有顺序，似乎只是随意放进来的，有些图片名称还是混乱的字母。

第三张：今天在博物馆看到他了。

第四张：偷偷拿走了他的石头，嗯，不算偷，地上捡的。

石头，方落西脑海中一下子印出时晨错带回家的蓝白色礼物盒，里面那块曾经在实习地点出现的水晶石头。那块石头很重，对于要实习考察很多地点的学生来说不算最优选择。

方落西蓦地抓住一点，所以是实习的时候，实习时的基地博物馆，实习时的石头。他们只有一次时间重叠的实习，是在大一暑假……

大一暑假，太久了。

他忍不住继续翻着备忘录的照片，他知道这是时晨的隐私，他应该停下，但他还是想偷窥一下，即便这样做不怎么道德。

他好像也看懂了前面几张照片，记忆揪着他仿佛回到了那些日子。

运动会上临时被抓来当工作人员的时晨，还穿着开幕式上班级统一的学生装，他从远处慢悠悠地晃过来，女生凌乱地按下拍摄键，时间在这一刻定格，她触及他凌厉的眉眼，还在磕磕巴巴地道歉。

光影交杂，背景都是虚的，唯独懒洋洋的少年，看向镜头后面的她。

还有他在跳高场上挥洒汗水，风也偏爱地卷起他的衣角，露出一小截紧实的腰腹。

方落西打开手机搜索那年的公众号推文，那张照片遮挡得严严实实，半点没露，他视线下滑，看到最后的一行小字：图文：时晨。

还有摩天轮上高处的景色，外面一片夜色，陆地上灯光成片，繁星点点。手机镜头只框住了两侧的玻璃窗，窗上透着一个少年的背影，少年侧身看着窗外，单手举着手机，看不见表情。

还有一条备忘录：平安果，平安喜乐！

方落西不敢再想，也不想承认。

直到下一张：暗恋的苦，我只尝一次就够了。我的暗恋结束了。

视线落在屏幕上的这段字上，像是能盯出一个洞来。他目光扫视完这几个字，心脏也从飘浮处重重落到底下，摔得粉身碎骨。

就这么简单一句话，撕开了他所有的侥幸和伪装，给他的想法打上了个标签。方落西不敢细想，他以为他们两人之间是他主动，他先走向她，原来一开始就错了。

他不敢细想那些年她独自一人怎样苦守着这份心思，方落西知道并且敢确定，至少那段时间他们联系不多，可能仅有的记忆都被她记录在这里。

原来她意外得知自己有出国的打算，所以当时独自斩断心思，原来曾经在那段仅有的相处时间里，她的小心翼翼不是害怕和嫌弃。

是他太傻了，不知道有种胆小名叫喜欢。

所以，她担心会再次陷落一个人的苦海，和他不熟，抗拒他的接近，想要过好自己已经安稳的生活。

他们重新相遇，像陌生人一样介绍名字，重新熟悉，他步步紧逼才终于敲开她封锁已久的心扉。

方落西手指还有些颤抖，掌心从鼠标处滑落，无力地垂下。他仰头依靠脖颈搭在靠背上，喉咙轻滚，呼吸都有些不稳。

所有人都认错了他们的开始，原来他们之间早在很多年前就已经开始了。

他在她的大学生涯里画上了浓墨重彩的一笔，而在他这里，她一开始是个有趣的学妹，后来也只是同学、校友，仅此而已。

方落西突然很庆幸，自己没有出国，没再错过更多时间，幸好在第二年又来了西淮，幸好还能遇见她。

突然想到什么，方落西倏地起身，动作将搁在桌上的鼠标一并带落，砰的一声，他没停顿，也没有回身。

等手上拿到时晨藏在房间的蓝白礼物盒，整个人才有些回神。

他知道里面那个石头和自己有关，他不敢猜里面剩下几件是不是也和自己有关。

方落西还记得自己最初看到盒子里的易拉环、矿泉水瓶盖时，还调侃时晨守着垃圾不愿扔。他不知道，原来他口中所谓的垃圾，正是和他自己有关。

易拉环的边缘有些锋利，轻轻在他指尖上划开一道口子，冒出几粒血珠。疼痛拉扯着他的回忆，好像透过时间轨迹看到了从前。

夜色昏暗，也是这样，他不小心划破了手指，暗骂一声，被一侧的女生看到。她伸手从口袋里拿出一枚卡通创可贴，后来又把自己全身带着的创可贴都递给了他。

那年盛夏，时晨壮着胆子又绕回小河边，陪他坐在地上一起喝了一瓶酒，最后偷偷拿走了扣在手中的易拉环。

没有人知道，时晨故作利落地单手开易拉罐，装作老成地喝完了那瓶发甜的果酒,其实,那是她第一次,正正经经喝完了一瓶酒,还是和一个说不清是不是好人的陌生男生。

那个瓶盖,也不过是少年看着坐在一侧的女生无聊,随手递过去一瓶水。他当时全神贯注地看着屏幕,自然没注意到她默不作声喝完了一整瓶水,顺利地拿走了瓶盖。

盒子内还有个折纸,小船叠得粗制滥造,仔细摸一下,还能感受到上面凹凸不平的痕迹。方落西垂眸看着船帆,上面笔迹用力,明显突出几个字。

他拿起又放下,最终也没打开看一眼。

或许,那年毕业,所有人都准备好行囊奔赴下一旅程,只有时晨明白,自此一别,山高水远,天南海北,远隔山海,大概率是此生不复相见。

那个黯然伤心,草草将自己暗恋收场的女生,也只能通过折纸船委婉地安慰一下自己。

纸船透不过海岸对面,时晨的心意从此不见人间。

方落西坐在地上,脚边还是那个蓝白色礼物盒,窗帘没有拉开,只有一小束光透进来。他身形有些落寞,安静地靠着床脚,空气里还有时晨留下的气息,闭了闭眼,他有些难过。

他想,如果当时他能发现,他会先开口追求,然后赠予这个女孩一场盛大的恋爱。

或者再不济,也要对当时那个安静又胆小的女孩多一点关注,重新认识,好好做朋友,好好告别,至少要让她知道自己毕业后的去处,总不会让她在后来的日子,孤独又寂寞地折纸船。

方落西重新收拾脚边的礼物,那是穿越过时间又送回他面前的礼物。他重新放回原位,好像他从没来过这个房间,从没打开那个文件夹。

既然时晨不想他知道,那他就可以装作不知道,守好这个甜蜜又梦幻的秘密。

手机一声轻响,方落西打开看了一眼,嘴角有些笑意。

方落西:好久不见。

方落西:我很想你。

等应付完外婆家的小朋友,时晨就忙不迭给方落西发消息,迫不及待等着看到自己的新地图,结果这人压根一点没做。

她心想,算了,求人办事就得有求人办事的态度。

时晨:等我回去一起做!

方落西：好，等你回来。

时晨本来就是卡着点回家，自然在家也没待几天。等到了开学时间，她又收拾着箱子准备去西淮。

尽管在家的日子没有多少，杨江迎照旧也没给她什么好脸色，等到时晨离家的时候，她还是很舍不得。

怀着这种情绪拎着箱子离开家一路登上飞机，直到在机场看到方落西的那一刻，它才彻底消失不见。

方落西身高腿长站在一边，他挑的位置不算显眼，但时晨还是一眼就看到了，她拖着箱子疾步如飞，等快到他眼前了才收住脚步。

他正忙着低头发消息，没注意时晨已经走过来了。方落西装扮很简单，宽松T恤，黑色工装长裤，脚踩一双AJ，头上盖着一个黑色鸭舌帽。

时晨特地往他脚上看了两眼，不是眼熟的鞋。尽管这样，他这身装扮还是让她心头一颤。

她恶魔心思上头，推着箱子轻声走过。尽管到跟前的时候，方落西已经抬起头视线扫过来，她还是按着剧本老实把戏演完，凑到他面前大声哈了声。

方落西无奈地笑了笑，接过行李箱，伸手把人搂进了怀里。触及她整个人甜腻柔软的气息，他才渐渐缓了一口气。

时晨牵着他的手往停车场的方向走，时不时偷偷看他一眼。

"干吗呢？"方落西注意到她的小动作，嘴角勾着笑，"想我了？"

"喊！"时晨笑他脸皮厚，太自恋了。

等了两秒，时晨又说："这很像我们第一次见面哎！"

方落西脚步微顿，侧头看着她，没有说话。

时晨不知道他正看着自己，她轻声说的话，混着机场柔声提醒的广播和大厅里乱糟糟的闹声一起进入他的耳朵。

她声音很小，但他却听得很清楚，其他声音都成了背景音一样。

"是吗。"他面上不动声色。

"对啊。"时晨也没有察觉，"只不过那回是在火车站。"

方落西好像又回到那天，他休息不够，整个人都很疲惫，甚至还有些淡淡的烦躁。眼前出现了一场强买强卖的戏码，受害者是个不知所措的女生，还可能是他校友，他看着很烦，忍不住上前替人解围。

他难耐地闭了闭眼，喉咙轻滚，牵着时晨避开人群，快步往前走。

他知道她的暗恋可能在实习阶段,却不知道是还没开始实习,起源于第一次相见。

等到了车边,时晨自觉拉开副驾驶座的车门上了车,方落西走到车后去放行李。

等方落西坐到驾驶座,时晨才侧身去拉安全带。

只是她安全带还没扣上,就被握住了手。她手指一松,安全带又溜回了原处。

方落西扯过人,向中间靠近。趁着她没有防备,径自贴上了她的嘴角。时晨下意识地往后退了退,身子贴上车门,头仰到了车窗上。

没有坚硬的触碰,时晨的后脑勺垫上了他温热的掌心。她眼睫有些颤抖,没有闭眼,隐约还能看到方落西的睫毛。

这个吻,毫无预兆,来势汹汹,他舌尖撬开她的牙关,一点都不留情地往里探索,带着思念,又好像有一点怜惜。

时晨后来也闭上了眼,两人彻底投入到这个吻里,炙热的呼吸交错拍打在面上,舌尖触碰上坚硬,一吻一合。

没人注意着时间,他们不知道吻了多久,方落西手从她衣摆下撤出,时晨缩在座位的角落里整理了下衣领。

她不动声色地看一眼靠在椅背上平复的男人,当年的少年褪去了青涩变成现在成熟的男人。

时晨视线从他脸上逐渐往下滑落,停在他腰腹间,衣摆垂下在裤子的交叠处。

方落西蓦地睁开眼,转头看向她,时晨慌乱地转头移开视线,一脸干了坏事的样子。

许是刚亲热过,方落西这会儿带着笑问她:"看哪儿呢?嗯?"

"我没看。"时晨不承认,停了两秒又问,"你还好吗?"

方落西眉毛轻扬。

"你,你……"时晨说了半天也没有说出个所以然来,脸上布满红晕。

"行吧。"方落西很好说话,又重新靠在了椅背上,转头询问,"那咱回家?"

下一秒,时晨安全带刚扣上,车身就已经飞了出去。她慌忙拉着安全带,侧头瞪了他一眼。

回什么家回家,回家就行了吗,回家也不行。

305

时晨研二的日子比第一年还要忙碌,后来时晨收到方落西的地图,心想果然水平还是差着一大截。她觉得也不能总是靠别人,毕竟这报酬代价有点太大了。所以她琢磨着教会徒弟,饿死师傅,从方落西那里偷师过来。

要说他教吧,也好好教,是个好老师。但要说他不好好教吧,他也不好好教,总是扰乱时晨学习。

"方落西,你能不能起开!"

"我起开,怎么教你啊。"方落西一脸无辜,甚至还有点委屈。

"我现在不用你教,这个我会。"时晨一脸无语,"你现在在这里很打扰我,我不能一心二用。"

"我不动,你好好看。"方落西指着屏幕给她看,"你这个点错了,删掉,重新点吧。"

时晨听着又去看屏幕,无奈又被他打断思路。她看着身前作怪的手,脸都要憋红了:"方落西!"

"宝贝,你好像有小肚子。"方落西手指捏了捏,"肉乎乎的,有点软。"

时晨面无表情地合上电脑,放到安全地带,转头翻身扑在他身上,暴躁地喊着:"你才有小肚子呢,烦死了,烦死了!"

"我没有,我还有腹肌呢。"方落西想到什么,转头问,"要是我腹肌没了,你还爱我吗?"

时晨很利索地说:"不爱。"

"好吧。"方落西躺在床上,心平气和地许愿,"那就希望,我的小肚子都长在你身上好了,我不嫌你。"

"方落西!"

"宝贝,等会儿再作图吧,你这个已经做好多遍了,比我都厉害。"

时晨想着这样确实不是个事,问他:"你到底要干吗?"

方落西想了两秒,问道:"那先亲会儿?"

时晨一听就要跑,作势翻身从他身上起来。只是她被人困着,还没坐起来,就已经又倒了下去。

又是一记甜蜜的吻。

时晨心里总是惦记着那么一件事,她想给方落西正经过个生日,最好像生日会那样,屋子里都是气球,蛋糕上插上蜡烛,她可以亲手做一桌菜。

算了,这个不现实。

她只能煮面条,两人同居这么久,除了点外卖就是方落西做饭,但他太忙了,时晨也不舍得他总是做饭。

因为生日一年一次,所以才显得格外珍贵。

时晨今年很早就开始准备,先是上网搜着要准备什么礼物,怎么制造惊喜,再就是试探他有什么想要的。

方落西一早就看出来,也不插手,任她自己忙碌,整个人都像泡在蜜桶里。

只是临了,时晨被派出去参加新一轮的实习考察,她整个人都很丧气,又很抱歉。

方落西有些哭笑不得,轻拍了拍她的后背:"等你过生日,我们再好好准备,行不行?"

"什么啊?"时晨抬起头瞪他,算了,不计较,他不懂,才不是给她过生日。

冬去春来,又是一年。

他们之间的相处越来越像那种一起生活了很多年的老夫妻,平淡日常。

时晨嘴上说着不要,却还是在备忘录设置了个提醒,生怕忘记了自己的生日,错过方落西的礼物。

她也很忙,已经有好几天没去找方落西了,还是傍晚,她从学校出来才见到人。

她垂眸看着怀里娇艳欲滴的玫瑰,鼻尖还是浓郁的新鲜玫瑰味,低头笑了笑,忍不住收着手臂抱得更紧了点。

"这么喜欢?"方落西转着方向盘,也没看她。

"喜欢。"

他继续追问:"那喜欢我还是喜欢花?"

时晨没说话,他等不到回答,侧头看她,有点不理解,纳闷道:"这很难回答?"

"不是。"时晨靠着座椅幽幽地回答,"我在想你今天怎么了,居然开始争宠了。"

方落西听着这个用词笑了笑,也没反驳:"你说是就是吧。"

"你知不知道这句话是渣男经典语录。"

"那我不是。"方落西又扯回到原来的问题上,"所以到底是谁?"

时晨心想他真是没完了,到嘴边的答案就是不说:"我想想。"

"这还用想？"

时晨乐了："这怎么不用想。"

"行，那我再努力努力。"方落西看了一眼她怀里的花，明明是自己精挑细选的，现在又觉得碍眼，"争取有天我能成为不用思考的答案。"

她听着心尖一缩，忍不住说："什么啊，本来就是你。"

"谁？"

"你你你。"

到家后，方落西牵着时晨，时晨怀里抱着花，两人乘电梯一路上楼，中间还收获了别人好奇的打量。

"准备好了吗？"

时晨还等着方落西输密码开门，她怀里抱着花不太方便，正想问一句，方落西已经打开了门，轻揽着人走进去了。

谁也没开灯，等门合上，方落西按下一旁的按钮，从黑暗转为明亮，时晨下意识地闭了下眼才睁开。

等看到屋里的景象，她忍不住张开了嘴。她怀里的花还有些重量，时晨莫名地想，自己现在这个样子会不会很傻。

房间入目可见都布满了氢气球，方落西刚开的灯也不是墙上的灯，而是绑在气球丝带上的星星灯。

时晨转头看了看方落西，他倒是一脸淡定，深藏功与名。她把抱在怀里的玫瑰搁在一旁，迈步走到前面，站立在第一个气球的位置。

离近了才发现，每个气球的丝带上都夹着一张照片。

时晨看清楚第一张照片，吓得瞪大了眼，又有点不死心，往前走了走，转头冲方落西嚷："你从哪里找的？丑死了。"

方落西站在她身侧，抬手轻轻拨了下："很帅。"

"哪儿来的？"气得儿化音都要出来了。

"你高中校友榜上看到的。"

时晨皱着眉毛："我还能上校友榜？"

他抬手敲了敲她的额头，不怎么赞同。

"就是很丑啊，黑历史。"时晨高中还是短发，露眉露耳，所有的缺点都放大了，还是在学校里随便拍的，她私心不想让他看到。

照片上的女生脸庞还有些稚嫩，五官青涩又青春，不变的就是那双杏眸，一如既往地发光。方落西笑了笑："很可爱，我说真的。"

时晨越往后走，越吃惊，下一张是她军训时的照片，一身迷彩服，脸颊晒得黑乎乎的。她很少拍照，可能她自己都没有这些照片，这些照片只可能存在于她室友的手机里。她看了看方落西，没说话。

往后都是从大一到大四，有她在宿舍吃饭的，看剧的，上课的，都是很日常的照片，无滤镜，无美颜，时晨崩溃了，简直就是"社死"现场。

"都好丑啊，干吗要找这些？"

方落西正了正脸色："不丑。"他顿了顿，才说，"很抱歉，我只能通过这样的方式参与你的青春，但是我还是很高兴。"

时晨抿着嘴角没说话，看着那些照片，她自己也有感触，虽然赶不上写真艺术照，但绝对不算丑，都是些很日常的照片，蕴含着生活的点滴。

她看着，好像也还不错。

再往后就是毕业照，直到在西淮重逢，照片上有了方落西的身影。有他们一起出去的时候，有时晨一个人笑，一个人睡觉的样子，还有和方落西在滨城的毕业照。

时晨看着竟然都不知道什么时候拍了这么多。

她走得很慢，看得也很慢，看到最后，眼眶里不知不觉已经蓄起了泪水。但她又不想哭，眼泪困在眼睛里，显得水汪汪的。

"这就哭了？"方落西揩去她眼角的泪水。

时晨也不想承认自己哭了，她语无伦次地瞎扯："我就是有点气，你剽窃了我的创意，我本想这样给你过生日的，这样不行，你偷了我的想法，这是犯法的。"

"那我的错？"

"你怎么知道的啊？"

方落西好笑："我不知道。"他又一想，"可能是我们心有灵犀。"

灯光透过泪珠折射出些许光芒，时晨眯了眯眼以为自己看错了，她凑近了一点，看到最后一个气球底端绑着一枚戒指。

她侧头看向方落西，心中升起一个想法。

方落西胳膊绕过她，解开丝带，将戒指拿在手里："不是求婚。

"至少得等你毕业。"

他想了想，才又说："就是个礼物，但是等你愿意的时候，我再拿另一个来给你换。"

"为什么不是我来换？"

"不用，我来找你。"

时晨问："那你怎么知道我愿不愿意？"

"你一想我就会知道。"方落西笑着，"忘了？我们心有灵犀。"

方落西两指捏着戒指，掌心有点冒汗，后背也有点湿，口干舌燥，声音有点发紧："那现在愿意和我做个约定吗？

"约定好以后也让方落西陪着你。"

他曾经以为自己孤独地挨过那些困顿的日子，浑浑噩噩，却没想到那些年的他也随意牵动着一个女孩的喜怒哀乐。

等待回答的时间不算久，可他还是紧张得心脏怦怦地跳。

时晨答应了，那枚戒指套在她的手指上，大小刚好合适。

晚饭也是方落西准备的，他亲自下厨，盘子布满了一整张桌子。

吃过晚饭，方落西又不知道从哪里变出一个蛋糕，插上蜡烛，滑开打火机。

时晨看着，转头问方落西："你有什么愿望吗？我许愿很灵的。"

"我的已经实现了。"方落西拉着她的手指晃了晃，刚套上的戒指还在发光。

时晨戴上生日帽，双手合十，没有闭眼，直勾勾地看着方落西。

"那第一个愿望。

"希望世界和平。"

方落西嘴角勾着笑，眼眸深邃，蜡烛的光影温柔地落在他脸上。

"方落西再多喜欢我一点。"

这次，他没再默不作声，像极了那年一眼就走进时晨心里的少年。

"好，方落西答应你。"

- 正文完 -

番外一　　/ 要不要跟我回趟家

方落西厨艺很好这件事，时晨早就知道，但硬要说正正经经品尝他手艺的机会，还真不算多。

好不容易赶上方落西休息，时晨心血来潮缠着要他下厨。他躺在床上不起来，翻身蒙着被子耍无赖："不行，起不来。"

他现在在时晨面前耍小孩子脾气得心应手，一点也没个大人样儿。

时晨跪趴在他身边，装作没看见一样，伸手去扒拉他："起得来。"

"起不来，没力气。"

时晨无奈，顺着他的话问："怎么才有力气？"

方落西偏着头，还是趴着没动，只睁开眼露出一点缝："亲我一口。"

他真是半点都不知羞，脸皮越来越厚，可脸上又没什么表情，一本正经，像是亲一口立马就能满血复活一样。

时晨不想就这样被他得逞，脚伸直，踹了他一脚，也没用力："就会唬人。"

"不信算了。"方落西直接闭上眼，转头用后脑勺对着她。

"哎呀。"时晨扑到他背上，拿他没办法，极其敷衍地吻了一下他的脸颊，"行了吧？"

那样子就像是在说，行了吧，行了吧，亲了，亲了，可以干正事了吧。

她吻一落下来，方落西就睁开了眼，又见她这么不耐烦，一时也来劲了。

他支着胳膊，作势要起来，胳膊还没伸直，整个人又趴在了床上。时晨也跟着他的动作猛地往下一蹲，脸贴在他脊背，硌得生疼。

"又没劲儿了。"他真好意思说出来。

时晨也不惯他了，绕到他另一边，扯着他的手就要把他拉起来。她力气不大，方落西又反方向用着劲，根本扯不动，方落西趴在床上纹丝不动，还能分出闲心来逗她。

"真不亲了？

"你再亲我一口，我就起来了。

"你不试试吗？

"试下呗。

"买不了吃亏，买不了上当。"

时晨憋出了一身汗，方落西却一点也没挪地方，她格外没有面子，开始换个思路，想要去挠他的痒痒肉。

手指刚碰上，就被人抓住。方落西利落翻身，一手绕到她脑后，按着人往下压，直到嘴唇贴上。

"这样不就行了。"

时晨看着他就来气，自己没如意还被占了便宜。

她又一次贴上去，甚至还张开嘴轻咬他的唇瓣。方落西被她这个动作搞得半天没有反应，等再有意识已经反客为主，将时晨压倒在床上。

耳边响起密密麻麻的啄吻声，他一下又一下，不紧不慢地挑逗着她的情绪，时晨感觉自己整个人都飘起来了，落不到实处。可偏这人还在勾引，不给她一个痛快。

许是他玩上瘾，等这劲儿过去之后，他又一记深吻，长驱直入，害她丢盔弃甲，不能反抗。

等完事之后，方落西蹭了蹭她的鼻尖，还故意伸着舌尖蹭了下她的唇瓣，色欲满满："是不是在找事？"

说完，他又无力地趴在时晨身上没动作，嗓音低哑："缓缓，然后带你出去。"

"那缓不过来呢？"时晨感受到他的反应，嘴比脑子快地说出口。

说完后，她看着方落西的脸色，又格外后悔。

似乎也没料到她语出惊人，他嗤笑一声，低头看着她，语气有些危险："缓不过就只能辛苦你了。"

时晨脸一红，老老实实没再说话。

过了不知道多久，方落西拍拍在床上快要睡着的时晨，示意她准备出门。时晨一感受到，立马翻身下床，快步跑出门，连头都没回。

看着女朋友没心没肺地往外跑，方落西无奈低头一笑，扯开被子跟在她身后走出去。

时晨其实也不是非要吃方落西做的饭，她主要是享受那个过程。和方落西一起做饭的过程，家常又浪漫。

她也不嫌厨房油烟大，也不嫌热，巴巴地站在厨房门口。

反倒是方落西嫌弃，往外赶她："什么毛病啊。"

后来赶不走，也就随她去了。他也不是真心赶人，说到底还是心疼她。

方落西会做饭，但也不常做饭，主要是不太喜欢。一是工作忙，整天不着家，哪有时间进厨房，再有就是他有洁癖，厨房油烟大，做饭还麻烦。

但看着时晨乐呵呵地等着他，他又觉得好像这样也还可以。

"想好吃什么了？"方落西拿着车钥匙带她出门。

"什么都可以？"

"可以。"

时晨一乐："那走吧。"

等到了超市，方落西才发现她是真的想好了，目的明确，肉食、蔬菜一个不落，对超市货架分布门清。

"吃不完。"方落西看着一车食材有点头疼。

"我知道。"时晨又往购物车里扔了两个胡萝卜，"明天吃。"

"明天再买，放久了不新鲜。"

"新鲜。"时晨反驳他，"就一晚。"

最后两人硬生生买了一星期的菜。

家里还有只绑架来的猫咪，叫"灌木丛"，时晨也没忘记给它带点口粮回去。

自从家里多了个新成员，时晨的关注点不可避免地偏移。窝在沙发上的时候，她也会冲着猫咪笑两声，看起来不太聪明的样子。

方落西凑近把人往怀里一搂，然后捏着她的下巴故作威胁："这么喜欢！"

"嗯！超级喜欢！"

看样子是了，听语气就知道有多喜欢了。

"那喜欢猫，还是喜欢我？"他手指没松开，还是两指捏着她的下巴，鼻尖离得很近。

时晨放空了两秒，没立马回答。

方落西见状不满："这还要犹豫？"

时晨一愣立马回答："喜欢你。"

听着这格外不走心的回答，方落西嗤笑一声："敷衍。"

"没有！"时晨乖巧地说，噘着金鱼嘴往前凑，方落西往后仰了仰，时晨着急了。

然后，他不紧不慢地说："听没听过一句话？"

时晨："嗯？"

"不要相信女人在床上说的话。"

时晨头顶一团黑线，这好像不太对，她看着方落西的脸色，找了个借口：

"这没在床上，可以信。"

方落西一脸我就知道的表情，脸色很黑："怎么不算，沙发床也是床。"

…………

后续时晨又哄来哄去，保证绝对喜欢方落西多一点，神情认真得就差要举手发誓了。

等着去宠物医院接猫的时候，方落西悠悠叹了口气："我们去干吗？"

"接猫啊！"

"咱俩。"他手指指了下时晨，又指了下自己，最后指了下外边，"猫。"

"对。"时晨点头，附和着他说，"一家三口。"

方落西挺满意这个回答："嗯，猫排最后。"

时晨愣了下，才反应过来，憋笑了两声："嗯，按你说的，我第一，你第二，它最后，行了吧。"

"怎么就按我说的了？"他又开始抠字眼。

时晨没跟上他的思路，就听到他说："这是你内心最真实的想法，我们一家三口商量后的决定。"

"你说得对。"时晨狗腿地点头，任他说什么也不反驳的样子，"你比它重要。"

方落西这下满意了，时晨又忍不住逗他："那我们做这个决定问过猫猫了吗？"

"问了。"方落西脸一点也不红。

"啊？"

"心电感应。"

"嗯……"

"大不了我多买点小鱼干诱哄它好了。"方落西说完，又看着时晨，"家里全是它的东西，把我的位置都占了。"

时晨有点哭笑不得："你又不睡沙发，客厅当然给它了。"她犹豫地看着方落西，"你俩换换也可以。"

"不行。"方落西回答得很干脆，"客厅比较大，适合它扑腾。"

"再不走医院要关门啦！"时晨解开安全带凑到驾驶座，胳膊越过他耳侧拽过安全带给他系上，然后双手捧着他的脸，用力吻了一下，发出一声"啵"。

方落西还有点愣，没防备她突如其来的动作，再回神的时候，眸色略有些深，难耐地滚了下喉结，再开口时，声音都像是从沙砾中走了一圈："时晨。"

"嗯？"时晨还捧着他的脸没松手，只要再倾身靠近一点，鼻尖就能碰上他的。

见他又要张嘴讲话，时晨又凑近吻了一下，很轻。就在她要撤离的时候，方落西伸手按在了她的脖颈上，阻止了她后撤的动作。

他唇上温热，热得有些发烫，温度从他身上蔓延开来，不止唇瓣，好像全身各处都染上了同样的温度。车内的冷气快速挤压，不断升温。

"要去接猫吗？"方落西撤开一点，又轻轻蹭了下她的鼻尖。

时晨竭力从旋涡中挣扎出来，抽出一丝清明，喘息着回答："要。"

车外传来一阵发动机的轰鸣声，时晨才恍然意识到这是在停车场。

不知何时，方落西已经把时晨抱过来放在腿上，她后背压着方向盘，有些不舒服。

方落西绕后轻轻揉了下，呼吸还有些重，询问时晨的意见："要不，再让它在医院住一天？"

时晨不轻不重给了他一巴掌，从他腿上下来，老实坐到副驾驶位，无声地扣上安全带，也不理人。见他还是没动作，她才上手推了下："走啦！"

晚间的路况算不上好，一路上都在堵车，等到医院的时候，天已经擦黑了，时晨埋怨地看了眼方落西。

他注意到她的眼神，有些好笑："怪我吗，还不是你先——"

"可以了！"时晨打断他，脸上染上一丝红，随后也不看他，径自转身进了医院大门。

方落西看着她恼羞成怒地进门，也笑着跟在她身后一同进去。

回家之后，时晨肚子早就饿了，瞄了眼窗帘处的小猫，也没再管，直接开吃了。

自从家里养了灌木丛，时晨俨然一副老妈子的神情，事事离不开自家乖宝，几乎是空闲时间都窝在了它这里。

灌木丛也没了刚开始小心翼翼的样子，偶尔作威作福，露出小魔王的属性。

时晨拎着灌木丛的后脖颈，把它放到地上，毫不怜惜，也不管它听不听得懂："上次摔得谁啊，早忘了是不是，小短腿还不老实。

"人都摔傻了，不对，猫都傻了，更傻了。"

"喵——"灌木丛抗议，时晨也不理它，好好树立严母形象。

明明她才是要把猫带回家养的那个，时间一久，灌木丛好像更亲方落西。

方落西下班回来，它要趴在门口"喵喵"叫；方落西去洗澡，它要蹲在门口乖乖等；方落西吃饭，它也要凑在旁边捣乱。

时晨洗完澡出来，正拿着毛巾擦头发，扫了眼客厅，没见到灌木丛，又看方落西："它呢？"

方落西正拿着手机打游戏，闻言空出一只手，拉开胸前的金属拉链，怀里冒出一个猫猫头，灌木丛还格外配合地"喵"了声。

她头发一直没剪过，发尾垂在胸前，发尖还在滴水，时晨坐到稍远的沙发扶手上，垂眼打量着另一头。一人安静看着手机，一猫乖巧地趴在他怀里。

看着这番场景，时晨莫名有一种正好抓到自己男朋友出轨的感觉，对方两人恩恩爱爱，自己就是多余的那个。

一局游戏结束，方落西看到坐在另一边的时晨，伸手递过去，时晨没搭理，抱臂靠着，脸上没什么表情。

他举了半天手，也没动静，抬头看过去。见他视线移过来，时晨才开口："我们两个聊一下。"

时晨脸上没有笑容，方落西也正色看过去，怀里的灌木丛还在仰着头撒娇。

"你不觉得我们最近出现了感情危机吗？"

方落西："嗯？"

时晨视线下移，也不说破，眯眼打量他怀里还在不停撒娇求关注的灌木丛，一时没注意，侧头撇了撇嘴角。

循着她的视线看过来，正好对上灌木丛乖巧的小脸，见得到关注，它叫得更欢了。

"哼。"一声冷嗤传过来。

方落西看着时晨气鼓鼓的小脸，忍不住低头笑了。

"你还笑？"时晨不满。

"没有。"他立马收了笑，从沙发另一边凑过去，"吃醋了？"

他作势要摸时晨头发，被她躲开："我刚洗完澡。"

刚刚没开灯，方落西也没注意到她头发没干，还在滴水，眉毛忍不住皱成一团："怎么不擦干？"

"等会儿，先说清。"

"先擦头发。"他不退让。

时晨等了两秒，一副明了的样子，怨气十足："果然。"她看方落西的眼神就像是在看负心汉一样。

方落西也看到了她抱怨的眼神，无奈地笑了："你想什么呢，我是说现在天气冷了，不能再像天热时一样。头发吹干再出来，要是着凉了，回头你又开始肚子痛，号天号地的。"

她听着心里很暖，脸上却还是之前的样子："所以你就不耐烦了？果然没爱了，你的爱都给了别人。"

"不是，我给谁了，你别污蔑我啊。"

"一个意思！"时晨反驳，"给猫给人都一样。"

"不是。"方落西是真笑了，微微摇头，"你是不是傻啊。"

"你还骂人！"时晨绷着脸，打开他伸过来的手，"太过分了。"

两人就这么隔着猫闹起来，趁乱方落西占了先机，俯身轻轻吻了一下她的唇畔，时晨一愣，挣扎的动作停下来，无声看着作怪的人。

"先吹头发。"方落西伸手在她身前发丝湿掉的衣服上捏了一把，时晨不受控制地从嘴角溢出一些声响，难以置信地看着他，不理解他怎么能做出这样轻浮的举动。

她不出声，方落西凑近又亲了一下："嗯？"

"好。"

在方落西放下灌木丛，起身离开的时候，时晨又拽住他："那你喜欢它多一点，还是喜欢我多一点？"

灌木丛在不知道的时候已经被迫加入这场战斗，莫名在此刻配合地"喵喵"叫了两声。

"你。"方落西低头看她，眼眸带着时晨看不懂的认真，"和谁比都是你，也一直会是你。"

等方落西转身，时晨美滋滋地笑了，挑衅地对着灌木丛吐舌头："略略略。"

不多时，方落西拿着吹风机从房间走出来，灌木丛从沙发上跳下去，跳着去扒拉方落西的裤脚。

"这是哪里来的绿茶猫？"时晨看着它，摇摇头，"换个名吧，叫绿茶园。"

才哄好了人，方落西这时候不敢多说，先去把时晨头发吹干。虽然时晨嘴上总是嫌弃它，方落西也知道，她很喜欢灌木丛，不然也不会把它带回家。

吹完头发，时晨靠在方落西怀里，灌木丛靠在她怀里，它似乎知道讨好谁才有饭吃，现在正乖巧地窝着任时晨摸。

"国庆放假吗？"时晨抬眼看向他。

"放。"方落西摸摸她的头，"想去哪里玩？"

"临桐怎么样?"

方落西一愣,没说话。

"男朋友,要不要跟我回趟家?"

番外二　　/ 小盘算

　　带方落西回家这件事，时晨很早就在盘算了。
　　她也不想谈一段见不得光的恋情。虽然她怕杨江迎反对，但她信自己，也信方落西，更见不得方落西受委屈。
　　还有就是，方落西可太会卖惨了。说者无意，听者有心，每次聊到这个话题的时候，他语气稍低，时晨就开始心尖泛疼，好像自己真干了什么对不起他的事一样。
　　好吧，多少是有那么一点。
　　毕竟，在方落西那边，还没开始谈恋爱，就先见了家长，进度条直接飞速拉满。而且，时晨感觉自己和他妈妈聊天的频率比他还要频繁。反观自己，好像是有点拖后腿了。
　　方落西愣了两秒，好像还没从她的话里反应过来，时晨没听到回应，复又抬头看他。
　　她话里话外都透着一个意思，方落西不用想都能明白。
　　他眉梢都染上了笑意，笑容直达眼底，是发自内心的那种，连时晨也跟着笑了起来。
　　"准备好了？"
　　时晨实话实说："还是有点紧张。"
　　"别紧张，我在。"方落西用力把人从沙发上抱起来，放在自己腿上，下巴搁在她头顶，声音低沉，胸腔震动，"我会好好抓住机会的。"
　　"抓住这个来之不易的正名的机会。"
　　话是这么个话，理也是这么个理，时晨怎么就听着不太舒服，她仰头不满地道："干吗？我委屈你了。"
　　方落西又将下颌下不老实的头按回去，轻轻给她顺毛："没有，我是在给你表决心。"
　　时晨："嗯？"
　　"保证完成任务。"
　　时晨一乐，继而心里又有了一股暖流，其实他都懂。

"你放心，组织不抛弃，不放弃，跟你一起战斗。"时晨拍拍身前环绕着自己的胳膊，似是鼓励，"任务艰巨，我们徐徐图之。"

简单来说，时晨的打算就是，先把这消息告诉时昀，再由时昀打探一下消息，好方便他们随时改变策略。

比起时晨突如其来扔下一条重磅消息，还是让时昀慢慢渗透更为稳妥。

只是，这次时晨想错了，算盘彻底打反了。

收到时昀消息的时候，方落西正好在旁边，但他没看到信息的具体内容。

时晨叹一口气，心想谈恋爱可算是最简单的一件事了。还只是前情提要就已经这样，等之后还要怎样啊。

"小小年纪，叹什么气。"方落西顺手把脚边的灌木丛抱起，放进时晨怀里。

时晨薅着怀里软乎乎的小猫，也不理会灌木丛嗷嗷的抗议，多少有点委屈，看着方落西没头没尾地问了句："你是骗子吗？"

方落西："？"

她看着方落西一脸蒙，笑着晃了下手机："我爸担心我遇到了骗子。"

听她这样说，他第一反应也不担心自己的形象，还挺开心自己在她家有名了，他扒拉开灌木丛，凑到她眼前："你看我是吗？"

眼前一张脸被放大，周围的环境尽数虚化，时晨感叹这张脸可真协调啊，尤其是现在带着笑意，眼眸浸满了星光，难怪当初勾走了她的注意。即便现在两人谈了这么久，时晨还是会不好意思。

她抱着灌木丛倒在他怀里，典型的声音大就占理："是！"

怎么不是，要不怎么会骗她惦记那么多年。

时晨挑了张方落西的照片给自家心急的老父亲发过去，标准证件照，蓝底小两寸。眉清目秀的，人长得格外方正。

时昀：还行，挺顺眼。

过了一会儿，又弹出一条消息。

时昀：是不是过分好看了。

看着老父亲删删减减，最后发过来的一条消息，时晨忍不住笑了，心里却很赞同，可不就是顺眼，不然也不会一眼就看上他了。

时晨想了想，还是得把事情说清楚，她避开方落西，斜着靠在沙发上，正对着他，确保不会被他看到手机上的内容。

时晨：爸爸，我认识他很久了，大学同学，不是骗子。

方落西不小心扫了眼，一丝笑意露出，放轻脚步走到时晨身后，把人抱在怀里。

"呀。"时晨没防备愣怔了下,看到是他,又轻抚了两下胸脯,"你吓死我了。"

方落西替她轻抚胸口,时晨侧头询问:"怎么,找我有事吗?"

他摇摇头,又上前贴得更紧了一些,在她耳边轻声说:"想亲你。"

说完他就自作主张地倾身压上,力道温柔,从耳畔开始到嘴角停止。

过了许久,时晨已经不会自己呼吸,腿脚也开始发软,方落西才停下来把人抱在怀里,气定神闲地往房间里走。

走路也不正经,走一步亲一下。这样抱着,时晨要比他高一头,他仰着头,满眼都是她。时晨气恼,却也觉甜。

"你干什么呀。"时晨的声音仿佛被水泡过,娇软发腻,都不像她自己了。

"我没控制住。"方落西好像真是一点也不要面子,"原本我知道你喜欢我。

"只是现在发现,你好像更喜欢我了。"

时晨不知道他从哪里得来的结论,正要气恼地去抓人。

"不过,我比你要更多一点。"

她动作一停,被哄得忘记反驳,眼神相撞,他的认真全部露出:"我不会让你输。"

等时晨再拿到手机,已经是好久之后的事情了,之前的小作文也得到了大段回复。

最后一条消息简洁明了:*带回家看看吧。*

这么一来,带方落西回家这件事就算定下了,正好碰上国庆假期也不耽误事儿。

一路到机场,安检,托运,下飞机,打车回小区。

"你紧张吗?"时晨坐在出租车后座看向身侧表情都没什么变化的人。

不等他回话,时晨又自己说:"我有点怕。"

"怕什么?"方落西捞过她的手掌,轻轻捏着把玩,幼稚地轻揉指腹,他脸上换上一副了然的笑容,看着格外欠揍,"怕我搞不定?"

有这部分原因在,但也不全是。时晨没好气地抽出手,嘴硬地解释:"谁担心你啊,我是怕我挨打。"

他又把逃跑的软乎乎的小肉手捞过来:"放心,我替你顶着。"

时晨乐得陪他一起笑:"私奔吧。"

方落西捏手的动作一停,神色诧异:"这么爱我?"

"说跟你一起了吗？"时晨就是不乐意被戳破那层窗户纸，虽然也已经破烂不堪了，但多少也能挡点风不是吗。

她手上一阵痛传来，就听着方落西阴森森的声音响起："还想跟谁？啊？"

余光看着他往这边靠，时晨看了眼前面的司机，虽然人家在专心开车，眼神没往这边瞟，但他们这种乘客也得自觉，不能太明目张胆了。

她反手掐了掐方落西的手心，示意他老实点，虽然方落西什么也没干。

看着熟悉的街景，她突然第一次体会到近乡情怯的感觉。

方落西推着箱子往前走，时晨跟在他身后，她现在一点也不担心他能不能，反倒是担心自己有没有事。

"叮咚——"

像是门口就有人等着一样，门铃刚响一声，门缝就咧了个大口。

时晨看到地板上的两双脚，慢慢抬头往上看，心想着，好像还不错。

"这就是小西吧。"

时晨还没反应过来，方落西已经开始回话了："是的，叔叔，我是方落西。"

他姿态放得很低，略微倾身同时盷握手，礼盒放在玄关地上列了一排。

"先进门，累了吧？"时盷也往屋里走，"这边比西淮冷不少吧？"

等时晨放好行李从房间出来，踱步到方落西旁边坐下，正好和时盷、杨江迎面对面，还真有点客厅会审的意思。

就这么一会儿的时间，他们早就把方落西的基本情况摸了个门清。

杨江迎见到方落西第一眼，的确很赞同时盷的观点，这孩子长得很好，她眼里的惊艳也不是骗人的。但很快，那抹惊艳就被掩盖下去，换上一副冷冷淡淡的表情。毕竟生活，不是长得好看就行，还是得看人品。

听着方落西和时盷的交谈，社会新闻、时事政治，什么都能聊上两句，时晨也不插话，就安静地坐着听。

杨江迎看着沙发对面的时晨和方落西，心里升起一丝狐疑。

虽然两人之间没有语言和动作的交流，甚至连眼神都没交集，但就是有种莫名的磁场贯穿在两人之间，像是一同生活了很久的老夫老妻。想到这里，她心里忍不住咯噔一下。

"你们俩是大学同学？"杨江迎插入一嘴。

方落西给了肯定的回答。

杨江迎又问："一个专业？"

"不是。"时晨纳闷刚才不就说了这个，怎么又问一遍，但还是乖巧地回答，

"他遥感，我是自然。"

"那挺好的。"杨江迎听着挺满意的，随口说了一句，"那你们还挺有缘分的。"

她这么一说，时晨才想起来，如果不是在大学里她拼了命地记住他，可能两个人根本就没有现在可谈。她正想感叹还好自己当年没轻易说放弃，就感觉到自己的手指被旁边的人攥住。

宽厚的手掌温热，隐约有一丝丝汗意，接着一道认真的声音响起："是我的幸运。"

一通交谈下来，根据时晨这么多年察言观色的经验来看，这一关方落西应该算是过了。

"行了，你们先聊着，我去做饭。"杨江迎从沙发上起身，准备去厨房。

"阿姨，我跟你一起吧。"方落西也跟着站起来。

闻言，杨江迎停下步伐，诧异地看了他一眼，又侧头看了下时晨，也没推拒，笑着说："行。"

客厅里只剩下时昀和时晨父女俩，时晨换到对面沙发，瞥了眼厨房，笑了笑："谢谢爸爸。"

时昀尝了口方落西带来的茶叶泡的茶，满足地点头："好茶。"然后又看了眼时晨，摇头失笑，"我可什么都没说，是你妈自己想通了。"

时昀叹了口气："日子总是你们自己过，鞋穿在脚上合不合适，只有自己知道。与其靠着婚姻的名义把两个陌生人拴在一起，还不如你们自己谈的来得实在。"

"爸爸看过了，我女儿这回眼光不错。"时晨不好意思地笑了笑，但眼神也很赞同。

"小西看着也稳重，挺适合你。"

"不过，要是受了委屈也别憋着，回家来，爸妈给你撑腰。"

短短几句话，时晨都感觉自己眼里要开始泛泪花了，正想说去厨房看下，杨江迎已经走出来了。

"没醋了，我下去买瓶醋。"

"妈，我跟你一起去。"时晨走到玄关换了鞋，跟着一道出去了，她小心翼翼地不知道怎么开始话题。

"多久了？"

"啊……"时晨快跑了两步，和杨江迎并排走在一起，看着杨江迎神色无异,才开口回答,"半年多了。"

杨江迎闻声看过去一眼,饱含深意,什么也没说又像是什么都说了:"处着吧。"

时晨一愣,听着然后就笑了。

等坐到饭桌上,时晨对方落西的手艺自然满意,就连杨江迎也夸赞了几句。

时昀推过去一盘蘑菇,对方落西说:"尝尝这个,临桐特产蘑菇。"

然后,时晨就看着方落西面不改色地吃掉蘑菇,还评价了两句。

果然,她家就是一个专治小孩挑食的基地。时晨还使坏地挑了块胡萝卜放进他碗里,憋着笑看他夹起来吃下去。

时晨面前的小碗里放满了虾,方落西还在旁边剔虾壳,还是杨江迎看不下去了,说:"行了,那么多还不够你吃,让小西自己吃吧!"

又往嘴里喂了只虾仁,时晨想,就这么一顿饭的工夫,方落西已经俘获了她们一家人。

"男朋友,你要不要去我房间看看。"时晨钩了钩他的手指,带着他进了一间房。

房间内有许多小女孩的物件,方落西拿过书柜上摆着的照片,时晨也凑过去看了眼,急忙伸手去捂:"哎呀,这个不能看。"

"可爱。"

时晨腹诽,百日照片有什么好看的,接着她又从一旁的柜子里翻出来很多相册,说:"都是小时候的。"

方落西接过,一张一张翻看看,时不时用手机拍下。虽然早就被他见过短发的样子,可现在公开处刑,时晨也还是感觉很"社死"。尤其是准备留长发的时候,长短不接,跟小疯子一样。

"十六七的时晨也很可爱。"方落西又拍下一张照片。

时晨躺在床上对方落西说:"我爸妈很喜欢你哎。"

"不是喜欢我。"方落西停下翻相册的手指,歪头看着床上侧躺着的时晨,"是喜欢你,爱屋及乌。"

时晨没动,回味着他说的话,爱屋及乌。方落西放下相册,倾身凑过去,点了点她的额头:"我们都喜欢你。"

时晨想起另一件事:"今天你都没挑食哎。"

方落西不说话,无声睨着她。

时晨还在得寸进尺:"哎,我妈晚上要带着你去跳广场舞怎么办?"

她还笑呵呵的,没意识到危险降临。

被打趣的对象倾身压过去,将调皮不听话的小孩困在怀里,气息交缠:"那我只能勉为其难带你一起去了。"

…………

番外三　/ 落日与你

时晨称得上是个"佛系"的人，最初是没什么对未来规划的概念，一直都是走到那一步了，才能想清楚自己要干什么。

从幼儿园到高考，生活好像都是确定好的，到了大学，面临毕业，时晨才决定要考研，而现在也是这样。

坦白来说，时晨不知道自己的研究生生活怎么样，职业规划又是怎么样。她问方落西，方落西说："不急，再想想。"

等到了研究生毕业的时候又开始准备申博事项，方落西倒没说什么，表示支持。

"我真要读博啊？"时晨抱着灌木丛，懒懒地看向一边。其实她早就确定了，就还差那么一股劲，推着她往前走，让她再肯定一下自己的决定。

"嗯，读啊。"

"可是，到时候博士毕业都二十好几了。"时晨不甘心地回头看他，还真是担心自己大龄女青年的身份。

"嗯，我不嫌弃。"方落西毫不犹豫。

"你还要嫌弃？"时晨不满，起身的瞬间，灌木丛也从她身上跳到方落西那里，"你比我大，我还没嫌弃你呢。"

"所以，我们谁也不嫌弃谁。"方落西抱着灌木丛，心情颇好地揉了两把。

时晨"喊"了一声，又恢复原来没骨头的样子："前几天刷朋友圈看到，我高中同学都要结婚了，说不定等人家孩子都有了，我还没毕业，还在上学。"

听到这个，方落西正色一点，低头去寻找她的眼睛："你要是想的话，我们也可以。"

"可以什么？"时晨还在看着手机感叹，一时没反应过来他话里的深意。

"结婚。"方落西只说了这一个，似乎是不太思考另一个选项。

时晨一愣，被这两个字击倒在原地，看方落西的神色也不像是开玩笑，她说："婚姻是个囚笼，你可想好了？"

"不都是你吗，有什么区别。"方落西很坦然，"你要是想再等两年也没什么区别，多个证的事儿。"

时晨想确实是这样,她也认准他了,多等一段时间或是少等一段时间都可以,现在还有其他事情摆在眼前,一样一样来吧。

但就是觉得亏了点什么,时晨想着也就说出来了。

"是亏了。"方落西心情颇好地靠在沙发上,"你想,是不是到时候你学费都是我来交,一说出去,老公交学费,是不是特有面子?"

时晨听着那脸红的称呼,一时忘了说话。方落西看着怀里愣住的人,低头凑了凑,好心情地逗她:"放心,现在也交,不都订婚了?"

"不是,怎么就——"订婚了?

"你想赖账?"方落西眉毛紧皱,像是时晨犯了错一样,并且还是干了什么十恶不赦的坏事。

"我没有。"时晨结结巴巴地解释,傻乎乎地跳进了他的陷阱里,又急忙转移话题,"才不要你交学费。"

方落西挑眉,无声询问怎么。

"我有奖学金,不用你交。而且学费要你来交,那岂不是到时候吵架都没底气。"时晨说得一本正经,好像真实发生过,并且切身体验过一样。

"这就想着要吵架了?"

时晨又忙不迭地解释:"就假设,假如,如果,打比方你懂不懂啊!"

方落西冷哼一声:"没这个比方,你想都不要想。"

"知道了,知道了。"时晨敷衍他。

窗外阳光正好,落进房间,照着沙发上的两人一猫,这场景似乎镀上一层薄烟,温馨浪漫又日常。

"你想回崇浦吗?"时晨没头没尾地问了一句。

方落西看着正在自己腿上闭眼假寐的时晨,瞬间就明白了她想什么:"想换个地方了?"

时晨思索了一会儿,才说:"有点。在西淮待挺久了,以后也不打算在这里定居,要不提前换个地方?"她想着又加了一句话,"你说呢?"

她侧躺在他腿上,发丝乱糟糟地铺开,有几缕带着静电沾到了他裤子上,画面有些暧昧。方落西滚了下喉结,伸手绕起那几缕发丝缠在手指上,一圈一圈地慢慢打转。

许久后,时晨还是没听见答案,看了他一眼,方落西才无可奈何地叹一口气:"去哪里都可以,不只是现在,以后也是,无论你想去哪里,我们都可以过去。一个熟悉的城市也好,陌生的连一个熟人也没有的城市也好,只要我们在一起。所以你首先要考虑就是你的想法,只要你觉得适合,我们就去。"

他摸在柔软的发丝上,带着些安抚意味的轻柔:"崇浦很好,西淮也不错。"

如果时晨想要继续深造,在研二申请硕博连读是最简单省时的办法。

方落西担心,她会受其他因素干扰,影响她的判断,从而舍近求远,放弃了最优解。

时晨一乐,向前贴了下,双臂绕在他腰上,十指交握在他身后,脸贴在他肚子上,甚至还隐约能感受到他块状分明的腹肌。

方落西笑了笑,他该相信时晨的,他的时晨一直都很优秀。

接下来就是毕业的流程,论文,答辩,毕业典礼。

这次的毕业典礼覆盖住她几年前的记忆,这次的典礼有方落西,她不用像当年一样,为了能在离开之前多看一眼,脑海中留个清晰的印记,在茫茫人海中捕捉他的身影。

这次,他就站在她身边,手掌紧握,十指相扣,脚步紧跟着她的。

方落西跟着她走进礼堂的时候,盯着门口处四处乱看了几眼。时晨看着他问:"找什么呢?"

他确定是没有了,才转头跟时晨抱怨:"你们这里都没有签名墙吗?"

他一说,时晨才注意到,也跟着看了两眼,还真是没有:"没有哎。"看着方落西略显失落,她不知道原因,但还是出声安慰他,"当年你毕业的时候我们已经签过啦!"

"不一样。"方落西摇摇头,"还差一次。"

时晨没明白他话里的意思,也不明白他突如其来的心思。

…………

夏去秋来,方落西工作任期结束,要调回崇浦总部,带着灌木丛一同奔赴他们的新家。

小家伙托运受了罪,恹恹的,没什么精神,给时晨心疼坏了。看它实在没什么力气,方落西把灌木丛放在小窝里,搁在客厅地上。

他们在崇浦的落脚地是方落西安排的,时晨没管,安置好灌木丛,时晨才跟着方落西看房子。

一圈看下来,时晨还挺满意的,小区位置好,朝向好,布局风格也是她喜欢的,唯独一点,她揪了下方落西的衣袖:"咱俩住这个是不是有点浪费啊?"

他们在西淮的房子两室一厅,现在这个房子算上书房四室两厅,确实面积有些大了。时晨想得简单，面积大了，房租不也贵吗。

方落西看一眼时晨的表情就知道她在想什么，他老神在在，一点都不着急："对这儿不满意？"

时晨不答，确实不能昧着良心说不满意。

她正准备再一次劝说下，方落西才不慌不忙地打断："我是不是忘了说了——"

时晨等着他后半句，他慢悠悠地把时晨按在沙发上，淡定地补了句："这房子是我的。"

"嗯？"

果然，世界是有参差的。

时晨愣了一会儿，独自消化完这条消息，又打量了一下这房子，没头没脑地问了句："怎么说？"

方落西笑笑，看着自己的笨蛋女朋友："嗯，房本上写我名的那种。"

OK！

果然，她男朋友很优秀，在崇浦这寸土寸金的地方有这么一个大房子。

她只是一个存款见底的学生，她男朋友已经车房齐全，简直就是人生赢家啊！

方落西看着时晨半天都没有动静，整个人就跟入定了一样，连眼睛都不带眨的。他之前没透露这件事，现在看着她这个反应倒觉得不安，反思自己是不是做错了。他弯腰倾身凑近时晨，想看清她的表情。

正低头对上她的视线，被她猛扑过来的动作吓了一跳，整个人没站稳，身形晃了晃。

方落西低头看着自己腿上突然长出来的腿部挂件，眸色渐暗，嗓音也染上一层哑意："干吗呢这是。"

时晨贴着他腿抬起头，眼神亮晶晶的："抱大腿啊！"

她又离开一点看了下自己的动作，胳膊环在他一条大腿上。方落西的腿有点瘦，时晨胳膊交叉绕着，还能往后够到自己的肩膀。

两圈胳膊绕在他大腿上，她似乎一点没觉得不妥，身子往前一靠，手臂略微收紧，整个人又紧贴了上去，没留一点空隙。

她脑子迟钝地不开窍，没察觉空气里裹上了一层浓稠又厚重的气息，交缠在两人周围，正在严丝合缝地插入。

"你在占我便宜啊。"方落西垂眸打量她，眼神饱含深意，喉结都重重地滚了一下。

"对啊！"时晨以为他还在说房子的事情，脱口而出，一点都没多余的反应，"便宜不占白不占！"

她说得理直气壮，似乎要亲自验证一下这种说法。

方落西无奈地笑了笑，宠溺地屈起食指敲了敲她光洁的额头。

落地窗处的窗帘轻轻拂动，在洁白无瑕的地板上映出一道光影，随处飘浮没有着落，如同现在的方落西一样。

他脚步未动，只是大幅度弯下身子，让她感受得更加明显一点，再开口时，声音喑哑比刚才更甚，说出口的更多是气音："宝贝，我的便宜可不能白占。"

方落西一动作，时晨就能感受到手臂上明显的差异，她一边脸还贴在他腿上……

时晨不受控制地脸一红，快速抽出胳膊，整个人快速往旁边挪动一小步，打破原来紧挨着的局面，恨不得离他八丈远。

方落西看着她动作利索地后撤，整个人一副吃干抹净不认人的样子，简直气笑了。

他往前走了两步，时晨看着他动作，总忍不住往下看，等发觉后，又转头看着别处，欲盖弥彰的意味格外明显。

早在被她抱住的时候，方落西就打算撕开正人君子的面具，现下他倾身上前，双臂把人困在沙发上，不留逃跑的余地。

时晨前面是他，后面又是沙发靠背，无处可躲，索性看着他要做什么打算。

"跑什么？"

尽管现在是他在不讲理，但时晨不得不承认，方落西现在的声音格外性感，欲到她忍不住低头捂着脸，极难为情的样子。

"不占便宜了？"方落西似乎也突然发觉自己啰唆得不行，径自弯腰把困在沙发上的时晨抱起来，换了个方向往卧室走。

时晨没防备，整个人随着他的动作往前一仰，胳膊也自然而然地缠上他的脖颈，磕磕巴巴地反驳："不、不要了。"

"那我要占。"方落西油盐不进。

"不行。"

"那我给你占。"方落西抱着她，动作施展得很方便，步伐迈动，语气也意味深长，"哪种都行。"

他自身条件优越，动作明目张胆，时晨自然能清楚地感觉到，只是她脸皮没这人厚，整个人都红成了煮熟的虾米，就连动作也像，蜷缩在他怀里。

时晨追悔莫及，欲哭无泪："我不要。"

"不要不行。"方落西已经走到门口，抬脚轻碰，木门自动掩上，伴随着咔嗒一声，还有他咬断的音节，"我这里强买强卖。"

夏日是最火热的，温度急速上升，将空气中的一切炙烤，放肆灼烧。偶有微风拂过，卷着新冒出的汗意一同沉浸式体验下一轮旋涡。

…………

时晨成功收到崇浦生态环境研究所的通知，也算是正式成为一名新生了。研究所离方落西的房子不算近，时晨还是打算住校，毕竟这样更方便一点。

事关她的学业，方落西倒也不会糊涂，但就是不太能接受这件事，无论从哪个角度出发，情感或是生理。

"还有一种办法。"方落西面向时晨，态度很诚恳。

时晨洗耳恭听，等着他的解决办法。

"我们换个房子。"

"嗯？"

这是说换就能换的吗，换房子能跟买白菜一样吗？

"我还有一套，离研究所也有段距离……"

"嗯？"

方落西还在列举，时晨已经迷糊了，她实在是忍不住了，抬手发问："冒昧问一句，您还有多少房产？"

她现在终于深刻地体会到原来她男朋友是个富二代啊。

OK，Fine.

时晨最后还是申请了研究所宿舍，不过宿舍床位紧张，生活不便，她又回来住，这些都是后话了。

方落西：吃饭没?

时晨听见手机振动，起身拿过来看了一眼，之前方落西说晚上开会要晚些回家，她就打算自己随便对付点就行。

时晨：没呢，等会儿煮面吃。

时晨：要回来了?

对面回消息很快，几乎是瞬间就回复过来。

方落西：那等我回去?

时晨：好。

等方落西回到家，看到时晨还在看电脑，也就没出声打断，直接去了厨房。他再出来的时候，手里还端着一个面碗。

时晨闻到熟悉的香味，直接就放下电脑走到厨房跟他一起。

"洗手吃饭了。"

时晨没说话，看着碗里的一大份面条，察觉到一丝不对劲，但她也没多想，简单认为是他饿了。等拿起筷子尝了一口，又看到他从厨房端出一只碗，里面满满的牛肉片。

她眼睛瞪大，有一瞬间不可置信，向他证实自己的观点："这，是我们学校那家？"

方落西也落坐，拿起刚刚那只碗，将牛肉片拨了一大半到她碗里，然后才不慌不忙地回答："对，北餐厅二楼。"

时隔许久，和方落西在一起就是一个治愈的过程，时晨突然想，好像告诉他，曾经那段暗恋不见天光的日子，也不是不行。

原本，当时她也不是真的要吃这碗牛肉面，她早就没了饭卡，就算进了校门也无济于事，更遑论现在已经过了这么久，这样一件小事，还是被他实现了，心里咕嘟咕嘟冒着泡，酸涩地发胀。

碗里的牛肉已经多得快要溢出来，时晨看着另一只碗里还剩下很多牛肉，她笑了笑："你把阿姨的牛肉都要买光了吧，阿姨不会气哭吗？"

方落西故作思考，说："好像还真是。"

时晨忍不住笑出声，把碗里剩下的牛肉拨到了他碗里。她尝了一口面条，还是上学时候的味道，汤汁浓郁，不知道是不是满碗牛肉的缘故，这面又比那时候香得多。

两人面对面坐着，吃一碗食堂的面条，是那年时晨最想做的事情。而现在的时晨实现了自己的愿望，现在的方落西也实现了时晨的愿望。

他们的恋爱纪念日，正好就是方落西的生日。时晨一直想替方落西办场生日会，就像当时方落西偷偷替她准备的那样。就是总是对不上时间，有点苗头也会被方落西掐断。

他还会有很多乱七八糟的理由："那天过生日，那纪念日怎么办？"

"不冲突啊。"

"我觉得不太行。"方落西有理有据，"一心不能二用，一天也办不成两天过，人还是要专一一点。"

他眼神还意味深长，就像是想出轨的时候被发现了一样。时晨晃晃脑袋，保持思路清晰："这是两码事。"

"怎么就两码事了，就是一个意思。"方落西没脸没皮，"见微知著，小事看大事，你这就是有这种苗头。"

时晨目瞪口呆，心里腹诽，反正说不过他，也开始不讲理："我不管，我说了算。"

"哎。"方落西一脸失落，"女朋友不爱我，连纪念日都不跟我过。"还煞有介事地看着时晨问，"你说，她是不是不爱我。"

戏精吧，真是屈才了。

随他怎么说，时晨还是自己偷摸地打算，并且还想要干件大事。她打开尘封的电脑文件夹，把里面自己私藏的照片和备忘录整理好，打算在生日那天送给他。

生日寿星最大，时晨晚上跟着方落西一起来到游乐园。不过，这个游乐园格外熟悉。

时晨一下车就看到游乐园深处高高矗立的摩天轮，这是曾经她来过的那个游乐园，当时还跟着方落西进了6D影院，一起坐了摩天轮。

园区内大多是慢悠悠散步的，需要收费的景点更是没什么人排队。

时晨看着方落西好像也不是很急，就像平常饭后消食一样。她跟在他身侧，十指相扣，偶尔时晨看着一旁入了神，方落西还会带她避开人群，换个方向。

踩着月光走到园区深处，远离了门口处的摆摊人群，这边好像更安静了。

眼前正是园区最后一个景点，时晨看着几步远的摩天轮，心想这样看还是有差别的，还是远景更唯美一些。

她拉着方落西准备离开，却没拉动，时晨侧头看过去。

"要去吗？"方落西没看她，冲着不远处的摩天轮抬了抬下巴。

"你想去吗？"时晨下意识地以为是他想去玩一圈。

方落西意味深长地看她一眼，好像在说"你不想吗？"。

等时晨弯腰坐进摩天轮里，她才有点实际反应。

她又和方落西一起坐摩天轮了，在第一次坐的地方。

同样的地点和同样的人。

两人安安静静地看着窗外，不同的是时晨看的是万家灯火，方落西看的是玻璃窗上的影子。

"是不是应该过几天再带你来啊?"方落西冷不丁地出声。

时晨转头看他,没明白他的意思。

"平安夜啊!"方落西也收回视线,正对上她不解的眼神。

时晨心一跳,他黑眸亮得发光,好像霎时看到了她心里。有那么一秒,时晨觉得他好像什么都知道了。

不过,他怎么可能会知道呢。

下一秒,就好像在打脸一样,方落西偏头看着她这侧的窗户,好像看到了她刚才看到的光景,嗓音微沉:"这次,我送你苹果。"

时晨脑子里好像炸开了烟花,愣愣地接受着这一切。

方落西还在说,视线正对上时晨,眸色复杂,又认真,又紧张,还有盛不下的深情。他嗓音有些发紧:"不止这一次,以后所有的都由我来送。"

时晨可以确定了,他一定是知道了。知道那些年自己小心藏匿的秘密,知道了自己对他更胜的爱意。

摩天轮缓步慢爬,一点点沿着轨迹移动,同多年前一样,也像他们,兜兜转转又回到那年最初的样子。

现在,她有好多问题要问,脑子理不清思绪,她张了张口,就被打断。

"嘘。"方落西放低音量,"要到了。"

他起身离开座位,往前轻轻跨了一步,移到时晨座位跟前。时晨还坐着,距离拉得很近,她甚至能看清他根根分明的睫毛。

方落西半跪在地上,手指绕后搭在时晨后颈的位置,略微用力下压。

正好卡在摩天轮升到顶点的时候,座舱微晃,好像还能听到齿轮交合的咔嗒一声,两唇相碰,还有一声溢在唇齿间的话语。

"我爱你。"

仿佛所有乱糟糟的线团在这一刻远去,脑海中划过一丝清明,时晨闭上颤抖的睫毛,专注这个在顶点的吻,这个包含浪漫意义的吻。

升过顶点,摩天轮沿着轨迹下滑。方落西也离开她的唇畔,正要坐回自己的位置。

时晨猛地往前一扑,伸手搂住他的脖颈,小声哼了一句。

尽管声音很小,却正贴着他耳边,呼出的热气喷洒在耳郭,他微微一愣,也听清了。

她说:"我也爱你。"

我也爱你，比你想得还要久，在你还没有注意到的时候，我已经偷偷爱了你很久。

…………

后来，回到家后，时晨打算把自己尘封很久的秘密送给方落西，却在打开那个蓝白色礼物盒时，看到好几个多出来的信封。

她小心翼翼地打开，信纸上是熟悉的字迹。

To 十九岁的时晨：

实习很苦吧，但是没办法，没关系，我在陪着你。谢谢你来陪我，不过以后不许再这样了，尤其是陌生的成年男人。

还有忘了说，升学快乐！

方落西

…………

To 二十二岁的时晨：

我不出国了，国内也很好，联系好了导师，会留在国内读研。

别哭，我会来找你。

毕业快乐！

方落西

To 二十三岁的时晨：

过去一年很苦吧，还好成功了！还，真是好久不见。

时晨，好久不见。

方落西

To 二十三岁半的时晨：

敲架子鼓的你超级令人心动。

方落西

To 二十四岁的时晨：

女朋友，我想吃糖醋排骨，给我留一块，行不行？

你亲爱的男朋友

…………

To 二十五岁的时晨：

今年又回到崇浦，不出意外，我们可能会在这里生活很久。这儿离临桐不算远，等你想回家的时候，我们就开车回家。

时晨，现在我很满足，真的很满足，有你，又有了家，一切都是我能想到的最好的样子。

幸福，这么一个缥缈没有实感的词，好像有时候就能看到一样，就像是出门的时候，玄关门口摆着的两双拖鞋，回家后也能第一眼看到。

但是，我还想你能更幸福一点，更快乐一点，想替你把之前的补回来。今年的任务就是，你好好学习，我赚钱养家。

方落西

…………

时晨摩挲着几页信纸，在眼眶蓄不住泪水的时候，立马拿开放到一边，避免泪水滴在上面。

她整理下情绪走出房间，看到方落西正在厨房烧水，时晨停在门框处看了很久，灯光柔和地落下，像是偷走了窗外的满天星光。

"方落西。"

他听到声音，抬头看过来。

撞进他眼里那一瞬间，时晨觉得他好像和从前那个少年没半点差别。

方落西举了下水杯，无声问她要不要喝水。

他侧过身子，灯光正好爬上他半个肩膀，晕染在他的侧脸上，一如从前，随意又淡然。

"我看到你写的情书了。"时晨声音很轻。

"哦。"方落西缓步走过来，"你没吃亏，我也看了你的。"

"我仔细算了算，我见你第四次就喜欢你了。

方落西递过水杯，垂眸看她，声音还带着笑："那你很划算，我对你一见钟情。"

时晨也笑，灯下映着两个人，一高一矮。

时晨读博也是没有寒假这一说，等到临近年关，导师才放了人，方落西也会休年假。

这短暂的休假，时晨肯定还是要回临桐的。方落西也跟着回去过一次，第二年也是过了大年初一，立马飞到了临桐。

原本这肯定不合规矩，家里肯定是要说点什么的，就不知道方落西给她父母灌了什么迷魂汤，就连一向挑剔的杨江迎也没说什么，还变着花样准备年饭，餐桌上方落西不爱吃的蔬菜都没再出现了。

时晨不满："这是挑食啊，小孩都知道不能挑食，要做个乖宝宝。"

杨江迎利落地颠勺起锅，还分了个白眼给她："也没见你小时候听话。"

"我现在长大了。"时晨没半点心虚，一点不记得昨天晚上把碗里的菠菜挑给了方落西，还在不服气地争辩。

杨江迎端着盘子往外走，语气不紧不慢："人啊，活着一辈子还是得有点不喜欢的东西，顺眼的多看两眼，不顺眼的眼不见心不烦。要是没点个性，压抑着自己，不喜欢的、看见就犯恶心的，还强迫自己，那迟早会出乱子哦。"

时晨腹诽，你以前可不是这么说的！

算了，她惹不过自己亲妈，还能惹不过自己男朋友？

…………

算起来，方落西一直跟着他们过年，反倒是在自己家没什么存在感。

一个女婿半个儿，虽然她爸妈都快把他当成亲儿子了，但到底还是不一样的。

"今年我们要不要去南省看看。"

方落西一愣，闻声看向时晨。

时晨还煞有介事地玩着手机，眼神半点没分出去，嘴上念念叨叨："这个季节，北方温度太低了，今年还有寒潮，也就南省气候适宜，怪不得旅游业名列前茅，这还列着……"

方落西往前一凑，时晨立马把手机一扣，眼睛一眨不眨地盯着他："你觉得怎么样？"

他见状一笑，还能不明白她的意思吗，方落西想了想："回临桐吧，你想要去，等过了年再去。"他意味深长地加了一句，"那会儿才是最佳旅游时期。"

"嗯。"时晨点点头，"你有什么想去的地方吗？"

方落西故作思考："比如，你向我表白，恋爱第一天的纪念地？"

时晨对这不要脸的话无言以对，他还在说："那地方是不是挺有纪念意义？"

她抓了个抱枕扔过去:"明明就是你,颠倒黑白。"

她越说越气,扑上去打人,方落西顺势一捞,将人抱在怀里,眼含笑意:"是我,是我,我喜欢你。"

时晨被他突如其来的表白搞得反应不过来,要作乱的手,也收回去。

方落西眼睛被她占满了,嗓音轻柔:"现在是,我爱你。"

…………

"等有时间让他们和你爸妈见一面吧。"

时晨心如擂鼓,点了点头:"好。"

这年年关,方落西还是和时晨家一起准备年夜饭,在临桐的冰天雪地里陪着时晨嬉闹。年味散去,时晨陪着方落西来到四季如春的南省,一同去看望他妈妈。

好像就是这样,冬去春来,方落西也是,遇到时晨后,漫山遍野都开出了靓丽的鲜花。

时晨爬上那处山岗,学校里还有嬉笑打闹的学生,方落西站在一处眺望远方,看到她过来,自然而然地递出了手。

她恍然想到,那年也是这样,他独自一人,连光影都格外偏爱,清清冷冷,只是现在不同,他会伸出一只手,满心满眼都是她。

时晨感受到自己的心跳,手指轻轻触碰手腕,脉搏跳动得很明显。

她弯唇笑了笑,说出了曾经藏在心底的秘密:"方落西,我喜欢你啊!"

微风轻抚,卷着余音入耳。

方落西向前走两步,眼睫微动:"好巧,我也喜欢你。"

斜阳爬上肩膀,一如当年。

新增番外　/ 好巧，我也是

时晨和方落西两人之间有个约定，每年总要趁着闲暇时间出门散散心，不管目的地是远是近，总还是要讲究下这个仪式感。

说到底还是时晨给自己一颗爱旅游的心找了借口，美其名曰，这是检验他们爱情是否坚固的重要手段之一。

"你想啊，为什么有些情侣刚好上没多久出门旅游一次就会分手呢？"她一脸高深莫测，眼睛微微眯起一条缝，像只狡猾的小狐狸，"性格不合，这不就体现了。"

"啧。"方落西不满，凑上前在她唇上啄一口，"我们很合适。"

时晨心里乐得自在，面上却不显，故意嘴硬道："我不是说这个，新鲜感，懂吗？"

随手搁下笔记本，方落西身子放松往后靠，双手抱臂，那架势俨然一副要仔细聊聊的样子，就这么面无表情地盯着她，等着她接下来的发言。

本来时晨也就只能糊弄这么两句，再多就露出了马脚，况且现在方落西眼神格外犀利，眼睛映着自己，心里一激灵，像是整个人被浸在了温水里，酸酸胀胀。

但是，莫名又不想认输，硬着头皮往下演。

"再者说，咱们又不会分手，顶多就是——"

最后两个字从喉咙滚了一圈，连面都没见着，就被方落西揽着堵了回去。这次来势汹汹，不同于以前的蜻蜓点水，呼吸被全部掠夺，来人搅弄风云。温热的柔软离开，方落西略微留下一条缝隙，仔细体味，她还能感触到略粗重的呼吸铺洒在唇瓣上。

低头打量眼神迷离的时晨，他耀武扬威又威胁般晃了晃只见凝脂的下巴，嗓音因刚才的动作有些低哑："不许说。"

时晨思维涣散，情绪还没从刚刚的吻里撤出来，只能按照本能机械地点点头。

"不许说什么？"方落西不满足，接着追问。

时晨拢来一点神经想要回答他的问题，眼见嘴巴就要张开，被人捏着下巴左右摇了摇。她立马反应过来，双唇紧抿，摇了摇头，一副闭口不言的样子。

方落西很满意她的反应，将人抱在怀里，夸赞道："我们结了婚的人，都听不得这两个字。"

是的。

他们结婚了。

婚礼办了两场，一场在崇浦，一场在临桐。

最初时晨没想举办婚礼，她格外反感在婚礼现场面对一群说不上话的亲戚，甚至对他们的指指点点要全盘接收，在本该幸福的时刻端着假笑。

但是，她这种想法怎么可能会得到杨女士的同意。

时晨算不上开心，噘着嘴坐在沙发上，满脸不高兴。

"要听听我的意见吗？"方落西张开手臂，想要把闹小脾气的人抱怀里好好哄一哄。时晨见状，故作没看见，转了个方向背对他。

他也不恼，既然人不来，他可以凑过去。

腰腹用力往前一伸，胳膊环过纤瘦的腰肢，将人带到腿上，还使坏地捏了捏她肚子上凸起的肉，嗓音含着笑意："这是什么？"

"你好烦。"时晨憋不住，侧过身去拍他在身前作乱的手，"讨厌死了。"

"怎么会讨厌，明明就很可爱。"方落西又轻捏了两下，眼见人又要发火，他的手规规矩矩地撤开，放在两侧。

"我肚子上都有肉了，穿婚纱不好看。"

"都说了是可爱的。"

"不好看。"

"好不好看的，那得穿了才知道。"

时晨侧头看他一眼："算了，我嘴笨说不过你。"

"我老婆穿睡衣都好看得要死，你说说还能穿什么不好看？"方落西将下巴磕在时晨肩膀上，零碎的短发刺挠着脖颈，略微有些发痒。时晨没办法躲开，只能被禁锢在原地任人欺负，听着他说，又忍不住笑，伸手推他："什么呀！"

他嗓音低低的，动作顺着锁骨传递，略微有些含混不清："我老婆最好看！"

唇畔的柔软和热度带着暧昧因子贴近肌肤，时晨被烫得微微一颤，思维全部集中在脖颈处的一小块肌肤，没空再关注其他。

一阵热意退去，头脑浑噩不清，耳边还是絮絮叨叨的情人低语。

"真的不想办婚礼吗？"方落西唇瓣一下下地落。

脖颈的温度上传到大脑，导致时晨说出的语句也不成样子："也，也不是。"

方落西还在坚持不懈地攻陷阵地，企图让自己的红色旗帜占满整片洁白的土地："一生结婚只有一次，抛弃其他原因，只从你自己的角度出发，想不想要一个属于自己，属于我们的婚礼。"

想不想要一场只属于自己的婚礼？

时晨想大概没有女孩子会拒绝自己心中最梦幻的婚礼，在神圣的殿堂同爱人一起许下誓言。

可是现实不会如此。

现实是他们的婚礼现场会是人情往来，本属于他们自己的幸福时刻会布满陌生人的评头论足。

"想要，又不想要。"时晨抽出一丝清明说出答案。

"那只办想要的婚礼。"

时晨转身，双手捧住他的脸，指腹轻轻拂过他眼下的青灰，心间泛酸。方落西最近忙着升职，还在临桐和崇浦两地间奔波："我妈那边怎么说？"

方落西把人搂紧了一点，轻柔地摸了下她的头顶："我来解决。"

时晨笑了笑，一脸可惜："那岂不是礼金收不回来了？"

方落西配合着点头，下巴磕在她肩膀上，时晨脑袋顺势搭在他头顶："听我妈的吧。"

"想好了？"

"嗯。"

"不委屈？"

时晨有些好笑，她只是单纯嫌麻烦而已："不会。"

方落西笑了下："别多想，交给我。"

后来，时晨真是没再管过其他事情。最过分的是，直到婚礼前两天，时晨才从高原上撤下来。

婚礼仪式在崇浦临海的酒店举办，全部由方落西独自策划。就连她同门师姐都开玩笑："总算结束了，我们这还算可以，倒是你这结婚的都不着急，你家老公倒是真放心，也不怕你跑了。"

时晨笑笑："怎么会？"

怎么会跑，她怎么舍得，这可是她当时连想都不敢想的奢望。

后来时晨想想，自己确实有些过分。婚礼仪式没参与，就连婚纱尺寸都忘了报。

抹胸拖地重工鱼尾加瑰丽蕾丝头纱，温婉妩媚又古典，仰头之时正好将她脖颈的柔美曲线完美展露。

她看着手掌宽的婚纱腰身，都有些怀疑。只是她到底低估了自己，也低估了方落西对她的熟悉。

头纱从发丝垂落，她身披洁白的婚纱从转角楼梯拾阶而下，一眼看到站在尽头的方落西，她小心提着裙摆，高跟鞋踩在木地板上，稳稳往前走。

酒店礼堂大概只有二十人，都是相熟的朋友，在这场婚礼上，时晨不用去应付宾客，不用僵着嘴角摆笑脸。

这种感觉真好，她不喜欢的情况不会出现，时晨短暂地想起，他们领证也有段时间了，虽然婚礼没办，但两边的长辈明里暗里都提了几次要孩子的问题。

她自己每天都忙得抽不出空，哪里还能再分出精力去考虑孩子的问题。为了统一话术，时晨还特地跟方落西商量了一下。

当时听完之后，方落西还愣了一下，沉思几秒，才说："时晨，我们不要孩子。"

他平常称呼随意，连名带姓的确实不常见。

"现在也很好。"方落西把人抱得更紧了一些，"我们两个就像现在这样，我以后可以把你照顾得很好。"

又顿了两秒，他想了想："如果你很喜欢小朋友，那就等我们仔细想想，做好准备之后再考虑。好不好？"

他声音带着小心翼翼的商量，就跟灌木丛想吃小鱼干一样。

时晨本来也就随口一说，看着他这样子，心思略微转了转，知道他在害怕他妈妈曾经流产的情况在她身上重现，忍不住薅了一把他的头发："好，我们仔细想想。"

从花海里穿过，所有人带着祝福的目光望向她，这短短十几米的路，时晨好像已经快速回味了一下从前种种过往。

从高考结束步入大学校园，到自己挤火车卧铺到达滨城，然后在大厅完成和方落西的初遇。

那天的场景历历在目，一切好像发生在昨天。

再往后，实习路上，溪流旁边，崇浦校园。

毕业分离，西淮重逢，两人相恋。

时晨好像又陷入了无边的梦境，直到方落西握紧她的手，温热犹如在她心间覆盖一般,还好回到了现实。

她第一次穿这套婚纱,方落西也是第一次见她穿着这套婚纱,他眼里的惊艳作不得假。

"好漂亮!"

众人都将目光投在他们身上,而方落西却在她侧颈低语呢喃,扰得她耳尖微红,心颤得厉害。

仪式结束后,崔郜月跑过来抱住时晨:"宝贝晨今天好美!"

时晨也揽住她,两人在毕业后再也没见过面,还是趁这次机会才能聚在一起。

"一晃你都结婚了。"赵孟迪和姜蕊也凑过来,他们室友四人,也就只有她第一个步入了婚姻的殿堂。

"跟我们说说,结了婚有什么不一样?"崔郜月伸手在她的细腰上耍了个流氓。

时晨笑着弯腰躲开,仔细想了想,结婚前后的区别,好像也没什么区别,硬要说的话:"多了个证?"

"哎呀,不是说这个。"崔郜月没忍住又想摸她的腰,还没得逞,就被赵孟迪拽了回来,眼神疯狂示意。

崔郜月往旁边侧头一看,发现方落西就在旁边看着,她的手立马规规矩矩地拿回来,随便找了个借口溜走了。

拖地长裙不太方便,时晨步子迈得小,略显跌跌撞撞,没等她走近,方落西直接上前揽住了她,皱眉向下看。

"穿了高跟鞋?"

"当然。"时晨还有点小骄傲,穿婚纱不穿高跟鞋穿什么,即便是她这种穿惯了运动鞋的女生,也抵挡不住新娘婚鞋的诱惑力。

方落西手臂挡在她腰间,借给她一个支点,无奈地叹了一口气:"脚不痛吗?"

时晨从高原回来的时候,脚趾缝磨出了两个水泡,原本已经没什么大碍,但是高跟鞋鞋头收紧挤压,自然不会太好受。

从她的脚塞进高跟鞋,疼痛就顺着整个身躯传到大脑皮层,这么一会儿时间,早就适应了,现在在被人一询问,反倒是有加剧的趋势。

"可以忍忍。"时晨绷着小脸一脸认真,方落西的眼里尽是无奈,挡不住又叹一口气,半抱半托带着她往旁边走。

"哎呀，这双鞋好看嘛，我再穿一会儿。"时晨企图靠撒娇打马虎眼，却直接被人按到了座椅上，无辜地眨了两下眼睛，"一会儿我就脱掉。"

方落西没答应，也没说不同意，转身离开，让她在这里稍等一会儿。时晨看着他的背影离开，不多时又回来，手上拎着一个袋子。

他微微提了一下裤脚，单膝蹲在地上，从袋子里拿出一双同款平底鞋。

时晨不自觉往后缩了缩脚，侧头看了看四周的宾客，轻轻地扯了扯他的袖子，说："好多人呢。"

方落西还保持着刚才的姿势："又穿了一会儿，该脱掉了。"

听见这话，时晨眼睛不自觉瞪大，似乎也没想到还能这么算。恍惚之间，高跟鞋已经从后跟脱落。

方落西小心撩起裙摆，仔细看了看，见脚上的伤口没再破坏，才松了一口气，拿着平底鞋轻轻扣在她脚上。

一旁没走远的崔邬月看见这一幕，伸手拐了拐赵孟迪，啧啧感叹："我知道为什么时晨愿意嫁了。"

等方落西扶着时晨站起来，脚掌贴在平地上，时晨感觉自己又活过来了一样，虽说身高矮了一截，但心是踏实的。

礼堂内鲜花紧凑，吊顶水晶灯的光芒散落在所有人的身上，婚礼接近尾声，时晨突然有些不舍，婚礼就要结束了。

方落西轻声问道："舍不得？"

"也不是。"时晨也说不上自己这种悲伤的情绪从何处来，是一种很复杂的心理，想要它快点结束，又不想它快点离开，"只有一次嘛。"

"也不是不能有两次。"

时晨从失落的情绪中一下子抽离出来："你说什么？"

婚礼可就是只有一次，能办两次就得换个人了。

"瞎想什么呢？"方落西忍不住屈指在她额头上轻轻敲了敲，算是惩罚。

"那你什么意思呀？"时晨也很委屈。

"你喜欢的话，我们每年办一场。"方落西很平静，"一直到几十年后的金婚、银婚。"

时晨眼里不自觉泛出了微甜的泪花，笑骂道："神经病啊。"

再后来，临桐还有一场回门礼，宾客大都也是时晨认识的，关系稍远一些，也能仔细从记忆库里抽出一点印象来。时晨不知道方落西是怎么办到的，又是怎么说服杨江迎的，总之费了不少功夫。

婚礼结束，一切步入正轨。每年方落西都会抽时间带着时晨到处飞。

他们去了新疆、云南、丹麦、冰岛，时晨翻着平板看下一次的目的地，头也不抬地问："还有没有想去的地方？"

"看你。"方落西忙着敲电脑，随口说了一句。

"唉。"时晨翻身躺在沙发上，后仰看见方落西还在忙工作，又翻身趴下，往前蹭了蹭，"要不——"

方落西停下，仔细听着她说。

"我们在家躺两天吧。"时晨下巴贴着沙发的绒布，眨着亮晶晶的眼睛，"年纪大了只想在家葛优躺。"

方落西见她一脸乖巧的模样，推开膝盖上的笔记本，没忍住弯腰在她额头上亲了亲，用力将人一揽抱在了怀里："新鲜感不要了？那就在家，在家也能做很多事。"

时晨一愣，总感觉他这话有些别的意味，即便有发丝遮挡，脸上也不自觉燥热升温，嗓音也被灼烧，娇俏又低哑："什么啊？"

"你在想什么？"方落西眼神无辜，接过跳上来的猫咪，"我说的是灌木丛。"

时晨的脸更红了。

"当然，如果你有其他想法——"方落西一副好说话的样子，"我都可以配合。"

时晨甩开他凑过来的手，配合什么配合，她才没有别的想法。

灌木丛窝在方落西怀里，刚眨着大眼"喵呜"一声，就听见头顶一道轻缓声音，连带着下巴也被人挠了挠："你是不是也不信？"

"喵呜——"

"看吧，它也说是。"方落西抬头，只收获了一个气鼓鼓的白眼。

冬去春来，一晃又进入了夏天，微风簌簌地吹在脸上，时晨和方落西牵手走在崇浦街头，安静漫步在人行道上，谁也没有开口。

身侧的车流不停往前奔跑，像极了他们这些年的日子。毕业以后时晨忙着深造，看不完的文献，写不完的论文，而方落西忙着赚钱养家，她还真是过上了老公交学费的日子。

谁也没有回头看过曾经，不是忘记了，而是现在的幸福已经将心酸覆盖，偶然想起，好像是上辈子的记忆。

"回学校看看？"方落西晃了晃她的手指，低眸看她，眼神温柔。

时晨看看四周，不知不觉已经走到了大学附近的路上，街边的店铺还能看出一点几年前的影子，大学时光走马观花地在脑海中晃过一遍。

　　她手上用力回握了一下，顺势揽住了他的胳膊，点了下头同他一起迈向校门口。

　　这几年即便在崇浦生活，时晨也没回母校看过一次，这次回来一看果真大变样了。

　　图书馆右侧的台阶旁又新建了一栋教学楼，校门口二百米处的位置多了个体育场。

　　"我们学院的楼居然还没翻新？"时晨吃惊叹气，嘟嘟囔囔地嫌弃。

　　两人绕进体育场，方落西走在前边，伸手拖着后面慢吞吞的时晨，斜阳洒在他脸上，一如当年。

　　时晨心思微动："方落西。"

　　"嗯？"他头也没转。

　　"我爱你。"

　　他嘴角微弯，手掌用力，声音珍重："好巧，我也是。"

全文完